钱今昔·著

钱初颖·编

钱今昔文存

花与微笑

上海三联书店

　　1923年作者摄于父亲钱旭田开设的吴江照相馆，照片为其父手摄。左边是作者，时年5岁；右边为作者的大哥，时年7岁。

20世纪20年代摄于江苏太仓的竹园内，右为母亲黄韵兰、左为姨母黄韵菊，两人均毕业于苏州女子师范学校。

作者摄于1939年的上海。

1940年的《小说月报》上刊登了作者的小说《新神曲》。

暨南大学毕业证书。

2001年2月28日，在上海康定路为暨南大学孤岛时期立碑时摄，前排左二为作者。

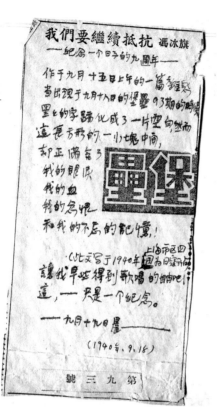

作者当年的手稿，表明了抗日的决心

1943年南平，《女子公寓》的剧照。

战时文化供应社发行的《上海风景线》。

当年的几份聘书。

1948年金屋出版社出版的《新哲学的地理观》。

1950年的《科学大众》和1951年的《地理知识》，内有作者发表的文章。

20世纪50年代，编者与父母在一起。

"文革"前作者的教学照片。

20世纪50年代末，在太仓
与老牛为伴。

1972年，在上海师大地理馆前留影，前排左六为作者。

1987年11月18日，作者（左）与时任安徽省副省长的杨纪柯在淮南谢一矿井下700米处考察时所拍摄的照片。

20世纪80年代全国人文地理教学研讨会留影，前排左四为作者。

1987年摄于上海，自左至右：吴岩（孙家晋）、王元化、作者

1954年江苏省人民政府主席谭震林签发的聘书。

几十年后再相聚，自左至右：本书书名的题词者沈寂、作者、罗英。

1942年作者在《堡垒》上发表的文章。

作者在《东南日报》发表的文章以及资料室编写的地缘政治资料。

1951年春明出版社成立纪念留影。

1994年摄于上海，自左至右为作者、范泉、青海师大校长。

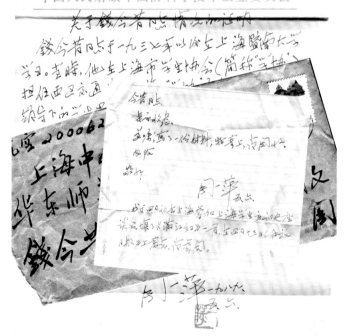

与周一萍的通信。

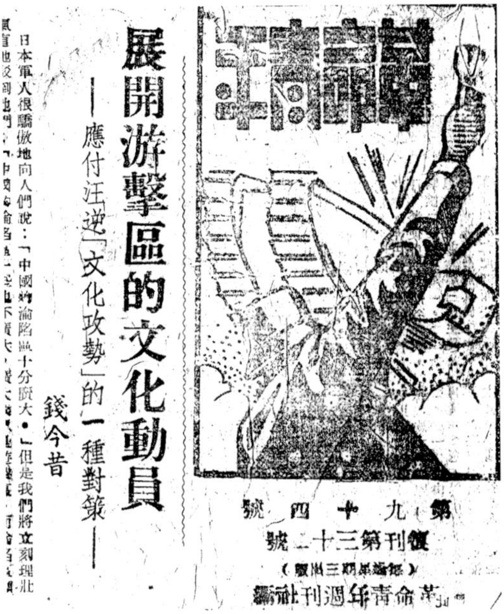

抗战时期作者在《革命青年》上发表的文章。

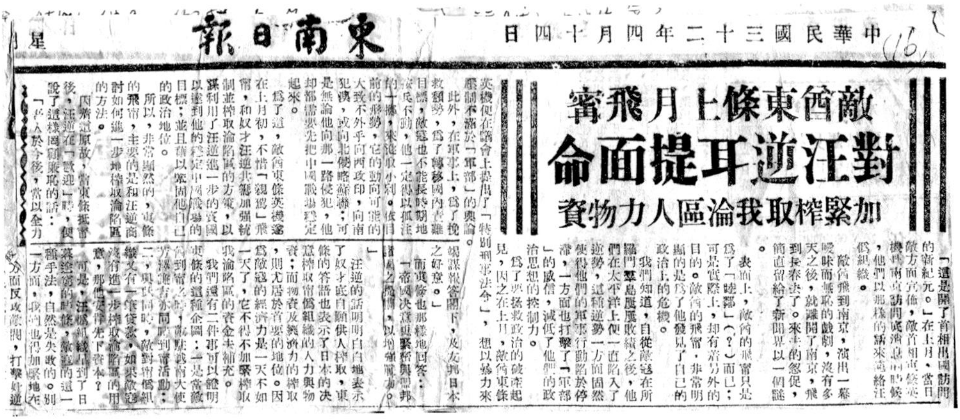

作者在《东南日报》上发表的文章。

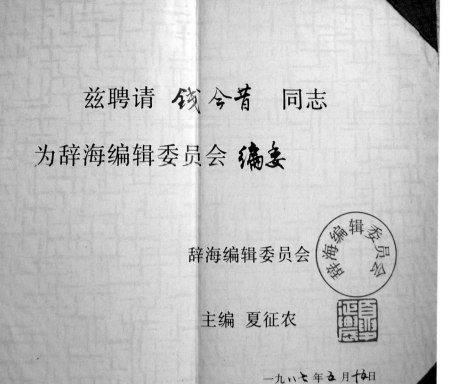

兹聘请 钱令希 同志

为辞海编辑委员会 编委

辞海编辑委员会

主编 夏征农

一九八七年五月十四日

1987年夏征农签发的辞海编委聘书。

宁夏沙坡头，水、农田与沙漠，右三为作者。

20世纪80年代，作者在新疆的交河高昌故城遗址前留影。

1998年，作者与妻子在吴江同里的退思园前留影。

追忆钱今昔前辈

韦　泱

多年前，闲时览阅上世纪四十年代沪上旧刊，在《万象》《生活》《文艺春秋》等杂志上，常见钱今昔的名字，或小说或散文杂文，文笔优美富有音乐感。见多了，便关注起来，心想这位活跃于民国文坛的钱先生，怎么就从文坛上销声匿迹了呢？一次，在旧书肆淘得一册旧籍，书名为《新哲学的地理观》，署名即钱今昔，由陈伯吹先生主持的上海金屋书店印行，民国三十八年二月初版，印数为二千册，甚觉珍贵。书的内容十分专业，什么"地理学派论"，"经济地理论"啊，还有"地理运动论"等等，虽文字流畅，通俗易懂，仍使我发愣：如此专业的地理学专著，与形象生动的小说散文写作，毕竟是"两股道上跑的车"。从事文学创作的钱今昔，与撰写地理专著的钱今昔，在我头脑中始终难以叠化成一个人。经多方探听，得悉钱今昔今仍健在。于是，一个周日的下午，在叩访住在华东师大教师公寓的钱今昔先生后，心中的疑团一一消解。

乍见钱先生，不敢相认，他已九十岁高龄，却鹤发童颜，精神矍铄，交谈间他耳聪目明，不时取出一些书报给我指点着、述说着。钱先生系江苏吴江人，所以一口吴侬软语，令人如沐春风。钱先生出身世家门弟，家学渊源，祖父钱自严字崇威，为清代翰林，民国初年任上海市律师公会主席，为著名书法家、诗人，与柳亚子、沈钧儒常相往来，亦与周瘦鹃、范烟桥等觥筹酬唱。建国后任江苏省文史馆长，作为中国最后一位翰林,1968年病逝于沪上。当年就读于江苏太仓中学的钱今昔,从小耳濡目染,熏陶效应显著,每周学校作文写作总是数一数二,被师生誉为"小才子"。在他上学路上,有一座图书馆,旁边还有一座武术馆。于是,每日下午放学,钱今昔便到图书馆去阅览一些书刊,再去武术馆打几路套拳。难怪,双重"童子功",为他日后打下知识与体魄的扎实基础。临近高中毕业,祖父希望小辈"走万里路、读万卷书",有点亲戚关系的作家范烟桥亦表示不必专读文学,可先扩大知识面。这样,1937年,既爱好地理又爱好文学的钱今昔,怀着十分矛盾的心理,考进了上海暨南大学史地系。他想走科学救国之路,偏又放不下对文学的爱好,于是他以史地为主课,以中文为副课,开始了"两栖人"的学习生活。

然而,钱今昔是幸运的。在暨南大学的四年学习期间,得以亲聆文学前辈郑振铎、王统照、方光焘等亲切教诲。郑振铎、王统照是1921年我国第一个文学社团文学研究会的发起人,方光焘是同年创造社成立的同人之一。在大学一年级时,钱今昔将两篇习作《神灯》《车中》请郑师指点,不用三天,郑振铎就告诉他,两稿都看了,已转柯灵主编的《文汇报·世纪风》副刊,其中《神灯》一文深得他的赞许。从此,钱今昔被引入文学创作之途。王统照时在暨大教授《中国小说史》,教余写作长篇小说《山风》《春花》等,他对学生的提问,总是不厌其烦地热心解答。钱今昔写过一篇论述英国长篇小说《苔丝》作者的文章《汤姆士·哈代论》,王统照花了两个晚上时间,以浅绿色的墨水笔,改得密密麻麻又工工整整。此文后刊发在范泉主编的《中美日报·堡垒》副刊上,令钱今昔欣喜地一读再读,对老师的恩情铭感不已。他将当年文章的剪报珍藏至今。在学校,钱今昔与同学创办了《杂文丛刊》,常将刊物送到一些教授家中求得指点,这样钱今昔就常到方光焘先生寓所晤谈。方教授除创作外,主要研究语言学和语法学。他从每期刊物的内容到文字都提出不少中肯意见,可谓循循善诱,诲人不倦。

名师出高徒,钱今昔写作水平日见成熟。他一边积极从事进步学生运动,一边参与《杂文丛刊》《文艺月刊》《生活与实践》等刊物的编辑工作。同时大量作品散见于《新流文丛》《文艺连丛》《东南风》《小说月报》上,长篇小说《风雨》《风霜》先后得以连载。他成为上海"孤岛"时期十分活跃的文学青年,以笔为武器,揭露敌伪罪孽,讴歌真善美,体现出极大的爱国热情。1943年出版了报告文学集《上海风景线》,以新感觉派的现代写作手法,反映了上海沦陷时期人民的苦难和抗争。后又出版了小说散文集《流浪汉》。暨南大学毕业后,钱今昔一度到福建南平任《东南画刊》主编,《东南日报》编辑。1943年回到上海,仅二十七岁的钱今昔,就担任中国新闻专科学校教授,主讲《副刊学》和《采访学》,并兼任《正言报》副总编辑。

建国后,他昔日感情深厚的战友,后任上海文委办公室主任的陈向平说,新中国刚成立,科技人才缺乏,建议他从事地理科学研究。正巧全国大专院校调整,这样,他就去了新组建的华东师大地理系任教授,从事人文地理与能源地理的教学与研究,这一干就是五十多年。先后出版了《中国的能源》《战后世界石油地理》等十二部专著,为国内外学术界所瞩目。他曾是中国能源研究会理事兼能源经济专业委员会副主任、是中国能源地理学和能源布局学创始人之一。他还担任《辞海》编委兼地理主编等职。他全身心地投入到人文地理这一学科领域的研究。这半个多世纪中,地理学者的钱今昔覆盖了文学创作的钱今昔。

然而,人们没有忘记他"曾经是卓有成就的文学作者",《中国现代文学词典》(散文卷)将他与同姓的钱玄同列在一起予以介绍。海外研究中国现代文学的学者亦从大量文学旧刊中发掘出钱今昔的许多旧作,以为是"文海遗珠",是值得关注的人文现象,并要深入研究。好在这些年,钱今昔亦常抚今追昔,从曾经年轻时的多产作家,到渐渐淡出文学圈子,他对自己文学生涯冷暖自知,先后写了一系列忆旧怀人文章,如《"孤岛"文艺细流》《蜡炬春蚕忆范泉》等。四十年代作家、香港原《文汇报》总编辑曾敏之赠诗曰:"文才博古并通今",对他给予了高度凝练的赞扬。

　　现在，由钱今昔先生的女公子钱初颖老师编了他的文集，留下了珍贵的文学史料，让后人能从这些难得一见的文字中，领略那个沧桑时代与一代文人的精神世界。

目　录

第一辑
_____

　　　　　　　雪花飘飘——为了远去的记忆

第二辑

花与微笑——民国风景线

第三辑

那大片的绿——那年、那人、那事、那景

第一辑

雪花飘飘——为了远去的记忆

弯弯月亮小小舟

在童年的记忆中,屋前是一条砖路,路南有一片宽展的狭长型草地,草地上挺立着一排粗实的、高插入云的榆树。榆树的枝叶茂盛,树上有许多乌鸦的巢。草地前,临着一条清澈见底的河流,游鱼在碧波中自由穿梭。这就是我幼年的时候,和友伴们一起游乐的地方。

乌鸦是群居的,光泽的黑羽毛,使它们在静静休息的时候,很像一个个风度翩翩穿黑礼服的绅士。而它们飞翔的时候,又好像一群群矫捷的黑衣侠客。那时在我们家乡,把乌鸦看似吉祥鸟和益鸟。

一天,我们正在屋里,忽然听到榆树丛中乌鸦凄厉的叫声。祖孙三代:外祖母、母亲、姨母、打工的阿义和我都奔了出去。门外已经聚集了一大群左邻右居,以及爱德女中的师生,还有附近的理发师、杂货店的老板和伙计,他们正群情激愤地围着一个高个子青年理论。

原来那是一个背上扛着猎枪的猎人,适才刚打死了三只乌鸦。乌鸦失去了同伴或孩子,它们旋飞着、哀鸣着,更引起了大家的怜悯和同情。在众怒下,猎人终于低头认错,灰溜溜地走了。

众人也渐渐散去,只有我还留在树下,用硬树枝在草地上挖了一个洞,把三只乌鸦掩埋了,还在小小的土堆上种了一小株黄色的野花,这件事情,使我开始感到了生命中既有美好与欢乐,也有很多哀伤。

整个家宅是由三进平房和一个很大的后花园构成,我最喜爱的书房在第三进的西侧,书房原名思贤室,面对一个大天井,充分吸纳了和煦阳光的泻入,天井中种了二三株梨树。一夜,我读唐诗中刘方平的

"梨花满地不开门",再抬头一看,纱窗上印的都是梨树的影子,不禁无限感动。一念之下,便将思贤室改名为梨花院了。

母亲黄韵兰是娄东才女,每每到梨花院,教我朗诵唐诗、指点我读宋词。将豪放派和婉约派进行对比,她总是希望我多走豪放的路子。可是我却更喜欢李商隐、李清照。

天井中靠东的地方,有两株梅树,枝叶婆娑。我在树下种许多茑萝花。我把一大把种子埋在一起,破土而出后,茑萝藤相互交错,攀爬到树顶,尤数红色、白色小花朵点缀着绿树令人心醉。

后花园里广植着牡丹和玫瑰,还有一丛丛的修竹。一个碧澄的池塘边,种植着十多株枇杷树、桃树和李树。每当夏天,枇杷成熟的时候,我就会和哥哥一起爬到树上,采摘金黄色的果实。

花园的西北角,有一扇小木门,推开小门,就走进了爱德女小。爱德女子小学,是文艺复兴西洋与中国古典书院型建筑的结合,中国五四精神与美国人文教育的糅和。这里本来是家宅的西部,后来捐赠建立了学校。祖父钱崇威担任了学校的董事长,母亲和姨母都是学校的教师。所以我虽然是男生,却在女校读到三年级,后来才转到亮叔小学。

亮叔初级小学坐落在市中心,校长是创办人黄亮叔的侄子黄秉乾,那时候已经四十开外了。他穿着长袍马褂,偕同妻子一同来到我家会见了我的爸妈,争取我到该校三年级下学期插班。因为在闹市中心,所以全校四个班级二百多个孩子,状况各异。从富商后代到小贩子女都有,年龄也参差不齐。

班级里是双人课桌,男女生分坐。为了表示对我的重视,把我的座位与校长的女儿珏珏排在一起。珏珏有一张圆圆的苹果脸,健康的微红色腮帮上有一小酒窝,齐耳的短发。因为姓黄,所以喜欢穿黄色的衣服。我们每天一起上课,课间玩球、跳绳。

那儿的校风很特别,便是男生们崇拜水浒英雄入迷。小学三四年级的男生比武成风,每个人都要经过角力,按水浒英雄榜排出第一把交椅乃至最后一把交椅的序号。从女校转学来此的我，不知道如何应付这种特殊的局面，感觉很窘迫。珏珏是校长的女儿，有着小小的威势，所以常夸口说，可以时刻保护我。

我总觉得靠人保护决不是办法，不但要做到自我保护，最好还能出人头地。好在比我大两岁的大哥这时候在雷神殿小学读五年级，祖父曾摆酒行仪，叫他拜著名陈派太极拳的传人陈微明为师。陈派太极拳柔中带刚，很适合我学习。

我向大哥提出了学拳的要求，大哥说，除了拳，还要教我剑法、刀法和棍法，保我能够进入前十名。从此，下课后和星期天，我天天在后花园或门前的榆树下、草地上练武。同时，祖父还礼聘了武当派形意拳中的传人孙雨人到镇上开门授徒。我也积极投入，学习五行拳、龙拳和虎拳。

效果是明显的，我，一个本来要靠珏珏保护的男孩，到四年级上学期的时候，开始在排名中节节上升，双拳双腿，横扫强手，一下子进入到了前十名之内，相当于小李广花荣、霹雳火秦明一类的地位。现在想来真是幼稚，但当年却是全力以赴的。

回到家中，依然在梨花院内读古文、攻英语算术。父亲那时很忙，无暇过问我的学业。他奔波于上海、松陵和同里之间。父亲分头集资创办了化工厂、糖果厂和照相馆，实现他发展实业的美梦。我的学习主要是在母亲、姨母的悉心督促和辅导下完成，当然大哥也是我的顾问。

父亲生于清末，那时祖父已经考取科举的最高级——翰林。进入翰林院后，奉派到日本攻读法政，携带我父亲与大姑母一起到日本。两人从小学到大学都是在日本读书，父亲大学毕业于东京药学院。父亲立志回国办厂，可是他只重视科学实验，完全忽视经营管理。结果厂与店都是年年亏损，最后不得不闭门清理，还负下了大量债务。这时候，父母已经养不起我们兄弟姐妹四个。无奈之下携带了妹妹和弟弟前往东北的长春市，在铁路局做职员谋生。大哥和我则随了姨母，回到了母亲的家乡太仓继续求学。

这样,我就结束了那段"弯弯月亮小小舟"如梦如诗般的生活,告别了吴江,在另一个江南水乡继续人生之旅了。

生活教学真快乐

　　跟着姨母和外婆，我与大哥一起来到太仓，进入太仓县实验小学四年级下学期。实验小学的"实验"，是实验美国教育家杜威的生活教育，认为教育既生活，学校既社会，学生要从"做"中"学"。当时，与传统教育完全不同的实验教育，轰动一时，振奋了知识界。所以，听做过教师的姨母约略谈起生活教育的意义的时候，我对能够进实验小学读书感到十分欣喜，甚至有一些激动。通过测试，办好手续，我插班到四年级读书。

　　秋云纤巧，日淡风暖的清晨，我跨入教室。三十多对灵动的眼睛，仿佛"呼"地一声射到了我身上。生活教育的特点是给学生们以生动活泼、身临社会的感觉，所以每一个年级的班名都冠以地球上的洲名。例如一年级叫亚美利亚洲、六年级叫亚细亚洲。我所在的四年级，就叫欧罗巴洲。

　　有洲，就有"洲长"、"副洲长"、"洲民"。洲民其实就是班级里的全体学生，议会其实就是级会，通过选举产生正、副洲长。再由洲长提名部长，经过议会通过后正式任命。在顾问（级任教师）的指导下，开展各种增长知识和体能的活动，学生们兴趣十足，对我这个插班生来说，更具有强大的吸引力。

　　由于插班，我错过了选举，上学的第一天赶上了洲长宣誓就职的盛典。正副洲长明和芙都是女生，洲长明留着齐肩的长发，穿的旗袍上印着许多翩翩起舞的蝴蝶。副洲长芙长得很娇小，梳仿古的微高的云髻，粉红色短衫,花点子浅灰裙子。

她们宣誓后发表了"施政报告",无非是怎样出壁报、搞好星期六下午由各年级轮流主持的唱歌、舞蹈、朗诵、话剧演出,这学期将举行几次野外活动,如何积极参与校运动会等等。几个学生发表了意见后,就职典礼结束了。

几天后,我正在家里和姨母打乒乓,忽见正副洲长走了进来。原来,一次上课我被老师叫到黑板前演算一道复杂的四则运算题目时,因有条不紊得到老师的赞许,所以洲长们决定提名我做学习部长,我喜出望外地接受了任命。课余除了和男生踢小足球、打乒乓、比武术外,也和女生一起唱歌、吹口琴。

五年级的一次,我和芙的作文同时得到老师的特殊好评。老师将作文刻印出来,在班上讲解。此后一直到六年级毕业,作文第一二名都被我们轮流占有。这,就是我踏上写作生涯的起点吧。

我的姨母和母亲都毕业于苏州女子师范学校,和邹韬奋夫人沈粹慎是同班同学。反封建的民主思想植根于她们的生命之中。姨母的性格豪爽洒脱,小饮之后高声朗诵李白杜甫诗歌,真可以说是巾帼不让须眉。在吴江的时候,江南一带被军阀孙传芳掌控,妇女必须留长发,穿长旗袍,违抗者定重罪甚至被杀害。姨母有强烈的反抗心理,有一晚在两杯青梅酒的壮胆下,用剪刀把长辫剪掉了。

那时候北伐军已经逼近江南,大街小巷都有军阀巡逻。外婆、母亲都急破了胆,幸亏不久北伐军就收复了江南,家里才恢复了宁静。而敢于穿短袄短裙的江南女子剪发第一人,我的姨母黄韵菊的名字,也在苏州一带传了开来。

姨母与同济大学电机系毕业、在上海西门子公司工作的青年结婚后,在太仓西门河沿租了房子,带我们同住。房子的前门是一条石子路,路那边,垂丝杨柳不时地拂着清澈的河水。河上有古老的石砌小桥。桥对面是一排沿河人家,窗明檐青,人声偶细。

小学毕业后，我上了太仓县立初中。太仓是明清时代国画、古文、昆曲、弹词造诣很深的地方，太仓县中更以语文教师的高才著称于江南。我沿袭了小学时候的小小才气，依旧占有中学作文第一名的幸运。

初一、初二都是由娴熟古文的老儒执教，为我们打下古文基础。初三的时候，来了新文学青年作家徐绿漪教语文。他经常穿堇色或宝蓝色的西装，白衬衫领子套黑蝴蝶结，戴一副银边眼镜，风流倜傥。他的谈吐文雅，在语文课上朗读徐志摩、朱自清、俞平伯的清新散文，美得令我们的心颤动。我每天在日记上抒发心声、感触、赞叹、记忆、憧憬，完全沉醉在新文学的气氛中。

徐绿漪向校长建议发行一本铅印的文艺刊物——《星语》月刊，三十二开，每期约三十页，主要刊登校内师生的新文学作品。学校集中了全体力量，无论封面设计、排版、装帧、印刷都新颖大方，在 30 年代初是非常不容易的。

出乎意料的，是创刊号刊登了我暑假创作的一篇散文、一篇作文和日记选萃。初一年级的时候我已在上海的《中学生文艺创作丛书》中发表过处女作，《星语》更激发了我内心深处的创作热情。那一年，就有蒋氏兄弟前来找我，由他们出资创办了一张文学报纸《娄光》。太仓也称"娄江"，《娄光》是娄江光明之意。这是一张 4 开 4 页，公开发行的铅印星期刊，笔名"钱洁之"的初中生我，是总编辑。

三十年代的前期，日本军国主义对中国虎视眈眈，"九·一八"事变前夕，父母在仓促中回到上海，父亲到中央造币厂工作。姨母一家也搬到上海，我寄宿在太仓县中继续读书，假期才回上海。那时上海有一所眉州小学，校长吴悼花是我们家的亲戚，擅长文学，曾出版《眉州小学纪念册》。其中有一篇《从南京路到杨树浦》的散文，对比了南京路上布尔乔亚和小布尔乔亚的奢靡与杨树浦工人的贫困生活。这篇文章引起了我的共鸣，使我从思想上、情感上孕育了把美文学与写实文学结合，"溶纯美于现实"的想法。

国家仇民族恨,指引我投身于反帝反封建的学生运动的洪流中。我在《星语》中发表了《卖粥老人的悲哀》等散文,抨击贫富差距。我参加了爱国学生的行列,为反帝反封建呐喊。这些行动在1934年临近毕业的时候遭到了打击,几乎被开除。由于父母的交涉以及同学鼓动、长辈策动、地方绅士担保,才得以毕业,但《星语》和《娄光》却相继停刊了。

《星语》的停刊,使我内心对徐绿漪等老师充满了歉意。离校前我向他们告别致歉,他们却说,和我是在一条战线上的。年轻的体育老师是当年学校唯一的女教师,写给我一行字:"困心横虑,正是环境磨炼英雄,玉汝于成"。

文学、地学"学救"同时进入生活圈

光华大学实验中学（简称光实中学），挂靠于光华大学，是著名的教育家朱有献先生创办的。朱有献毕业于光华大学，热衷于推广实验教学，聘请该校有志从事实验教学的学友担任骨干教师。朱有献先生解放后曾任华东师范大学教授、教育系主任。而光华大学是 1925 年 6 月由退出美国教会学校圣约翰大学的数百名师生所创建的一所综合性私立大学，1951 年除商、法和土木等系外，其文、理科与大夏大学等学校的科系合并成立华东师范大学，成为新中国创办的第一所师范大学。

光实中学坐落于沪西康定路，几座洋房，一片操场，附有学生宿舍。在寸金之地的上海市区学校中，算得上中型规模。那时大哥考取上海交通大学，而我家的经济条件已经日益下落，学校距离海防路的我家很近，所以我和弟弟、妹妹都就读于光实中学，节约了膳宿费。

朱有献将校务委托教务主任周光煦代理，自己出国继续读书深造。我被选为级长，与周光煦以及语文老师俞振楣有较多的交往。俞振楣毕业于无锡国学专修馆，爱穿一领长衫，少年老成，读桐城派散文时铿锵有声，这和我有同好。

那时已有盛名的鸳鸯蝴蝶派作家范烟桥，是我祖父的得意门生，常往返我家。出人意外的是不常和我谈文学，却喜欢与我谈地学。他引导我研读了中外古典地学名著以及当时很有盛名的翁文灏、张其钧、胡焕庸、竺可桢、盛叙功、葛绥成等的地理学专著。后来，先后认识了这些前辈，有的还成为忘年交或成为了同事。

　　课余之暇,我坐在海防村二楼临窗的书桌前,致力于写作。散文、小说、诗歌和评论、地理学……涉及面很广。虽然家庭的经济局促,父亲还是订阅了许多刊物,例如《大公报》、《申报》、《文学》、《世界知识》、《新地学》等。大哥和我也节省下每一分零用钱,买了不少西洋文学名著以及鲁迅、巴金、张天翼、穆时英等人的作品。我如饥似渴地在其中吸取养料,吐出自己微弱的心声。写习作并不完全为了发表,也是为了抒发情感。

　　1935年,我开始在《大公报》、《申报》上发表作品,也开始了把新感觉风格注入写实主义作品的尝试。回忆起来仿佛很特别,我走上学生运动之路的开始,竟是新感觉风格的一篇习作《保罗的悲哀》。这是一篇在《明日》上刊出的,写一个白俄在上海潦倒的散文。《明日》是旬刊,总的格调是"左"倾的:团结抗日、以工农为核心。下一期刊出了另一篇文章:《读〈保罗的悲哀〉》,署名是"鸥",文章提出国难当前,应当提倡激昂慷慨的左翼文学,不应该用新感觉来写作。

　　少年好胜,我看了不服气。正好鹤来看我,说鸥是他的同学,希望我能跟他谈谈。下课的时候,我看见校门口站着一个高高瘦瘦的男生。他向我走来,自我介绍说:"我是鸥,我们谈谈好吗?"我们从一条街走到另一条街,转弯、折回,越谈越深。

　　他说,他的名字叫刘一鸥,是东北流亡青年,借读于光实高三。帝国主义的铁蹄、顽固分子的压迫、劳苦大众的呻吟,酝酿了民族解放战争火山巨大的爆发,他是进步的学生运动中的一员。我谈了自己的想法,我喜欢唯美的描写,希望把思想性和艺术性结合起来。交流中,我们的赤诚之心渐渐融合,两双手紧紧地握在一起。从此,我参加了左翼学运组织。

　　鸥毕业后,奔赴到光明而艰苦的地方去了。学生界救国会的读书会小组依然每星期举行着。参加小组的有陈道弘、何家堆、易明熹、朱世琼、朱世英和我等人。朱世琼、朱世英是姐妹,虽然生在富有家庭,却穿着朴素,行动利索。读书会系统地学习与讨论艾思奇的大众哲学、沈志远等人的救亡小册子。更重要的是一些石印的、笔迹十分整洁的小册子。那些六十四开本的小册子,不时神秘地进入我们的小组。内容有毛泽东、王明、刘少奇、博古、周恩来、洛甫、朱德等人的文章、讲话、号召。还有印刷得非常精良的《救亡时报》。这是中共编辑,在法国巴黎印刷、再通过秘密渠道传送到上海地下组织的。

我们这个组织由陈道弘领导,除了出版《明日》、《雅歌》等文学诗歌刊物壁报外,还组织光实剧社、歌咏队、宣传队等在校内外活动着。陈道弘后来到延安鲁迅艺术学院学习,再无音信。1985 年,我在《上海市党史资料通讯》第 7 期上发表一篇回忆文章时,看到同期的一篇文章《一支救亡歌曲的远征军》,才知道何家堆等人组织了一支"国民救亡歌咏协会宣传团",告别上海,转战浙赣前线,后来又到了延安。以后,组织上派他到友军(国民党)做统战工作,不幸在反共高潮中被特务秘密枪杀,壮烈牺牲。易明熹于 1938 年离开上海去新四军区域参加抗日,朱世琼、朱世英和我一起参加了另外一个学救组织,一直有往来,九十年代初她们相继去世。昔日的知音日益稀少,留下的,仅是学苑秋林微微的几丝回味吧。

"学协"交通员

1937年我高中毕业，报名投考上海暨南大学史地系。时当8月，上海人民的抗日情绪已经达到了沸点。考试最后一天是8月13日，下午是口试。我虽然只是报考的小青年，可是已经在报章杂志发表了许多散文和新诗，所以文学院长郑振铎教授亲自找我口试。

在此之前，我已阅读了郑振铎、王统照、傅东华所主编的《文学》。他们的作品，使我深受感动。所以，对那次口试能够认识郑先生很是兴奋。除了例行的口试内容外，郑先生还问了我的创作，告诉我史地系教师阵容是很强的，希望我努力学习，以不负中华民族对青年的期望。

口试完毕，乘电车回家途中，一路上只见市民们一群群地聚集着，义愤填膺地高谈着，才知道上海的抗战开始了，这就是著名的"八·一三"。我再也沉不住气了，一回家就立刻奔到楼上的寝室中，抓起一支笔，一口气写下了激昂的两首诗，一篇散文，歌颂抗战，歌颂光明，歌颂未来的胜利。

那时，上海除了《新闻报》、《申报》、《大公报》外，还有许多小型报。这些小报原来大都以娱乐体育为主，此时合并成一张大报《战时日报》。《战时日报》以新颖的面目出现，除刊登国内外新闻外，还大量地刊登抗战的文学与艺术作品。忽然，我收到了《战时日报》的征稿信，立即将那三篇文章寄去，只隔一天便在显著的地位刊出。这更激励了我喷吐火热的抗战热情。

战场近在咫尺。每天都听到密集的枪声、轰隆的炮声。看到漫天的大火,甚至还看到空中的飞机交战。那时我所住的地方属于租界范围,租界当局宣布了中立,中国军队和日本军队都不得进入,市民的生活相对安定。然而,面临血与肉的搏战,民族存亡的决斗,谁还能安静下来呢? 热血沸腾,是当时所有爱国人民的共同特点。

我的爱国创作热情一发不可收拾,不断的创作,《战时日报》是我的主阵地,接二连三地发表了散文、新诗、论文,甚至独幕剧。《华美日报》、《大晚报》等也有我发表的文章。现在回想起来感觉很奇特,当时我在《战时日报》社没有任何认识的人,发表了那么多作品,也没有人来见面联系过。仅仅是编辑龚之方来过一封信,说"大作已刊,望多赐稿"等几句话。龚之方,以后我也未曾见过。可是我只要有作品寄出,第二、第三天便立即刊登。该报刊登的大多是一些闻名的作家或报人的作品,对一个青年能这样地鼓励,我不知道是否因为那个"溶纯美与激情"的创作陋见,使编辑有同感?

在《战时日报》,我依然用我的学名"钱景雪",这个名字可能有些女性化,以致我进入暨大读书的时候,往往被安排与女生同桌。那是已经十九岁了,感觉很不方便。所以《华美日报》来约稿的时候,我开始自创了笔名"钱今昔"。因为我是学史地的,这个名字出自"今昔天地",又与本名的读音相近。

民族独立解放的斗争愈益深入,战争越来越激烈。上海市区这一小方土地,表面的安定下正潜伏着各种势力斗争的暗流。一天,我的书房内来了一个中等身材,壮健的化学系二年级学生,他叫王经纬。是上海市"学生救亡协会"(简称学协)的领导人之一,后来改名陈伟达,解放后任浙江省委副书记、天津市委第一书记等职。他对我说,"我们虽是初识,但你在学救的工作,我早已了解。现在学救已经撤走,你的关系已经转入学协。抗日救国,人民大众的斗志是坚定的,但抗战阵营内部是复杂的,我们的工作是艰巨,而又极有意义的。"他的语言诚挚、亲切,讲话的逻辑性很强,同时又很有情感,很有说服力和鼓励力。

暨大的原校址在当时市郊的真如镇,已经被炮火夷为瓦砾场,学校迁入市区借地上课。首先借的是我家附近西康路的滨海中学部分校舍。因为路近,工作方便,由中共江苏省学委领导的暨大学协读书会和上海市西区交通站都设在我家。我是读书会的成员、上海市学协的交通员。读书会每星期在我家楼上的小书房聚会一次,参加的人员,起初仅有王经纬、郭仁涛、陈裕年和我。

而交通站是机密的地下组织,只与王经纬单线联系。交通员的工作是把毛泽东、刘少奇、周恩来、张闻天、秦邦宪等人的著作、讲话、形势分析分发到西区各大、中学的校内学协组织,向下传达工作指示、向上进行情况汇报。

1937年11月,浴血奋战了四个月的中国军队在重创日军后,从长江三角洲撤退了。从此时开始,一直到1942年12月的四年零一个月,上海市成了日军统治区包围下的"孤岛"。在这段时间里,日军虽然没有进入"孤岛",但恐怖依然笼罩着。电线杆上时而挂着血淋淋的人头,抗日报馆屡挨炸弹袭击,爱国人士被暗杀、被绑架的事情更是层出不穷。当时的我正是血气方刚的青年,并不觉得害怕,工作还是一天天的进行着。

中国军队撤走后,日伪在当时的上海"华界"(闸北、南市、吴淞、江湾等地)建立了傀儡组织。伪市府发出通令:原先登记于上海市政府的华文报纸,需要重新登记并接受新闻检查。为了抗议,许多爱国报纸纷纷停刊或内迁。只有《华美日报》,因挂着美商的招牌才得以幸免。

这,启发了许多爱国报业人士,抗战报刊立刻就挂起洋商的招牌,以避免向日伪政府登记和接受新闻检查。比如英商的《文汇报》、美商的《大美报》等。《申报》、《新闻报》、《中美日报》、《正言报》等,也都顶起美商的招牌,继续出版。而"孤岛"报纸的文艺副刊、文艺期刊,往往由进步作家柯灵、阿英、胡山源、周楞伽、孔另境、朱惺公、范泉、顾光观、陈蝶衣等编辑。我起初是由郑振铎、赵景深等前辈的推荐,得以在许多报纸期刊上发表作品。以后和这些编辑们交往,建立了悠久、深挚的友谊。

我参加了《文艺》、《生活与实践丛书》、《杂文丛刊》的编辑工作。在《小说月报》、《万象》、《中国妇女》、《新文艺》、《文林》、《文综》、《宇宙风》、《东南风》、《文汇报·世纪风》、《申报·自由谈·春秋》、《大美报·浅草》、《正言报·草原》等不下三十多种刊物写稿。

同时,我还在许多报刊发表了地理学论文,如《近代人文地理发展史》、《近代地质学发展史》、《地质与军事》、《地形与战略》等。《文汇报·史地周刊》、《正言报·史地》、《大公报·史地》等,是我发表这些论文的园地。1939 年,我在俞夷的鼓励下,写了地理与哲学方面的十多篇论文,陆续发表在陈次园所主编的《哲学》月刊上。1941 年,打好了纸版,准备集成一册《新哲学的地理观》出版。因太平洋战争爆发,刊物停版,直到 1948 年才由金屋书店出版。

那时候,我每天都是忙忙碌碌的。除了在学校上课,学协和交通员的工作需要在各校奔走,而编辑和文友之间的联络,大多在我家或他们家进行。所以经常忙得没有时间吃饭。我练就了不用喝一滴水,在电车上吃下干面包、大饼的本领。

学协和文学工作使我结识了许多友人,不泛年轻、瑞丽的女孩。妈妈和姨母很关心我的婚事,以为我有不少女友,常会问我意见。烽火连天的时期,我时刻会想到"匈奴未灭,何以为家"? 所以,我和她们都只是工作上的朋友。

封锁线千里穿越

一

1941年8月大学毕业，我卸下了学生运动的担子，仍担任两本文学刊物——《杂文丛刊》和《生活与实践丛书》的编委。仿佛是一种过渡，职业则是中学教师。

孤岛的形势日益紧张，美国和英法军队于10月起纷纷撤走，治安交给华人警察维持。12月8日，无线电收音机首先在清晨播出：日军偷袭珍珠港，太平洋战争爆发，第二次世界大战扩大了规模。接着，《申报》与《中美日报》详细报道了珍珠港之战，并宣告了它们的停刊。走到马路上，许多商店闭了门。不多久，就看到在长长的一列插着太阳旗的坦克和装甲车的前导下，日军开进了市区，街上的行人静悄悄地用愤怒的眼睛仇视着这些法西斯匪徒们。充满了战斗和生机的四年零一个月的"上海孤岛时期"是结束了，换来的是残酷、恐怖和血腥的上海沦陷时期。

受到了学协的最后联系人吴越的通知，敌人要逮捕我，我必须先找地方躲一躲。我立刻住到了翔的家，民族资产阶级的深院大宅，比较不受人注意。翔安排给我一间住房，由小保姆照顾我的生活，不与外界来往，只有翔和他的新婚夫人琼经常悄悄地来看望我，并告知市内的情况。对民族资产阶级，日军层层加码地横征暴敛，所以翔和琼来时，总是满腹愁思。

一个月后,情况稍缓一些,母亲、姨母、妹妹通过翔找到了我,讲述了社会与家庭的情况:所有的爱国报纸和杂志都在 12 月 8 日这一天停刊了,平常来访的友人们大都绝了迹。家中还算安全,只有便衣陌生人曾来家中查问过我,妈妈拿出了 11 月份出版的《中美日报》,其中有我的两首诗:《金华吟》《兰溪吟》证明我早已离沪,到了浙西。便衣人拿走了报纸,便不再出现了。两首诗原是文学创作,是对抗日的内地的憧憬,想不到竟起了迷惑敌人的功效。

情况松动了一些,我不时地到友人芹的家中坐坐、谈谈。芹的父母住在一所普通的石库门房屋内,住房情况还可以,此时却给贫困和恐怖缠绕着。后来,我也回海防路的家中走走。和母亲、姨母会商,决定离开沦陷了的上海,到抗日的大后方去。虽则要穿过重重的敌军封锁线,但初生牛犊不畏虎。那一年,母亲四十八岁,姨母四十岁出头,也支持我说:我们冒险冲一冲吧。

1942 年 2 月,我们决定离开沦陷了的上海市区,从上海,经杭州再穿过浙东战线以达到浙西。我家和姨母家同行。把房屋悄悄地顶给了华钧大律师,少数家具、书籍、文稿分别寄托给祖父、姑父,还有翔,多数以廉价售出,这样筹得了一笔路资。我们这一支穿越队伍一共七人,是七十岁年迈的外祖母,四十八岁的母亲,四十出头的姨母、我、妹妹、弟弟以及姨母之子,八岁的表弟。老的老,小的小,女多男少。弟弟是高中二年级的学生,妹妹是大学二年级的学生,起中坚作用的,是大学刚毕业的我和中年妇女妈妈、姨母。

面对一支老弱、缺少出门经验的队伍,我的内心始终忐忑不安,惶惶恐恐。孤岛沦陷,姨夫给姨母的家用已经中断了。而我,学运的关系已经撤走,抗日的报刊全部停刊,又不愿意替汉奸报纸写一个字,拿一分钱。所以,非走不可了。

就这些人单独走,是非常困难的,只能结伴。学运的关系已经撤走,文友们大多是无力出走的,只能另辟途径了。也有一些相识或不相识的人来联系,例如有几个年轻的同学、几个商业公司的职工。可是他们了解了情况后,便婉言谢绝了同行,或者劝我不走。

直到四月,才联系上一支银行的秘密撤退队伍,约有三四家,十余个人,以姓宁的一位壮年男子为主,各家都携带夫人和孩子。约好时间起程,是四月艳阳天的上午,分头出发,到沪宁铁路北站会合。

行动要迅速,以免引起敌人的注意。我在街头雇来几辆黄包车,装上老人和行李,即将起程时,听到一个娇柔的声音在呼我:"景雪,祝你一路顺风。"劈面走来的是音,鲜丽动人的她,年仅26岁,却是近邻琴音小学的校长龙音。妹妹、弟弟、表弟都曾是她的学生,所以很熟。

我握着她的手:"音! 谢谢你来送,从此一别,相逢何日?"

她嫣然一笑:"我相信光明到来时,我们会再见。哦,顺便说起,你到北站,如有困难,可到问询处找两位杨先生,他们和我家杨先生有亲戚关系。"杨先生是她的丈夫,也是一位小学教师。她又说,北站很危险,特别是美貌的女孩子,轻易不要前往,在这儿我们分手吧! 等到光明到来时重逢吧!

在那样紧张险恶的日子里,出走,并没有再通知任何亲戚和朋友。车子直奔到了北火车站的广场前。北火车站的广场前入口处,铁丝网拦着,一队队上了刺刀的日军在巡行。只开一小方口子,由几个黑制服的伪警守护,周围是一大帮"黄鱼车"。我们乘的黄包车只能停下,一个穿黑香云纱短袄的粗壮汉子对我说:"只有我的车能通过广场,东洋兵相信我。"粗壮汉子领路,走不多步,又上来一个同样打扮的汉子,率领另一帮车夫,讲价钱,花钞票,终于到了行李房门口。

整个广场上,都是那么嘈杂的人群,尘土飞扬,巡行的日军和守口子的伪军瞪着狰狞的眼睛,使人们不敢放胆呼吸,更不容我们寻找银行团队的人。两笔竹杠被敲去,行李被乱七八糟地丢在一排手执明晃晃刺刀的日军士兵前。一个翻译走过来,叫我们把行李打开,听凭他们将箱子掀翻倒在地上。一只箱子,原本理得整整齐齐,给他们掀翻倒在地上,用刺刀乱捣;一只行李袋,被褥等被拉了出来,用刺刀乱刺,还用脚踩。总共有十几件行李,都这样折腾,那怎么办?还不知道下一步会怎样?日军叽里咕噜说了些什么,翻译就不停地报出天文数字来敲诈,还询问我们是否到内地去抗日。

幸好姨母胆大,和翻译周旋,讨价还价。我趁机向母亲说了声:"你护好外婆和表弟。"就溜进了候车大厅。大楼的底层有一问询处,我立即向一个三十开外的男子问:"你是杨先生吗?"

"你是?"

"龙音大姐叫我来找你们,两位杨先生。"

"哦!龙小妹叫你来,有什么事吗?"这时走出两位先生,两位杨先生都穿着铁路局的制服。简短的几句问话,说明了事由,两位杨先生急匆匆地同我一起奔向行李房。

乱哄哄的、恐怖的搜查行李外,有几组日军带着汉奸翻译在威胁乘客,敲着竹杠。姨母还在从容不迫地应付,母亲保护着外祖母、妹妹、弟弟和小表弟。在凶神恶煞的敌人前,七十岁的老妇人和八岁的孩子竟然挺立着,没有一点畏缩的状态。

两位杨先生跨步上前,不理睬翻译,面对日军,简单地用日语说明我家是他们的亲戚,其中一位先生和一位女士携带家眷到杭州就业,请他们放行。

这样,穿过了第一道鬼门关,付了正常的行李费,由杨先生陪同办好手续,再穿过日军把守的月台入口,把我们领入月台,送上了火车,一直到火车开行前一刻,他们说了声:"到达目的地后,望给音一封信。"

火车隆隆地行驶了,车中,我穿越几个车厢找到了银行的宁君。车厢里拥挤紊乱,不时有荷枪实弹的日军穿梭其间,还有由宪兵陪同的汉奸来查票、盘问。宁君说,"真想不到北站那样地乱,事实上也只能这样分散上车,各就各位,到了杭州,再汇集吧!"

终于到了杭州。我们住进了银行团队联系的湖滨旅社,银行团队的几家也分散住在这家旅社。房间的北窗与后阳台,正对着俏丽的西湖,这时而阳光艳丽,时而雨丝空濛的西湖,依然那样明媚,充满了诗情画意。可是,铁蹄下的游子,怎有心情去鉴赏。

据旅馆内的服务员述说,近几天来情况有变,街市上插着太阳旗的军车频繁地行驶,一批批日军在调动,征粮勒索突然加重。似有迹象表明,日军在东南区将有新的军事行动。不幸碰上,阵阵阴云压上了一家人的心坎。

我们这儿家人,虽在同一旅馆里,都绝不会合于一室,只是三三两两,时而串串房门,时而在走廊中轻声简语,谈谈如何穿过浙东封锁线。第二天,宁君就来跟我说,已经与银行方面派来的艾君见过面。谈了情况,得知日军即将对浙东发起军事进攻。浙赣铁路可能要沦陷。那就意味着,从东南到西南的交通大动脉要给切断。所以得立即动身,越早越好!

这一路不仅要提防日军、汉奸、特务,还有流氓的骚扰。前面是日军的封锁线,线外有一长段三不管地带,都是极其危险的。我们几家20多口人,浩浩荡荡一起走,难免出错。因此得分两批走。最后决定宁君等三家先走,留下我们两家暂留杭州,候他们到达南昌后,艾君再回来带我们。

艾君来见了一次面,匆匆几句话。第二天清晨他们十多人就走了。留下我们一家,以及邵氏兄弟二人,一共九人,还得在湖滨旅社苦挨几天。邵氏兄弟身材魁梧,气宇轩昂,年龄在三十开外,由他们伴我们这样一支老少妇孺队伍,看来是合适的。可宁君他们走了一个星期了,一点回音也没有,再也不见艾君的影子。而杭州的气氛却越来越紧张,火药味一天浓似一天。

邵氏兄弟说,从葛岭朝北有一条羊肠小道,越过一系列荒岭,可绕道到达金华,可是路程要比从杭州渡钱塘江向南多出四五天,沿途没有车辆,得艰难地步行,而且险象环生。估计老老小小和女人们走不动,他们建议先行,探路后再联系。

军事行动的火药味越来越高涨,整个空气都像要爆炸似的。怎么办呢? 不走吧,上海的房屋已经顶出去了,再也没有一寸归巢。向前吧,举目无亲。没有一定的关系指点,如何走出鬼门关? 忽然,我想起一件原来不很经意的事。

便是在离开上海的前一天,我曾到原本是上海交大总务长的姑父家中告别。姑父说起,交大有一个杭州籍职员,已辞职返回杭州,在当地的民政局做职员。曾说过,他是身在曹营心在汉。姑父说,万一到杭州后有事可以去找找他。也是一时机灵,当时问姑父要了两张他的名片。

妈妈、姨母都说:"去试一试吧!"真是天无绝人之路,找到那位职员尹君,他告诉我,杭州有一项新兴事业,是当地人秘密创办的,专门带人穿封锁线。目前有三种顾客:赴内地投亲者、抗日志士、跑封锁线做生意的商人。他们不问你是何种人,只要付出一笔钱,就带你走。这种带人者没有任何政治背景,只是当地人或浙东乡镇人,熟悉三不管地带的地形人情。他们抽出部分的盈余,向日伪有关方面烧香,所以跟他们走是安全的。

尹君爽快地摇了一个电话给丁君,说介绍朋友钱君来看他。当晚我就在住地附近的另一个旅社找到了丁君。那是在二楼的一间套房内,丁君和妹妹二人不挂牌,没有牌号,实际是"带人公司"。

丁君说,看形势日军的进攻迫在眉睫了,明天立即就要动身,我家十个人,每人交三百元,由他领到金华。另外,我家老幼妇女多,所以他介绍另一客户,年轻的上海技工孙君和中年店员赵君和我们结伴同行,说,与这两个人一起走,可以照顾你们的。

丁君又说,他带的不只我们这几个人,还有一批,既分散,又合拢。到了金华,他再带些土产回杭州出售。至于日军封锁线,没问题。最麻烦的是三不管地带,那儿游勇出没,常常出事。可是别怕,因为丁君是那地方的人,各方面的关系都兜得转。单是每人三百元,赚不到多少,可人多一些,薄利多销,再加上土特产,跑一次就不吃亏了。他出行期间,就由妹妹在杭州接货。

看来是严酷的政治斗争,是敌我之间的封锁与反封锁战,可现在似乎都变成了普普通通的商业交易了。用丁君的话说,他不管是什么人,只要交钱都可以带。他也不怕什么人,包括日本宪兵,只要付钱,什么关都可以穿。原来侵略者在杀戮的同时,也不知不觉地腐蚀了自己。事实上,当时的时间宝贵,一刻千金,也不容得多想。母亲是和我一起来的,立即付出二千一百元,一切都搞定了,乌云散去了一半。

晴朗的早晨,和孙、赵二君一起,赶到了杭州西部的市郊结合部。关卡前,荷枪实弹的日本宪兵和汉奸翻译瞪着眼,注视一群群分散地站在行李堆前的人们。两个汉奸走来叫我们把行李提到日军前,并呼喊大家打开箱子,听凭检查。我家的箱子里有一些绸衣,还有妹妹和姨母的化妆品,日军贪婪地摄取去。好多的人被叫去打开箱子,空气顿时紧张起来。

忽然,两辆自行车箭似地飞来,跳下了丁氏兄妹。前天还是穿着平常的兄妹,此时让人眼前一亮:哥哥身穿绸长袍,头戴呢礼帽;妹妹穿玫瑰红的半袖旗袍,手腕上戴的黄金手镯和耳朵下垂着的钻石耳环闪闪发光。

两人直奔日本宪兵,妹妹先说几句问安的日语,接着用日语讲述这些人都是她的亲戚朋友。一个小姑娘,哪来这么多的亲戚朋友?可是宪兵却不追问,只是笑笑。两只用旧报纸包的纸包,由丁君分递给两个宪兵。"哈衣,哈衣!"

"阿里阿笃。"在双方的笑语中,宪兵点了点头,行李不再检查了。"小妹,小妹!"两个汉奸垂涎欲滴地叫着。"小妹不忘记你们,有礼了!"小妹说着,由哥哥从旁递过两个小包。"请! 请!"凶相一下子变得猥琐,主动拉开了拒马,我们一涌而过。并不是小妹有什么地位和魅力,只是两包东西威力无穷。

走过去，是一条公路，两侧已站着几群人。由丁君兄妹指引，我们站到了一处。才知道由他们带的人竟达四十余个，真够庞大的。他们说：一会儿有卡车行驶过来，要听招呼，快速上车。现在就要去闯封锁线了，不要惊慌，因为我们有"万国通行证"。即使在万分愁苦和紧张中，听他一说"万国通行证"，许多人还是会心地笑了起来，是苦中作乐，万般无奈的笑吧。

卡车陆续地开来，放过几辆。忽见丁氏兄妹跳到马路中央双手挥舞，有两辆车即刻停下。"上！上！"只一声，许多人、许多行李争先恐后地分别涌上卡车。我家这一队老弱，怎样也争不过人家。幸得孙君、赵君、丁氏兄妹的帮忙，才占到挤挤的一席之地。小妹很快把外婆和表弟拉进了司机室的前座，那是逃难时代的最高档的座位。卡车"嘟、嘟"几声开动了，丁君坐上了车，小妹挥挥手，送别了我们。

超载的卡车一路颠簸着，摇摇晃晃地行驶着，乘客们昏昏眩眩、呛呛咳咳。沿途尘土飞扬，染黄了我们的头发、脸、衣服和鞋袜。爬上一个小土冈，车子停了。原来已经到闲林埠，封锁线的最后一岗了。卸下行李，狼藉满地。只见土岗高处，站着一个穿黄军装的日本兵，随意地把枪扛在肩头。翻译和五六个穿黑警服的伪警散布在他的周围。

卡车司机竟然也会日语，和丁君一起跑到日军前，叽里咕噜了一回，又是一个纸包，日军漠无表情地点点头。翻译和伪警走过来，一人一个接受了小纸包。"到什么地方去？"汉奸向我们询问。有人说到李村，有人说到吴桥，这是出发前丁君通知我们的。可一个比较年老的伪警立即校正："说到金村，要说到金村。"接着用很低的声音说："今天有情况，那几个地方给游击队占领了，不能说。"即使是伪警，也有人良心未泯，在可能的范围内，自愿做一些有益于中国人的好事吧。

一眨眼，丁君已换了装，脱下了绸长袍，换上一身黑色的短衣长裤，走向前面，招手喊来了一些手拿扁担绳子的农夫挑行李，再走五分钟路,是金村了。只见一排高高的竹墙耸立着,仿佛把世界分成两块,原来这便是沦陷区的界墙。竹墙上有两扇门,洞开着,没有守卫,跨进去就是三不管地带了。

挑夫把行李卸在竹墙口外,就来讲价钱,相当贵,因为是虎口挑运,只有这批人,价钱由他们开,没办法,只能照付。立刻,涌上来另一批农民,也是扁担加绳子,纷纷讨价还价,把行李挑到前面落脚点。人呢?是走迂回的小路,穿田越村,只能步行。虽则外婆和表弟咬着牙,坚持着走,毕竟是七十岁的老太,出现了高度的疲惫。幸得当地还有小滑竿,两根竹竿穿一只藤椅,坐上了一老一小,由两个健男抬着。

三不管地区表面上静静的,只有一批批穿行客在谨慎地行走。除了我们,还有其他"带路人"组合的人流。开始是默默地走,以后也就谈谈说说起来。明知遍地有陷阱,时时有危险,可毕竟已经跳出了日军的占领区。

走哪条小路?在何处打尖?何地投宿?都得听丁君的。丁君说,三不管情况千变万化,具体路线次次不同,他是当地人,又是做这一行的,沿途村民和伙伴遇见他时都会把前面的情况告诉他。如果感到情况不对头,就当机立断改变线路,避危趋安。

吃他这行饭是不容易的,虽然收了相当可观的带路费,但是沿途要发"万国通行证",方方面面要摆平,还难免有许多意外。比如守岗的日军,今天遇到的都是比较心平的,如果遇到贪婪者,会百般挑剔,狠狠敲诈。这时,汉奸又火上加油,煽动日军加重搜刮,使带路人辛苦一场无利可图,甚至出事,赔上性命。所以丁小妹在高中读书时,另选夜校读好日语,才能绕过翻译这一关。他们原是杭州布厂的职工,改做这行,经常把抗日志士从沦陷区带到大后方,自己觉得做了好事。而那些跑封锁线的商人,虽然跟他们跑了几次,渐渐地知道了线路,可三不管地区情况瞬息万变,仍得依靠丁君他们带路。

四十多人一帮,得分成几批,相隔而行,约定前面打尖处。好在挑夫大都是本地人,也会短距离内领路,所以绝对不会有差错的。丁君、孙君、赵君都跟我们同行。孙君是二十六岁的青年,比我大两岁。他身材中等偏高,丰满结实,语言和行动都表现出敦厚朴实,原是外商在沪投资的毛纺厂的技术工人。太平洋战争爆发后,毛纺厂被日伪接管,他爱国心热,不愿做奴隶而投奔大后方。出发前从来未想过立足大后方,得有一定的社会关系。在杭州旅馆里遇见了老赵,知道他也到内地,就结了伴。

老赵是瘦长个子,年近四十,原来是布店门市部的职工,长期把布搬上搬下,两臂练得健壮有力。他性格老成练达,这次到金华是为上海布店开拓封锁线外的供销点。他在杭州通过关系找到了丁君,捎带上孙君,与我们同行。幸得他们热心相助,我们这一家才能在三不管地区穿行。

走一段路就有一个打尖店,如小茶馆或小饭店、面铺。我们坐一会儿,喘喘气。丁君就向柜台上的伙计或店中食客打招呼。他们会说上一两句,如"前面平安","陆桥有卡子","四义有烧毛,烧锅",等等。"卡子"指带枪的人,"烧毛"指游勇在抢劫或勒索,"烧锅"指土匪在搞女人。说话的语气似乎漫不经心,可我们就要根据这一两句话改变路线。如果不是土生土长的丁君,任何自夸的英雄好汉也无能为力。

这一个三不管地带,约有一百二十里小路迂回,打尖探询,得用三天时间才能走出去。有三个晚上得在这危险地带过夜,每晚由丁君找到小村的村长,把我们分散到农户家。

幼年和青年时代,我曾于寒假或暑假住在吴江、太仓的农户家。朴实的农民同这儿的农民是一个模样的。可是这儿的农村却比苏南穷得多,以住房来说,薄砖的房屋,破旧的草顶,一股股的霉味,窗子没有玻璃,糊着白纸,光线暗淡。晚上没有洋灯(煤油灯),只靠油盏中的几根灯草发光。盖的棉被也很脏,破旧而僵硬。大家都和衣而卧。那儿房屋很少,我们又要节约比较昂贵的房钱,所以一家七口就挤在一间屋中的两张大床上，男的一床，女的一床。虽然挤些，反能壮壮胆子。

白天走得太疲劳，体力已经竭尽，所以竟能睡着。然而，午夜，黑漆漆的，忽然"咚、咚"两声，房门给撞开，一只黑乎乎的庞然大物哼哼嗷嗷地摆着四条肥腿踱了进来，钻到了我们的床下。有些惊吓，不知是什么东西？没有人出声，忍着。可那大东西却旁若无人，拉屎撒尿，发出阵阵恶臭，继而大声打呼噜。是什么怪物？早晨起来一看，原来是头大猪。这儿的农村，猪是散养在外，又是人猪共处一室的。倒是我们打扰了它，起身后，大家笑笑，草草吃了些粗粮又得赶路。

三天后的上午，在一个山峡口，有人惊叫了一声："看，一面国旗！一面国旗！"见到迎风飘扬的中国国旗，许多人欢呼起来，跳跃起来。外祖母和表弟从滑竿上下来，大家相互拥抱，奔跑，争先恐后地冲向那面国旗。

这儿是富阳县的绿渚镇，中国军队的前沿阵地。飘扬的国旗下有中国军人驻守着，当我们走进去的时候，一位青年军官带头鼓起掌来，许多士兵呼着："欢迎，欢迎，欢迎从沦陷区归来的同胞们！"阵地后的街上，放着两排长桌子，上面有开水、茶壶、茶碗，自由取饮。还放着毛笔、砚台和一本表决心的本子。树与树之间拉着长绳子，上面挂着红绿纸写的"抗战必胜！"。在兴奋中，我们奔向桌子，在本子上写下了"为抗战到底而战"，"中国人民万岁！"。有人站到路中，高呼："中国人民的胜利万岁！"许多士兵鼓掌，和我们·起呼口号。

绿渚镇原来是一个小集，此时已成为热闹的交通要道。在明敞的饭馆楼上，吃了一顿便餐。由于三天来顿顿粗粮果腹，这顿白米饭加上炒肉丝如饮甘露。饭后，直奔富春江畔的码头，登上了金绿快船。那是用人力划行的民船。很大，不输于轮船。船舱的两侧用木板分隔成上下两层，每层又以木板隔成十余格，一格可容一至两人睡，三餐亦由船上供应。再加上船主、账房和水手，一船共有五十余人。船将向西南航行，目的地是金华。那是杭州沦陷后的浙江省省会，战时隆起的浙西新兴大城市。

第二天早晨,船主吹螺角开船。船行顺水,两岸都是平浅草地,秀山峭峰连绵于旁,江阔浪湍,翠树鸟徊。特别是被称为七里泷的一段,风烟寂静,天山共色,水波飘渺,清澈见底,游鱼细石,历历可数。看看前面青障挡路,而及待行近,却是别有洞天的弯流。如果不是战乱,真如进了瑶池仙境。

可是每当途中靠岸,到集市小憩、购物、方便或饮水时,都会看到遭受日军飞机轰炸的痕迹。像桐庐、东关、兰溪的许多乡镇,城市残破,瓦砾遍地。有的地方被燃烧弹烧得百孔千疮,有的市中心长着荒草。兰溪因为距离前沿阵地稍远,还有人正在纠集人工建造西式屋宇,再振经济,以坚韧的爱国心同敌人做不屈不挠的斗争。

航行了四天,总算到了金华。结束了惊险的穿越封锁线之行。丁君和赵君向我们告别,只有孙君,本无预定的目的地,便决定和我们继续同行。我们的队伍得了一个健壮的汉子护航,心情自然宽慰了不少。

二

在金华,我们住进了电报局的宿舍。是凭借了姨母知心朋友海鸥的关系。海鸥,三十四五岁的年纪,浅黑色的皮肤,脸上常露出颖慧的笑,一头短发从两面分开,是近似男式的流行发式。她原是琴音小学的美术教师,此时是浙江电信局张总工程师的夫人。

姨夫从重庆、大哥从西康寄来的信已先期到达。姨夫要我们一到金华就立刻打电报给他,东南战局吃紧,要我们在金华稍稍休息,他已委托交通部派来的东南区江专员带些现金来,然后由江专员安排我们去重庆。大哥和姨夫的信中还提到父亲在重庆从山上失足下坠,已成残废的坏消息。母亲大哭了一场,只能认命。好在,只要江专员来,西行之事就可以落实。

我的小藤箱里藏有赵景深给老舍、包笑天给张恨水等介绍我情况的信。年轻人不知天高地厚，相信只要一到重庆，报国定会有门。可是，金华的形势已是十分紧张，虽然高楼大厦灯火辉煌，觥筹交错；街头巷尾地堡密布，部队众多。可是敌军即将大举渡过钱塘江长驱南下。在敌强我弱的形势下，生灵涂炭，恐怖弥漫了整个空气。

有时和妈妈、姨母一起，有时和妹妹、弟弟一起，我每天都往市郊跑，首先拜访了刚迁至金华的母校——暨南大学筹建处的戴敦复，又去会见了望府墩《东南日报》社的胡适静和鲍维翰。《东南日报》是东南地区的第一大报，从杭州迁此已有四年多，胡和鲍本是上海孤岛《中美日报》、《正言报》的编辑，来金华后为《东南日报》借用。所有的人都得到同样的信息：金华即将失守，他们的单位已有撤退的准备。

刚刚脱离沦陷区来到大后方，喘息才定，又要撤走，真有些不甘心。不过，现实如此，又何能选择？只能匆匆忙忙再做流亡的打算了。铁路、公路站的流亡者像潮水样的涌现，车辆又那样稀少。尤其是通往西部的浙赣铁路线，日军飞机已出动轰炸，乱哄哄根本无法乘坐。公路呢？如果单身壮男，不带行李，或许还能挤上汽车，对我们来说，根本是不可能的。海鸥和张总天天来看我们，他们也很恐慌，可职责所在，要坚守到最后一天。他们劝我们先走，为我们创造条件。

已经是1942年的5月13日了，据电报局的确实信息，日军已急速南下，诸暨、义乌一下子就沦陷了，临金华已经很近了。我们花了九牛二虎之力，颠沛八天才到达这里，可是日军只需半天时间就占领了这些地方。西行已经不可能，我想起了在龙泉的浙南机械厂做厂长的叔叔。在上海时曾经从"千虑难免一失"的思路出发，同叔叔通过信，得到回音，如果需要，欢迎我们到龙泉。从地图上看，龙泉在金华之南，地处浙西山区，穷乡僻壤，非兵家必争之地，相对比较安全。

海鸥与张总花了很大力气，为我们联系上一辆可以搭乘的商车，当天就可以离开。不过车子很拥挤，好说歹说只能带走一半行李，另一半只能寄放在一间空室里，托电报局的职员下次带出，或者有机会我们回来拿。内心知道这些经历千辛万苦,经历多次日军刺刀阵的生活必须品,是不会再属于我们的了,但形势所逼,只得舍弃。

车开了,一路向南,经过永康的时候,忽然听见响亮的警报声,四架日军飞机突然出现在天际。那时,中国军队缺乏空军和防空武器。唯一的办法是大家奔下车来,急趋绿树荫下隐蔽。敌机却从从容容地盘旋侦察,去而又来,又去。大家重新登车,路上黄土飞扬,下午才到丽水。

丽水大溪畔,江阔水浅,清澄见底。可是怎有心情欣赏。所担心的是丽水也很吃紧,敌机屡屡来轰炸,不能居住。下车后,由电报局派的手推车装载行李,步行到城外十余里的火烧畔分局住了一晚。

一宵易过,第二天的第一件事,是再整行装,于下午动身到水阁,约定由电报局再派车来运行李。形势那样紧张,我们一家连同孙君,还有从金华撤退的支局长一家,把行李横七竖八地放在路边,心情是紧张的。可是车队一点也不紧张,疲疲沓沓,从下午等到傍晚也不见踪影。那儿是偏僻的乡间,暮色已临,晚风料峭,真是狼狈透顶。特别是外婆和表弟,已哭出声来了。

幸亏来了一个从上海逃难回乡的少妇,听到我们的上海口音,出于怜悯,返身到附近农舍招来了一批人,把行李挑到张店,那儿有一个电报局办事处。支局长亮出了身份,才由办事处派出手推车把行李、老人、小孩载于车上,其他人向前步行。已是午夜,道路崎岖难行,夜风常常吹灭灯笼。好在群星依稀,流萤乱飞,才能模糊辨路,迂回抵达电报局水阁的办事处投宿。水阁在山坳,青山环抱,碧溪回流。选择这一位置,可以避免飞机蛮轰烂炸。

电报局是信息中心,所以消息仍十分灵通。消息传来,总是什么地方失守,什么地方被抢!支局长和孙君终日外出奔走联系南撤的公路车辆,回音总是"人可以挤入,行李不行"。支局长的夫人,一位中年的浙西妇女常常问:"日军即将杀来,要命哪,怎么办?"支局长两手一摊:

"没有办法,只恨我只是金华分局的小局长,不是省局局长,不是丽水分局的局长。"

水阁的风光宛如一群美丽的少女在瑶池中曼舞。一层层的峰峦,大峰磅礴,小峰重叠,当云雾萦绕时,形状多样的峰峦时隐时现,疑似浩瀚蓝海中的无数岛屿。为了解闷,滞留第四天的下午,我携妹妹坐在清澈的泉水旁的山岩上,谈着离开的设想。

突然,穿紫卡其短上装、青灰色西裤的海鸥出现在我们面前,从裤袋里取出一封信。普通的牛皮纸信封、用毛笔写的妹妹和我的名字。"我是昨天离开金华的,这信三天前收到,是我局收到的最后一封信。"只见上海友人在信中说:"那天送别已近一个月了。想来你们已抵金华,何时启程西行呢?上海还是连绵阴雨,浙东想是阳光明媚吧!我很想念你们。"离开上海已近一个月,可我们还滞留在丽水的山区。上海在日军的刺刀下阴云密布。浙东、浙西也在作殊死的斗争,阳光明媚不知要到何时。

我问海鸥:"到龙泉去的车子怎样?""孙君正找你们,他那儿有一些眉目了。"原来,孙君终于找到了三艘小篷船。船的价格是二百二十元,两艘给我们,一艘给了孙局长。我们于5月17日登船,启程驶往龙泉。

从大溪转入龙泉溪,都是逆流,溪浅见底,船顺着河底行驶,船夫用以行船的只是一帆一篙。竹篙很长,点到河底,相继不息,有"一竿连一竿,千竿走一里"的谚语。遇到两山夹峙处,河底特别浅,巨石细沙,散阻中流,暗礁既多,流水像箭,急流从前冲来,要逆势上行,是非常困难的。

只见船夫猛地跃入水中,或以两手抱船头,或以一根横木插入船首的空洞间,用力拉船,使得小舟能迂回于群礁之间,艰难地前行。也有许多小船有船夫两人,一人撑竿,一人拉船头,或一人拉,一人在船尾推行。如果遇到大滩,那便数船相聚,头尾相连,策动群力同拉共拽度过险滩。船夫都是身强力壮的彪形大汉,一个人的食粮是我们四个人的总和。每天的行程平均只有十五至二十公里,所以一百至一百五十公里的路程,竟行驶了七天多。

七天中,每晚停泊小市镇时我们都要上岸,找农村小店用餐并购置第二天的餐点,然后回船睡觉。沿途经常遇到从金华、兰溪撤退的浙江省机关人员,溪中的行船也越来越多了。在途中听到了金华失守的消息,知道我们留在金华的那些过冬用的行李已经全部被烧毁了。也知道最后几辆浙赣线上的火车,被敌机炸毁,死伤累累。浙赣铁路彻底中断了,到龙泉后前途茫茫。

叔叔钱旭暨早年留学德国,归国后担任当时杭州最大的闸口供电厂厂长。1937 年杭州失守,他就到龙泉担任当时交通部所属的铁工厂的厂长。1942 年 5 月底,我们到达龙泉,投奔了叔叔。一下子来了这许多人,忙煞了婶母以及三个堂妹和一个堂弟。好在厂里的宿舍较空,腾出了两大间安置了我们。

从 1937 年到 1942 年,龙泉远离战线,曾有四年多的安静时期。可是,现今金华、兰溪失守,日军的正面向西进攻江西,南路的分支掠向龙泉。龙泉的气氛一下子就陷入了紧张中。从上海出发,一个半月穿梭迂行于军事封锁线和战区之间,开支费用浩大。到龙泉后,妈妈悄悄告诉我,身边一共只剩七元钱了。姨母虽然还有些钱,但是重庆来的江专员阻于炮火,到不了东南区,所以手头也很拮据。

如何是好?母亲还是很有信心的,说:"我们不是畏缩的人,前途总是光明的。"她的话鼓励了我们。

铁工厂正计划撤离,目标是福建中部山区。职员数不够,正在招聘,孙君和弟弟首先被吸收了。我呢?仿佛请缨无门,很感烦恼,便陪叔叔到离城十余里的浙江大学龙泉分校走走,叔叔在那儿兼职。五月的浙西,天气暖洋洋的,浙大龙泉分校在青翠的山坡下,花团簇锦的杜鹃花,迎着和煦的春风盛开,红、白、黄……操场边上,丛丛绿草中还可以找到花茎刚直的,茎端开着红色小花朵的忘忧草。和叔叔边走边谈时,迎面走来一个四十多岁的教授,戴白边眼镜,文雅清瘦。

他叫住了叔叔,谈了一些学校的事情。眼睛扫到了我,就问:"这位是?"叔叔介绍了我以后,我立即从西装左上角的口袋里摸出了名片,递过去。"钱今昔!是常在《小说月报》、《万象》、《中国妇女》上发表作品的钱今昔?"我说,"不像样子的涂鸦,请王教授指教。"王教授,王季思先生,元曲研究专家。偶然的相逢,开始了我人生新的一页。

聊了几句便分手,陪叔叔到他上课的教室门口,我退出,从楼上走下去。楼下的扶梯口,匆匆赶来一个人,长长的身材,蓬乱的头发,胡须未刮清爽,穿着一件土布的藏青长衫,有几个扣子敞开着。"这不是潘启莘教授吗?"潘启莘是当年著名的心理专家。三年前,他在孤岛举行婚礼时,我作为宾客曾见过一次面。那时,身为新郎的他,除了礼服很新外,头发、胡须也是这么乱着的,给了我难忘的印象。

我迎上去,叫了声:"姑父,潘姑父。"我本和他有些亲戚关系。他愣一愣,我立即说:"我是钱崇威的孙子。"反应是热情洋溢地邀请我到他的宿舍中,海阔天空地纵谈了。谈得忘记了时间,直到暮色初升时,叔叔才找到了我,告辞了潘教授,打道回府。

三天后,王、潘两教授忽然联袂到叔叔家,专程看我。主要是王教授为一张从金华撤退下来的《正报》编文艺副刊,约我做主要撰稿人。于是,我写的一篇报道上海文艺界情况的纪实文、一篇散文、一首新诗,很快见之于《正报》。

文章引来了一位四十岁左右的白药厂厂长董厂长,他说妻子和小姨喜欢看上海来的《小说月报》和《中国妇女》。前几天看《正报》,知道经常在那几本刊物发表文章的我,已经到龙泉了,就建议他聘请我到白药厂当秘书。他说,"白药是制作火柴的半成品,或说主要成分,是抗战必不可少的物资。你既然志在抗日,我们欢迎你来。"

叔叔的家和厂是在龙泉的水南地区,白药厂在水北,之间有一座永济桥,是长达一百二十五米、宽约七米的大桥。桥建于明代,是五墩四孔的大桥。桥墩是条石砌成的,石墩上置悬挑木数层,形成悬臂结构,再架以木梁,铺上桥板。每天我从水南步行过永济桥时,或欣赏桥上的重檐廊屋,雕彩和神龛,或凭着桥侧栏杆俯视西溪的湍急清流和河底彩色鹅卵石,感受这自然美与人工美的奇妙组合。

白药厂规模要比叔叔的铁工厂小得多,厂房利用一所旧的大祠堂,工人二十人左右。厂长夫人姓万,三十余岁清丽妇人,说话细声细气的;小姨霏,二十六岁,稍胖的中等身材,说话做事都很快捷。还有一个六岁的男孩小弟,正等候进小学。我每天的工作是看往来的函件,大都是业务联系、合作、协商、订货、发货等等。写写复信,有时也参与一些洽谈。还有许多空闲的时间,就领着小弟到城内城外逛逛;同万和霏谈谈巴金的小说,徐志摩的诗,田汉的剧本,或者一起玩扑克。工资不高,月薪三十元,是孤岛时期月薪收入的十分之一。但弟弟在铁工厂也有二十元的工资,合起来,也够一家人勤俭的生活费。

前线还在打拉锯战,连天的炮火和轰炸中,健儿一批批牺牲,又血战了两个半月后,武义、逐昌陆续失守,龙泉已经听到炮声。不能使铁工厂陷入敌人手中,叔叔的工厂决定向福建撤退。租用了大量的民船来运输设备,员工也随船西行。孙君和弟弟都受命参与押运的工作,叔叔一家也乘船离开了龙泉。

白药厂还有些事处理,家中只有我一人等候在前线龙泉。7月30日下午一时,我从水南办事回来,走近永济桥南堍,忽然警报大鸣,三架日机掠云而至,扔下七八枚炸弹,而且以机枪低飞扫射四、五次。因为当地中国军队没有高射炮,所以只能躲进防空洞中。8月1日,上午和下午日机又有六架来投燃烧弹,引起了熊熊大火。可龙泉连消防龙头也很缺乏,只能望火兴叹。到傍晚火熄,城内精华已经付之一炬,败瓦颓垣满地皆是,焦木上还在喷吐着余烟。

这样恐惧地生活着,与董厂长等人奔走联系撤离的卡车,直到8月6日才告落实。8月6日,日军距离龙泉只有五十公里,炮声隆隆,日夜可以听见。在厂中等候汽车，从午夜等到黎明，卡车才开到渡口。把一些重要的材料、机器装上了车，大家都欣慰地舒了一口气。这些重要的物资总算可以不落入敌之手，我们也就为抗日做了一份有意义的工作。

万和小弟坐在司机座旁边，我和霏坐在拖斗的机器旁，还有两个青年职工在一起，车子急匆匆地在公路上奔驰。董厂长和多数职工还留在城内，看守剩余的器材和厂房。

公路已经年久失修，许多桥梁断裂，路面坑坑洼洼，凹凸不平。行驶一段，卡车就要刹住，大家跃下车来，就地拾取石块木条填塞凹坑，然后推车行过。如果遇到断桥，那就要拾取木条搭在桥上，幸得都是短桥，卡车勉强通过。途中曾经三次抛锚，最危险的是在小查那回。那儿有一座陈旧的木桥，初看似乎还平坦，其实结构腐烂朽蚀，卡车驶过桥梁，喀嚓一声断裂了。大家惊出了一身冷汗，幸亏司机猛踩油门，车的前轮擒住了河岸，才拾回了性命。这样生生死死的，直到下午才到小梅。

小梅，小小的农村集镇，街道狭窄，卡车停在镇口，有一所土地庙，比较宽敞，把器材和成品搬了进去，由两位职工看守。我们走进了镇中的一个农户家，那是董厂长预先租下的，吃和住都包给了这家。

租定的是两间房，一间大的，大约原来是客厅，临时搭了两张床，放了些桌、椅、条凳等家什。隔一个天井，有一小间侧房。先在大房中吃了一天中唯一的一顿饭，粗糙的麦麸也十分可口。协助万和霏把大房间粗粗整理好，我走进了小房间。时间已经很晚了，点燃了煤油灯，在床上靠一靠，霏匆匆走了进来，胸口起伏，有一些喘息。

"什么事？"我从床上跃起。"万叫你去，把这床上的被褥也带去。"是8月了天气炎热，被褥薄薄的，夹在腋下就走了。我们走到大房间中。"奇怪得很，这儿许多人，有男、有女，不时在门口、窗口，甚至爬到天窗口来窥视我们。"虽然很焦急，万仍然细声细气地说："所以想委屈你今夜睡在这房间里，保护我们，行吗？"

　　记得离开龙泉时,董厂长握着我的手,嘱咐过:"到小梅,万和霏就托你照顾了。"我未曾多想,慨然说:"当然,义不容辞。"紧张、焦虑感随着万的笑消失。"只是没有床了,你睡在大桌子上好吗?"把煤油灯吹灭,黑夜中各人脱下长衣就寝。紧张消失,疲劳袭来,一下子就睡得很沉。

　　醒来已天明,万和小弟已经走出去,我手中握着一根龙泉剑杖,在房中来回踱步。剑杖是龙泉的特产,看来像一支圆木棍棒,拉出来却是锋利的柳叶剑。在龙泉时,为了好玩,也为了练习剑术,我买了一把。一剑在手,胆子壮了起来。如果有坏人入侵,对万、霏和小弟不利的话,我觉得自己会化身为大仲马《三剑客》中的达达尼安的。

　　窗外,闪过一些青年妇女和少年的脸,看到我,都含笑点头,或招手走开了。很善意的,一些儿也没有闯进来和我决斗的样子。我很自豪,也很愉快,也向他们笑笑。不久万和小弟回来,买了些大饼油条。过后农妇送来麦麸粥和梅干菜,已经是早上九时了。

　　万要我和霏到土地庙去看器材,5月11日,热潮已卷进了浙西,当我们走近一所贴有"龙泉铁工厂小梅办事处"红纸黑字的大宅前,里面走出了一个人,四十五六岁的样子,肥长脸膛,络腮胡子,焦黑皮肤,原来是厂内总务科的马科长。

　　他的背有些驼,因为他姓马,绰号就叫驮马。驮马一把将我拉到宅门口,说道:"幸遇!你妈妈、外婆在松溪等得你心焦,后天我这儿的办事处就要撤了,你跟我走吧!"也不征求我的意见,他一口气说下去:"你叔叔做了傻瓜。"

　　原来,我叔叔是工程师的底子,担任厂长后管理得不错,可战火逼近,考虑到缺少有力的现代化运输工具安全撤退很是困难,所以在两个月前向上级申请,请上级再多派一两个得力的干部来协助办理搬迁的工作。但多次申请,上级的答复都避而不谈那事,只是一味地下达"责成厂长,速办搬迁"等指令。经过全厂职工,包括孙君、驮马等的努力拼搏,终于在短短的十多天基本完成了工作,仅只留下些尾声了。叔叔全家亦都在松溪临时安了家。却不料四天前,突然来了一个彪形大汉,拿了上级批文,说是批准了叔叔的申请,已派他接任厂长,以进行迁厂的工作。新厂长并立即委派叔叔做新成立的迁厂科的科长,先派驻竹口,兼该地办事处主任。

驮马越说越气,我呢? 我直感到这是一个文弱的知识分子、科技人员在乱世时所遇到的无奈,无奈,只是无奈! 看到霏还站在门外的烈日下,我向驮马拱拱拳,说了声:"明天来看你,再谈。"就伴霏到土地庙完成了任务,用了午餐,休息一回,一起走回来。

在镇中的一家茶馆门口,不期遇上了王季思教授。乱离途中再遇,倍感亲切,他邀我上茶馆小坐。我怕万和小弟在房间等,所以买了些橘子、花生请霏先带回去。茶馆里,王教授问了我的情况后,便说:"浙大龙泉分校也要经过松溪到闽中,师生分批撤离,我是其中之一。"又说:"天生我才必有用,梁园非久留之地,你是否想进新闻界一展才华,直接为抗日战争多尽一份力?"

我犹豫了一下,主要是对霏和万的保护之责。王教授又说:"《东南日报》是东南的第一大报,在全国是仅次于《新闻报》、《申报》、《大公报》的第四大报。陈向平在那儿编副刊,他和社长胡健中都向我要人才,你虽不是浙江大学龙泉分校的学生,但毕业于暨南大学,是郑振铎、周谷城的高足,想来他们需要。"

在龙泉的两个半月,我天天看《东南日报》,尤其是文艺副刊,对陈向平追求进步,发扬纯文艺的精神是很神往的,只是目前立刻……"我这次要到福建南平,为浙大龙泉分校的搬迁做些事,可以遇到他们,提起你的事,想来没有什么问题。当然《东南日报》从金华迁到南平途中,多次遭到日机轰炸,人员、家属死伤惨重。现在南平筹建复刊,要几个月后才能复刊。所以你的事急不来,要几个月以后……"

几个月以后,情况总会好转,我是天生乐观的。那时候,霏与万也一定会回到董厂长的地方。于是我同意了。向王教授的好意道谢,也为自己能和陈向平一起工作而欣喜。

又在万、霏的房间里的大桌子上度过了十分平静的一晚。第三天去看了驮马,他劝我,白日跟他一起到竹口,看望叔叔,再转到松溪,会合年迈的外婆,还有妈妈等人。再不走,就没有卡车了,因为后天是小梅站的最后撤退日。

回到房间,看到龙泉来了两个白药厂的工人,喜滋滋地正在述说日军的突进只是小股,经过中国军队和游击队的夹击,有撤离的势头,所以明天下午董厂长要来小梅,准备接回万、小弟和霏,拉回设备。工人们说完后,就住到土地庙了。在欢乐气氛中,我向万和霏谈了将奔赴松溪的设想。

空气凝结了一下,万从椅子上站起来,握一握我的手:"两个多月来的合作,本希望再延续些时,但为了你们母子团圆,为了你学术和事业的前途,我祝贺你。"两个夜晚的体验,万和霏是安全的。又为了我想,不错失这最后的、唯一的机会,清晨甚至午夜就要离开,到镇口等卡车。所以这一晚我住到小房间,以免影响万他们的清睡。

晚饭后,在小房间,房门忽然"呀"的一声给推开了,涌进来好多人,老妇人、中年妇人、男青年、男孩子、女青年、女孩子,都是本宅和附近的。"请坐,随便坐。"看来很友好,床上、椅子上、长凳上、桌子上都坐满了人。接着一连串问题从他们的口中提出来了:"你今晚怎么一个人独宿,不和两个女的睡。""哪个是大老婆,哪个是小老婆?""你喜欢哪一个?""我们好奇,常爬到窗口看。"……原来是这样! 头一晚的紧张,真是多余的,他们只是好奇,绝对没有其他歹意。

我坐在床上,微笑着,很诚恳地告诉他们事实的真相,仅是纯洁的友谊,严肃的责任。在大敌当前,全民抗战时代,我们所需要做的是团结奋斗,争取民族解放的胜利。我越说越激昂,听众也越来越入神。给我倒了茶。老妇人陆续离开了,一些青年和我谈到深夜才散去。

朦朦胧胧地和衣倒在床上,醒来,仅有几丝微光闪在窗前的桌子上。向窗外望去,星斗满天。再也睡不着,拎起小藤箱出了门。走在悄无声息的大街上,凭着淡蓝色的星光,走到了镇口等车。已有一些人先到,卡车还不见影子。山乡的 5 月,白天很炎热,清晨却寒气侵骨。霏把一个油纸包递给我:"万因为陪伴小弟,不能前来送你,托我送些点心给你,路上吃。"

卡车终于出现,驭马跳下车,原来是先去装了些钢筋铁条什么的。十余个男女坐上了车,除了我,全是铁工厂的职工。向送行的霏一挥手,车轮滚动了。这一段公路比较平坦,只两个小时就到了竹口镇,那是庆元县的一个镇,曾经遭遇火灾,精华大都毁去,商店和住房很少,似一个荒芜的陋乡。

找到叔叔的住地,只有叔叔和婶婶两人在这暂住,堂妹堂弟都在松溪。听婶婶发了一通牢骚,但叔叔却告诉了一个好消息,交通部的江专员三天前已到了松溪,把我们家安置在两圣公主庙,那儿也是江专员的办公室。

要等到后天才能乘竹筏到松溪,第二天我到竹口废墟上溜达。不期而遇,又见了王季思教授。找两块废石柱,坐在上面,海阔天空地谈了起来。我读史地系,写地学论文,一直谈到办文学刊物。也听王教授谈了东南区的学术界特征,最后,必然又谈到世界大战和抗日战争的现状与前景。腹中叫饥了,走出废墟,零落的街上尚有一家小吃店。要了两碗甜馄饨。餐后,各自分散。他三天后乘竹筏离开竹口,直奔长汀。路过南平时,落实我的编辑工作。

第二天,我乘竹筏走,狭窄的竹筏上,只乘两三人,一个筏工用竹竿撑着行走。河床开阔,清澄的河水很浅,伸手就可以拾到河底彩色的鹅卵石。水很急,滩又多,所以只能行筏,不能行船。竹筏顺流而下,宛如一张柳叶飘行于激流中,清水潺潺,筏像箭似地飞前。可是如果遇到河床有较大的落差时,筏工就要下水拉拽而过。那时,筏要大跳几下,水珠回溅到筏上,溅湿了我们的衣服和鞋袜。

　　清晨很凉，中午骄阳似火钵般炎人，到了下午，忽然刮起了大风，天空卷上了乌云，一阵瓢泼大雨说降就降，灰蒙蒙地顿时笼罩了所有的空间，河中激浪回旋，狭窄的竹筏不停地打着旋，每移动半步都要消耗很大的力气。虽则撑开伞，但怎能抵挡这上下左右、四面八方袭来的雨珠儿，没几分钟，我们的衣服内内外外都湿个尽透。"怎么办？怎么办？"前面竹筏上的几位女职员惊呼。"大家用力拉哟，嘿呼嘿！"后面几只竹筏上年轻一些的男职工跳下筏子，尽力帮助筏工拉筏、撑筏、推筏。

　　"要命！要命！一点也没有避雨的地方。"驮马直叹气。确实，四顾茫茫，只有远山近田，大雨和水中打旋的竹筏。几小时后雨停了，可是延误了行筏的时间，直到天骤然黑下来的时候，还在道中。"咯咯"两声，一只竹筏搁浅在礁石上了，那是我乘坐的竹筏。水从四面涌上，幸得河水浅，许多职工和筏工冲上来，把筏拉离了礁石滩。

　　体内忽然觉得一阵阵热，一阵阵冷。越来越热，越来越冷，伴着颤抖，我知道自己已患上了寒热病。夜幕拉紧，夜黯黑，夜阴冷。忽然有人在喊："前面有光！"像黄豆大小一闪一闪的光，在漆黑的夜中闪烁。

　　"已近东门了，那是大奶庙中的灯火。"不再乘筏了，大家登上岸，拖着疲惫的腿，走进了大奶庙。传说，古代东门外有一个土财主，曾在那儿路遇一位美丽的少妇，胸前双峰高耸。财主抱住摸了一把，引起农民们的公愤，财主只得认罪并出资造了这个庙，人们就称其为大奶庙。

　　也无心问庙中供奉的是什么神仙，我只觉得头昏昏沉沉，在驮马等人的扶持下，跟跟跄跄地进了庙，倒在后段的稻草堆上。仿佛是厂中的职员，仿佛是庙里的和尚，恍恍惚惚有人喂了我一碗热乎乎的生姜汤，好像半夜里又喂了一次。天明醒来，精神恢复了许多。虽然脚步仍然软弱，但是在驮马等人的搀扶下，一脚高一脚低地走了四里路，找到了二圣公主庙，看到庙门口贴的"铁路工厂松溪办事处"、"交通部东南特派员办公处"两块牌子。

　　原已头重脚轻、筋疲力尽的我，仿佛接纳了二圣公主庙射出的无数能量，一下子精神振奋，挺直了腰，大踏步地穿过特派员办公室，直奔后院。"昔弟！昔弟！"背后传来孙君的喊声。"二哥！二哥！"是弟弟的呼声。顾不及回头望，我依然直冲，就像机器人开足了发条。在后院的天井中，一双手臂抱住了我，那是妹妹。

猛丁儿，小表弟从内房奔出，一面大喊："二哥来了！二哥来了！"妈妈、姨母双双急步出房，争着来挽我，最后，还是让给了年迈的外婆。一家人都涌进了内房，笑声、悲叹、泪水、欢呼交杂在一起，声音响达室外。战火熊熊，枪炮弹飞，在那么紧急的血腥年代，在一叶扁舟，怒水漂流的当时，无依无靠的一家人和我分隔了近十天又重逢，怎不相拥而笑，相对而泣呢？

彼此述说思念和焦急，别后遭遇，困境与艰难。我知道，因为叔叔被排挤，母亲等饱受新来"摘桃子"者的冷遇和压迫，而我又不在。虽然孙君、弟弟等维护，亦度日维艰。幸得江专员随身带了一位职工，迂回曲折，找到了僻处深山坳的铁工厂。江专员在重庆出发前曾受姨夫的委托照顾我们，带来姨夫的一些钱做我们的生活费，还要负责把我们带到重庆。"摘桃子"者原是势利小人，立即见风使舵。事实上，也不需要靠他什么。江专员把我家安顿在办事处内院，一切由他安排。

正说着，江专员已经走了进来，身后带着高医生和花护士，他们都是铁工厂医务室的。想象中的江专员，应该是四十四五岁年纪，胖胖的，嘴角边的小胡须黑黑的，威猛中带·点慈祥吧？可站在我面前的江专员，却是一位三十刚出头的，身长而干练的青年。练达的脸上透出机灵，沉着刚毅的眼神混合了些许疲惫，穿着翻领白衬衣和浅灰色西装裤，态度十分随和。

"听驮马说，你病了。我带来了医生和护士。"他说。我卧着，高医生为我听诊、开处方，花护士为我量体温、打针。听医生的嘱咐，我需要安静地休息。

佳树修竹忆松溪

松溪城外一条清溪，水面阔而浅，石滩延伸，游鱼与河底的石卵构成了动与静、线与面的美妙组合。

夏日昼长，下午四时半，弟弟下班后，约了我、妹妹、花护士和江专员的警卫羊佑等人，一起到溪边游玩。花护士的皮肤比较黑，可是很细腻，身材秀挺。她曾经在浙江卫校的运动会上得过游泳银牌，特别喜欢展示自由泳、蛙泳的精湛技艺给我们瞧。

层层翠绿覆盖了远山，群峰秀拔。特别是湛云、玉女、剑炉三峰鼎立，倒映溪中，随波荡漾，令人心醉。"这里传说是剑侠的出没之处，"弟弟笑着说："那么，我们都是剑客与侠女了吧。可惜不会腾云驾雾，只能落魄于溪边了啊！"我们经常来这里，每每要到暮霭初升，晚霞射入碧波，紫红与青碧交融的时候，大家才尽兴而归。

归途上，几次遇见了潘启莘教授。他跟我们到庙里，拜访母亲和姨母，谈论战局，感慨人生。有一次，他对我说："王季思推荐、陈向平助力，你到《东南日报》不成问题。只是《东南日报》由浙江流亡到南平，虽则于8月中旬重新出版，但恢复建制，做起来很费时日。此间松溪中学尚具规模，校长是新任的，延聘人才，我推荐你去教几节课，怎样？"既可排解时间，又可解决经济上的燃眉之急，我当然求之不得，立刻说："好的，可只能是短期。"

想不到，第二天下午，在溪滩边，潘启莘教授带来了刘学文校长。在清爽美洁的石滩边，大家席地而坐，谈开了。刘校长邀请我担任教务主任兼一个年级的语文,捎带一个班的地理课。并同意我的要求,在聘书上注明,如果我离开学校,可在七天前通知,使他能找到接替。中学校离庙不远,几排平房,二百多名学生。在当时,已经是规模不小的公立中学了。一百二十元月薪,外加实物补贴一百二十斤大米,工资待遇非常的不差。

离开沦陷了的上海市区,来到大后方,历经千辛万苦,天天受到的经济压力总算可以稍稍舒缓了。这是指在松溪的我们,爸爸在重庆已经成残疾人,大哥大学毕业不久,远赴四川与西藏交界的雅安,任职公路局的科长,收入有限,还要支付爸爸的生活费和医疗费。我们到松溪以后,他节衣缩食寄来了百余元,母亲真有些不忍心接受。

姨母家的情况明显好转,任职总工程师的姨夫托江专员带来一笔钱款后,又汇来足够的汇款供姨母与表弟家用。江专员非常尊重任工程师的姨夫,他的意见是:战局正自浙东向江西湖南延伸。浙西山区不是主战场,目前比较平静。可是,前往西南的铁路交通已经断绝,公路情况不明。此去重庆,迢迢数千里,跨越好几个战区后,还要穿过两军战线,情况瞬息千变。我们一家有老有小,怎么过得去呢?所以,需要等他把在龙泉的铁工厂迁闽的事情安排就绪,脱身归去的时候,才能带我们一起走,从而完成总工程师的托付。战火熊熊,关山险阻,我们觉得只能是这样的了。估计,迁厂的事情还要等两至三个月,那就耐心等候吧。好在,生活已经可以维持。

有时候,跟孙君和弟弟一起到江专员的办公室坐坐。那是破庙中的一个侧殿,将蜘蛛网扫去后,一张供桌成了他的临时办公桌。江专员的工作很忙,他笑着告诉我们:"在办公室外,你们不要叫我专员。我的名字叫江振,就叫我振兄吧。"他又说,他本来是交通部级别较高的科员,部里决定派员到东南区的时候,战情紧急,道路艰难,没有人愿意去。只有他年轻、好胜、胆大,又甘愿为抢救抗日救国的物资流血流汗,所以部里破格派他做了专员。一到东南区,大家都很尊重他,给了他很大的鼓舞。以后回到重庆,他将依然恢复科员身份。所以,"跟你们大家一样,同甘共苦吧!"

跟振兄谈论战事,我习惯地应用毛泽东《论持久战》的论点,把战事分为"敌进我退、敌我相持、敌退我进"三个阶段,结论是人民战争必胜,法西斯的末日不远。振兄很赞成这样的分析,他憎恨法西斯,也厌恶隐藏在大后方的贪污腐败分子、卖国投敌分子。他说:"但愿人民的力量能把这一切扫除出去。"

毕竟都是青年,有许多共同语言。不仅与江专员,在松溪中学内也有许多知音。刘校长抓住浙江大学龙泉分校迁址的机会,总要我陪同他一起去拜访那些来住于松溪的知名教授或民主人士,恳请他们来学校演讲。

松溪中学坐落在青翠的山麓下,绿树赤岩掩映着几排校舍。虽然只是平房,却非常整洁。原来学校有初中三个年级,各两个班。刘校长接手后,新增了高中一年级一个班。学校的氛围热腾腾的,有一番"新进"的气概。我在这里工作的时间,虽然只有短短的几个月,心情却是很愉快的。但两家老小,总要有个比较长远的着落,所以还是打算继续西行或另找一个安身之地。

那天课余,回到庙里,见到办公室里,振兄正在批阅公文。他很喜爱书法,也熟悉古文。所以文件上写得也是字正句圆,别有风味。振兄本是学工程的,办公桌上依然堆着几本桥梁建筑学。他接了一个长途电话,放下话筒,趋身出来,拉我到竹椅上坐定。

他告诉我电话中传达的近迅:侵犯龙泉和掳掠丽水的日军已经被击退,将会有一个相持的阶段。工厂可以在松溪安顿一下,再逐步转移到闽中。另外,他又收到从小梅打来,请他转告给我的长途电话。电话中说,白药厂的霏们已经回到对敌作战的前线龙泉了。

都是好消息啊,我告别振兄后,直奔内室。母亲和姨母还在房间的豆油灯旁等着我,看来她们也有些兴奋。姨母开口说,松溪可望安稳一段时间,我又有了不错的职业,经济上过得去了。久居在庙里总不是办法,所以经过江专员的警卫羊佑的介绍,在城北租了一所小屋,可以暂时住一段时间。

另外,母亲还收到了海鸥的来信,说是丽水收复后,张总已经随电报局进驻,海鸥也进了伤兵医院做事务员,空余的时间替伤兵们画画、速写和素描,鼓舞杀敌的士气。海鸥展翅,临海掠水疾飞,也振奋了我们。

我们的新居在市梢,一栋两层砖木结构的建筑,连同稍微陈旧的木桌竹椅等家具,全部被我们租用了。从北窗外眺,是一条从高向低,终日流淌不息的小溪,水色澄清平静,好似一面镜子。水面映照着绿树、蔓草和鲜花,间或看到野兔和松鼠在嬉戏,增添了许多诗情画意。

姨母凭窗眺望,不仅轻吟起宋代诗人尹洙的《水调歌头》:"……佳树修竹绕回塘。不用移舟酌酒,自有青山绿水,掩映似潇湘……"姨母喜爱唐诗宋词,写得一手娟美的小楷。每周,帮我批改一些学生的作文,以缓解我的忙碌。而我的忙碌,则来自陈向平的来信。信中说,虽然未曾相识,可早已看过我在"孤岛"的作品,在《东南日报》的副刊"笔垒"曾多次转载过。所以,王季思教授介绍我进《东南日报》,当没有问题,他希望我先替"笔垒"写些文艺稿。

不多久,福建南平的《南方日报》副刊"小天地"的编者沈轶浏、该报"新时代"的编者周丁,还有建瓯出版社的《民主报》编者朱侃也来信向我约稿。从这里也可以看出,王季思教授所说,陈向平是东南地区进步文艺工作者的领袖人物,他的影响确实非常之大。只恨无缘报国的我,有了这样的机会,自然不会放过。我除了在松溪中学做教务、上课、参加文艺研习会活动外,全部身心都扑在写作上。写抗战的散文、诗歌、短论。还在《民主报》副刊上发表长篇连载小说《风霜》,写的是"孤岛"青年的抗日地下活动。《东南日报》、《南方日报》、《民主报》在出版后的2、3 天里便送到了松溪。松溪中学的教师和同学们,包括刘校长都很欣喜,也带动了初三和高一学生出版壁报和文艺演出的劲头。

　　到11月,王季思教授再次到南平,《东南日报》社长胡健中托他带信,说盼望我早早到南平,担任编辑。同时,由邮局寄来沈轶浏的信,说南平最大的中学剑津中学要聘我做语文教师和地理教师。经王季思教授的介绍,一位浙江大学中文系毕业生接替了我的工作。江专员设法,让我搭上了铁工厂驶往南平西芹的器材船。于是,我结束了在松溪的生活,出发去福建南平。

船到南平

　　船到福建南平的时候,已经夜色茫茫。打开小藤箱,取出了从上海带来的,唯一没有遗失的一套西装,穿上了,跳上岸走到《东南日报》经理部。南平,已经属于华南气候,初冬的晚上,却很少寒意。街道是静悄悄的。只走了一会儿,就到了目的地,敲开了报社的大门。

　　报社以夜工作为主,本以为这东南第一大报内,一定是人头济济,热热闹闹的。但除了来开门的一个中年人外,室内竟无第二个人,比街道还要静。原来这里仅仅是发行和广告两个部门的工作场所。其他部门,编辑部、管理部、秘书部和工房都在离城十余里的画锦坊。中年人是守夜的工友,他建议我先打电话给报社的老板胡建中,他在市内,离这里不远。

　　夜已深,时钟指向午夜一点。老板被叫醒,电话里的声音还带着睡意:"你是钱先生,欢迎。今夜已深,明天早晨欢迎你来舍谈谈。"语音转为热情。本来我想先去碰头陈向平,摸摸情况再去见老板的,现在只能倒着行事了。

　　南平是山城,街道分布得高高低低的。老板的家在一个小山坡上,早上,老板已在详细阅读机上印出的第一张样板。他中等偏高的身材,稍胖,方型脸,架一副黑边眼镜,四十开外的年纪,讲的是一口浙江音的国语。曾听王季思教授说,老板胡建中毕业于复旦大学新闻系,同郁达夫是好友,喜欢写旧体诗。我估计,他会同我谈文学吧。

　　可是他关心的竟然是我的地理学,他说已经知道我毕业于暨南大

学的史地系,写过不少地学论文和地理描述。而且,我又是周谷城、周
予同的高足,所以欢迎我加盟编报。他认为一张大报如果没有地理知
识的配合,就等于一个人缺了一条腿似的不完整。他还征求我关于办
报的意见,对本报的看法等等。

我很坦直地说,报是要读者愿意看的,所以要客观地报道。要公
正、要进步、要生动、要有独到而深刻的分析。我说,我愿意从史地、特
别是地理的角度为抗日战争多尽一些力。同时,地理学必须是最客观、
最真实的。

他立刻从桌子上取了一支铅笔,在一张小纸上写了一行字:现聘请
钱今昔为本报编辑,月薪二百八十元。他把纸条交给我,同时说,陈向
平原想请你助编文艺副刊,不过本报更需要你在地学上出力。那么,你
就以地学为主,以文学为副吧。

从胡家出来,到经理部取了行李,扛着走了十多里路来到了另一个
小山岗,这里就是南平东门外的画锦坊了。几排平房,围着一片广场,
便是《东南日报》的本部。旁边还耸立着的一座三层楼,外墙涂着洋灰
的木结构房,后来也归了报社。

到秘书处办理了报到,被通知每月另发一百五十斤实物米贴。除
了写地理稿子外,写其他的稿件还可以支取稿费等等。可为难的是我
只能住在几十人共住的大房间里,因为报社跋涉千里,初到南平,还没
有找到足够的宿舍。单独的、可以静心写作的宿舍,却恰恰是我迫切需
要的。此外,松溪的局面看来不长,我还要准备外婆等一大家子居住的
房屋。

可能是我穿的哗叽西装挺惹眼,许多职工都围着我问长问短。抗
战已经是第五个年头了,内地的物质条件非常艰苦,多数人穿土布的中
山装和长袍,西装成了罕见物了,它标志着我刚从上海来。

这时候,一个高高瘦瘦的人向我走来。他面孔消瘦,三十岁出头的
样子,儒雅中带着几分机灵。他一把将我拉到了他的小房间中,作了自

我介绍,原来他就是陈向平。听说我的工作是写地理稿的,他稍许有些失望。但仍很热情地告诉我东南区的战争情况,以及抗日战争的前景。又大致谈论了报社内的情况,最后说,反正你的写字台和我连着,你继续帮我写文艺稿,有时候请你代我编文艺副刊《笔垒》。在烽火连天的文化战场,我们又多了一个知己!

陈向平,在上海中国公学读书的时候,和部分同学一起组织"社会科学研究会",学习和宣传马克思列宁主义,投身学生运动。抗战初期秘密参加了中国共产党,受党的委托,到《东南日报》社(金华版),主编《笔垒》副刊,宣传抗日,解放后,任上海市教育局研究室主任、市文教委员会办公室主任等职。

正谈着,总编辑钱谷风匆匆赶来,许多编辑也于下午陆续出现,举办了一个以蔬菜为主,略煮了些鱼、肉的欢迎宴会。这,在战时的东南已经是非常不容易了。

以后的日子,每天在电力不足、光线黯淡的电灯下,或冬阳犹暖的白天写地理稿。这期间,太平洋的美日之战、欧洲同盟国与轴心国之间的战斗,进入了白热化阶段,战场逐日在变化。对广大读者来说,了解那些战场的地理特点,是非常有益的。老板想出了用专业人员写地理稿,配合新闻报道这个点子,可以说是别出心裁。为《东南日报》增加了特点,扩大了销路,鼓励了民心。

除地理稿外,我还写文艺稿、评论稿、时事总结稿,以及揭发日伪汉奸阴谋的稿子。在《东南日报》发表了陆续连载的《上海风景线》,报道上海市区沦陷初期的苦难与战斗。我还在《南方日报》发表了连载的《沪浙闽记》纪实文学、在《文人剪影》回忆孤岛前辈和文友的系列小品,还在《民主报》、《公余生活》、《人报》、《十日谈》等报纸杂志发表文章。我不断地写,恨不得把满腔热血一口气喷光,落笔之快,出乎自己的意料。

我住的地方是一间废仓库,横七竖八的床,男女老幼共几十个人。

自己年纪轻，并不以为苦，但是想到还留在松溪的母亲他们，不由得怦怦心跳。陈向平争取到机器房旁边的一间小屋，我们两个人搬进去住，条件改善了，但母亲姨母等怎么办呢？找老板谈，他劝我稍等，说这么多人的住房问题总归是要解决的。实在是因为金华失守以后，大批人员流亡到福建。报社想买一批房子，再自己建一批房子，但这都需要时间……。

我已经不能再等了，半个月后，收到松溪来信，工厂办事处行将结束，外祖母、母亲等即将到南平。"那你自己先找找吧，如果找到，我们会支援你。"老板知道这个情况后说。我到处找房子，终于找到市区紫芝坊内的一所民房，房东笑容可恭地将我迎到一间套房的门外。门上了锁，贴着封条。

"一套两间，设备齐全，三个月前给穿黄军装的人封了。可是至今人没有再来，也不付一分房钱。"房东叹息着说。看封条是南平新闻检查处，是报社的顶头上司。然而房东不明就里，一味地说："都是新闻单位，应该好说吧！租给你，只要付房租就行。"

明天外祖母他们就要来，我非常着急了。下意识地把锁一拉，搭扣是松松的，竟把门拉开了，封条也松脱了。年轻，不知道天高地厚，立刻付给房东一个月的房租。第二天夜晚，在延福门码头接到了外祖母、母亲、姨母、妹妹、表弟，而孙君、弟弟要押运最后一批物质到西芹的新厂址，西芹在南平上游约二十公里处，还要进行安装等工作。所以，迟几天才能见面。

两间房正好安顿大家，我也在这里住了一晚。请了一天的假，第三天回到报社。可是发现报社已经沸腾开了，不知怎么搞的，报社上上下下几百个员工，都知道从上海来的青年，也就是我，胆大包天地扭断了新闻检查处老爷的锁，扯去了霸王封条。消息不胫而走，传得沸沸扬扬，一时间，我成了英雄。

钱谷风和陈向平却有些急，他们说，虽然佩服你的大胆，可是你知道新闻检查处是什么？是穿军装、干坏事的特务机关啊。我说："真是对不起，我一来就给大家添麻烦了。"老板也来了紧急电话，问明了情况，却不慌不忙地说："我了解你的困难！这样吧，这事情我给你办。总不能让七十多岁的老祖母和八岁的小孩子露宿街头吧。"

又一天太平无事。天气晴朗，同事们轮流陪我到市郊走走，见到许多高高的柚子树。听说这里柚子成熟的时候，可以用长竹竿将它们打下来，就地吃是不用付钱的，但不能带出去。这里，芭蕉树、龙眼树、香樟树随处可见。木结构的平房、新建的洋楼房间，商肆云集。福建方言、浙江方言、上海方言、江苏方言同样的流行。这时候的南平，已经取代金华成为东南区最大的战时新兴城市。到郊区，满眼是绿油油的甘蔗田、叶子肥阔的香蕉林、枝叶繁复的荔枝树。远处的群山，层层叠叠。山前是青翠欲滴的竹林，山坡上是一年四季常绿的灌木和草甸。纵然是战火弥漫的时代，南平依然充分展示了大自然所赋予的美丽姿态。

那一天，漫游后回到画锦坊的办公室。忽见有一个体态粗壮的人等着我。"出去谈吧！"他说："外面谈方便一些。"我与他一同来到办公室外的山坡上，在两块稍平的砂岩上坐下。

"请问你从上海来，负有什么使命？"那人开口说。"没有什么使命，只是抗日救国，这是每一个中国人应有的良心。"我很反感他的语气，所以毫不犹豫地回答。"你代表哪个方面？"他紧追着问下去。"我无党无派，作为中国人希望为抗战工作。"我回答。"听说，你这次来，带了许广平的两封信来，已经交给了章靳以，信上说什么呢？"

我觉得很好笑，这是莫须有的事情，是否想给我戴上"红帽子"呢？事实上，我根本没有带来许广平的信。章靳以是与巴金同名的大作家，目前在南平水南的福建师范专科学校任教授。他同时也是著名进步作家，因为名气大，国民党无奈他何。到南平后，我和陈向平确实去拜访过他。他也曾渡过小河来报社回访过我，因为他也是《笔垒》的主要作者。莫不是我到邮局去寄出给张恨水和老舍的挂号信的事情，给邮局的人传开了呢？他们两人是当时东南区受人欢迎的作家啊。这么想，我的心里就有了底。顿了顿，我站了起来，说："鲁迅夫人我是认识的，我很尊重她的，但我没有为她传过书信。倒是给张恨水和老舍寄过信，他们如果有回信的话，我会在报纸上发表的。可是请问，你今天找我谈话的真正目的是什么？你是哪个单位的？姓什么？"

看我的态度严肃、坚决，他终于说出了真实情况："我只是想问你，为什么拉掉新闻检查处章处长的封条和锁，占有他的房子？"我理直气壮地回答说："锁的搭扣不牢，一碰就自己掉了，封条也是自己脱落的。房子是空着的，也没有付房租。我是应急先借住几天，已经付了房租，完全是合法的。"

气氛稍微缓和了一些，那人说，他姓洪，是军统。今天来这里不是公务，是受人之托来了解情况的。他问："那你要住到什么时候？"我说："我家人口多，这套房子不够我使用的，等我找到大一些的屋子，自然就会让出的。""好的。"洪先生站起身，斩钉截铁地说："章科长在一个月后要房子！"我鼓足勇气地说："小意思！不过希望他交房租，否则是违法强占。"洪先生拍拍屁股上的泥，走了。

回到报社一说，编辑和工人都高兴起来，说我不畏强权，说我硬是把"法西斯分子"顶了回去。因为这事，他们对我都很亲热。可是，一个月时间很短，怎么办呢？

几天后，沈轶浏来我的住处，送了一笼大闸蟹。闽江下游的大闸蟹，螯肥肉美，不输江南阳澄湖。一家人跟他一起吃蟹的时候，母亲表达了忧虑。"这还不容易吗？"沈轶浏对我说："你难道忘了在松溪的时候我给你的信，你何不答应到剑津中学去任教，那儿的房屋是南平最漂亮的。报社老板这里，他不是应允帮你解决房子的吗？他是不会反对你兼职的。"

事不宜迟，随即伴同母亲、姨母、妹妹一起登上了坐落在黄金山顶的剑津中学。从山麓到山顶，是一条有三十多级整齐阔平石蹬的道路，沿坡都是秋花、绿树和修竹。山顶上一片绿色天鹅绒般的草地上,散列着两三层楼的洋式建筑。分别是办公楼、教室、实验室、教师宿舍、男学生宿舍、大礼堂。剑津中学是历史悠久的美国教会全日制中学,高中、初中合计约十八个班级。那些建筑群建于 20 世纪 20—30 年代,战时临时建筑物与它们不可同日而语。

校长王揆生在宽敞明亮的办公室接见了我们,说:"你们怎么来得这么迟? 9 月中旬的校董会就已经通过了你的职约。"我把情况告诉了他,表示了歉意后,接受了学校的聘请。我说,兼任一些课就可以了。他说:"不,不,是专任,虽然是学期中间,但现在是战争时期,可以随到随任。哦,你愿意担任哪些课程呢?"

说实在的,专任兼任,教什么课程,对我来说都是次要。最需要的是有几间可以安身的宿舍。我把困难说了,一出口,身材高大的江苏籍校长就立刻热情地接口:"其实,在九月份的时候我已经替你准备好了,去看看房间好吗?"穿过草坪,在一排高大的松林旁,他指着一楼的一个层面说:"是三室一厅,外加厨房和杂物间。如果你不够用,另外再加一个书房。"他放低声音,又说:"只是我们计划聘的是全职的专任,如果是兼职,再增加房子有相当的困难。"

看着那明亮、舒适、设备俱全的房间,又想到紫芝坊受到的威胁。明知报社工作外加高中部的级任,四个小时的语文和地理课,对自己的精力是个十分严峻的考验,还是立刻答应了下来,接受了聘书。

送我们下山的时候,校长领路绕道穿过了剑津中学女部和华南女子文理学院。华女院也是同一美国教会所办,进进出出的都是一群群华贵的女青年。在松林边缘的半山坡上,王校长对我妹妹说,如果你想继续读完大学的话,我可以介绍你到女大去。妹妹征求我的意见,我说:"谢谢王校长,可是她还是希望到重庆去,继续上海交通大学的学习。"因为现在的情况已经很明显,我觉得在东南立足,优于去重庆。可是姨夫在重庆,姨母无论如何是要去重庆的。到时候,妹妹将跟随她一起前去。

江专员、孙君和弟弟都已经到了西芹，叔叔一家也到了西芹。江专员从西芹订了一只篷船，到南平来接走了姨母、表弟和妹妹。他们将在那儿搭乘已经联系好的便车，万里跋涉，穿几个战区到重庆去。在南平的延福门码头，把从上海长途转辗磨砺、几经战火洗礼的行李以及在南平购置的一些生活品装在船舱里，外祖母、母亲、弟弟和我，还有孙君一起，送别了他们。仿佛有说不完的告别，江专员和警卫羊佑催促了好几次。还是外祖母果断，说："祝你们一路顺风！"我把小表弟抱上了船，又对妹妹说，到了重庆，赶快办理入学的手续。江专员上上下下的，扶姨母和妹妹跨上狭窄的跳板，我回到了岸上。船开行了。

送别他们后，孙君将回到西芹，弟弟则随我们回家。因为已经联系好，弟弟转学到剑津中学读完高中。

新闻编辑是夜工作者，采访记者的工作到晚上 8 点左右，副刊编辑、资料室内学史地稿或者经济文化稿的编辑则是白天工作。为了争取老板同意我在外担任专任教师，也为了在众多的报社同人前说得过去，陈向平他们建议我主动提出，将报社的办公时间改为下午一时到晚上八时，算足八小时。腾出上午的时间全部用于教学工作。这样，我正式开始了两栖生活。从职业上说，是两栖于报社的新闻业和学校的教学业。从写作和教学上说，是两栖于文学和地学之间。

在南平，两栖生活忙坏了我。在报社，除了写两种稿子之外，还主编了《图画半月刊》，有时候还要代陈向平编《笔垒》。当他们有事外出或病假的时候，我还代采访主任蔡极编《通讯版》。在学校里，我组织了剧团和歌咏团，兼任了宣传主任之职。那些日子，我每天从黄金山顶下山，奔走十多里路到画锦坊，晚上再回到黄金山顶，回家的时候因为天已黑，需点着火把夜行。火把是竹片编的，一手拿三到四根，一手点一根照明，一根接一根，可以走很长的路。

人很疲劳，体重下降了十来斤。母亲说，何必这么拼命呢，辞去一头吧。但是战火还在燃烧,抗日战争的西线,从湖北延续到湖南。长沙大战,湘桂吃紧。东线虽然次要一些,但日军曾一度占领了福州,南平人心惶惶。虽然日军是孤军深入,不敢久留,旋即退出,但战争的阴影,法西斯的残暴,时时威胁人民的生命财产安全。生活上,离开剑津,就没有了住的地方。离开报社,万一战局变化,就无法依靠报社的卡车、汽车等交通工具了。事业上,也不允许我离开一头。

　　在南平分别后,姨母和妹妹他们在江专员的照顾下,历经千山万水,走了一个多月,终于到了重庆,与姨夫他们会合。妹妹回到了重庆市郊的上海交通大学继续学习。哥哥于 1944 年考取了美国宾夕法尼亚大学,学习公路管理和汽车装配课程。而我则在南平工作、生活到 1945 年抗日战争胜利以后的 11 月,才回到了上海。

东南日报的地下网络

重返文苑后，我的办公桌放在了资料室内。《东南日报》的资料室，是老板胡建中于战前东渡日本，考察《每日新闻》和《读卖新闻》两大报纸的机构后，结合中国的情况亲手设置的。他的理念是：现代化的报纸，必须信息和知识并重，以提供知识来促进读者对新闻的理解。既可增进对读者的兴趣，也可开拓报纸的销路。

当时国内一般报社的资料室，那些资料室的功能只是阅报处或图书馆。而《东南日报》的资料室，把剪报、贴报编辑成资料册，做好索引，按照时局的发展变化而定期改编。资料室里有编辑多人，地位与新闻版的编辑是一样的。他们需要每晚轮流值班，结合时事电讯，迅速供应"本报资料室"的稿件，或者写评论。与当今香港凤凰台，每每遇到重要新闻报道的时候，总要插入时事评论员的分析讲解的功能是一样的。

资料室内的图片铜锌版很多，都分框分类编列，可以随时抽调应用。例如罗斯福、丘吉尔、斯大林、艾森豪威尔、隆美尔、希特勒等国际风云人物。以及嘉宝、英格莉·褒曼、狄安娜、泰罗鲍华、克拉克盖博、亨佛叶鲍加、阮玲玉、胡蝶、周璇、赵丹、刘琼等中外著名的演员照片等铜版，应有尽有。

评论主笔、副刊主编、画报主编的办公室也放在资料室内，方便他们在编辑的时候，下笔有据、生动活泼，以避免流于空泛、呆板。管理中外图书的存放，也是资料室的业务。这样功能完整的资料室，在当时的中国报社，恐怕是很少有的。

　　20 世纪的 30—40 年代,地理政治学在欧洲和美国已经很流行了。在中国,还处在萌芽阶段。为了替抗日战争服务,我率先拿起了这个武器。在孤岛时期的上海,我已经在《大公报》、《文汇报》、《史地月刊》等许多报刊上发表了《地质与战术》、《地形与战略》等论文。此时,结合世界反法西斯战争的展开,我写了不少有关太平洋战场、苏德战场的地缘政治稿。例如美军在太平洋战场,先是在珍珠港被袭击,继而在中途岛一战中,挽回了颓势。后来,采用了"逐岛进攻"和"越岛进攻"的战略战术,在关岛、瓜达康纳尔群岛、塞班岛、硫磺岛、菲律宾群岛等地,步步为营,逐一地或跃进式地消灭日军。这些地名对广大读者来说是陌生的,新闻报道只限于战斗的描述。但我用自然地理、人文地理的知识结合地缘位置,配以战略地图,分析这些战场上的胜利对整个战局的影响与意义,再加上文学的笔法与情趣,受到广大读者的欢迎。用胡老板的话说:"地缘政治学的稿,有助于本报扩大销路。"

　　《东南日报》虽然是国民党所办的报纸,但它不像《中央日报》、《扫荡报》那样,由国民党党部经费来负担开支。那些报纸,有没有读者是无所谓的。《东南日报》在经济上属于民营,要自负盈亏。在当时"市场经济"的环境中,老板胡建中要靠这张报纸赚钱,来提升自己的政治地位,就不得不打出"文人办报,中间偏左"的方针,容纳一些中间、甚至"左"倾的言论,以争取广大的读者。也正是因为这个原因,《东南日报》越办越好。短短几年中,从原来杭州的一张地方小报,跃升为销路仅仅次于《新闻报》、《申报》、《大公报》之后的中国第四大报。

　　也由于这个原因,《东南日报》容纳了我用地缘政治学来分析形势。那些作品的中心思想,有一个共同的特点,便是运用了毛泽东的《论持久战》、《矛盾论》中的观点。带有这样观点的稿件刊出后,读者的反映是赞许的。我想,可能是老板不知道我的这种手法。也可能老板是"知而不言",故意放水。

　　从扩大销路,争取读者的思路出发,老板重用了陈向平、钱谷风(式威)。陈向平是受中共的委托打入报社的,除了《笔垒》,还主编《周末版》。利用《东南日报》这个平台,积极宣传抗日和人民民主思想,成为中国东南地区文化界的领袖人物。许多学者、文人和青年喜欢围绕在他的周围。另一方面,在他的努力下,《东南日报》的销路激增。老板将他视作摇钱树的同时,对他的政治身份也有疑虑。怕他是中共地下党员,影响到自己的政治地位。所以,从金华到南平,老板曾多次盘问陈向平的底细,并秘密派自己的亲信暗中监视陈向平的行动。

可是由于陈向平始终非常镇静、机智地与他们在周旋,没有露出任何破绽。抗日战争胜利后,陈向平回到上海,依然以《东南日报》编辑的身份从事地下活动。1949年上海解放前夕,他参与了策反国民党军队的工作,为人民解放事业建立了功勋。

解放后,陈向平公开了身份,先后担任了上海市文教委员会办公室主任、《新闻日报》主笔、上海市教育局研究室主任、《新知识出版社》副社长、中华书局上海编辑所副所长兼副总编辑等职,这些都是后话。1942年我进入《东南日报》的时候,他给人的印象就是一个热情、诚恳、有身份、有影响力的著名民主人士。

那时候,在办公室的小木屋中,在小小的寝室内,陈向平经常和我讨论如何提炼素材,突出中心,掌握抨击日军汉奸,讽刺揭露顽固投降分子的手法和分寸。我们常常讨论到夜深人静,才告一段落。回到自己的办公桌前,我在电力不足,淡如红丝的灯光下,写下一章一节。1943年到1944年间,发表了总标题为《上海风景线》的报告文学,一共是14篇。报道了1941年12月到1942年4月,我在上海市区目睹的日军和汉奸对上海人民残酷的剥削压迫,以及人民的痛苦与反抗。例如遭遇日军对街市的突击封锁、市民排长队买米时的苦痛、农民过封锁线贩米遭遇的险情、爱国志士的地下活动、饥民的抢食等等。为了使文字生动,吸引读者,我用了新感觉文学的笔法写那些苦难和斗争。写这些文章,倾注了我的全部激情和笔力,赢得了许多读者的共鸣。

　　这些作品,后来由战时文化供应社出版成单行本。由于在东南自由区出版,所以可以尽情地揭露、真实地描绘和叙述。而处在上海沦陷区的友人们,只能冒着危险,迂回曲折地写一点。

　　陈向平倾注了全力编辑副刊,他又是一个生性开朗、能容纳各种文风的人。所以,通过副刊,团结了当时东南地区不同流派、文风各异的作家。如章靳以、施蛰存(当时在长汀的厦门大学执教)、陈伯吹、许杰、朱雯、杨潮、金尧如、王西彦、王造时、蒋文杰(虞丹)、胡道静、蔡振扬、陈石安、秦牧等作家,常有作品在这块园地发表。我又为他约到了张恨水、老舍、徐纡、诸葛郎等作家和学者的作品。

　　"每个作家都有自己的风格,每个编辑都有自己的偏爱。但是,要真正编好一本刊物或一张副刊,就不能局限于自己,而要如大海一般容纳万物,如苗圃一般遍植百花。"这是陈向平多次向我吐露的心声。他的意见确实影响了我,1943—1945 年,我兼编《东南画刊》的时候,愉快地执行了这一方针。

　　《东南画刊》起初是旬刊,后改为半月刊。创刊的时候,胡建中已经到了重庆,出任《中央日报》总社的社长。同时,用遥控的方式兼任《东南日报》的社长,日常的具体工作由代社长朱苴英主持。朱苴英,瘦小的个子,远在《东南日报》在杭州创刊时,就入社工作了。由校对员、记者、采访主任、编辑、总编辑、管理部长,逐渐升到代理社长的位置。所以,他精通办报的各项具体业务,成为老板的得力助手。

　　其实,《东南日报》社中的几位主要骨干,如经理刘子阔、秘书严芝芳等也都有类似的经历。以内行领导各项业务,报社才能溶成一个配合紧密的有机体,这是胡建中白手起家办报的"秘方"。

　　朱苴英希望办一张快速反映时事的画报的想法,起源于美国新闻处送来的许多英文资料、电讯、图片以及塑料版。原先,世界各国的报纸都只用铜版、锌版或木版。二次大战中,美国发明和制造了"plastic"塑料版。"plastic"塑料版,黑色,分量轻,传播快,每片如四寸或五寸照片大小。这一新鲜事物的出现，再加上二战中传真技术的跃进，可以直接形象快速地传播新闻。

美国新闻处不但在重庆、桂林等处设立了办事处，而且在东南战地前哨的南平，也设立了分处。处长柯威德，三十多岁的年纪，黑头发白皮肤，中等身材，行动机灵。他虽然是白人，但幼年曾住在中国，所以能讲一口北京话。美国新闻处南平分处，人员不多。除了几个美国人，还有两个中国姑娘和一个中国翻译。

由于写资料稿，要得到传真过来的英文稿，所以我与柯威德有一些业务上的来往。我的办公桌上的传真照片和塑料版，引起了朱苴英的兴趣。他直接出马，到美国新闻处要来了几十块塑料版，让我把英文说明书口译给他听，我照办了。听完，他从座位上一跃而起，对我喊着："要抢先，立刻出版画刊，由你来主持。"

塑料版是新鲜事物，怎样在印刷机上开印，还是先例，我们决定试一试。把印刷机房的领班老徐请来，我同他一起试验。开始几次，印了不多张后，版就开裂了，试验失败了。但是老徐很有耐心，他轻轻地将版底磨平，用最好的薄胶胶住，嵌入纸版，调整轮转机的频率，这样一连试了十多次，终于成功了。于是，中国第一张以塑料版为主，铜版、锌版、木刻版为辅的画报就问世了。为了打开局面，朱苴英决定，画报每期为白报纸一张，分为四个版面，随报刊附送，不另收费。

当时的战场一共有三块，一是中国的抗日战场，二是太平洋战场，三是苏德战场。太平洋战场以及西欧北非战场的图片来自美国新闻处，中国战场靠资料室自制的图片和铜版、锌版。只有苏德战场的图片，非常缺乏。我想向苏联使馆联系，却可能被"戴上红帽子"而遭来横祸。这时，陈向平对我说，战斗要有策略，我们可以不通过报社方，直接以画刊编辑部的名义致函到苏联使馆。用不着对人张扬，一有图片寄来，就直接制作铜版印刷刊登。就这样，我们频频刊出了有列宁、红旗、红军等画面的大量图片。还出版了一期有关苏共领导和红军将领照片的特辑，共 12 张。其中有伏洛希罗夫、莫洛托夫、朱可夫等人，散布到东南地区广大人民群众中。

《东南画刊》还专辟一版，刊登漫画、木刻、文艺小品、影星、音乐家印象等，称为"文艺版"。我广开门户，粗犷、细腻、马蒂斯主义、现实主义等等各种风格的艺术作品汇聚一堂。《东南画刊》也刊登了贝多芬、莫扎特、肖邦、施特劳斯的照片、小传。我还有意识地刊登一些清丽可诵的散文、译文，配以素描、速写等。我以为激越的抗战文学和高雅优美的艺术欣赏应当是统一和相互促进的，可以有机地结合起来。德育与美育，是一只飞鸟的两只翅膀，缺少一只就飞不起来。我那时是这样想的，现在这样想的，我将永远地这样想。

从解放以后的材料看，那时南平的《东南日报》中，共产党地下组织已经形成网络。除了陈向平外，还有廖湖金（即解放后《人民日报》国际组主任胡今）、蒋文杰（即解放后《新民晚报》的总编辑虞丹），外围组织人员有我和钱谷风等人。由于陈向平和采访主任蔡极的策动，我动员剑津中学的进步教师和学生，组织了话剧团和歌咏团，自己兼任了剧团宣传主任之职务。

跟他们一起战斗、学习、工作的日子，终身难忘。

抗战胜利返沪难

1945年8月15日，日本宣布无条件投降。消息先从电讯室传出，画锦坊顿时一片欢腾，赶着编写文字和图片，出版的号外唤醒了全城人民。鞭炮、锣鼓、欢呼，全城沸腾起来。八年来，无论哪个行业、无论男女老少，命运的每时每刻都与战局密切联系着，战火威胁着每一个人的命运。抗战终于胜利了，终于放下了心中的石头，谁能不松口气呢？

这时的山城南平发生了很大的变化，战时的繁荣好像泡沫，随战争的结束一下子消失了。许多商店、机关、学校都在准备离开，回到福州或杭州、上海。大量流亡人员首先想到的，是复员回到家乡，重建家园。饱受战争创伤的广大沦陷区，特别是长江三角洲最需要建设人才，包括经济建设和文化建设的人才。可是交通阻塞，工程技术人才、经济人才、文教人才都无法复员。贪官污吏却有如蝗虫一般，占用了全部的航空工具，飞到了收复区，吮吸奄奄一息的人民的最后血肉。

《东南日报》的原址是杭州，抗战开始后，分别迁到了南平和丽水，在两地出报。此时，丽水分部已经迁回了杭州的旧址。胡老板想把南平的这部分搬到上海，凭借抗战时期称雄东南的声势，在上海的报业中争得一席之地。但是胡老板已经于两年前调到重庆工作，那里的工作一时摆脱不了。所以只能频频打来长途电话，遥控指挥搬迁之事。

已经派了两批人员，搬迁了一些器材去了上海，但传来的消息是很不顺利。三个月的时间里，陈向平到了福州，其他同事有的去了厦门、沙县，有的去了赣州，还有的去了台湾。那时家人已经从黄金山顶搬到画锦坊附近，一条清清溪水旁的两层楼民宅中。古老的山城变得越来越沉寂，我感到了分外的寂寞和惆怅。我终于争取到了第三批去上海，临走前的一天，我来到了友人绿蒂的家中。

已经是1945年的11月了，南国的早晨微微的有些寒意。在布置得幽雅精致的大客厅中，绿蒂穿着一件紫蓝色的呢绒旗袍接待了我。喝了几口清茶，她取出一个用粗毛笔写着地址和名字的牛皮纸信封说："《正言报》已经在上海复刊，它收回了沦陷前的房子、机器和设备。编辑部还缺少写地理稿的编辑，你去吧。""你呢，回不回上海？"我问。"不，我是商人妇，或者说是老板娘，我们的商号已经决定迁移到福州，我要到福州去。"

回到家中，老板有电话来，要我们迁上海的时候，押运一批器材随行，参加筹备出版事宜。交通越来越困难，抗战胜利已经三个月了，返沪人潮如海。公路、铁路一票难求。报社的两辆卡车、一辆轿车都已派出去了，不知道什么时候才能回来，只能租用商车。虽然是两辆非常陈旧的车，但是能够租到，已经谢天谢地了。

定下了起程的日期，我先后拜访了南平的一些友人。向苦难的三年中同甘共苦的亲戚、朋友们一一告别。再去省企业公司那里，与叔叔一家告别。回到家中，已经是掌灯时分了。第二天早晨，把少量的衣服用品装在三只小藤箱中，连同两个背包一起装上手推车，拉到报社的广场上。其他 些小件的行李，早几天已经装上木箱，装运到十天后启程的江亚轮上。一些家具和用品，我交代给挑水妹，任凭她自留或送人。

两辆商车上，乘了三个押运员、我、经理部副主任、事务课长、二十多位家属以及一批器材，加上商车的女老板、司机、修理工。在喇叭的鸣叫声中，车冲出了画锦坊。汽车穿过南平城，驶经建瓯、建阳、浦城，翻过武夷山脉的枫林关，略过江西的广丰，到达浙西的江山市。一路上，走走停停，在村镇用膳，在城市夜宿。胜利复员，心情很是舒坦。面对沿途的奇峰异水，抓紧每一片刻，尽情欣赏。每到一处，在店肆或农家看到墙壁上、厅堂间,大多贴着我编辑的《东南画刊》,特别是反映巨大胜利的那几期,我的心里感到阵阵的欣慰。三年的呕心沥血,生命原来并没有白白浪费。

尤其在浦城,旅店的水粉墙上写了我的名字。顷刻,就有一位穿长袍的中年人来我的房间访问。看他的卡片是当地商业局的科长。叙述下,知道是暨南大学前几届的学长,也是画报的忠实读者。他已经在市内的聚丰园订下一桌酒席,既为我洗尘,也为我送别。楼上的雅座内已经有五六个人坐定。一顿午餐,主要听科长他们谈论。知道了收复区的物价高涨,延颈期盼的人民对国民党的失望等等。

车到江山,原准备乘火车到杭州。但实际情况是,即使买到了火车票,也无法将器材装上火车运往上海。所以,我们只得租了一只快船。与四年前乘坐的快船一样,一只船就可以容纳全部的人和设备。船沿着富春江航行,船工们划船、撑竿、花费了三天时间到达了杭州。

副经理和事务科长在上海有老家,当天住客栈,第二天把器材装上火车后,就一起回了上海。我呢? 四年前离沪,已经把房子顶了出去。抗战结束后,上海一下子涌入许多人。官僚们在民居外到处贴封条,造成了住房空前紧张,租住房子要用金条顶。那时候,一两一条的金条被称作小黄鱼,十两一条的金条被称做大黄鱼。需要两条大黄鱼,才能顶到像样子的住宅。虽然在南平工作了几年,两条大黄鱼对我来说实在是天文数字。想不到在外地为住房惶恐万状,归来时依然面临这样的问题。我性格乐观,决定先到杭州众安桥畔的《东南日报》大厦去住几天,徐图思考回归上海安家的途径。

《东南日报》大厦是一座三层楼的钢筋水泥建筑,有许多宽敞的办公室、房间、大厅。在当时的杭州,是著名的大建筑了。我们三代人,也就是我、母亲和外婆三个人,被安排在一间很大的房间中。这里原先是一间大办公室,桌椅、沙发齐全,只有一张床。经理和秘书领我们入室后,抱歉地说:"大厦收回后,发现破坏严重,三个月来,恢复缓慢。来往的人又很多,我们再去想想办法,搞两张床来。你们想住多久,就住多久,食宿都由我们招待。"

我安排外祖母睡在床上,我和母亲打算席地而卧。地板光整洁净,我们又带着被褥,一切不成问题。这时候,走进来两位青年,他们是南平时代的同事,周文详和吴定潮。拉了把椅子,和他们一起谈了一会,就走了。不一会儿,他们又返回了。却见每人背着一只棕棚来,后面还有工友拿来了床架。原来他们把自己宿舍的床拆了,送了过来。在这一切向钱看的时代里,一介书生能够得到青年友人的诚心关怀,我感到世界并不那么冷酷,人间还是有温暖在。

下午,采访部、副刊、资料室的一批编辑、记者们陆续来串门。群情激昂地、气愤难平地谈论着重庆派来的官僚们"五子登科"的事情。所谓"五子"即面子、条子(金条)、女子、房子和车子(汽车)。接收大员被称作"劫收大盗",鱼肉人民,抢夺五子。凡是返回的作者、文人、报人,大多数看不惯这种强盗行为,纷纷在报刊上撰文揭露或抨击。副刊的编辑向我要去了散文《过客的悲哀》。这篇散文述说的是我一路上的见闻以及感慨。

晚间,主持杭州《东南日报》的副社长来看我,劈头一句话说:"你何必要回上海,上海给'劫收大盗'们弄得乌烟瘴气。干脆转入我们杭州版做编辑,我替你解决房子的问题。"他的话,对我颇有诱惑力,我还是婉言拒绝了。我在上海还有七十五岁高龄的祖父和六十二岁的祖母。我还想到了上海孤岛时代一起战斗过的学运青年、文艺界友人和读者们。也想到了所熟悉的外滩、南京路……。

在杭州,白天陪母亲和外祖母到西湖、六桥三竺、灵隐、玉皇山、六和塔、钱江大桥欣赏湖光山色、庙宇梵宫。我所写的散文和诗,以及编辑所写的报道我的行踪的文章"作家行踪",很快见报。傍晚回报社,传达室送来一叠名片、刊物和留言。我很快结识了《东南日报》社的胡济涛,《浙江日报》社的林芷茵等文友。晚间,在明亮的电灯光下写信给长辈、亲戚、友人。祖父和姑父的来信是焦急的，希望能与我们早日见面。
而热心的友人们在来信中说，如果我返沪，做教师、当编辑或到公司任
职的话，因为有抗日的经历，应该不成问题。

想不到抗战结束，会没有地方住。我后悔当初将房子廉价顶出。
但是那时候不顶出的话，又没有路费可走出沦陷区。所以还是得向前
看，找到可以安身的地方。幸亏妹妹已经随上海交通大学的复校回到
上海，她是 9 月初到上海的，比我们早了三个月，情况已经有些熟悉。
到 11 月中旬，来信说，找到了一位远方的舅舅黄玉。黄玉就职于上海
公用局庶务科，是普通科员，恰巧被派往四川路横浜桥的克明里看管一
所宿舍公房。他虽然位卑职低，但是公房中常有空房。我们只有三个
人，勉强住住还是可以的。他说，先来上海吧，来了以后再徐图设法。
就这样，在杭州的楼外楼宴请了先一步到杭州的海鸥、张总，海阔天空
地聊聊，发了一些牢骚，稍稍感到愉快。然后由张总打电话购得三张火
车票，在拥挤的火车中回到了上海。

克明里的公用局宿舍是给在该局上班的职工住的，黄玉只有看管
的责任，没有分配的权利。但那时公用局尚在建局初始阶段，职工没有
全部到位，有一些空房。每天有新来报到的职工拿了局里分配的条子
来，黄玉按条子上分配的房间为他们安排。我们不是该局的职工，当然
拿不到条子。所以就好像黑户口似的，住的房间，过几天就有人来领
房。这时候，黄玉就将他们安排在客厅，急吼吼地跑进来，嚷着："快！
快！卷好铺盖，拎好箱子，搬房！"然后，他又开出一间空房让我们住下。

幸好，我们没有行李，没有家具。房间里原本就是空空的，只拣到
了一块四方的小桌子似的板。吃饭的时候，将两只菜放在板上，席地而
坐。晚上睡觉的时候，也是席地而睡。搬房间，一刹那就可以完成。极
大的反差是，上海的好几家报纸上登载了"青年作家钱今昔抗战胜利回
沪"的消息，一些友人来看我这个"抗战英雄"，却发现回到上海的我变
成了一无所有的流浪汉。八年抗战，无数烈士的鲜血浇灌出的胜利果

实,都被大大小小的官僚们吞噬了。人民依旧瘦骨伶仃,饿殍遍野。

　　暂时安顿下来后,我先到祖父、姑父家去探望,相问唏嘘。再到《东南日报》的驻沪办事处去,办事处在四川路底的一所旧仓库中。许多单身汉挤在又暗又小的房间中。何日出刊,似乎遥遥无期。

立足《正言报》

想到绿蒂给我的信，我走进了福州路《正言报》报社。那里人头济济，乱哄哄的正忙着发行和广告之事。我走进总经理室，见到了总经理。他四十开外，瘦高个子，戴黑边眼睛，穿着一身半新不旧的西装。匆匆把信看了一遍后，他就向其他职员说："钱先生来报到了，好极！今后的地理、历史、画报等方面，我们可望占先了。"还没等我发言，他就抢着说："晚上五点，到我家用膳，拜拜！"他确实忙极，一转眼就走开了。

晚餐的时候，总经理详细介绍了经过："许多报纸在上海复刊或新办，竞争开始白热化。《正言报》不像《中央报》等拿国家经费的报纸，没有一分钱政府津贴，全靠销路赚钱。所以要吸取各种能量来拼搏。战后，对德和约问题，对日管制问题，国际势力范围的重新划分问题，印度和巴基斯坦分治问题……，除了政治因素外，有好多问题是地理问题。政治问题各报都有充分的注意与分析，地理问题，一般的报纸都忽视了。如果我们抓一抓这个方面，不难做到异军突起。"最后，他很决断地说，正是有了这个想法，所以他才主动请绿蒂邀我出山。

《正言报》的社长吴绍澎，时年三十八岁，原来是足球运动员。抗战胜利后，首先冲进上海，如足球运动那般猛冲乱撞，当上了上海市副市长、市党部主任委员、社会局局长。因为目中无人，只三个月就受排挤失去高职，最后留下本报一张而已。《正言报》发表了大量的反内战、反饥饿、反迫害的时事新闻、随笔、杂文、逸事、经济类等文章。著名作曲家周大风十七岁时创作的《国际反侵略进行曲》，后被国际反侵略协会定为会歌,即首发在上海《正言报》和香港《星岛日报》上。该报影响很大,遂使广告大兴,四方驰名,以至商埠大亨,争相刊布。

但是说到房子,《正言报》也很困难。在头一个月中,进报社的人分配到了住房。我来得太迟,已无寸地可分。总经理说:"不过,我们一定替你设法,时间估计要 2—3 个月。"可是,这几个月里怎么办呢?祖孙三代人,已经很困难。妹妹星期天要回家,弟弟就读的江苏学院已经有消息将从福建迁往镇江,他则希望转学到上海的沪江大学读英文系。爸爸将同姨夫、姨母等一起由重庆返沪,而大哥也即将从美国学成回国。到时候,姨夫、姨母会接外祖母同住。姨夫已经到纺织机械制造厂工作,这个厂,规模大、资金足,公家分配一套住房是没有问题的。但我们家的六个人的住房,却是棘手的大问题呢。

这时,从《东南日报》驻沪办事处获得消息,从福州开出的江亚轮,在吴淞口遭遇水雷爆炸,损失惨重。不言而喻,我托运的行李都已葬身江海底了。这是我当年离沪、离南平之后第三次毁家,再一次变得一无所有了。转眼想想,发扬阿 Q 精神:反正也没有栖身之地,行李来了也没有地方可以存放,失去就失去了吧。

我去找了翔,他热情地约了许多旧时的朋友,在他现下的住所小客厅里,摆了一桌酒为我洗尘。他父亲原来的大宅已经被接收大员摄取,老人一气之下去了香港。但百足之虫,死而不僵,翔用金条顶了一幢小二层的住宅。失去了往日的豪华,尚舒适。他开了一家私人诊所,创办了一家小药厂。阔别多年后,大家重新聚首,畅所欲言。这才知道,我离沪的四年间,上海的人与事发生了巨大的变化。有的参加了新四军,有的到了内地。有人当了官,有人沦为汉奸。大浪淘沙,正义与邪恶,光明与黑暗,反差如此明显,大家为那些追逐光明的友人们干杯。这些年中,还有人不幸去世,有的过着生不如死的生活。也有一些人,平平淡淡,寻寻常常地依然做着教师、医生、编辑、职员或商人。而今天来聚首的人,大多属于这类人。

以后，一连几天我没有去上班。每天走亲访友，寻找房屋。但是寻找房屋这件事，没有"大黄鱼"，顶多获得一句"抱歉"。这天，孙君和弟弟从福建回到了上海，但我还是没有找到住房。孙君很气愤，怒骂了一通贪官污吏，留下弟弟，说过几天再来。孙君复员后回到那家洋商重新建设的毛纺厂，他是优秀的技术工人，洋老板为了赚钱，所以很笼络他。几个月前，日本在沪的侨民仓促回国，房屋廉价出售。洋老板从集中营中出来，收回了资金，购买了一批房屋，陆续分给厂内的洋人、高级职员和技术工人。孙君分到了一小幢楼。这是一幢两层的建筑，共四间房，另外，还附有小厨房和卫生间。孙君对我说："你们先搬过来，住楼上的两间。我要回常州去接妻子，我们住楼下。"真是不好意思，但也只能这样了。总算暂时告别了流浪的生活，搬到了杨树浦。

《正言报》催我报到，说是只有报到后，才能以正式员工的身份，想办法为我尽快落实房子问题。我每天到福州路、福建路口的《正言报》社上班，同时去信重庆，将目前自己的情况告诉《东南日报》胡老板。胡老板回信，希望我于《东南日报》复刊后，继续帮忙。

我在写地理、历史、经济资料稿的同时，编出"国际时事"、"七日画刊"等周刊，同时做了资料室主任，兼采访主任。在顾冷观、陈蝶衣等的鼓励下，我的笔不停地写着。在《茶话》发表了长篇小说《水上的希望》，在《家庭》、《春秋》、《启示》、《文艺春秋》、《幸福》、《袖珍》、《生活》、《宇宙》、《申报·春秋》、《中美日报·集纳》等报纸杂志上发表了大量的小说、散文、新诗。

到编辑部来访问我的人很多，有一天，来了一位长长个子，行动潇洒的人。他是孤岛时期暨南大学的同学施志刚，目前在中国新闻专科学校做秘书。他带来了新专校长陈高庸请我担任新专教授的意向。当时，上海的日报、夜报、大报、小报、周报不下七八十种。原来和日伪有关的人员纷纷离去，很多新的报人缺乏新闻专业技巧。于是，原来在暨南大学史地系任教授的陈高庸创办了这所大学，聘请上海各大报社的人士前来担任教授、副教授和讲师。

《正言报》是仅次于《新闻报》、《申报》、《大公报》的第四大报，不可没有人去授课，于是想到了我。更意想不到的是，三天后，陈高庸校长拿了聘书亲自来到我家，说该校的教授有许多是暨南大学的名教授兼任。如果我愿意兼任，将是最年轻的教授。

好事成双，不久，一位同事兴冲冲地走进我的办公室，告诉我在虹口的虬江路，找到了一所两层楼的房子，虽然有些旧，但却是空着的。房子的门上贴了三张封条，上面宣示了三个不同的机关名称，是抗战胜利后的四个月里，"接收大员"们贴上去的。到现在没有人来，估计这些大员们已经住上更好的房子了。看守房子的老头很希望我们去撕掉房子上的封条，他说，房东胆子小，怕惹事，不敢撕。如果我们敢于撕了，房东一定很欢迎。

这所房子，在沦陷的时候被日伪占领了。胜利后，"接收大员"非但不将财产落实给主人，反而以"敌产充公"的名义为由，企图占为私有。因为这房子颇旧，估计大员是不会来了，但万一来了怎么办？我想出一个主意。从看门的老头那里打听到房东的经租部设在宁波路的一间写字间，就找了过去。我主动提出先付三个月的房租，以后按月付，不拖欠。房东乐开了怀，立即与我签订了租房合同。租金公平合理，是房东对我们代他收回房子的回报。

第二天，就搬进了租下的房子。将四年前寄在亲戚朋友那里的家具拉了回来，又购置了一些生活必需品，重新开始了上海的正常生活。

银色田地金色心

　　八年抗战，千辛万苦，流血流汗的牺牲，望眼欲穿的期待，家族的回归集中在 1946 年。那一年，首先是姨夫、姨母和父亲由重庆回到了上海。姨夫是总工程师，工厂分配给了他家平凉路的一幢两层小洋房，将外祖母接去同住。父亲和我们同住，弟弟已经转学沪江大学读英语。大哥也从美国学成回到了上海，在联合国驻沪办事处担任处长之职。不久，大哥分配到驻沪办的一套公寓，次年结了婚。几个月后，姨母回太仓扫墓，为我物色了女朋友，两年后结婚。在谈恋爱的这段日子里，世界发生了变化，中国发生了变化，上海发生了变化，报馆也发生了变化。

　　1946 年，和平谈判的生机日渐黯淡，彤云密布，战争仿佛有一触即发之势。按照报社分工，我主要负责国际问题。无论是社论、述评、专论与资料稿，都是围绕国际问题写的。论点是希望和平和民主。涉及到国内，则只限于经济和文化领域，避开了政治和军事范畴。

　　此后，上海的物价开始飞涨，饥饿笼罩。民主的力量也在迅速增长，报社的老板与中共地下党接上了关系。报社内部的方针是：抨击黑暗、歌颂光明。这个方针并不公开，只有少数知情人知道。因此，加重了我的责任和工作量。我先后担任了本埠版的编辑、社论委员、副总编辑之职。

　　报社屡屡接到警告，随时有被封门的可能。报社主笔之一的陈汝惠到市里参加会议的时候，提出了"国民党特务必须退出学校"的议案，并在报上发表了全文,随即受到压力,被解职。随后,他低调出任了刚成立的江湾中学校长一职。而我和陈汝惠、陈伯吹一起主编的一本综合性月刊《启示》,于1948年春被查封。那段时期,白色恐怖笼罩上海,许多进步人士被屠杀。

陈汝惠来到我的办公室说,"看样子,国民党顽固派要对《正言报》下手了,我们的意志是绝不动摇的。但生活上需要预先做安排。我建议你到江湾中学来做兼职。"就这样,我除了报社、新专的工作外,又多了一份兼职工作。在江湾中学,我担任了语文和地理教师,以后图书馆成立,又兼任了图书馆馆长一职。江湾中学聘请了一批民主人士前来任教,虽然地处当时的上海郊区,校舍简陋,但也出现一派欣欣向荣的景象。

《东南日报》上海版于1946年秋创刊,陈向平依然在其中工作,主编文艺副刊。一天,我去他的宿舍看望。他说,"光明与黑暗的斗争已经到了尽头,反动派的总崩溃就在目前。但是黎明前的冬夜是特别寒冷的,希望你能够坚持。"我说,经常看苏联领事馆新闻处出版的《时代日报》,非常羡慕苏联对知识分子的待遇。苏联的作家、苏联的科学家、教授都受到国家的礼遇与尊重,什么时候我们也能够这样,就好了。他回答说,"你的愿望一定能够实现,当然必须先争取到人民革命的胜利。"

不久,解放军在山东和中原势如破竹地取得了胜利。但上海的局势却更加严峻,1948年10月,因为刊登了为王孝和烈士鸣冤的言论和新闻,《正言报》终于被查封,不准再出版。吴绍澍被通缉,同事中有多人被捕。为了避免在公众场合露面,我有时候住到姨母家。这时候,时间有了宽余,就取出了几年前孤岛时期写好的《新哲学地理观》进行修改与补充。

这个稿子是我在1938—1940年间,用三年时间完成的。是试图用唯物辩证主义与历史唯物主义的观点、方法来论述地理学的一本专著,

1941 年由哲学社出版。纸版已经打印好,即将付印。但太平洋战争爆发,日军侵入上海市区,哲学社解散,这本书未能出版。幸亏友人冒险到印刷厂取回原稿还给了我。我每天挑灯夜战,终于完成了修订,交给陈伯吹主持的金屋书店,于 1948 年冬出版。由于那是一本用哲学观点分析地理学的著作,所以出版后,特别是 1949 年解放后,得到了中国地理学界的重视,冥冥中为我今后的人生奠定了方向。

物价不断上涨,老百姓的生活水平不断下降。1949 年,国民党政府的财政已经崩溃,纸币沦为废纸。每次发工资后,校门口就涌现出一批贩卖银圆的黄牛。他们高喊"大头! 小头! 快快来买。"大家一拥而上,一个月的工资只够买五到六只大头。所谓"大头",就是印有袁世凯头像的银圆,而"小头"印的则是孙中山的头像。

弹火纷飞会文友

1949年5月,解放军展开了上海解放战。5月下旬,上海的四郊已经解放,仅只市区一小方还给国民党残军盘踞着。我所住的虹口区,北四川路上横七竖八地乱挂着残军的军用电话线,败兵溃将满街走。市民们为了安全,在各小巷和里弄口集资设置了铁栏杆。在地下党的领导下,迎接黎明的战斗正蓬勃地展开着。

那时学校已暂时停课,5月25日晚,整宵响起了激烈的枪炮声。次晨一度沉寂。我打开收音机,听到的是上海人民迎接解放军的欢声。我和妻子从床上一跃而起,兴奋地说,"天已经亮了,出去走走吧!"

妻子想到她执教的前进中学教课,学校就在吴淞路乍浦路口,从我家虹江路往南走。一路上静悄悄,不见一个行人。到学校,只见大门紧闭。我们觉得很是惊异。于是又折向北四川路。奇怪的是两旁店门都紧紧地闭着,空气很紧张。一直南行到天潼路,遥望苏州河南岸已有红旗招展,而外白渡桥的北堍却依然由国民党的残部把守着。河中淌着死亡的士兵和马匹,地上也有许多血和子弹。一看情况不对,我们就返身北退,还悄悄地说"要镇静"。

我们贴着紧闭着门的店铺快步往回走,嘘、嘘的子弹声在空中响,路上还有国民党的残部在游动,也有荷枪的残部乘着卡车行驶而过。那时我还很年轻,胆子很大,并不惧怕,只是以极度的镇静走到了北四川路虹江路口。作家孔另境和金韵琴的家就在那儿沿马路的一家米店的三楼上,我们从米店的后门走进了他们家的客厅。

"弹火纷飞,你们好大胆子!"孔另境夫妇惊呼起来。然后大家坐定,愉快地谈论解放战争的进展。另境取出了沈雁冰(茅盾)先生的几封信给我们看,透过那端秀华逸的笔迹,看到了新中国的希望。我们就兴奋地谈着新中国的未来,也谈论着今后文教战线的绚丽前景。

这时,窗外传来一阵较密的子弹声,仿佛就在不远处的苏州河畔似的,以后枪声渐稀,终于无声。时间已近上午十一点钟了。我们就走到三楼的阳台上,望见有三辆卡车载着蒋军残部向北驶去,大约是撤走的样子。估计路上已无危险了,便向孔另境夫妇告别,走回自己的家。

回家刚坐定,就接到了地下报协陈向平的电话,告诉我:浜南(苏州河南)已经解放,浜北的瓮中之鳖也将擒住。我们要积极迎接光明的到来。这使我们内心充满了美丽的憧憬与希望。我接着就打了个电话给住在浜南的大教联的曾未风,在电话中笑语不绝,共庆上海的解放。

两天之后,苏州河北的国民党残军或者起义,或者投诚,或者被歼,阳光普照了整个大上海。这个场景,距今已整整五十年了,我已成了八旬老人了。回忆我的一生经历了许多惊险、磨难,也有许多欢快和幸福。可是"弹火纷飞访文友"的一天,仅仅几小时内就集中了极度的兴奋、惊险、欢快和幸福于一堂,是生命中罕有的,真是值得永恒地纪念。

热情奔放投身建设

　　1949 年 5 月上海解放，10 月新中国诞生。虽然我已经三十一岁，但热情使我仿佛回到青年时代，喜悦、奔放，有时甚至有一些疯劲。

　　因为我那时担任了上海市的地理研究会副总干事，为了便于联系上海市的各大学、中学地理教师，我从郊区的江湾中学调到市区的格致中学。在老领导、老战友，现任上海市教育局研究室主任陈向平的领导下，开展地理科学教育的活动。

　　同时，我还兼任了上海市科普协会地理组的宣传干事，上海市人民电台"科学与卫生"专栏的编委，上海市人委干部学校的地理教师，上海出版的《科学画报》的编委，北京出版的《科学大众》月刊的编委，华东地区革命干部学习月刊《文化学习》的特约作者，等等。除了写稿、出书、广播、演讲、组织会议外，还在寒暑假大学、中学地理教师集中学习，以提高业务与政治素质的学习班上担任工作。我常常一天睡五六个小时的觉，午餐或晚餐也经常是买一只面包在公共汽车上度过的。虽然紧张忙碌，我却乐此不疲。

　　我这么做，有人支持，有人赞扬，也有人反对，甚至遭遇辱骂。更有个别人为了自己发达，而在背后捅刀，恶意中伤。这使我冷静下来，将冲动化为深入研究，为后来的学术成就打下了基础。所以，我还是要感谢反对我的朋友。

　　从地理科学的著作来说，我从 1941 年到 1949 年间曾写了许多地缘政治学的文章，但这些文章，随手刊登随手丢失，只留下解放前夕由陈伯吹主持的金屋出版社出版的《新哲学地理观》。"新哲学"当时是马克思哲学的代名词，所以当年出版的时候是冒了很大的政治风险与生命风险的。新哲学的地理观，除了用辩证唯物论和历史唯物论来驳斥唯心论以及形而上学的地理学外，也充分歌颂社会主义，痛斥三重大山对人民的压迫和剥削。

1949年解放后，由于该书是第一部用新哲学来论述地理学的著作，所以在全国地理界引起了轰动。许多原本相识或原本不相识的学者、教授以及青年写信给我，或来访交谈。这本书成了当年上海市地理工作者学习时的重要读物之一。

文学方面，有一个小插曲。在上海解放前夕，曾有传说，蓝萍派人来收购《王老五》的留声机唱片，予以销毁。《王老五》是一部左翼的电影，叙述贫苦人王老五的生活，其中的插曲曾风行一时。蓝萍在片中担任了女主角，究竟为什么要销毁，我一直没有理解。

解放后的两年间，参加了萧三、艾青到上海来召开的中共中央文艺政策传达会，也与柯灵参加了周而复、叶以群等主持的座谈会。感到党的文艺政策很明确，必须写工农兵，必须为无产阶级服务。可是文艺工作者，包括传达者自身，都觉得做不到这一点。一些人甚至在传达的时候，夹带了"不一定"，"我看写资产阶级或小资产阶级也未尝不可"的意见。周而复的小说《上海的早晨》，就是写资产阶级接受改造的。艺术水平很高，很有吸引力，获得了成功。那么，怎么才算为无产阶级的阶级斗争服务呢？

以我长期为党工作的经历来看，党是有铁的纪律的。我隐隐感觉到，文艺界要"出事"了。当时整个国家的国民经济都在发展，特别是工业经济在飞速发展。可是文艺界却出现了"困惑"，与社会氛围不相协调。我对这些状况的产生不理解，加上地理、经济领域的工作不断催促我奉献精力、时间和文章，所以我决定退出文艺界，专心搞学术。在《解放日报》《文汇报》的文学副刊、书评周刊上，我写的也是科学小品或科学读物的书评。

　　期间,孔另境接手主办了春明出版社,出版了胡济涛主编的《新名词辞典》,由于适应解放初广大读者对学习新文化的渴求,销路顺畅,一版接一版地发行。短短两年,销路就达一百万册以上。由孔另境和我约请了各科专家二十多人,对胡济涛写的百科进行了修订。孔另境是茅盾的小舅爷,但他主持的出版社,第一批出版的丛书却是地学丛书。其中有我的《苏联》、王维屏的《壮丽的祖国》、芮乔松的《祖国的大西北》、《我们的地球》、陈桥驿的《中国历史地理》。这也从一个方面反映了当时文学写作的犹豫、困惑和科学写作的果断,这两种完全不同的情景。

找回尊严

1952年是我人生变幻最频繁的一年。

先是由陈向平策划，拨款四万元，分给语文、历史、地理、生物四学科，筹备开新爱国主义教育展览会。不是教条的政治宣传，而是要求：通过学科本身的提高和革新，达到教育人民的目的。分给地理学科一万元，在当时已经是很大的款子了。由教育局研究室的张天麟，格致中学的校长陈尔寿以及我总负责，发动全市各中学共同开展。那时候，陈尔寿是地理研究会的总干事，我和张天麟是副总干事。具体的工作由张天麟和我操办，可是不久张天麟被派出去学习，这工作就由我一个人实际操办了。在校长的支持下，派了学校的总务人员来协助，圆满完成了任务。

各校的师生发扬了充分的智慧与热情，用拨出的经费创造和制作了数以百计的电动教具、活动地图、系列云图、幻灯片、野外工作教材、实地踏勘纲要等。大家力图将地理学印象化、将地理教学推向新的高度。由于上海各电台和媒体的集体报道，收到了一定的轰动效应。

接着，我参与了中央教育部下达的"典型教育调查"工作组。和鲁迅先生的传人魏金枝等学术名流、老区来沪的教学督学、重点中学校长等一起工作了几个月，最后把我留下来写总结。写完总结，已是金秋十月。回学校后接到通知，提升我到刚成立的华东师范大学地理系任教。

从1952年到1955年，我在华师大工作已经三个年头了。有一天，教育家曹孚的夫人严婉宜来我家。我们原本相识，所以不用寒暄，见面

第一句话,她说:"老钱,是你的老师周谷城先生叫我来找你,让你帮助我完成任务。"原来,新成立的《新知识出版社》要出版一套地理丛书,而她对地理界不熟悉,希望我协助她完成设计、策划、推荐作者等一系列出版相关工作。老师的吩咐,怎么能够不遵守呢?当即开始工作,并推荐了十来位作者。我自己也写了其中的一册《东南亚》,我在首页写了一篇序言,用了些流畅、华丽的文学词语来形容东南亚的自然与人文风光,初版印了 2 万册。

意想不到的是,有一晚,青年教师 C 忽然来访问我。C 说,拜读了你的大作,虽然是地理著作,文笔细腻,不啻是优美的散文。你大约是从事过文学工作的吧。我有些丈二和尚摸不着头脑,有些愕然。那年,"反胡风集团"的热浪高涨,听 C 这么说,似乎很紧张。于是我回答 C,说自己写过三本著作:1951 年上海总工会出版的《解放了的西藏》、1952 年春明出版社出版的《苏联》,和现在的这本书。

"不,不是我。是有人说,写文学作品的人,都和胡风有关,我只是关心你。"我说:"怎么能这么说呢?郭沫若、沈雁冰都是中央级别的领导人,难道他们都是胡风分子吗?"

我的心里很不愉快,一夜失眠。第二天早起,另一青年教师 Y 来叫我,赶紧到地理馆看看。原来,在地理馆一楼的大厅里,贴着几张反胡风的大字报,还有一块黑板报。上面用白粉笔写着大字。大意是:"胡风还是文学家,钱今昔青年时写过文学。胡风披着马列主义的外衣,钱今昔在课堂上讲马列主义。胡风是反革命头头,钱今昔当然也是反革命分子。"

好一篇形而上学"三段论法"啊,谈马列竟然是反革命?我气愤极了!回头一看,出现了中年妇女 K。她用严肃的口吻说:"你回去,好好反思,深刻交代!""我还要去上课呢!"我回答。"课照常讲,学习不得参加,去写交代!"我同胡风以及"胡风集团"的任何人、同胡风所办的书店、刊物都没有一毛钱的关系和往来,交代什么呢?但 K 的眼神,透过厚厚的眼镜片,像一把利剑刺向我。我无语,只能拖着脚步,缓缓地走回家。

我怎么能忍受这样的委屈? 于是直接向党委书记常溪萍汇报了这事。常溪萍觉得黑板报的事情做得非常不妥,亲自来到现场命人取了下去。不过,对文艺界的事情,学校也觉得不放心。所以由那一天晚上来我家的青年教师 C 作为联系,审查了一段时间。那天,下课后回教师休息室。教学秘书前来打招呼说:"刘维寅副书记到系里来找你,因为你正在上课,没有打扰。他说,他回头再来。"

我说,他的办公室不远,我去找他吧。刘维寅是华东师大的党委副书记,我来到办公楼,在他的办公室坐定。他和蔼地取出一叠纸,说这是对我审查的结果。大意是:钱今昔并非审查对象,因为运动初期有人举报,故进行审查。审查结果,并非"胡风分子"。刘书记很诚恳地问我,你还有没有意见? 我说,意见是没有,可是解放后在江湾中学的时候,就有人在我背后搞小动作,使我感到寒心。

"结论已经下了,一切都搞清楚了。你说的那件往事,我也注意到了,已经消除了。"在学校党委的领导下,坚持正义,查清事实,为我找回了尊严,我感到生命不再空虚。

鸣放时代跑遍剧场

1956年,大鸣大放运动在校园开展,铺天盖地的大字报,各种鸣放集团代替了原有的教育组织,停课鸣放。除了鸣放,还是鸣放。

每天晚上,总有一些教授来串门,特别是老甲,怂恿我向系领导、校领导开炮。可是那时的我正醉心地理学的研究、探索、创新,不容其他的事务来干扰。白天,用完早餐去上班,我不看一张大字报就直奔图书馆。有时也到徐家汇的图书馆去查阅资料,或者在公园安静的角落复习外语。

间或,到剧院去看越剧。越剧融轻音乐、西洋歌剧、中国传统戏剧为一体,我沉迷在其中,几个月里,跑遍了市里大大小小的越剧演出场所,享受着绝美的舞姿、身段、服装以及演员精湛无比的表演。除了越剧,也看马戏、杂技等表演,就这样,洗刷运动压在心中的块垒。

几个月后,鸣放结束,反右斗争开始了。老甲等人摇身一变,成了反右斗争的英雄,将那些被他们鼓动、策动后参与鸣放的人抛了出来。而我因为没有写过一张大字报,没有参加过一次鸣放会,获得了组织上的肯定,成为为右派定案组的成员。划右派,定为单位人数的5%,这是众所周知的。定案处理的内部原则,分为六级。一级最严重,要进监狱。二级为劳动改造,五级留在原单位降级使用,六级只是内部控制。

定案组由上级派员主持,本单位党、政、团、群各派一人参加。上级先听大家的意见,我最后发言,大概是根性使然,我提出对几位受审人员从轻处理,都是五、六级。忽然感到,自己"小资产阶级的人性论"发作了,不符合当前阶级斗争的原则,立即中断了发言。"不,不,你说下去。"想不到上级派来的人很快表态同意我的主张,说:"就这样吧,当然还要报领导批准。"人性论,人毕竟是富有同情心的! 一丝暖意涌上我的心头。如果人与人真的能够平等相待,那该多好呢?

"文革"的前奏

1958年，上级通知我到杭州屏风山参加了上海教育劳动模范的暑假疗养。暑假结束后，我又参加了由校党委副书记、党委委员、教务长、地理系主任等十四人组成的"人民公社、大跃进"参观访问团，从上海出发，前往南京、武汉、开封等地参观，为期半个月。

归来的途中，在长江轮船的餐厅写好了参观总结报告。内心有些兴奋、新奇，更有些困惑。回到系里，容不得多想，被一位教授一把拉到系会议室。只见会议室里坐满了人，除了总支书记、副系主任，还有许多教师和学生。

"我们苏北队的中队长回来啦！大家欢迎！"掌声中，我才知道学校接受了江苏省农林厅的委托、经费和任务。系里组织了三个分队，分别到苏锡、苏北、杭嘉地区，做大农业布局规划的实地调研和计划报告。这次调研任务，江苏省农林厅派了青年技术员参与，地理系三、四年级的学生也分别参加到三个中队里。因此，每个队大约有二十五人左右。我们一路上看到了许多浮躁、虚假现象和急于求成、一步登天的情绪。例如，把全公社的粮食集中在一个生产队展出，谎称亩产一万斤，破坏了真正的生产，造成了后来物质匮乏的局面。

我属于高级知识分子的行列，每个月能发到"特殊票证"：猪肉三斤、鸡蛋一斤、黄豆两斤以及食油补贴等。众所羡慕，被称为"黄豆干部"。而普通人的生活的艰苦，可想而知了。这时候，母亲得了重病，不久于人世。为了让她临终前能够吃到一只水果，我手持医生的证明到区食品公司经理部。书记和经理很通情达理，他们为我签了字，我拿着"领导批条"去买水果。

"不卖！不卖！"职工说："上级，什么上级！上级违背大跃进精神，给总路线抹黑，我们就是要造他的反！""造他的反！"一些人围上来说。没有办法，我只得返回。"哈哈哈哈，看他像个知识分子！"背后一片欢乐声。

1962 年，中央提出"调整、巩固、充实、提高"的八字方针，纠正了大跃进和反右倾的错误，促进国民经济得到恢复和发展。物质逐渐丰富充裕，人民的生活也得到恢复。

此前，也就是 1961 年的 12 月，中国地理学会在上海锦江饭店召开了全国经济地理学术研讨会，出席的有科学院地理研究所以及分所、各大专院校地理老师、国家有关经济单位的工程师等。我作为学会经济地理的学术委员也出席了讨论。

讨论会的论文中，最主要的部分是探讨经济地理的研究对象、科学性质、任务和发展方向。凭借许多年来的教学、科研、野外实习探索、从事国家、部门或地区所委托的生产任务，我提交了论文《经济地理学的对象、任务和发展方向的核心问题》。提出了几个论点，即在经济地理学研究上，要以生产部门和区域相结合为研究的主要内容。并以两者之间的相互关系为主要探讨对象；空间布局和系统研究是最主要的研究方向；自然、技术和经济三结合的观点必须贯彻于本学科研究的始终。其中，自然是基础，经济是本体，而技术是媒介。所以经济地理学并不是单纯的社会科学，而是自然、技术和经济三结合的边缘科学。

大会中也有学者提出经济地理学是一门纯粹的社会科学或经济科学，经济地理学的对象是生产力与生产关系的矛盾。北方一座新型大学经济地理专业的一位老师则提出，经济地理学的任务是解决生产力与生产关系这对矛盾，推进社会进步。我说："这是政治经济学的对象和任务，两门学科不能等同。"他反驳："大学的教学任务，最主要的就是思想教育。"

　　会上，各个专业委员抢着发言，一共持续了三天。大致的情况是，大专院校的教师大多支持他的意见，而科学院的专家、政府部门的工作人员，一致赞成我的意见。

　　第四天，由中科院的吴传钧院士做总结。他说："情况已摆明，大专院校因为重视思想教学，所以倾向于老师。而科研与实质性单位因为要为经济建设、特别是要解决生产力布局的问题，所以都同意老钱。那么，就各取所需吧。"这时候，中山大学的曹廷藩教授跟了一句："其实，两种意见是可以协调，互为补充的。"大家鼓掌结束了几天来的热烈讨论。这是中国现代经济地理学建设中首次开拓式的讨论。以后继续的许多次讨论，都是沿着学科向前发展的轨道而展开的。

　　会议结束后，在电梯里我遇见了中国地理学会的理事长竺可桢院士。花白的头发，容颜慈肃，有一股浩然的儒雅之气。他是我国近代气象学的创始人之一，也是负有盛名的地理学家。那年，他71岁，是中科院的副院长，中国科协的副会长。见到他，我肃然起敬。"你的论文我已经看过，也知道你的发言。你对经济地理学的意见，我同意。只要为国家生产建设出一把力，学科也很有意义。"

　　他的教导，我永远铭记在心。我决心将为此而奋斗，为此献身。1962年，我还代表《辞海》编写作者群，与许多专家一起到北京、天津、辽宁、黑龙江、山东等地征询省级党政领导、学者等人的意见。1964年，我到中共华东局社会主义学院参加学习，院长是华东局书记魏文伯。在那里，可以直接向魏文伯等领导学习。因为我担任了学习班的组长，所以接触到许多当时的社会名人。还学习了打乒乓，达到业余三级水平。

　　这些年，在深入社会各方面，与各个阶层的接触中，我也看到了纸醉金迷的一面，聆听到低层的声音。社会总是多样性的、不平衡的。是否能通过协调，通过公正，通过对话来建立和谐呢？理想总是难以实现。两年后，文革开始了。极端思潮以排山倒海之势，卷土而来。

遭遇"文革"

1966 年 5 月,"文化大革命"运动开始了。8 月,上海也笼罩在文革的风云中。那时候,张春桥经常出现在华东师范大学的校园内,听说是他亲自指挥了"八四高潮"。8 月 4 日,根据张春桥的三原则,从校党委、校行政、教师、职员中,一下子"揪"出了二百五十多个"牛鬼蛇神",约占全校教职员工的四分之一。所谓的"三原则"是:年龄在四十岁以上、工资在一百元以上、职务在总支书记以上。我符合前两项原则,"当仁不让"地成了"牛鬼蛇神"。

回忆那些年,我永远不会忘记所见闻、所经历的星星之火给我的温暖。

那年 9 月,我被"牛鬼蛇神"不到一个月,在劳动的时候,不慎从高架上跌落。学校医务室的医生不顾压力,为我治疗。1968 年到乡下劳动,中途休息的时候发山芋,学校里"监督"我们的管理人员,在派发的时候故意不发给我。傍晚回到寄住的农民家,一位中年农妇和一位老妈妈将我叫到厨房中,二话不说,把两个热烘烘的大山芋递给了我,说:"听贫下中农的话,把它们吃下去。身正不怕影子斜,我们都同情你的。"

1969 年,根据"林彪一号通令",大家到嘉定农村去劳动。中年农妇王玲娣直接到学校管理人员的驻地将我领出,说是要我帮她喂猪。那时候,上海的养猪已经半机械化了。她教我用机械切胡萝卜和甜菜,再放到大锅里烧熟,喂给猪仔吃。这样,既可以避免那些人的迫害,又可以学到养猪技巧。

1970 年，工人宣传队进驻华东师范大学。工人师傅来了以后找我谈话，说他们不是学校的人，所以不会涉及学校人群间的恩恩怨怨。我相信他们，把我解放前后的一切都用书面文字向他们倾诉。工人宣传队经过详细的调查核对，肯定了我的叙述，否定了学校那些人对我的污蔑和侮辱。不久，学校里老、中、青教师被轮流派到苏北的大丰农场去，在那里建立五七干校，参与学习和劳动，以改造思想。临行前夕，我去到工人宣传队的沈师傅办公室。沈师傅说，你放心，工人宣传队是会搞清你的一切问题的。

"文革"中，我的祖父与祖母相继去世。祖父钱崇威于 1905 年科举考试时，录取进士，殿试翰林。次年被派往日本考察并学习法政达 5 年之久。回国后任翰林院修编、江苏咨议院咨议。民国后担任江苏省高等检查厅检察长、上海律师工会主席、青岛实业银行秘书长等职。

抗日战争时，因为反对日军侵略，拒绝了在家乡当官的诱惑，舍弃一切，与祖母一起来到上海，居住在淮海路美乐坊的小公寓内，以卖字画为生。解放前，得到中共中央特科王绍鏊（1949—1954 年任财政部副部长）的策动，积极参加民主运动。解放后，先后担任苏南行署参事、江苏省政协委员。"文革"时，他是江苏省文史馆馆长，江苏省人民代表。

"文革"的时候，祖父是国务院的保护对象，无须参加运动。每日到上海政协俱乐部参加正面学习，仍进行书法与文史创作的探讨。1968 年的一个傍晚，祖父刚回到家坐定，忽然一男一女两个手臂上戴红卫兵袖章的青年人，气势汹汹地逼祖父交出财产。祖父虽然名气很大，却两袖清风，财产空空。他们不相信，一面命令祖父与秘书互相打耳光，一面翻箱倒柜地搜索着。终于，他们翻到了一张一千五百元的银行存折，和一只手表，都是我送给二老的。他们觉得太少，很不满足，满口秽语地扬长而去。

他们还在祖父家里看到了我的小姑父家的地址，那时候，小姑父是上海市侨联的副主任。因为是归国侨商，这两人喜出望外，以为大有油水可捞了。他们很快来到姑父家，将值钱的东西掠取一空。可是，"文革"虽然乱，对华侨，特别是侨商，是保护的。上海市公安局派员到北京，不出一个月就破了案，将掠夺走的东西全部归还了。

那一年，祖父已经九十九岁，经不起这样的折腾，到了 2 月 28 日，就去世了。1968 年的 2 月，正是我遭到造反派关押的一天。对于祖父的去世，竟然不能见到一面！我在"牛棚"期间，除了被押下乡劳动外，就是独处斗室。祖父去世后，祖母万分孤独与忧郁，一年后的 3 月 1 日，也郁郁而终了。那时候，我已经"走出"了"牛棚"，可是造反派依然限令我只能在校园行走，不得出校门一步。

有一夜，全市闹哄哄的，市民们不知道出了什么事情。到了天明才知道，不知道从什么地方冲出来一伙人，到上海的各个公墓中，或用火药，或用其他工具，把墓室撬开。一些大型墓穴里，确实有金、银、珠宝。普通人的墓地，仅仅只有骨灰而已，却也遭遇连累。他们抢走了金银财宝，留下一片狼藉。

"文革"复课

世界上同一事物,往往有不同的表现形式。"文革"期间的五七干校,也是各不相同。华东师范大学、上海师范大学、交通大学等一些上海的高校,建立的五七干校与文艺界不同,不仅"牛鬼蛇神"要去,普通教师、职工以及造反派也要去那里劳动。

华东师范大学的五七干校,坐落在苏北大丰县沿海的盐碱地、草荡地区。这样的土地不仅不长粮食,连种棉花都很难收获。那里的蔓草,可达数丈之高。勉强种些玉米、碾成粗粉作粮食用。那里虽然经济落后,但自然风光却很旷丽。我们大约二百多人,每天早晨学习后,荷把锄头下田,开沟引水,希望能够冲刷盐分,改良土壤。开始觉得很新奇,可是日久生厌,半年过去,人人盼望能回母校,恢复教学工作。

1971年春节刚过不久,工人宣传队的牧师傅忽然找我谈话:"你给工人宣传队的申诉已经获得批准,你解放了,准备一下,明天回上海。"系里的杨老师也通知我:"你和苗老师明天回本校,从事教学工作。"这真是喜出望外,我赶紧整理行装:一只小皮箱,一捆小铺盖。

第二天坐上卡车,从干校直奔学校,只半天就回到了华东师大。走进地理馆,在二楼的楼梯口遇到了工人宣传队的蒋师傅,随他进了办公室。他很和蔼地给我看了审查结论:维持1956年的结论。晚上回到家中,非常兴奋,炒了一碟花生米,烧了一盆豆腐干,在玻璃杯里倒上了饮料,与妻子一起庆祝了一番。

那一年,林彪死后,在周恩来的主持下,开展了一系列整顿,学校开始复课。次年,我参加了一支开门办学的师资队伍,到浙江平湖县,培训嘉兴地区的中学地理教师,脚踏实地培训中学教师的自然地理、经济地理教学知识。老师中,有的负责地质地理,有的教地理教学,有的负责中国地理,有的负责测绘地理,有的讲气象地理等,我和另一位老师则专门讲外国地理,课程设置专业性很强。

我们住在平湖师范专科学校内,前来听课的学员大约四十人,都是各大学地理系毕业的学生。由于"文革"已经是第五个年头了,他们都感到业务有些荒疏。课堂上,他们如饥似渴地学习着,师专则派了青年女教师担任辅导员兼总务的工作。每天上午,讲四课时,下午休息或备课,晚上或到教室辅导,或休息。时间安排得很紧,但依然能在下午抽空到平湖街上去溜达。

平湖,地跨钱塘江,是江南水乡的名城。古镇风光,市容繁盛而古朴。下午课余的时候,我常和同宿舍的刘老师去街上闲逛。平湖盛产西瓜,瓜形椭圆。平湖西瓜在当时非常著名,甜且鲜。许多卖瓜的小店、小门面都欢迎顾客堂吃,留下瓜子。

有一次,应学员要求,举行了一次批判林彪的控诉会。结果,大家对"文革"中极端造反派的行为进行了声讨,声讨他们以革命造反的名义迫害老干部和知识分子。一晃,就过了两个多月。一天下午,总支书记李芳五匆匆赶来平湖现场。晚上,召集教师开了一次谈心会。由我们先讲,最后他作了简短的发言。大意是,他的观点与我们完全一样,站在个人的立场,他赞赏我们。

"但是",他话锋一转:"时局风云多变,现在中央有人说,复课是修正主义回潮,要迎头痛击。""你怎么不早说呢? 你不是来钓我们鱼的吧!"大家差不多齐声喊起来,有些着急、紧张。"怎么会呢?"他笑了一笑,接着说:"知识就是力量,知识来自教育。"

从平湖回到师大后的那一段时间,直到 1974 年,显得很混乱。有时候开课,我去上课。有时候停课搞运动,我就不去参加。空下来的时间,我每天蜗在师大图书馆里,阅览大量的著作,对中东石油问题的研究特别感兴趣。

这还得从 1958 年说起,那一年英国、美国等西方国家出兵中东,目标是控制世界石油。这时,由师大党委宣传部长刘克敏出主意,邀请我从地缘政治学的角度,作一个中东石油战的演讲,并请党委书记常溪萍做政治、经济、军事分析。时间定在夏夜的星期五,地址设在学校的大操场上。因为是众所关心的事情,这一晚来听讲的人很多,足足坐满了整个操场,引起了轰动的效应。

几天后,纺织学院、上海交通大学都来了人,邀请我去做这方面的报告。纺织学院出场压阵的是党委书记,上海交大则请了上海市委宣传部长。接着,《解放日报》、《文汇报》、《地理知识》杂志的记者、编辑部也找到了我,要我写有关中东石油问题的稿,在他们的平台上发表。从那时开始,就不断地有关于中东石油研究的任务落到我们肩上,即便是十年"文革"期间。

1974 年,对外贸易部联系我们研究国际石油动态,我们写成论文并附表。但是遭到上海市革委会的制止,说我们"吃上海的饭,给北京做事"。文章被扼杀,只剩下一份"若干国家石油统计资料"成为漏网之鱼送到了北京。这份资料,是我与几位青年教师跑全市相关图书馆,从尘封的 UN、OPEC、BP、OECD 等报表统计、论述、总结、测算中整理编制而成的。

能源是国民经济的原动力,又是每个人日常生活中必不可少的资源。我们的工作是为国家制定能源政策作参考。我们凭着这个理由,理直气壮地工作着。一天,对外贸易部的邵祖泽从北京赶到上海,在满是大字报的地理馆走廊里遇到了我,紧紧握住我的手,连声说,"你们能坚持,很不容易。"

以后,中国进入改革开放时期。我们的教学与科研工作也有了新的活力,新的成就,新的探索。

能源研究新起点

由于我们是国内较早研究国际石油问题的一支团队，所以在 1974 年就已经接受中央的委托，从事这一问题的科研。

1977 年，我与两位青年教师一起到北京，住进外贸部国际贸易研究所的宿舍，每天到部里的资料室、情报室查阅资料和电条，进行综合分析、定质定量探讨。我们参阅了联合国、美国、英国、日本、苏联、法国、德国、伊朗、新加坡、委内瑞拉、挪威和瑞典的专著、报纸、专业杂志、专业地图、年鉴、手册、电讯等大量资料，从中吸取材料、动态、观点等，充分发挥经济地理的特点，以生产布局和发展前景为主线，来编制第一手的综合材料，作为国家制订对外石油政策的依据。

因为我精通英语，略懂日语，两位青年教师，一位专攻法语，另一位熟悉俄语和德语，所以能够从原版中获得第一手精确的资料。留北京三个月，日日夜夜地埋头工作，虽然只有三个人，却完成了全部的骨架。

回上海以后，在校图书馆、上海图书馆、上海科学院图书馆等处，我们继续在外文原著书籍图片中打滚。经历四年的寒暑，于 1980 年完成了约 30 万字的研究初稿，并伴有大量的地图、平衡表和统计表。初稿定名为《战后世界石油动态》，可以说是中国第一部由第一手材料梳理成的大型整体著作，得到了国家外贸部和石油部的嘉奖。

1981 年，我们又加强了地理性，由天津人民出版社出版了《战后世界石油地理》一书。那年的 10 月 16 日，在香港的《文汇报》上，有一位关西先生发表了一篇对这本书的书评，认为这是"同类中文版的最佳参考书"。我并不认识关西先生,他的评语却给了我们继续探索的巨大动力。

改革开放年代,必须了解大量国际动态,才能把握时代脉搏。从1979年到1981年短短的三年时间,我奔走在厦门、成都、河北的承德这三个地方,以石油地理为主脉,从事这方面的工作。

关于动态收集、理论探讨,学术研究等,另有项目的专题总结,不再重复。只是,从事这些工作的过程中,产生了许多感受。

首先是1979年秋,参加了西欧经济研究会在厦门召开的"西欧经济研讨会",来自全国各地的学者聚集在鼓浪屿临海的一座大厦中。首先听取了中国社会科学院副院长宦乡的学术报告和学术分析,接着就西欧经济形势的多个方面开展了讨论与争议。多时不见宦乡,现在两鬓已见斑斑白发。不变的是依旧神采奕奕,思路敏捷。他对在国外考察亲见的实情进行了分析和评价,提出了值得借鉴的地方,鼓舞了学者的热情。

我们所住的宾馆,就在海边。每当会议间隙,或月色溶溶的晚上,我都徜徉于海边。但见波光粼粼,水天相接,远处的海岛星星点点,朦朦胧胧。近观则碧波拍岸,巨岩嵯峨,绿树怀抱,奇花怒放,与当时兴奋的心情融合在一些,似乎身处童话世界!

在大会上,遇到四川大学经济系的赵世龙教授。他对我与另两位老师合著的有关英国北海石油开发对该国经济影响的论文很有兴趣,相约明年到四川成都参加美国经济讨论会。

第二年,我与另一位老师一起到成都参加了研讨会。大会提交的论文总共有一百多篇,我写了有关美国能源经济发展的论文。论文中,我实事求是,又比较大胆地归纳、总结美国能源供应与需求对美国经济发展的正面、负面作用,以作为我国这方面工作的借鉴。

大会主持人钱俊瑞先生曾任抗日战争时期新四军政治部主任,建国后任中央文化部党组书记兼副部长,此时为中国社科院副院长兼世界政治经济研究所所长,是当时我国经济改革的先驱者之一。

会议结束前,大会秘书处作了总结。宣读了钱俊瑞对论文的赞扬和评价,并宣读其中十二篇论文,邀请论文作者到钱俊瑞的住处见面小谈。想不到的是,第一个被读到的就是我的论文。

我们乘小轿车来到会客室,钱所长与我们一一握手。座谈会上大家对推动中国的改革开放畅所欲言,取得了共识。接着,钱所长邀请在座的学者和部分专家,明年再次举行学术探讨。

1981年春,我应邀到河北的承德,参加了有关"开展新时代的世界经济学术研讨会"。会议依然由钱俊瑞主持,只有十多人参加,主要是把世界经济作为一门学术来探讨和研究。制定提纲,为编制出供我国高等院校世界经济、政治经济学以及其他经济专业应用的教科书做准备。当然,更深层的意义是为改革开放作理论上的创造。所以,参会的人数宜精不宜多。十多个人,分成两组进行实质性的探讨。由我和复旦大学的洪文达教授担任小组长。那时我们已经六十出头了,却还算年轻,可以多做一些工作。在那个特定时期浓厚的氛围中,每个人都忘记了年龄,忘我地尽情工作。

每天上午分组讨论、做小结,下午由承德市的相关领导和负责人,陪同我们参观市区和市郊的人文、自然名胜,晚上往往三三两两地结伴到避暑山庄览胜,回到宿舍,编写当天讨论的小结,时间安排得非常紧凑。

我参与了《大学世界经济丛书》的提纲编写,并执笔《世界能源问题》这一章。丛书中的《世界经济概论》由钱俊瑞主编,人民出版社1983年出版。全书明确地提出了许多实事求是的新观点,为学术的开放打开了思路。在讨论会上,我提出了对中东石油问题的新观点,受到与会的《红旗》杂志编辑的欣赏,遂约定我返沪后,为该刊写一篇专题论文,我欣然接受。

在承德的这一段时间,感受到避暑山庄雍容华俭和集纳建园思路的奇妙,也为"外八庙"古建筑构思的奇特所溶化,更重要的是感到那一段人生中,能够与宦乡、钱俊瑞等一起工作,为改革开放做一些工作,心情十分舒畅。

我的两篇论文:《中东石油及其争夺》和《论能源问题对发达资本主义国家经济的影响》,分别刊登在《红旗》月刊 1981 年 8 期和 1982 年 2 期。由于《红旗》是中共中央所办的理论刊物,发表个人署名的论文是不容易的事情,所以在地理界引起了轰动。由地理系总支书记的推介,我参加了中国能源研究会和所属的华东区域委员会,担任了理事、副主任和能源经济组组长的工作。

那时候,国家科委、国家计委、国家能委联合下达了任务,委托中国能源研究会,组织能源界石油、煤炭、水力、核电和新能源等各方面的专家、学者、领导干部、技术人员及相关的行政人员,通过详细调研,核算、实践、研讨,制定出一份《中国能源政策纲要》,供中央和省市领导部门参考。同时以华东地区为典型,制定《华东能源政策纲要》。

我先参加华东的那一块,以安徽省副省长杨纪珂为主编,我和华东电管局高级经济师为主编助理,组织一百八十六位专家、学者成立一个班子,从 1981 年开始,到 1984 年才完成了这一重大项目的研究。

这 186 位学者、专家来自各个方面,煤炭、石油、电力、水能、核能、新能源、农村能源、节能等。这些来自上海、江苏、浙江、福建、山东、安徽、江西各地的专家学者,有的在实践上有丰富的经验,有的理论上有建树,有的技术水平很高,最后出的成果既有理论高度,可行性也很强。

各领域有各自的特点,而地理科学具备了综合性与协调性的功能,能够把许多"板块"组合成整体,因此,由我们两个主编助理完成最后的工作。1983 年,我又和学者蓝田方一起完成了《全国能源政策研究报告》和《建议书》。

做这些工作,是将理论应用于实践。下一步,是将新的实践再提高到理论。这就是我整个八十年代、九十年代的研究工作,此间出版了许多有关能源的专著和论文。与此同时，我还组团接受了安徽省政府的委托，完成了《鲁尔与皖北经济地理战略地位对比研究》（1981—1982年）。国家自然基金委员会资助项目《南方地区农村能源问题及其缓解途径》（1986—1989年），国家社会科学基金会自主的项目《社会主义初级阶段生产力布局模式研究》（1988—1990年），分别获得了实施和奖励。参加这些工作的学者和老师，那时都非常年轻。如今，我已是九十二岁的老人，当年的青年人，许多已经年过半百。回首往事，无限感慨！

人文地理复兴曲

　　能源地理研究就写到这里,下面来写一些复兴中国人文地理学的事。

　　人文地理是一门学科,可以用各种不同的观点来研究。但解放后,由于受到当时苏联经济统计地理学派的影响,说人文地理是资产阶级学派,所以这门学科后来在中国销声匿迹。

　　1981年5月,中国地理学会在杭州召开了第一次全国人文地理讨论会,两年后在广西南宁成立了人文地理学专业委员会,推荐李旭旦为主任委员(后为鲍觉民),我、郭来喜、张文奎、邬翊光为副主任,以后工作迅猛开展。

　　1983年在西安举行了中美人文地理学研究讨论会,由美国的十位教授,中国的二十位教授联合讲授。吸取各大学地理骨干教师为学员,在中国和美国分别出版了论文集。再以后,国家教育部采纳了我们的意见,在全国各大专院校的地理系设立人文地理专科、专业。现在,人文地理学已经蔚然成风,培养了无数的专家、学者,人文地理工作者和教师。

　　这里还有一个小插曲。

　　1981年在杭州,社会上正在"反资产阶级腐朽思想"。有教师写了一篇文章,大意是,复兴人文地理学是资产阶级腐朽思想在中国地理学中的表现。究竟是怎么回事?我觉得应该要搞清楚,正好北京来人访问我,我托他回北京后关心一下。很快来了回音,他问了中国社会科学院的党委书记梅益,梅益的回答很明确,说那一件事情另有内情,与地理学者的复兴人文地理学是无关的。

不久,我到北京开展科研活动,去看了梅益。抗日战争时期,梅益作为青年干部指导我们在上海孤岛进行战斗,现在已经步入老年。他的精神还是很硬朗,身体也不错。我提出一个要求:能否向上级反映一下,以稳定人文地理工作者的情绪。

我回到上海后,收到梅益寄来一份文件,是胡乔木在中央党校的一次报告。报告中谈到了党员同志们在学习马克思主义理论外,还要多学一些相关的科学。胡乔木举了一些学科的名称,在地理学中列举了中国地理、外国地理、自然地理、人文地理等等……

这就等于肯定了人文地理学科,一块石头终于落地,一切重新归于正常。

我于 1989 年七十一岁的时候办理了退休,由单位返聘,工作到 1995 年,已经是七十七岁的老人了。这些年全部精力都放到了科研和教学上去,直到最后几年,摆脱了繁重的调研、踏勘、学会等工作,专心写作,以总结我的学术思想与抱负。

那些年,我潜心静志,写了许多专著,为国家图书馆、上海、苏州图书馆以及其他图书馆所收藏,总算是暮年的乐趣吧!

仍未忘怀文学女神

整个八十年代,我为教学、科研、实践、踏勘,足迹遍及祖国的东西南北中。于1992年的盛夏,每天早起,拿半只西瓜,乘电梯到师大文科大楼十二层。打开窗子,凉风拂面而来。查阅各种资料、书籍、材料、照片、访问记、讨论记录等,埋头苦写两个月,完成了一本以文学为主,文学、地学、美学三结合的,三十余万字的著作:《中国旅游景观》,由安徽黄山书社于1993年出版,印四千册。后来,获得了"华东旅游图书"一等奖。

九十年代以后,回忆那一段经历,许多写我小传的文章,都说我过的是两栖人的生活。确实如此,从1949年起,我致力于地学的同时,在《解放日报》的文学副刊《朝花》和《文汇报》的文学副刊《笔会》上发表了许多篇科学小品,当时的笔名是今昔、斯丁等。

1989年2月3日的《人民日报》海外版《副刊》上,发表了当代青年作家钦鸿的《钱今昔的今昔》一文,引起了地学界、文学界的关注,也燃起了我对文学女神深情的挚爱。

接着,《西安晚报》、吴江《人才报》、《中国现代文学词典》(广西人民出版社出版)等许多报刊也助燃了我对文学创作的热情。

我仍然热衷于写美文学,那仿佛是我生命中的几滴清泉,几片凉风。在青年作家俞前编辑的吴江《人才报》上,我发表了大量的散文作品。在老作家叶家怡主编的《新闻报·湖心亭》上,从1985年4月到1988年,共发表了《乌鲁木齐奇事》等许多文章。在老作家周丁主编的

《人才市场报》上，发表了不少散文，这是我认为生平写得最美的散文，后来被收录到该报出版的《心地散文集》中。

我很感激家乡吴江籍青年女作家徐卓人于1993年秋对我的访问，她的作品《文海遗珠——记钱今昔教授》刊登于当时由陆文夫主编的《苏州月刊》1994年1月刊中。详细地记录了我的身世、生活、经历和文风。认为我"总想把音乐、色彩和文字三者结合起来，因而铸成了清丽可诵、深刻爽朗的艺术风格"。

我也很感激友人钦鸿，先后在《文海钩沉》（新加坡中外翻译书业社，1993年）和《文坛话旧》（上海远东出版社，2009年）对我文学工作的记述与评价。上海市作家协会的青年作家王伟强多次对我访问，并在《文汇读书周报》（2007年）和《人与书·渐已老》（上海远东出版社，2009年）中两次发表的《文坛冷暖话今昔》中对我的描述和鼓励。

人生易老，生命短暂，于今我已九十二岁余了。回忆甜蜜，去日无多，来日无几。那许多良友的鼓励，却是天长地久，永不磨灭！

——2010年6月19日，于师大一村家中，
桂花与腊梅树前的卧室兼书房中。

第二辑

花与微笑——民国风景线

序

  总觉得 1937 年冬—1941 年冬，上海"孤岛"的那一段时期有许多可堪纪念的事。那时我是暨南大学史地系的学生，既从事学生运动，也喜写文学作品。

  这本小册子中的第一部散文"夜的方坊"，还有第五部开头的三篇小说都是在那个时期写作的。回忆那时不少亲密的友伴，舍弃了家庭，参加革命队伍，转战于西北山地和江南湖沼，有的还献出了宝贵生命。本书中的一些献词，我想，主要是为了他们的。

  第二部"上海风景线"，那一束报告文学式的散文，是太平洋战争后，我于 1942 年冬流亡到福建南平后所写，内容反映沦陷初期的上海市区情况，1943 年曾在南平以此书名出版单行本，共收十四篇。现选刊六篇，无非是留下那个时代残酷阴影的一枝一节吧。

  第三部"街头土风舞"，写的是 1938 年至 1943 年间，社会底层的一种生活。

  第四部"梦·轻愁"，是我 1943—1945 年在南平山区所写的散文。或以东南区的山山水水为背景，或以孤岛和江南的回忆为题材，抒发战斗、工作、生活的感受。那时，生活和感情的重担所以还没有压挎我青春的稚肩，我想，散文中所述说的温暖珍贵的友情和未来社会的憧憬，或许是首要的因素吧！

  允许我以短篇小说"心之箭"，作为本书第五部的标题吧！在今天我已久离文苑，置身于地理学科与能源科学的研究时，回顾那一段时期,我曾尝试以多种流派和风格的技法来写作,固然是为了工作的需要更广泛地联系大众。但也何尝不是自己同时喜爱文学、音乐和图画,有一些把它们结合在一起的谬想呢?

凭记忆,发表这些小文的刊物,1937 年至 1941 年间大致有:《文艺》、《杂文丛刊》、《青年大众》、《小说月报》、《万象》、《生活与实践》、《知识与生活》、《中国妇女》、《文综》等。报纸副刊有文汇报《世纪风》、大美报《浅草》、正言报《草原》、中报《自由谈》、译报《大家谈》、中美日报《堡垒》、《集纳》和大晚报《剪影》等。1942 年至 1945 年发表作品的副刊大致是福建东南日报的《笔垒》、《周末版》、民主报《副刊》、南方日报《南方》等,刊物有《现代青年》、《公余生活》、《十日谈》、《东南画刊》等。

在十多年的写作生涯中,前辈作家如郑振铎、赵景深、王统照等对我的教诲,党的学运、文运工作者周一萍、王元化、陈向平等对我的支持,友人范泉、吴岩和蒋文杰等对我的鼓舞,还有此次出版中,杨幼生、陈梦然等先生为我组织抄录旧作,鼓励选辑校勘,都是"此情可待成追忆",即使是久已在文苑之外的游子吧,也常常萦念不已呢!

1988 年 1 月 8 日于华东师范大学校园内

第一部分　夜的方坊

写于 1937 年冬—1941 年冬

夜的方坊

夜的街是忧伤的。

年轻的,年轻的姑娘啊! 那一夜,在街头,偶然遇见了林,和庄严而又轻松的你。

像我这样羞却的人,因林的介绍,而觉得局促与脸红的时候,你只有温和的笑。

我感到夜风的寒冷,而你的身姿使我温暖了。

这一夜啊! 年轻的姑娘,徘徊于月下的方坊上。

你告诉了我许多悲壮的年轻人的故事。

你的眸子是在我的心之深处的星星。你唤起了那些迢遥的,在冰天,在雪地,在敌人的包围里,作战与受苦的人群!

你还要我立誓。你说:"我们要永远斗争。"

你使我那已经埋葬了的雄心,已经消失了的热诚,重新在心底里复活了。

啊,年轻的勇敢的姑娘啊! 仅只一次的会面,已经使得一个逃避世界的人,重愿同现实苦斗了。

你的美丽,虽给了我梦与诗,但你的性格,却给了我剑与号角呢!

那还只是一年前的春晚。

　　时间像一个严肃的法官。

　　从春到秋，炮声从这个都市的角落响起来，炮声也把无数的城市毁灭了，炮声号召你，离开这个喧闹着的死城，到壮烈的山地去。

　　久断的音讯是使人忧伤的。有一天，林使我的忧伤消失了，林拿了一张照片给我看。

　　有一个像一首诗，像一个梦的年轻的姑娘尚武身姿，有棉制的军衣与威武的步枪。

　　啊，年轻的姑娘啊！你的勇武想已使敌人退却，而你的美丽，也该已使战地如春一样地开花了吧！

　　纵然，在这久已窒息的死城里，在看到你的照片的时候，我不禁显露了许久不曾见过的微笑。

　　我说："你的枪，剑，将永远存留在史书上！我们的国家，将在你们的奋斗里得救。"

　　在连林都已远行去的日子，是寂寞得像沙漠的！

　　我常常行在那一片方坊的池塘边，假山，秋千架和草地的旁边，为了纪念那些诗的日子，梦的日子，为了使我不忘记你给我的鼓动，为了不在敌人面前逃避。

　　年轻的姑娘啊！我是站在月光底下，像一个守墓人一样，守着你的足迹所曾站过的地方呢！

　　纵然你的死带给了我眼泪，但此刻兴奋的回忆与往昔的立誓的声音，又恢复了我的复仇的愤怒了。

　　月光和野草会安慰你的灵魂的，而那些正在继续流着的血，会使你平静吧！

　　像一首诗，像一个梦一样，年轻而勇敢的姑娘啊，除了诗与梦以外，你更给了我坚定与愤怒啊！

星光静抚太湖水

一

野草,孤单的瘦马,西风吹撼着荒芜的祠堂,野鸽子在寂寞的天空中来去地飞行着。

那个时候,牧羊人的笛子很自然的飘荡在草坪上,羊铃响着,月亮初上时淡淡的光照,使人想念起交响曲的风的声音。

太湖,那个温柔与幻想之湖就靠近草坪旁边,或者说草坪靠近太湖吧!太湖像是平静雪亮的盾甲,人们不能在湖面上找出一点斑点,除非是星的影子,夕阳的影子和树林的渺小的投影。

在太湖的边上,我,一个自小就爱好变幻和想象的少年,是诗与散文的喜读者,也是划船与唱歌的喜爱者。

二

有许多晚上,我们的船,冷静地在湖心里行进着,只有水的光,星子的光,她的眸子的光。此外,一切都是庄严与静穆的黑幕。

星子在那些时候,仅只是一种装饰品,星子的光线在她的发丝上,她的衣服上,星子是装饰在她的眸子里,她的身体上。

我常常捉住了她的肩膀,她的发丝,我说:"我捉住了星子了呢!"于是,笑,船桨沉默地打在湖水里,她开始豪放地,没有约束地笑。

"你想着什么呢!使你这样地笑。"

"想着你的疯狂与傻。"

"我常常是一个傻子啊!"

"对着那些疯狂地奔腾的潮,或者对着如安眠的女仙样平静的湖面,和那些风丝、云片、月光、林石,鹳鸟,你常常孤独地朗诵些什么啊!"

"唔!"

"脸发烧了么？怕羞么？你告诉我啊！"

船在山的前面，在直立的怪石前面，轻轻地像一片给小风扫着的落叶。

"说啊！"

"济慈（Keats）、白朗宁……"

"不！一定还有你自己的呢！你真是我们的歌德啊！昨天，我看见你偷偷地在草坪上写诗。"

"不！我是在草坪上，听马的长嘶，看鸽子与行云的奔跑，帆船的流动，与水的哀怨。"

船，摇摆着，森林摇摆着，她的柔美的长发丝和她的柔美的目光摇摆着。

于是，我开始想起了歌圣舒伯特（Schubert）了，我高唱着"但尼河之忧郁"，也高唱着："永远在星光下的相似，相思……"

而她也用美丽的女高音和唱着。

"音乐是情感的产物。"我说。

"不！该说是忧郁的产物。"

在森林底下，风将树叶吹满了一船。晚归的鹳鸟叫着。太湖是寂寞的，我想吐露出我的忧伤，向着她，向着风，月光同湖面。然而，我看见了她的光亮的深邃的眸子，我觉得我有了如火一样的新的生命，于是我突然拉住了她的衣袖。我愉快地说：

"然而，今夜，我一些都不忧伤呢！"

"不忧伤？"

"是的，我觉得幸福，因为我觉得自己像罗密欧。"

"为什么啊！"

"因为有你，有朱丽叶在我的身边。"

她沉默了，让桨轻轻地落在河里，我只看得见水的光，星的光，树的光同她眸子里的喜悦的光。

让我们永远是罗密欧和朱丽叶吧！在星光下的太湖里。

三

然而，我们怎能永远是罗密欧和朱丽叶呢？

当炮火摇撼了平静的太湖之后，我是孤单地流浪到了上海——一个使得年轻人兴奋、悲哀和痛苦的都市。像双城记里的卡登——那个考尔门扮演的最优秀的人物——一样地，以流浪而散荡的方式过着我的生活了。

罗密欧是不能得到朱丽叶的消息了呢！

前些时候，在冠龙里，遇见了像吉卜赛一样地流浪着生活着的诗人——雪。

"我看得出你的眸子里有一些怀念的神色。你怀念些什么呢！"他说，在我们饮下了多量的酒之后。

"你听吧！Radio 里的乐曲。那是永远在星光下的相思，相思。"

"然而，太湖是会有春天的。"

"这个春天，正是在我们胜利之后。"

"那么，愿我们早一些得到胜利，而且也愿我早一些再能得到蓝色的朱丽叶的抚慰吧！"

春天终会来的，虽则在令人痛苦的都市里，我也这样相信着。

我愿化身（四则）

一　星空

你曾说愿化身为天上的星子，和夜空里，千万个姐妹们作伴。

于是，你悠然地离开了人世间，你有了圣洁的蓝色底光照。

然而，在午夜的方场上，照在孤独者的我底心上的，却是几千颗星星的光条，同样地静穆，同样地圣美，同样地具有你的性格。

哪一条光是你的光呢？哪一颗星星是你的化身呢？

呆望着满天的繁星，我茫然，我凄然。

二　墓诉

风雨与雷电的深夜，我跪在你的墓前。

风与雨使得我的发丝摇摆，使得我的情感疯狂。

你，虽则在墓内，然而你必定是愉快而微笑的，因为你是一个安静的少女。

而我，虽则在墓外，然而我必定是忧悒与灰暗的，因为我是一个不安静的少年。

而且，风雨虽则严击着我的心，却没有扰乱你的安眠。

三　吴江，我呼唤你

在十二月的积雪下，你发过战抖没有，吴江城，我的故乡！今天第一次，我如此亲密地呼喊你。在你的幽静的街道上，现在变成怎样一种情形了，没有结成光明的灯花。没有喜欢谈天说地的人们，在你乌黑的地边，聚谈着太湖的怒潮，是不是长啸声，又悠悠地退下去？那是不忍见到的，子弹在你左右飞舞，炮火在你顶上呼号。吴江城！我的故乡，是不是呢？你要向我哭泣，或者你愉快地笑一声说，光明即刻要来到。

吴江城，亲密地呼唤你，我是第一次，我知道曾经有许多忠勇的健儿保卫过你。

吴江城，故乡！笑一声吧，你是多么光荣呢。

四　这一章送给葆贞

这是个多么奇怪的念头？今天，在一个戏剧的场合里，我忽然地（不，说是痛苦的吧！）想起你，我的眼前老是你的影子，你的语言，同你的姿态。

中国的女子是在觉醒过来了，尤其是年轻的一代，不怕烽火，不怕地狱，不怕苦难的生活着，向前奋斗，争取自由。

想起你，不单是在爱的领域，也不是徒有的怅惘。却是充满着敬仰与尊重。葆贞，在我想起你的姿态的时候，怎样能不生出敬佩来哟！

葆贞，放开你的步子走去吧，让我们得到光明。

海·突击

"丁生!"喃喃的低语:"有人知道你到这儿了吗?"

"弟兄们都知道我到了这里了。"

"但是,还有没有人知道呢?"

"啊,小贞,别人是不会知道的。"

在靠近海的小贞的农屋里,丁生的眸子,有如二支烧燃的火炬,他把农衣脱下了。他的闪着月光的军服,使小贞的视觉感到刺激。

"这是一次非常机密的突击。"丁生告诉小贞。

"是吗?"轻轻地,小贞说,好像怕给别人听了去似的。

窗外,海浪啸着。

有如横笛的短奏,有如摇铃的滚动,有如号笛的跳音,有如一支伟大的合奏曲。

在海滨上,风、灌木树、月光、海浪。

月光像一个幽静的女神,把她的白金的长发铺在新月湖、沙礁、麦场和辽远的海上。

今天,第一次,小贞感到海的美丽,因为今天的突击,将使她看见希望的火花了啊。

她指给丁生:"那边有炊烟的地方,是海盗的军营。"

"你知道,我们已经包围了那块地方了哟!"

月光更具光亮,海啸更具响亮。

丁生看看表,他走下了小贞的楼房。

风在他们的膝下游戏,丁生拉出了他的手枪。

月光下,手枪是闪白的,表是闪白的。

丁生把手枪拨开了,子弹飞到了天空里。

一秒钟、二秒……、三秒……、四秒……

忽然地，机关枪、小炮、步枪，

每一只角落，每一个方向，都响着。

在海面上，火花飞过，像是许多颓落的流星。

"小贞，我，战斗去了。"

跨上了门前的战马，丁生的影子，

在白金般的月光下，在海与风的声音里。

远了，远了。

单单，有农家女的小贞是站着，站着。

在海盗军营所在的地方，火冒着，烟冒着。

枪声、炮声，使月、海、风都失去了安静。

农家女的小贞，从海面上，遥望远方的烽火。

农家女的小贞，是一个优良的骑师，也是一个优秀的射手呢！

"为什么我不去呢？"她想着。

我有一匹好马，我有一支好枪。

猛然，绕到屋后的马廊里，她拉出了一匹白马。

在腾腾的马蹄声里，小贞奔到前方去了。

单单是月光留着，单单是农屋和沙礁留着。

奔过了几个山头，跳过了湾弓湖与小溪。

农家女小贞看见了丁生和兄弟们了。

"胜利万岁！"在月光的直射下，她举起了手，喊着。

"小贞。你来得迟了，我们胜利了。"

在敌人的营前，除了火继续地燃烧外，一切战斗的声音都消失了，

消失了。

海，还是遥远地望得见。在海面上，月光，风，弟兄们的欢呼，丁生的笑，小贞的笑。

"我们的突击使敌人连放枪都赶不及啊！"

"我们的胜利是永远的。"

在海的冥想里，丁生，小贞和许多弟兄们都有了愉快的心了。

壁窗·街市·记忆与秋风

如果这篇文字能达到中国的西北角上，那么我愿意赠送给你，使你在工作之后，发出一些微笑——赠启刚

西风在街心，轻轻地扬起它的翅膀的时候。

一条街，修长地，是寒冷的季节呢！

人们对我说："秋天了，今君，秋天了！"秋天，在我有什么感觉呢？我的手杖打着白玉底楼梯的阶石，我的影子深印在灰白的墙上，我的寂寞的情操，飞翔到了辽远的高山与深海中间，我的眼泪埋葬了过去的颓废与悲哀。

从楼梯中间的壁窗中望出去，窗子外是喧哗的街市。街灯吐着垂死的光丝，而行人在商店的旗帜下，兴奋地或者忧郁地行着。

假使记忆，在我还是存在的，那么你，应得在森林或原野中屏息着，静听我的语言吧！我说，我们是怎样在工作中认识的呢？我们在救亡的斗争里怎样地互相爱护的呢？当我被鞭子打伤的时候，你的悲哀的表情，深刻到什么程度呢？让那许多，完全属于过去吧！森林里，今夜想是没有街灯之光照呢！然而兴奋的军歌与闪光的军装，必然使得你的心，有如你的眸子一样光明，使得你的笑，像一片海一样地明朗。

壁窗外的街市上，行人依然拥挤着。于是，我想起了……，假使是过去的时候，你会跑到街心去，把你那蓬乱的头发用手掠着，因为西风使你的发丝凌乱了，你高声地，呼喊一声，"同志们！"然后，扮做一个古代的英豪，你继续演讲，让群众围着你。正如同教徒围着教母一样，你的手里的旗杆，挥舞着如一枝利剑。

你喊一声："永远爱我们的国家，永远地。"

群众跟了你，喊一声："永远地，爱我们的国家。"

许多声音跟着："赶走强盗，赶走残忍的海盗。"

"建立我们的理想，自由的，民主的，自卫的……"

"爱护与海盗决斗的我们的领袖们，英雄们……"

有一个晚上，在西风吹哨的街心上，两个巡捕站在你的身后，他们要捕拿你，然而，他们听了你的演讲，流下了眼泪，他们终于没有执行任务，单单留下了西风与热情的群众陪伴着你。

有一个年轻的朋友称你为"神圣夫人圣母"。

你笑一笑，默认了！

神圣的圣母喜欢走上这座白玉的楼梯呢！

她喜欢走到中途，突然回过身子。

她也喜欢靠着壁窗，讲一些革命的故事。

她曾经说，除了革命与爱护国家之外，她没有别的爱好呢！

然而，楼梯中间，明亮的壁窗的前面，现在只寂寞地站着一个，迟缓地记忆过去之情景的人，他是经常地为圣母的演说感动得哭泣的。他是常常喜欢跟随了革命者忠实地在风雨里奔走的。当你在壁窗前，望着街心的灯火，谈着爱国的理论的时候，他是你最忠实的信徒。

这一个人，现在是给记忆引动得兴奋了。他的手杖打着阶梯，他的影子深印在灰白的墙上，他的想像飞翔到了辽远的高山和深海之中。

当你到北方之后，他继续在风雨里呼号着！

他继续出现在群众面前，继续使那些海盗们发怒，间谍们憎恨，胆怯者恐惧。

他喜欢站在壁窗前，望着窗外的街市。

因为那些地方，使他想起了记忆呢！

以及使得他兴奋与勇敢，热情与发狂。

是的，当西风在街心扬起之时，一条街上纵然是寒冷的，纵然游人向我说:"今君! 是秋天了!"我是没有感觉的。而当我站在楼梯中间,壁窗前面的时候,当我的手杖打着阶梯,当我的影子印在灰白的墙上,我的冰冷的情绪遂变成热烈的了。

我的忧郁,也变成勇敢的了。

因为,在壁窗之前,街市上街灯明亮之后,我是有一串美丽之回忆与联想的,那些回忆使我永远地兴奋,永远地……

永远地爱我们的国家,永远地记忆你。

永远地使海盗发怒,间谍们憎恨,胆怯者恐惧。永远地站在群众的中间。

壁窗前,西风是轻的,轻的。

一条街,修长地,秋是兴奋的季节呢!

花 与 微 笑

让我们受苦难,而让你,得到笑与温暖吧!

窗外是风,是雨,是零碎的灯光。

屋中是温暖的酒菜,浮动的音乐,美丽的装潢,诱人的时装的女侍者,同我的忧伤的心与伴笑的脸。

主人的长谈,鼓舞不起我的欢乐,客人们笑了,我也笑了,我的笑是痛苦的笑。

酒店的喧哗人声,向导女与歌伎的刺耳的话声,街上的 BUS 同电车的行过……

在我,是太辽远的梦。

我摸着我口袋里的仅有的一张纸币。我计算着一个星期的生活费,我是穷了,在这个岛上,失去了家乡,失去了财产的我,是流浪的吉卜赛一样地穷了。

窗外是零碎的灯影,是风……是雨。……是"流浪的女儿"的歌声。

　　屋中是主人的长谈,是向导女的笑,是客人的欢呼。

　　从一只桌子到另一只桌子,而终于到了我们这一只桌子。一个美丽的,含着埋怨的目光的少女,向我鞠躬了。

　　她是请求我们的施舍吗?或是出卖她的色艺的吗?不!她有高贵的姿态,朴素的服装,与谦和而激烈的语调,她有那些卖艺者,那些求施者所没有的一切条件。

　　"先生!"她的含怨的目光望着地板:"这是一些花,是几个难民的作品,他们预备把卖得的钱,献给无助的伤兵们……"

　　在她的柔软的手掌中,一个纸花瓶里,红的纸花,绿的纸花,五色的纸花,呈现着求怜的姿态。

　　先生!二毛钱一朵,你看这一朵红的花上,好像洒染了战士的血,这一朵白的花上,好像闪烁着战士的微笑……"

　　长谈的主人,笑着的向导女,欢呼着的客人,都沉默着,以冷淡而无情的眼光看着她……

　　在那些冷了心的人们前,她的热烈的语词,一些也得不到反应。

　　窗外的雨啊!风啊!多么凄惨的声音呢!

　　这时,我摸着我的仅有的一张法币,我想起了一个星期的生活费,我想起了寒冷与饥饿。

　　我的手,空空地伸了出来。

　　红的洒染了战士的血的纸花,白的闪烁着战士笑的纸花,也如同染上了深沉的埋怨。

　　"先生,我们代他们卖花的,整天在风雨里奔跑,只不过是因为爱我们的国家,先生!你们也爱这个在奋斗中的国家吧!……"

　　在另一只桌前,我听见她说了这样一段话。

　　然而,回答她的,依然是冷漠。

　　于是,低下了头,她失望地走向酒馆的门口。

　　向导女的笑,客人的欢呼,又如灰尘一样飞扬了。

猛然,我觉得那个高贵的少女已是冰冷了。

因为,有多么忧伤的神色在她的目光中啊!

猛然,我也记起了那些日子,我是曾经怎样勇敢地做过同样的工作。而在我受尽了人们的冷淡与攻击之后,我的热诚的心灵,是曾多么地苦痛,多么地忧郁过呢!

而现在! 我已经在同志们的失望中退后了的时候……

我竟能让这一个美丽的热诚的少女,也受到深深的苦痛与忧郁吗?

仅只是因为她爱自己的国家,爱正义,爱光明……

仅只是因为她愿意牺牲自己,做无报酬的工作。

在主人的长谈,客人的笑语,向导女的猥琐的歌声中,我如一阵狂暴的风,站了起来,而走到了酒馆的门口。

我拦住了那个准备外出的埋怨的少女。

我摸出了我的仅有的纸币,我的一个星期的生活费。我的粮食,我的温暖……

我说:"我有一个苍老的身体,一身破旧的衣服,一个可怜的生活,但我愿意买你的花,因为那上面有战士的血同笑。这里是五元,但我只要一朵花已经满足了……"

我选择了一朵最红的花。(染着最多的战士的血的)

忧伤的少女脸上,突然展现了兴奋、感谢的笑了。她谢谢我,然后走到了风雨的户外。

晚上十一时,我用蹒跚的脚步在泥泞的街上走,我已经连乘街车的车资都没有了,寒冷的风雨使我颤抖,然而我的喜悦的心是何等的愉快呢!

因为,那个失望的少女,因着我的受苦,因着我的慷慨而笑了。

因着我的寒冷,我的疲乏和我的受苦,另一个爱国家爱正义的陌生姑娘却得到了温暖,得到了兴奋了呢!

啊! 我是多么感谢于她的笑啊!

山林·月·田野

——一种尝试的写法

——谨以此献给战地的王,并纪念两个勇敢的相识者。

森林·山

美丽的围成半圆形的山,嫩绿的森林,枪声。

一队骑兵急速地败退下来。

凌乱的队伍,受伤者的呻吟声,飞扬的尘埃。

一个伤兵从马背上滚了下来,部队停止了,战士,王,从马背上跳下来。

"啊!同志,"王摇了摇那个士兵的身躯,但像一块铅一般地,那个人没有一些反应。

王抬起头来,绝望地望着灰色而无云的天空。

王的战马疲乏地倒在地上了。

山洞前

在月亮照耀下,森林白得像戴着孝。

夜枭啼着,而且闪着如磷的眼睛。

在山石上,一弯流泉的近旁,战士们生着火。十一个士兵把一个尸体放到山洞里,其余的用泥沙填满了山洞。

于是,在幽静的月光下,战士们站立着,做他们的默祷。

"啊!你的灵魂是安静的,因为你的死亡是为了祖国,你流了一个人的血,然而是救了千万个不幸的生命,你的死是忠实于你自己的愿望,同你的理想的,我们不因你的死而悲伤……"只听得王的声音,在夜空中抖战着。

夜枭闪着神秘的磷眼,啼着。

在柴火旁的战马,感情地喷着气,低下了头。

林深处的鹿与野兔,忧郁地站着。

山林·柴火旁

在柴火旁,战士们围着火。

一个战士,有着年轻的微笑同修长的体格的,庄严地搓搓手,然后说:"死过去的,永远不会再生了,现在计划我们的打算吧!"

"首先,我们在这里过夜。"一个年长的战士的发沙的声音,火花照见他,是他们的队长。

森林静穆着,战士的枪卧在他们身边。

队长继续说:"但要有一个人,在半山上,当步哨……"。

王站起身,方才那个年轻的士兵也站了起来,抱起了枪。

战士们望着两个远去的黑影,默然。

火焰是更旺盛了。

市镇·街·办公厅

在离那地不远的市镇上,服装整齐的异国士兵们,放着火,进出于居民的家中,杀人,抢东西。

新"市长"穿了礼服,在镇口的办公厅里,对那些军官们弯着腰。

"是……,是……,是,大老爷吩咐的不敢不做到,女人……,有,军费也有,是……,是……,派去打听'土匪'消息的,想是就要来了。"

听差张七捧了茶进来,偷偷地瞧着这些人。

一个军官哈哈大笑,顺手赏了新"市长"两个耳光。另一个军官,一腿,把市长踢倒在地下。

"哈哈哈!办事努力!赏你一只火腿!哈哈!马鹿!"

一个农民打扮的人,奔进来,向军官们叩头。

市长从地上爬起来，屏息着，不敢作声。

"报告老爷，土匪在山上烤火。"

军官们从座位上跳了起来，粗暴地踢倒了许多椅子。

听差张七机警地，望了他们一眼。

街

街，火光，烧着的房子与被屠杀者的惨呼！

军笛大声闹着，军官们都站在街口。

那些正在玩姑娘的，正在杀人的，正在以生命作玩笑的异国兵，带着不愿意的姿势，排着不齐整的队伍。

指挥官喊着："报数……"

到山林的路·田野

月光，夜，伸展到山林去的乡村小路，呈现着灰白色。

坦克车，马，被拉着的炮，步兵，与骑马的军官们，有些走在路上，有些是践踏着农作物。

行进着，夹杂着无秩序的谈话声。

马　房

办公厅的后面，马房里，听差张七牵了一只壮马，预备跨上去。

一个人突然奔来，把他拉住了。

"张七。到什么地方去，敢偷市长的马！"

"回家去看老婆。"淡淡地回答。

"哼！我早知道了，你是到山林去，你是游击队派来的，我很久就留心你了。"

张七脸上有了警觉的表情，他咬了一咬牙，拉出了手枪："罗三，你打算怎样。我是的。"

罗三坦然地笑了笑:"我跟你一同去吧！我不愿再当马夫了,你瞧,火这么大,我要入伙去,去报仇。"

张七跨上马,凝视着他。

罗三跨上了另一匹马。"我也是中国人呢!"他对他的同伴说。

街的尽头

马蹄声……

马穿过了疯狂的火焰,同疯狂的哭声。

街的尽头,一个异国兵在刺着一个孩子。

张七突然一枪,马踏过倒下的异国兵尸体而过去了。

路　　上

到山林去的田野上,坦克车,战炮,部队。

一个军官看见了两匹马影在不远的平行线上奔着,他喊了一声:"那边……"

部队停了,机关枪、战炮响了,一支队步兵执着枪,冲过去。

田　　野

枪声,炮声,一个炮弹在马的近处爆炸了。罗三伏在马背上抖着,张七回着枪,马奔着。

军官们指挥着作战,喊着口令。

一个……,三个……,五个异国士兵倒地了,而张七的胸膛上中了一枪,鲜血淌在了路上。

"拾了这枪去,还有子弹……"喊着,把手枪抛到罗三的怀里,他在马背上摇摆着。

罗三的马以最快的速度奔驰去了。

张七被许多刺刀贯穿了胸,倒在田野上。

森林·田野

罗三的马奔着,越过了许多田。

一个骑兵近了,他回过头去,一枪,倒了。

血从他的肩上、腿上、背上淌着,他奔着。

罗三穿进了森林。

山　下

追兵急急地跟着他,他回身开枪。没有响声,子弹完了。

他绝望地喊了一声,但他看见山了,看见了山上的熊熊火焰了。

一粒子弹,打着他的肺,血更多地淌着。

罗三呻吟着,马奔到山脚下了。

半山·山下

"我是王,你是七哥吗?"半山上,借了月光,步哨王打着呼哨。

罗三昂起头:"他们大队人马来了,散开,散开,市镇上空虚……"

月光装饰了他的微笑,使得他更加安详。

罗三慢慢地倒在地上了,他的马向山上奔去。

山上喊着:"你是谁啊?"山下没有回答。

山　上

山上,游击队带着枪,寻着路下山。

"去抄他们的后路,到镇上去。"轻轻的命令。

炮声,枪声,人的呐喊的声音,月,山林。

镇　上

第二天的早晨,镇上,战士们在异国兵的尸体中散着步。

"只是那个人不知道是谁?"队长带着感动的声音对王说。

望着静穆的雪片,王的眼里闪动着感激的泪水。

太阳以慈爱的光,照着战士的脸。

野　草

这时候,在田野上与山麓下,野草蓬勃地滋长着。阳光使张七和罗三安静地睡了。在他们的睡眠里,还梦着祖国的胜利。

革命底女儿

一个晚上,我们徘徊在一片方坊,默数着天上的星星,她的蓝色的衣服闪着光。

"今夕,愿我们化做天上的星星,用我们的光来照亮这黑暗的世界。"她说着,幽静地。

我沉默着。在一棵树下,她将一本《革命底女儿》授给了我。

春天,丰满的树枝,低垂着,弯到了地上。

在封面后,那一页空白的纸上,出现了纤细的手迹,写着:"走在鬼、野兽、坟丘的中间,我们的心永远不胆怯,我们要勇敢地斗争!"

"谁写的?"我喊着:"是你吧?"

她点一点头。

"我们的心永不胆怯,我们要勇敢地斗争!"借了星光,我们同时把这两句句子,念了一次。

"愿你永远是勇敢的!"我望着她的像海一样深的眸子。

"愿你也如此!"她的眸子闪一闪。

第二天,几个异邦人搜查了她的住宅,于是她投身到祖国的怀抱——美丽的西南去了,单单留下了我一个人。每天晚上,在那片市场里,徘徊着。

今晚,星星又是繁盛的,我沿着林荫道散步,默默地,数着星的数量。

在一株树下我停步了,暮冬的树枝,枯萎得有如一个老人。北风,使大地像沙漠一样凄凉,我开始想起了她。开始想起了她写的那本《革命的女儿》的卷首上的句子:"走在鬼、野兽、坟丘的中间,我们的心永远不胆怯,我们要勇敢地斗争!"读着,我微笑了。

现在是走在鬼、野兽、坟丘的中间了。但是我们是不怕一切的。我们要永远地斗争,永远地死守住自己的岗位。

我们的心底永不胆怯! 我们要勇敢地斗争!

默　祷

(一个殉道者的两周年祭)

惯于长夜过春时,挈妇将雏鬓有丝。

梦里依稀慈母泪,城头变幻大王旗。

忍看朋辈成新鬼,怒向刀丛觅小诗。

吟罢低眉无写处,月光如水照缁衣。

——鲁迅先生的诗《惯于长夜过春时》

一　树林中

你开始在我的记忆的领域里出现了,那是一个叶落的深秋,我们踏着落叶,在一个森林里,拾坠落在地上的栗子……

松鼠在浓阴里跳跃着,流溪隐现地穿过林下。

"最宝贵的是什么,在人生里? 你说。"经过一枝无花果树的时候,你突然地问我,朝霞的光映现在你的眉目间。你有光亮的眸子和纤细的身姿,欢快的微笑和豪放的性格。

"还有什么胜过这一刹那呢?"我想这样回答,但是生成的胆怯却使得我不敢那样说,我只是严肃地回答你:"是沸腾的血,斗争的热,真理和光明的信仰……"

"沸腾的血,斗争的热,"你学着我的口吻说,你而且喊着:"不错的,我愿你永远地具有这热和血。"

我的脸红着,而你笑了,你的笑像流水一样地有着和谐的优美的节奏。

在森林里,在流溪旁,我望着你像望着一幅彩色画……

二　音乐会

我们谁都期望着自己永远地具有这热和血。

是不多几天的晚上，我们在纪念贝多芬的音乐会见了。我坐在楼下，而你，伴了个深眼睛的姑娘，坐在我望得见的楼厅中。

Pano，Oboe，凡亚林，大提琴……独唱和合唱……在一次落下了幕，让听众休息的时候，一个侍者走到了我的身旁，他给了我一张纸片。

那是音乐会的节目单，然而在背面有着你的纤细的手迹，写着："到我这儿来，假使你是有热和血的话。"

我走到了你的身边了，你就给了我一叠油印品，你和你的同伴也各自握着些纸张。

节目继续的时候，灯光熄灭了，你用肘撞了我一下。

"丢下去！"你低低地，但是有力地说。你的眸子闪着像电一样的光，在黑暗里，你燃烧了我的心。

纸片翻着身，像雨一样地飘到群众的中间了。

我们看见许多的脸惊慌着，我们看见许多人在惊慌地叫号着，我们含着笑走离了这一个歌剧院。

三　小乡村

一个爱真理的人是永远地流浪着的，当冬和春相继逝去，夏来临的时候，烽火是燃亮了这梦中的都市。

烽火的光引导了你到光耀的地方去了。你是跟随了抗御异邦人的军队而作战着，你是穿上了戎装，单单留下了我，伴着病躯和寂寞，停留在这一个死城里，耳听着四周的胡歌。

我是多么地盼望着你的消息啊！我知道你是在广州附近的一个乡村中担任着工作，而且从一个朋友那儿，我又知道了你的一些情况。

我知道那儿的人民,是称你作"勇敢的天使"的,因为你,有美丽的音容,光亮的眸子,勇敢的性格和慈爱的深情。

你使得寂寞的乡村里,有了繁盛的温情!

想象你跨在骏马上,奔驰在关山、城镇之间。不论是晨昏,阴晴,寒暑,你终是兴奋地摆着双臂,有时是背着枪,有时是穿着护士衣,用你的微笑来拥抱一切善心的斗士。——于是我的如冬之心里,也有了春之呼吸了。

四　广州市

渐渐地,是十月了。

你寄给了我一封信,你说着:"真理的建立是需要有牺牲的,胜利之花是需要在战士的血的灌溉中成长的。"

十月的中旬……

当异邦的军人从海道攻进了广州城,当他们用屠杀,用劫掠和焚烧来统治那城市的时候,军队们,在完成了战略上的重大使命后撤离到四周去了,继续他们的勇敢的斗争。

那时候,你却为了救护一个病院里的伤兵,忙着输送,拒绝了别人的劝告,直到火焰满空,哭喊声高扬之时,你方才想要离开这一个城市。

你的心是圣洁得胜于世上一切的形容词的,在历史上找不出足以缅怀你的行为的词句,你是那样毫不畏惧地殉了道,为了保护一些受伤的勇士们。

你是在街道上给异邦人们捕住了,当他们知道你是一个爱国的工作者的时候,他们的枪抵住了你的胸口,而你却以泰然的微笑接受了死神的邀请,你的尸体寂寞地卧在蔓草丛中,伴着慈祥的夜月和晨星,而你的音容将永远地留在无数的感激你和爱护你的人们的心中,激励他们和鼓励他们。

那已是两年前的事情了。

无声的离去

——悼一个孩子

　　你终于在我们的身边离开了,时代是如此急迫地等待着你的成长,它需要你的热情和你的意志来改造它,然而你终于没有声息地离开了我们了。

　　街路上还喧哗着路人的在春节中的欢笑和歌舞,然而,在这一间小小的医室里,你却一天天地昏迷了,医生说你所患的是"不治之症",药的无效是必然的。你的母亲会为你流下这样多的眼泪,而我,你的哥哥,也深深地沉痛地整日整夜,不眠地望着你的脸。忧伤充塞了我们的心,我们都盼一个奇迹出现,但一切是无声,已经几夜了! 你始终没有张开你的蔚蓝的眼睛,或者吐出你的美丽婉俏而坚决的声音。

　　那是在 2 月 2 日的上午五时三刻,你吐出了最后一口气,你离开了生活了十一年的人世。那时,天上正飘着浓重的雪花,我为了料理你的后事,而在街路上奔走着,我的头上、身上和手上,是飘满了雪花。我的心中却充满了人世间的寒冷和悲哀。我流了一些眼泪,但不久又忍住了,因为我想起了你致死的原因,我想起杀害你的强盗了,于是,我的心中只有沉痛和愤怒,而没有忧伤。我要喊号,我要战斗,我要为你复仇。

　　你原是一个天真的孩子,你需要空气和阳光,你需要原野,需要乡村,你是做着那一些梦的。但是,强盗毁了你的家乡,把幼小的你追赶到这一个都市里,使你生活在灰暗狭小的弄堂里,使你得不到健康,而得到了衰弱,使你终日与忧悒相伴,而远离了欢乐,于是病菌逐渐毁了你的智慧。"不治之症"终于使一个多月的针药无效,终于使那些著名的医生束手无策,目视着你的辞世。终于使我们的眼泪都成了空流,也终于使我更深深地怨愤着强盗,更深深地坚守着复仇的信念。

　　现在,满街的积雪已在融化了,"春"是不会辽远的。那么,让我在来春,把强盗的血洒在你的墓草上吧! 因为"春"是会带给我们以胜利的。

夏 夜 散 感

仲夏之夜的热风中,我有一种升腾的情绪。这种情绪,有时要使得我狂哭,有时要使得我狂笑,有时要使得我的热情冲破我的冷静缄默。像一个"走入魍魉之境的斗士"一样,我要向着墨一样的夜晚,高声地呼喊出我的心坎中的声音。

记得在四五年前,那时童心未灭,每当情绪高升时,眼前总出现一些美丽的憧憬,于是常以散文的形式来表现这种憧憬。一文之成,必修饰再三,有时为了一字一句的适用,常踌躇终日。又记得两三年前,头脑里始终充满了少年人的遐思,于是偶有所感,便写成长短句的新诗。那时是颇有以文学为"吾志"之意的。然而,幼小的心情终于随岁月改变着。一年以来,连自己也料想不到,已经苍老了不少。即以作文一道而论,苍老了的手再也写不出很多的散文和诗,到如今即使心中万念奔腾,也仅能写成一些既像杂文、又像论文的东西。四、五年来的创作,使我学习写了一切不同体例的文艺作品。而我所学习到的,却分明是一切体例的缺点而已。有时候,在深夜,我常常想到自己的生成的"低能",于是立刻想折断自己的笔。然而,为了要想在黑夜里发狂地呼喊一阵的缘故,我又握起了笔。

握起了笔,在纸上磨着。在这四五个年头里,握笔差不多成了我在用"记忆力"来"啃书"之外的唯一的事情了。把写在杂志上或者写在报纸上的不成型的东西,拆下来和剪下来,汇钉成册,置之于案头,已经有那么高的一大叠了。

往往想起高尔基所说的,把孤岛拟之为"黑夜",那是由于我的直觉,既不听见连天的鼙鼓,又看不见满空的烽火,周围尽是一些"欲眠欲化"的半生半死的人物。此情此景对于一个和社会的实践工作隔离得远远的年轻人,自然会引起一种"寂寞凄凉"之感。因为他并不能从社会的实践工作之中来了解，来认识这社会的阴暗面，他又能隐隐地听见社会的脉搏的跳动，却看不见社会的真实面。过去有人把写作拟之为"闲人之业"，是一些都不错的。想到了这儿，我总想高声地狂哭。然而，在客观现实上，对于这方的一小块，谁不能说它是"孤"了，是"死"了呢？在光明的伏流之中，报国的志士，必然有着其更艰苦的工作，而黑暗的一方，也未始不在力图扩张其罪恶的势力，由尖锐的对立可以产出新鲜的物体来，把握住了我们的正确认识，我们要把握于不久的将来。

一切的花草都会在春天滋长，一切的事业都能在"曙光"里蓬勃，我们要切记着。

就再说到文化事业吧！为了客观条件的低落，当前的文艺出版物，似乎是十分凋零的，说之像沙漠，像黑夜，谁能说不得当呢？然而沙漠里始终有驼铃，黑夜里始终有生命的呼吸。纵然是低潮，然而没有枯，纵然是微弱，然而没有中断，世上如有所谓"韧的成术"，则这儿的工作者，是没有忘记过的。

文化水准高度发展了的人类，其所以胜于禽兽者，"有恒心"便是最主要的一个原因。

但一面是严肃认真的工作，一面却是荒诞无耻的享乐。想在江河的口上建筑起阻挡河流的石堤的撒旦们，固然是一种。而以散布文化的"蒙汗药"，为"生财之道"的"法利赛文士"，也未必不是另外一类。同样是具五官，具灵性的人，却竟会这样，干着绝对相反的工作。有时候，我真感慨于造物的神秘。

然而一想到任何事物的发展，原有其一贯的规律可觅，则又常失笑于自己的幼稚。所谓事物之一贯的发展规律，就是任何事物之质变都有其量的积累之先果。今日在金陵的刊物上，以"工细的笔"描绘着《红楼梦》的老插画的画像，原来就是战前绘描着《金瓶梅》等消闲插画的消闲画家。今日在书报上大做其文化"官"的，逃不脱是过去的"三角""四角"的黄色作家。想到了这儿，我总想狂笑。

　　因为中国正式在从被压迫的社会走到独立自强的过场中,败类的淘汰,谁能说不是民族的幸运呢!然而社会发展有其地域的不平衡性,当整个中国在抗战之中的当儿,作为孤岛的上海,在这"曙光"照临的"前夜",可能会一天天的环境恶劣起来。"中间人"和"必须强迫别人阅读"的书报的一天天的增多,将使得正义的文化工作的展开,越显得困难。

　　然而,"在困难里展开的工作才是可以珍贵的"。为了争取未死的人心,我们要使自己的笔像利剑,同时为了要结成一条坚强的战线,我们必须舍弃任何人世间的纠纷和误会,常常宽恕同道者的错误,拉起手来,使步伐整齐。

　　而且我们要常向自己检讨,自己本身有没有错误?有没有浪费过?

　　有没有浪费过?每当这样的一个问题横在眼前的时候,我始终会觉得自己的确还需要修养。执笔至今,我纵然没有写一篇与抵御及真理无关的文字,然而我的笔却是那样地"软"与"纯",那样的呆板与无生气。社会经验的缺乏,使得我徒然具有满腔的热情,却始终不能运用这种情绪配合以完美的表现。

　　在仲夏的晚上,炎热的风中对镜自思,总觉得自己不过是一个平凡的宣教士,离开"艺术"的门还远甚远甚。因而我常常想折断自己的笔。

　　然而,在这寂寞的孤岛上,在这充满了魑魅的围城里,无数的呼声却迫得我既想狂哭,又想狂笑,迫得我总是又勉强地握住了笔,写出一些散漫无绪,首尾不接的文字来了。要说它是投枪,然而也许掷不远,要说它是飞箭,然而也许失之笨重,那么说它是什么好呢?

　　管它吧!纵然是婴蜂,它总也会刺一下虎和狼的。

狗　　病

　　汽车啸一声"嘟!嘟!",在克洛兽医院的门口停了。车夫阿王把车门很恭敬地拉开了,接着华丽高贵的张二奶奶便和风流潇洒的张少爷走出了车子。张少爷手中握着一根英国式的手杖,而二奶奶的手中却抱着一只玲珑娇小的小洋狗——倍丝。

"小倍丝,别心慌,克洛医生就会来给你药吃,治好你的病了。"一走下汽车,二奶奶就拍拍小倍丝的头,心中感到十分轻松。

张少爷却沉默着,露着严肃的颜面伴着他的二夫人走进了候诊室。

毕竟是高贵的兽医院,和那些"治人"的平民医院不同,没有拥挤着的人群,却只静静地一个人也没有。

一个外国女看护走来向他们打了一个招呼。

于是张少爷就拉开了皮夹,付了挂号费两元。

这外国女看护满面笑容地"谢"了声,就进了内室。不一会,那个满脸胡须的克洛医生,便一跳一跳地出现于他们的眼前了。

"哈罗,又是密斯特张的宝贝小狗生病了吗?"

"不错啊!"张二奶奶操着流利的英语回答。

"什么病,和上次一样吗?"

"不! 这一回又换了病了! 是胃病,整天不吃东西。"张二奶奶不安地说着,皱着眉。

"不要紧,不要紧!"这一回,医生说着生硬的上海话了。他轻轻地抱了这一只小倍丝,一面抚摸着,一面说着:"可爱的小东西!"

一听见医生赞美她的狗,二奶奶不觉莞尔一笑。她说:"总要请你好好地看我这宝贝呢!"

"Sure! Sure!"医生爽快地说,"这狗需得住院一月,下月烦劳太太来领回还了! 一定比以前更活泼呢!"

"这狗真是娇弱多病,常常麻烦克洛医生,我们正想请你担任它的医药顾问呢!"

自命为幽默家的张少爷,用了轻松的语调接了下去。

"哈哈哈!"克洛医生高声地笑着。

　　三个人又用英语交谈了好一会,最后张少爷付了二百元的住院费,就走出了这医院。来的时候是满腹愁思的二奶奶,现在是满脸愉快了。可是刚走出这医院,就在门口,却看见一个女小孩伏在一个奄奄一息的女乞丐身上嚎啕地大哭着,而且向他们伸着手,哀求着。

　　"少奶奶!少爷!可怜可怜!我妈妈生病了,又没有饭吃,少奶奶!少爷!给一分钱吧!"

　　"讨厌!讨厌!没有钱给你!"二奶奶的一团兴趣给赶走了一半,不觉恨恨地说着。

　　"你的妈就会不吃饭了。"而幽默的张少爷却得意地说了这一句话。

　　他们立刻双双地跳进了汽车。汽车"嘟"的一声,向大光明戏院驶去。

招 请 访 员

看见报上的招请访员的启事之后,失业了许久的大学生张英立刻走到了×××大厦的四号房间中。

这是一间办公室,一张公事台上堆积了许多公文,有个胖子坐着看书,把脚高高地搁在桌上。因为时间太早,刚只上午九点钟,屋子里是冷冷清清的。

请坐和倒茶之后,胖子便在一大堆公文纸中抽出了一张黄色的表格来。

"请填一填,要烟吧?"一枝香烟伸到张英的前面。

"不用,不用。"张英摇一摇头,就摸出了自来水笔,把表格从头到尾看了看,就填写了。

姓名,张英。年岁二十三,籍贯江苏,资格国立××大学新闻系毕业,还有……

一看见国立大学毕业生,那胖子便喜欢得什么似的,庸俗地装着大笑。"哈哈,国立大学……又是新闻系,妙透,妙透,一定成功的了,现在就请你和本报经理面谈吧! 哈哈!"

于是在另一号房间中,张英和经理先生面谈了。

那个经理先生有一抹小胡须,忙着办公,用眼睛斜视着看人,那神态就有些异样了。

张英的心突突地跳着,同时,他的情绪升高到仿佛不能再为意志控制了。这时,那个胖子已走到经理的身边,喃喃地咬着耳,说了许多的话。经理就慢慢地把张英周身看了一下。

"你是国立大学毕业吗?"竟然能说出很好的北平话。

"是的。"

"那好极了,请坐,请坐。"

待张英坐下之后,经理继续地谈着:"我们这儿的访员的薪金,要看资格高下而定,我们这儿招请访员的目的是为了……"

在模糊的状态中,张英连这个人说些什么都没有听清,可是后来,他却突然听见一个响亮的声音:

"你要多少月薪呢?"因为张英没有回答,那个经理代他答道:"二百元,太少吗?"于是接着一阵大笑:"你们贵国学生很好,士兵太可恶。"

一听这话,张英的血已经沸腾起来,然而他终于耐住了,他觉得这间房间太可怕了,于是,他逃了出来,他没有回答什么话。

"喂,明天来办事。"到门口,他听见那个胖子大声喊着,接着,一阵可怕的大笑声音。

但是他并不回答,也不回过头去张望,他只是加速了步伐走着,他还有他自己的灵魂。

他宁愿继续失业,却不愿去为这每月二百元的职位工作。

猛虎(外一章)

猛　虎

我梦见自己在森林里,执着一柄剑,像一个勇士。

一只猛虎站在我的前面,吼着。

我愤怒地举起剑,我喊着:

"我要斩戮你这残忍的野兽,你这凶恶的魔鬼。"

"哈哈,我残忍?"老虎吼着回答,"我没有人类残忍。"

"胡说。"我挥了挥我的剑。

"我杀弱者只是为了饥饿,却并不是为了建立自己的英名,我并不用文字来装饰这杀戮的罪行,我也并不要别人歌颂我的杀戮。"

"胡说。"我的声音较前软弱得多了。

"还有,我杀弱者只用我自己的体力,却并不用什么机诈和阴谋。还有,我吼一声只不过杀伤一条生命,而你们人呢? 有些人,吼一声却要……"

没有听完它的话,我终于垂下我的剑,低下我的头了。

"人! 你能说什么呢?"猛虎讥笑地说。

我说不出什么,我一直沉默到梦醒的时候。

孩　子

不知道从什么时候起,我成了一个喜欢和孩子们一起游戏,一起生活的人了。

天真的感情,纯洁的心,没有欺诈,也没有计谋。

在他们心中的字典里,没有虚伪,在他们单纯的微笑里,没有暗藏的刀。

他们跳跃,他们歌唱。他们想说什么话,就是说什么话。他们不知道讥讽，他们不知道口是心非，他们也不知道保藏自己的秘密。

他们是常常把世上的一切人，都视作和他们一样是无邪的，是没有欺骗的。他们怎知道这尘世的罪恶，早已使成人们失去了诚实和无欺？因之他们容易受欺和受骗。

他们也常常是爱真理光明的，他们遇见了灰暗就哭泣或战抖，遇见了光亮就欢笑或跳跃。他们是光明的恋人，黑暗和魔鬼的仇敌。

啊！孩子们啊！自从我在人间遭遇了太多的欺骗后，我竟成了你们至好的伴侣了，你们的天真，留住了我的童心。

第二部 上海风景线

封锁的悲喜剧

阴历的年初五,大公司里。

在各式各样的货品柜的前面,挤满了各式各样的人,红的、绿的,1941年冬季的最漂亮的时装,潘丽西拉兰,泰罗鲍华,琼蓓纳,克拉克盖博,漂亮的人们全都学着那些好莱坞明星的装饰,风貌,姿态,甚至讲话的声音。

热闹的新年啊! 狂欢的新年啊! 笑,打趣。争买着货品……

可是……

乓——那样巨大的一声震动啊! 炸弹。

地摇起来了,打蜡的地板摇起来了,法兰西香水精,白美润面水,西式手表,可口可乐,威司忌,象牙,金属品……都摇起来了。叠得高高的罐头食品滑到了地板上,啪啪啪啪地像是开枪。

所有的人,所有的,红的,绿的,紫的,奥丽维哈佛兰型的,埃洛儿弗林型的人都急白了脸色,一窝蜂似的向大门口冲出去。

旋转门立刻给塞住了,只有少数人冲了出去。日本宪兵立刻把守住了各个门口,全身武装,枪尖上插着刺刀,而刺刀的锋是向着从里面挤出来的人。

人们又一窝蜂地退了回来。苍白的脸,夹杂着青年告白的声音,又夹杂着孩子的哭声。

封锁了，我们给封锁了。即使没有人那么说，每个人也都知道，自己是给封锁了。

封锁，那是一件多么可怕的事情啊！满脸上都是杀气的敌兵把守住了各个门口，从军用车上运下来的铁丝网布满了公司的四周，非但是公司的四周，连三分之一的南京路，浙江路，二马路，虞洽卿路都给封锁了起来。交通是断绝了，繁华的地方变成了阴沉沉。

封锁，不知道什么时候会解除呢！依照日本军的"皇律"，凡是某一场所发生了恐怖的案件（炸弹，暗杀，械斗……），那么立刻把该地区及其附近地域封锁起来，一直到凶手被捕或经司令部认可后，才能够开放。

这一群被封锁的人都成了给命运任意摆布的人了，和外面是绝对的隔绝了，只有电话或许还通，于是很多人都挤到了电话间中。但打通了电话又有什么用呢！日军是早已丧失了人性了的，任何人都没有办法改变他们的措置。

有一部分人先想到了今后的伙食问题。公司的底层是伙食部，点心部，菜品部，食品部，公司的三层楼有一个茶室。于是一部分人先奔到了那两处地方，许多人跟着分散到了这两处。

公司里的经理着慌了，电话不断的摇到工部局，巡捕房，领事馆，但是什么地方都找不到办法。最后他把电话摇到了日本宪兵司令部，得到的回答是停一会儿，司令部派人来调查。胖胖的经理只得在经理室里抽了一枝雪茄烟，来回地烦恼地走动。

营业部主任，他急急忙忙地先奔到了茶室，迅速地跳到了一张桌子上。

"我们现在给封锁了，这封锁不知道什么时候给解除。"有人以为他要慷慨激昂地演说了，但是说下去，却是希望人们不要任意地把东西毁坏掉，"我们的食物要有计划地分配，否则一下子吃完了，便糟了，诸位都是有地位的绅士和女士们,想来一定能赞成我的办法吧!"

在别人同意了他的意见后,他又急急忙忙地奔到了底层,又照样地演说了一番。

办法是公司里按照存粮,开出中西餐客饭,一客五元,没有带钱的签个字,完全以信用担保。公司里一共有一百一十多个顾客,依照他的计算可以供给八天。

食粮问题是解决了,但恐怖和嘈杂却依然充满了整个人心。一百二十多个人,这封锁的一群,不是三五成群地聚在一块谈着紧张的话,便是背着手踱着步,更有几个精通日语的,奋勇地充代表去向日军哀求,但是日军除了把刺刀在他们脸前晃着之外,没有别的话说。

傍晚,宪兵司令部的代表来了,两个日本军官和一个汉奸翻译。

昂着头,挺着胸,在经理室里面,他们大声地恫吓经理,他们说那炸弹是发生在公司的后门口,定时炸弹,所有的顾客都有嫌疑,非把凶手捕住,不开放。

经理的心跳着,在许多语词都不生效力之后,他终于把心一横,施用了最后一着:

"本公司愿意捐一些小款子给贵司令部。"颤抖的声音。

"什么!"那个矮矮的军官跳了起来,"用钱来买,那是不行的,你看错了咱们皇军的纪律了。"

但话虽这样说,经理却给带到了司令部,在那里,像买卖一样地把"捐款"的数目讨价还价地讨论着。而在公司里,被封锁的一群依然怀着一颗恐怖的心,在封锁线里呆着。夜幕降临了大地之后,晚上他们有的睡在家具部的席梦思床上和沙发上,有的就睡在柜台上,公司里的绸匹,大衣,绒布,都成了临时的被头。

这样地,一天,两天,三天……

一直到第六天的早上,封锁才给解除,而代价据说是二十万。

确实的数目并不知道,因为经理是受到了警告,不准把"捐款"的这一件事向外宣布,更何况是数目呢!

赌场——决斗

一

沪西——一切阴影所集中的歹土,赌场和强盗窟的深渊,汪伪特工组织的大本营。

卜东武,这一个大肚子的矮矮的大生俱乐部(赌场的别名)的经理,穿着簇新的夹大衣,趾高气扬地边吐着烟圈,边在场子里慢步着。

这是楼下,最原始也最赚钱的赌法的场子。一楼和二楼还有比较高雅的赌场——麻将和扑克的雅座,但是在底层却只是"押大小"。

桌子一共是十来张,每一张桌子的一端总坐着一个打扮得花枝招展的妙龄女郎,涂满了胭脂的血红的脸颊正和那些赌客的发白,发青,发黑的脸形成了反比例。这种女郎就是所谓的摇宝女郎,她们是赌场里的磁石,可以吸引一些满不以金钱为一回事的青年主顾。摇宝女郎也称西施,她们的后面或者旁边,则站着几个虎背熊腰的短打大汉——抱台脚。一个个都出落得雄壮非凡,活像地狱里的凶鬼。

这大生俱乐部,在沪西的赌界里虽不能挂上头牌,见拙于那些江湖老板麾下得意红员所开张的大赌场,可是也远非一些小赌场所能比较。因之,老板卜东武也就由一个马路小瘪三,一跃而为沪西社会上,有声望的"和平绅士"了。

的溜溜,的溜溜,的溜溜,卜东武的耳朵里充满了摇宝的声音。开宝了,声音响起来了,摇宝西施的清脆的声音先自喊着"六"、"八"。

"四"……,而后许多声音跟着,得意的笑,失望的叹息,赢钱者的欢呼,输钱者的咆哮。这一切声音都集中到了这老板的耳朵中,于是他就在嘴角露出了一丝笑容,他觉得这许多人的感情和命运现在都给他一个人所操纵着,他为他自己的杰作愉快。

当老板正在踌躇满志的时候，一个侍役突然跑到了他的身边，喊着：

"老板，有电话。"

"哪儿来的？"

"大康那儿。"

这老板不禁皱起了双眉，方才的那一股兴趣全部一股脑儿给冲散了，他只是三步并两步地跑进了经理室接起话机就打电话。

对方的声音是粗鲁的，大康老板李散元的语调总是步步逼人的，使得卜东武难受。

"喂！已经是两点钟，到了答复的时候了，行吗，加一点股子？"

卜东武的怒火给提上来了，对方那家伙，竟这样步步逼人吗？他也就咆哮地回了一句："本俱乐部决定还是不收外股。"

"好！好！没有关系！"对方显出了流氓气概。"大家都是自家人，我总不会来捣你的蛋。"嚓的一声，显然把电话挂断了。

"妈的，他要来并吞咱的饭碗。"卜东武咬紧了牙低骂着，"加股，还不是黑吃黑的老调儿。咱们大家拼一下吧！"

二

兴冲冲，雄赳赳的孙大彪，身穿黑短打衫裤率领了五个"朋友"好汉，故意一摇一摆地走进了大生俱乐部，走到一只摇宝桌的前面。

挤开了围着的赌客，他站到桌前，红着眼珠子，像一只熊一样地，从手掌里掷下一叠押码。"六百元，押小！"大声地挑战地叫着。

摇宝女郎的玉手停止了，一个抱台脚的瞪起了圆眼。"朋友，这里规则，押大小一次不超过五百。"

孙大彪喊起来了，肩膀一跳！"什么！老子有钱，偏要六百。"

"对啊！六百就不行吗？"五个好汉朋友一起助威。

这边厢几个抱台脚的也不甘示弱，可是摇宝女郎却看出了他背后

有货,不是轻易打发得了的,于是就故意逼尖了嗓子,操着生硬的苏白说:

"好了,好了,就通融一下吧!"

的溜溜,的溜溜,的溜溜,摇了三下,开宝。

"五点,小!"摇宝女郎说:"这位大爷胜了!"

满以为不会有什么了,可是孙大彪却竖起了虎眉,"忘八,压宝不过五百,你们怎能压六百?"

一个抱台脚的忍不住了,抢上前指着孙大彪的胸脯就骂,"忘八压六百。"

"好,骂得好!"孙大彪并不多说,只是一翻手把那桌子就是一翻。桌上的那些骰子,杯盘,筹码,钞票碌碌地滚了一地。

赌客们都知道要出些什么事,大多数都逃散了,只有少数胆子大的,却兀自站在一旁想看个热闹。

孙大彪一上了兴,就收不下那股子杀气了,他一抢抢到了另一只桌子前,一举手又是一翻,那五个朋友全都跟着他翻桌子,只翻得大生俱乐部桌桌朝天。

管场子的看见来势不小,立刻奔进了经理室,向老板卜东武请示方针。

"哼,准是大康李散元差来的鸟,你能下手干,我可就不能了吗?"卜东武的心里雪亮,把雪茄烟向痰盂中一丢,就站起了身,吼道:"还不把他们轰出去。"

管场的得了令,奔回场中,只喊了一声"下手",四边交叉着双手,正在等待命令的弟兄们刹那间就潮水也似的涌上来,顿时拳脚交加,不一刻,就把孙大彪和五个朋友一齐掀到地上,一顿毒打,早把那些好汉打瘫了。

"拖出去。"现在是管场子的瘦林五神气活现了。

"滚你的蛋!"打手们便将孙大彪那批人推到了门口,再一推,使得他们个个来了一个狗吃屎。

"好好好!"孙大彪却只是忍了痛,牵动了铁青的脸冷笑了两三声,蹒跚着回去了。

"有种再来。"林五在后面骂着,"你的眼睛生在背心上,竹杠敲到这儿来了。"

三

孙大彪躺在床上的当儿,也正是大康俱乐部的老板李散元大发怒火的时候。

"卜东彪那家伙简直这样地不讲情,不给他一些颜色看还了得。"

李散元是赌界中的巨头之一,他的老婆和李士群的儿子有着某一种关系,所以他便从肉庄老板一抖抖成了"沪西名人"。他和其他巨头一样,都有使事业托拉斯的欲望,他急要把他的势力范围之下的赌场都兼并过来。但是今天在大生却碰了这么一个大钉子,怎不令他心头怒火如焚。

"非得好好的治他一下!"一手执着杯子,不断地把酒向肠中直灌,一边却兀自转脑袋,要想复仇。

再打,那不行,大家都可以收买打手。借重李士群,不行,卜东武和周佛海的部下有勾结。

忽然间,给他想通了一条路,这体格魁梧的魔王不觉从座椅上直跳了起来,"这样准可以行了。"

他就从客厅里直向内房蹿去,一下子就找到了他的老婆,过去这里有名的小黛玉。他扳住了她的肩膀:

"我的肉,你得赶快打扮起来。"他嚷着,"现在就去拜访川田参谋,坐我的汽车去,快快!"

小黛玉却回过了头,撅起了嘴,"我不高兴川田那家伙,看见了我总是……"

"呵！那算得什么一回事，你难道忘记了你过去干的什么生意吗？就是现在咱们的这一种差使，也怎么不同你过去的生意一模一样。哈哈！去吧！"接着，嘴咬耳朵，这大汉在那妖娆的女人耳边，轻轻地说了一大套话。

四

川田参谋，四尺五寸高，骨瘦的身子，生平有三大嗜好——打人，贩私货，玩女人。

他的脸颊上觉得软绵绵，热辣辣的，一个女人的嫩颊正贴着他，一种娇滴滴的声音正在动荡他的灵魂。

"你一定要答应我。"看着他不说话，那个女人把大半个身子都贴到他的身上了，他们是坐在一只沙发中。

"可是，卜东武跟咱们也……"依然吞吞吐吐地。

"散元答应你，将来每月分二成，几万块钱呢！"

"真的吗？"那过去的浪人，现在的"皇军"参谋的眼前顿时给钞票和女人的粉脸遮住了整个的空间。

"真的，谁诳你。"女人的软绵绵的身子更贴近了他。

"行啊！"那浪人给女人引得浪起来了，他乘势拦腰一抱，就把那女人抱到了怀中："要答应你不难，只要你先答应我。"

随后，不容女人分说，他就一把将女人拖起来了，直向寝室走去。

五

晚上，九点钟。大生俱乐部的通宵营业的霓虹灯正诱人地在闪耀着，男的，女的，老的，少的，中间人，日本人，罗宋人正川流不息地带了自己的灵魂和生命在门口进进出出。

老板卜东彪趾高气扬地在摇宝台的前面走来走去，抱台脚的好汉个个都是雄赳赳，气昂昂的挺着胸。林五来去地叱咤着侍役，摇宝女郎的笑引诱着所有的赌客。

突然，一辆军用车在门口停住了，跳下了一队日本宪兵，约略有三十多个，都是枪上了刺刀地向里走去。

卜东彪一看形势不对，急忙一溜溜到了楼上的经理室。却只苦了林五，他被宪兵队长一把拉住了胸。

"王八，猪猡，营业证。"先是两记耳光，随后开口就骂。

林五的威风给打到了九霄云外，只是颤抖着双腿。

"手枪抛出来！"宪兵们在收拾那些抱脚台。

不一会儿，所有的俱乐部的"英雄好汉"们都给反绑了双手，赌客们像一阵风地逃走了，留下的赌本，都到了日本宪兵的口袋了。

"猪猡，"宪兵队长顺手又给了林五一记耳光。"老板呢？领我们去捉。"

一行人，由林五领头，都向经理室奔去。

这时候，在经理室中卜东武一个人涨红了脸，暴青了筋，用力地打着电话。

那电话是打给三老爷，一个周佛海的门生的。他一看到那些日本宪兵，就断定这批东西准是李散元请来的丧门神。

抢　去　了

客人来了，陈太太很快乐，立刻叫了媳妇来代打麻将，自己却奔进了会客室。

来的客人，是刘太太和刘小姐。刘太太穿着灰鼠大衣，刘小姐穿着翻豹皮大衣，防空高跟鞋，烫着狄安娜宝萍一样的头发式样。

刘太太是一个心爽口直的人，寒暄了不多的话之后，她便喊了起来，用着一种埋怨的语调。

"真倒霉，真倒霉。"

"倒些什么霉呢?"陈太太问。

刘太太不说话，为了她的心里正在生着气，于是刘小姐代她的妈妈说明了事情的经过。

"我们本来打算送一点微薄的东西给姑妈你，所以在大新公司里买了一盒蛋糕，一盒洋点心，一盒面包和一盒巧克力，妈一个人提在手里，哪知道才走到大光明过一点，竟就给三个瘪三赶上来抢了去，还不倒了霉吗?"

"姐姐不会去抢回来?"年纪只有十二岁的陈少爷正走进客厅来，一听见这话，立刻抢上来发表他的意见。

"抢得回来?"刘小姐不以为然地说:"瘪三一抢到手，立刻就撕开盒子，乱抓乱捏，并且放到嘴里乱咬，就是抢得回来，也有谁再要吃呢! 何况那些瘪三是那么的脏，你高兴和他抢，弄脏自己的衣服吗?"她边说边看着自己的簇新的翻豹皮大衣。

"倒霉，倒霉!"刘太太却只是摇着胖胖的身子，似怒非怒地喊着:"该死的瘪三，下流种。"

"不要为这种事情生气吧!"陈太太立刻微笑地劝着她们:"现在，这种事情已司空见惯，谁都逢到过的了，只有男人家，他们才怕，不敢去抢；对于女人家，他们正是见一样抢一样。"

"这种人真是该死之至。"刘太太还是发着怒。

"其实也不能怪他们，只要看日本人没有进来之时，他们一些也不抢东西，都是为了东洋人，把持经济，绝了他们的生计，那些人才迫不得已地抢东西的。"不提防，刘小姐的一席话却引起陈太太的一大套议论来。

刘小姐还想说话，却给陈太太抢了先，那时候女仆周妈刚送上咖啡，陈太太就大声地把女仆喊到了跟前，给了她十块钱，吩咐道："到隔壁店里买一些点心来！"

刘太太和刘小姐忙不迭地站起来，拦阻道："不要买什么罢！"

可是周妈已自去了。

屋里的人就饮着咖啡，谈着天，并且等着点心。等了好久，周妈还不见回来，陈太太发起脾气来了。

"奇怪，周妈怎么还不回来，真是十个娘姨九个懒。"

"不是来了吗？"刘太太眼快，已经看见周妈正走进来了，她就马上向陈太太说。

周妈走进来了。

"要那么久？"陈太太正想骂一阵，但猛可间，她却注意周妈是两手空空的。于是她就问："点心呢？"

周妈无精打采地说："我买了二十只刚出笼的馒头，但刚出店门，就给四五个瘪三，一抢抢了去，连篮子都给他们抢去……"

"你真是呆大！"骂了周妈一句，陈太太又转移对象骂道："那批瘪三正是该死之至。"

"别动气罢！其实也不能单怪他们，还不是为了东洋人把持经济，绝了他们的生计，那些人才迫不得已地抢东西的吗？"现在是刘小姐来劝陈太太了。

买米的行列

嘈杂的声音,拥挤的人群,汗的蒸发,血的流淌。

米店是只开了半开间的门,柜台上高挂着"今日本店发售工部局米凡五石,共售五百人,每人一升,价三元正……"那样的招牌。

可是从米店门口,沿着街,排列着的人群却远不止于五百,说不定有一千,甚至两三千。

一个挨着一个排着队,可是却并不安静地遵守着秩序,后面的来是向前面挤,前面的则挺着胸支持自己,更有一些人则站在中段的旁边,等着机会,想奇兵突击,冲到队伍中间去。

这队伍并不能够整齐地排成一条直线,却只是像蛇迂回着,有许多地方挤得很紧,甚至形成了两排。有许多地方很多人还在争执着,形成像臃肿的圆球。只有长蛇的尾却是安静的,那儿只是站着一些老人和孩子了。

巡捕张大了眼睛,拨直了咽喉,三步五步地分布着,皮鞭在他们的手里旋舞而发出了呼呼的声音。遇到有许多地方,拥挤或争执得太凶时,他们就咬紧了牙关,一鞭子抽下去,没头没脑地抽,一直抽到许多人逃走了,那地段又恢复成了一列线为止。而在这些豹头虎脑的巡捕中间,又夹杂了三、四个三道头,都是白俄的人,冷酷的脸和冷酷的心都是苍白得好像没有一丝血色的。

巡捕们担任着写号码的事,在每一个买米者的肩背上,用白粉笔写着一、二、三、四……的号码,一直写到五百。停笔了,不再写了。"总是买不到的,你们走吧!"可是,五百以上的却还有不少人在呆等着。

二十,二十一,二十二……,正在边写边数着,巡捕忽然听见有人在喊他"九十二号"。九十二号是他的服务号码,绣在帽子及领角上的。

声音是软软的,诱人的,于是这铁板的巡捕不禁回过了头,先自露出了笑容。

在他的旁边正站着阿巧,一家小理发店老板的女儿,年方二九,一张烧饼脸上抹得红是红,白是白,身上穿着花衣服,煞是引诱人。

九十二号的心动摇了。

"让我排进来,好吗?"女人说话了。

"可以,可以,不过要谢谢我,"九十二号忙不迭地一把将阿巧拉到了二十二号的后面,暗暗地乘着别人不留神,在她的腿上捏了一把,接着就把二十三号这个数字打在她的背上。回过身一看,三道头正在打人,没有看见他的玩意,心才"突"的放下了。

九十二号刚写好二十三,猛的听见后面有争执声,立刻抬起头来。

原来,后面突然地有人在半路上挤了进来。

挤进来的是阿陆,铜丝厂里的工人,为了厂中的原料给日寇"征发"一空,厂方便命令他同其他工人去买米。阿陆有的是结实的身子,牛一样的力气,最喜欢半路杀入。他一眼看见,那个地方,前面是一个年轻的女工,少不得可以吃"豆腐",又看见后面是一个老头儿,一点不中用。于是就一冲,冲了进去。

"出去,出去!"前面后面的人都喊起来了。但是他却兀自不理。只是把双手抱紧了那女工的腰,队伍中的人都是抱着前面底人的腰的。

后面的人挤上来,想挤他出去,可是却把那老头儿以及其他三、四个人挤了出去。

老头儿不服气,又挤上来,这地方便成了两排了,大家都骂着,争着。

"王八蛋,还要挤?"一个巡捕立刻赶上来,没头没脑地把鞭子一下又一下地打下来。只打得老头儿满脸都是血,抽咽着捧着脸逃走了,巡捕才松了手。

"唉!真是太挤了。"一个深长的叹息,从女工之前的瘦长子的嘴里吐出来。

那个人,名叫刘学成,原是一个小学教师,现在为了经济困难,也试着来买一下平价米,岂知给前后的人拼命一挤,只挤得他眼睛发花,胸部窒息,腰酸腿痛,只得自动退了出来,蹒跚地走回去,心头是充满了不痛快。

不过,心头充满了痛快的人也不是没有,像长腿阿五便是一个。

阿五是一条粗汉子,先前卖狗皮膏药,现在生意没了,便别出心裁,专买平价米,一天终要给他买到三、四次,留下一次自用,别的就把它卖给别人,少不得也可以赚下一笔款子来。

今天阿五东穿西穿又给他买到了多次。

挤啊!挤啊!挤啊!

嘈杂的声音,汗的蒸发,血的流淌。

米老板的魔术

一

发户口米,每户每周限购白米一市升半,碎米一升,面粉一升半。

这一些些的米怎够一家人果腹呢,于是还是常要另外买米。

凭了户口证,可以向米店买米,买的是户口米,也只能买户口米。米店里不能多卖米给你。

这怎么办呢?每个人得自己设法。

但开米店的胡益丰却并不着急。这一星期,工部局发下了白米五十袋,规定八百六十户到益丰米号去买米,胡益丰像别人一样,算是一个卖米户。

可是精明的胡老板却另外有高明的手法,他能够把升斗的底填高,这样一来,米就多余了不知多少了。

“阿拉有的是米,怕什么!”一天晚上,当他的妻子胡大嫂,那个惯会啰嗦的女人,物价长物价短地吵了半个钟头后,这个身宽体胖的老板终于耐不住地,这样地呵斥她了。

"好! 好,看你有米,东洋佬就不来收你的颈子。"

"不准你乱说话,尤其是倒霉话。"胡老板吐了一口痰。

一语未了,门外有了打门声。

打门打得很急。

老板娘走过去想开门,但经验丰富的老板却向她摇几摇手,阻止了她。

因为据胡老板的意见,这年头,上海一切都不太平,日本佬、强盗小偷遍地都是,门外有人打门,何况还打得这么急,理当问个清楚。

他就挺起了他的圆肥肥的肚子,很有威风地喊道:

"啥人,啥人?"

"我!"门外的回答,一个人的并不粗暴的声音。

"你是谁? 我知道你是谁吗?"老板的气壮起来了,简直带了一些骂人的语调。

"我是王成啊!"

一听见"王成",老板的眉又展开来了。他慢慢地走到门前,把门闩拔开。

"唔,王成兄。"

"唔,益丰兄。"

走进来一个矮短身材的中年人,这人是胡益丰的麻将好友,王记煤炭店老板王成。

王成的手里拿着一只米袋,其目的是很显然的。可是他先是不说明,一直到米老板关上了门,他就沿着桌边坐下来,才鬼头鬼脑地与胡老板咬耳朵说:"划几斗米好吗?"

"不行,不行,工部局分配停当,谁敢揩油。"胡老板一口回绝了王成。

王成不痛快起来了。

"老兄,难道还不相信我,我会替你向外去张扬吗？哈哈,我们来一个经济合作,你买我的煤,我买你的米如何？煤也不容易买到啊！"

"说起这,我倒想起来了,我正想找你通融一些煤球,怎样？总要请你先赏光吧！"

"好,这没有什么困难。"

胡老板一转身,立刻把一个小伙计叫了上来。

"替王老板弄三斗米。"

小伙计立即在门角落里取出一根铁条,把铁条插到了一只麻袋里,另一伙计在铁条下面张开了王成拿来的米袋。

铁条向上一扰,米沿着铁条像泉水一样地流了出来,流满了一袋。

……

王成谢了米店胡老板,算了账,走了。

王成一走,米店的胡老板,哈哈笑了两声。

二

可是王成还是坐在煤炭店前面,只是叹气。

他虽则在昨天弄到三斗米,但是他还是不够用,为了他家里的人口众多。

猛然,他看见一个乡下汉子打门前走过,背上背了一包袋子,他立刻就跳起来,一把抓住他。

"是米吗？"

乡下人打量了他一下,点了点头。

"进来。"

走进内室,王成同乡下人争起价钱来了。

"一共五斗,先生,一千五百块总要吧！"

"你这人真是黑良心,户口米只卖五百元。"

"先生,不能这样讲,我们的米是遭受了不少危险才能背到租界上来的。"

"胡说，有什么危险？"

"自然有的，先生，别的不说，我们先要穿过铁丝网，有的网口有日本赤佬把守，执着刺刀，一不留心就给他刺死。"

"哈！你当我不知道，现在谁不知道你们是打和平军防区漏进来的。"

"先生，自然也有，可是一斗米你猜要孝敬那和平赤佬多少！先生，一斗要五十块，还要本钱……"

"一斗五十块。"王成吓了一跳。"这个把关的差使倒做得，一天不知道有多少米经过他的手，每个月总有万把块钱好捞。只是太狠心些吧！"

"先生，可是他们也得孝敬上司，而且把守关口的和平佬，也每天都要换一个的。"

卖米的乡下人谈出了劲，开始故事化地叙述几桩关于贩米的故事。

可是王成却有些听得不耐烦起来，他喝断了乡下人的长篇小说。

"别多说闲话，五斗米到底卖多少？"

……

结果，五斗米，花了一千二百块储备票，给王成买了下来。这老板便有些欢愁参半了，欢的是米已到手，愁的是又平白花费了一千多块。

而下乡人却欢欢喜喜地出去了，今天他的米总算没有给充公，尤其是打法租界走到公共租界的一段，那一段路，巡捕的稽查私米，是查得最凶的。

注：上海沦陷初期，买米要排队去买，那情形便如前文所写的一样。此后，为加强统治计，便有了户口米的现象，其情形便如本文一样。

煤油大王与日耳曼武官

陈康培先生,既陈三老爷,无聊地依在他的小洋楼的栏杆上,望着热闹的马路。

低着头踱着慢步的中国人,抬着头,嘘着气,把岛国的狭窄底民族性完全暴露在外表的日本人,穿着黑绿色的宽大不称身的制服,走起来一摇一摆的意大利兵,矮小的蓝眼睛的法国女郎,或高大的放浪的白俄女人。这一些全都没有引起他的注意,他所注意的,是那些低下了头,急匆匆赶着路的,在臂上缠着白布、白布上写着红数字的英国人、美国人、荷兰人和一切给日军视为敌性国的西洋人。

他近来很无聊,自从日军侵占了租界,自从一切的物资都给日军以最原始最强暴的手段劫掠去以后,所有的囤户甚至最正当的大商人都在黄金塔顶尖上翻了一个身。顶洋商招牌的最倒霉,五金的也一样,货栈给看守,商品给没收,此外,有的连人都给捉进司令部去了。

人的被捕是为了没有把货物去登记,登记的结果则是查封。

陈康培老爷,一向有"小洛克菲洛"之称。是上海鼎鼎有名的煤油大王,也是一个在黄金塔尖上翻了身的人物。过去一天忙到晚的商业战斗,现在已经告一段落。留下来的是一连串寂寞而空洞的日子。他现在难得出外去"跑",只是缩在他的小洋房的楼上,整日地看着下面路上的行人,念着所谓敌性国人的臂志上的数目字,来打发空洞的长日。

陈康培老爷虽然是一个著名的囤户,可是他的十大栈房却连一个也没有去登记过。

"我看老三,你还是去登记吧! 东洋人的手段辣得很。"一个过去和他在商场上竞争,曾被他打下台去的吴老二,有一天含着讥讽地向他说:"把一条命拼了不合算吧!"

"东洋人敢来动我，好！欢迎。"陈康培老爷英雄气概地回答了对方。

对方想了一想，仿佛想过了似的，含着轻蔑的笑，走了。

陈康培老爷站在楼头发愣的时候，猛的一辆小汽车以急速的姿态行驶到他的美丽的小洋房之前，划了一条线停住了。

一个，两个，三个，小汽车里走出了三个日本兵。这是三个戴青灰色钢盔，穿黄的制服，短腿，粗腰的日本兵。一个穿西装的日本人由穿长袍的吴老二领路。

"哼！竟然来了，好！欢迎。"这煤油大王气得额上的青筋都暴出来了。"吴老二做了汉奸来转我的念头。"

他很想走下楼去，可是，考虑了一下，他却反身向后门口走了去。

后门口静悄悄地，一道小路，日军竟然没有来看守，于是这陈康培老爷不禁乐得"哈哈"一笑，赶紧奔向前去。

转了一个弯，又是一条热闹的大路，电车喘着气刚好停下来，陈康培老爷一跳就上了电车。

尽管是谈着在陈康培老爷以为是严重的大事情，可是克郎武官却依然满面浮着笑。

"事情很好办，不过，这十个栈房都是你的。"日耳曼民族毕竟是聪明的民族，克郎武官非但说得上一口漂亮的上海话，而且说话的时候还会得绕圈子。

"事情假使弄好，那么分一个去怎样？"陈康培老爷可是商战沙场上的老将，一说话就开门见山，一只手早拍到了克郎武官的肩头上。

"不行！不行！"却不料，德国武官霍地站了起来，仪态威严地说着："日耳曼是优秀的民族！"

"两个吧？"陈康培还是嬉皮笑脸。

"不行，日耳曼民族是优秀的……"

"三个？"

"日耳曼是……"

"四个!"

"日耳曼是……"

"妈的,这家伙竟然不卖情面了么?"陈康培的气涌了上来,心一横,反身就走,咕噜着:"十个都送给日本人倒爽快。"

"干吗?洪特陈,不坐下来再谈一回么?日耳曼人是最肯帮别人的忙的。"

克郎武官的话锋一转向,两个人就挤在一起,在一只沙发上高高兴兴地谈起话来了。

终于,陈康培让出了五个栈房给德国人,另外五个挂上了德商的招牌。

陈康培站起来的时候好像给割去了半个心一样地悲哀。"妈的,日耳曼的优秀性竟要值到五个栈房。"在他看来,五个栈房是比什么都要重大的。

克郎武官站起来的时候,胜如给希特勒奖了五个勋章一样,因为在克郎武官,勋章是比什么都没有用处的。

章田少将,上海海军陆战队的实际控制者,正怀着不愉快的心情,瞅着舞池里的一对对舞侣。

"实在抱歉,我们不知道那栈房是贵国的,只知道是有一个支那人叫陈康培。"为了保持帝国的体面起见,章田故意装大了胆子,含着讥讽地说:"陈康培大约不是贵国人,总是清国佬(中国人)吧!"

"不错,可是,阁下,你毕竟是没有调查清楚啊!那中国人是我们雇佣的经理。"

日本少将的眉尖打起结来了,闷闷地,只是把烈性的酒向口中直灌。

"跳一曲吧!"克郎武官懂得外交上调制空气的方法,拉了章田少将,滑进了紫色的舞池。

一曲终了的时候回来，章田沉重的心慢慢的轻松下来，可是他又向克郎扯了一个谎：

"那是陆军部封的，我们海军部做不得他们的主。"

可是克郎武官却更其轻松着，他满面笑容地说：

"但是反正我知道封的是海军陆战队，阁下，我分你一个如何？"

岛国的民族性显示出来，章田裂开了嘴说了："好极，好极，我一定帮忙。"

紧接着，他们一起滑进舞池，跳起了华尔兹圆舞曲。

过了一个星期，陈康培忽然又出现在他的洋房的栏杆上，寂寞地念着街路上的，那些低了头，急匆匆赶着路的英国人，美国人，荷兰人……臂志上的红色的数目字：

A　一四六

B　七三

H　五

"哈啰，"一个洋服青年从他的背后走来，扬起了手，"陈老板，竟然有空。"

"栈房都丢了，为什么没有空。"来者是熟人，陈老板毫无隐瞒地这样说了。

"啊？"洋服青年不胜惊骇起来："不是发还了吗？你还有五个。"

"五个，哼，你不见外面都挂德商的招牌么？"

"你不是说和他订过君子协定吗？各半。"

"君子协定，希特勒和张伯伦也订过君子协定呢！"

洋服青年不禁同情的叹息起来。

第三部　街头土风舞

写于 1938—1943 年

飞 镖 大 王

虽则是寒冷的初春,但他们还是赤着膊。

他们一个是师傅,一个是徒弟,做师傅的是父亲,做徒弟的就是儿子。

上午和下午每天两场,他们就先在一片泥场上,摆上了两排十八般武器。

随着,师傅就把嘴尖了起来:"车! 车!(读 JU)"

"看卖拳头,卖拳头,看!"人们就围成了圈子。

师傅开口了:

"各位朋友,今天来看些什么,有的朋友说就是来看飞镖大王任云彪的飞镖,好的,好的! 在下就是飞镖大王任云彪,飞镖大王任云彪就是在下这一副嘴脸……"

"今天带得两个小徒儿,来这儿表现家传绝技,完全为的是济贫扶困,公开展览,不取分文,要拿列位一分钱,便是王八乌龟……"

说完,那飞镖大王便把两手一摆,转了一个身,说的话也跟着转了一个弯:

"不过铜钱虽则不要,却要请诸位帮帮小忙,推销一些东西,什么东西呢? 且不表明,还是让在下和两位小徒弟先表演一套货色给各位看看!"说后,就向场角退去了。

那两个赤膊的徒弟听了这话,就窜上场来,打诨了一场,便各自选定了一个方位,手举足舞,打起架势。

拳头互相打在对方的身上,"劈啪,劈啪",怪响亮地。

拳头打过,又演了一场真刀真枪的大战。

在叫好的声中,那个飞镖大王于是走前了几步,向观众弯了一弯腰。

"好啊! 好啊!"他诙谐地学着观众的声音喊着:"不过且慢,正戏还未开场。"

什么正戏呢? 原来就是表演飞镖。

一个徒弟蹲在地上,手里握着一个铜元,这飞镖大王,就在武器架上取下了一只系有长绳的飞镖。

"人家说我是飞镖大王,在下可有些不敢当。"把镖系在臂上,他向四周的观众打着几个揖:"不过在下练习这一套飞镖,却下了整整十多年的工夫。飞镖怎样表演,第一是掌中系物,第二是,哦,且慢……"

"慢着,今朝宝货没有卖掉一只,肚皮里太空了,上不了劲,怎样好呢?"徒儿开始在装腔作势了。

"说得对,说得对。"师傅也附和着:"还是先请列位帮帮忙吧!"于是他们便在武器架旁,拿出了一个黑包裹,打开了,里面是充满了黑黑的膏药。

为师傅的,先代这膏药吹嘘了一阵。

"今天,至少要卖掉它五十多个。"

"四十个也罢!"那徒儿却加上了一句补充。

"二十个吧!"师傅又主动地减少了二十个。

观众中间,立刻有了要买的人了。十分钟之后,膏药只剩了五个了。

飞镖就此开始表演……

先是那徒弟蹲在地上，手掌中放着铜元，一镖飞去，铜元落地，手掌不伤，于是观众喊了一声好。

其次，铜元放到了头顶上，一镖飞去，照样地铜元落地，头顶不伤，他们又听到了一声好。

可是这还不稀罕，飞镖大王的绝技还有。那便是把绳不规则地围在身上，打了结由他一转身，绳结自开，镖飞了出去，也不偏一倚地打着了铜元。这一次喝彩声是更甚于前了。

飞镖大王于是满脸含笑地向观众们夸着口："不是夸口！我任云彪十多年来天天这样飞着镖，可以说没有一次失过风，出过乱子，这都是我苦练出来的……"

可是有一天，是那个大雪纷飞的前一个晚上，气候是特别的冷。飞镖大王的赤膊的身子打着战，又加以一天的饿肚子，镖飞出去的时候，手一软，偏巧打中了徒儿的鼻子。

从那一天起，在那一块空地上，人们便找不到这飞镖大王的踪迹了。

街头手画家

从戏馆中出来，打康脑脱路麦根路口经过。忽然看见一个测字先生，滔滔不绝地，同许多人吹牛，而旁边竟然围着足足有二十多个人，听得津津有味。当时觉得有趣，就也挤进去一看，原来这些人并不是来听他吹牛的，而是来看他的手指画的。这一个测字先生能够以手指作画。

画具非常简单，就只有一块玻璃，一块拭桌布，和一方砚台，一只水杯。只看见那个测字先生，用大拇指在砚台上一拭，染上些墨汁，在玻璃上涂涂，印上了一个指痕，再用拭桌布把指痕拭拭，就成功了一个年老的面孔。然后又用拇指染墨，加上几笔，便就画成了一个完整的人像。

"再画几个，"旁边有人说。于是，在玻璃上，又添上了好几个不同的人身，并且还有猫、狗等动物。

"这个是薛仁贵，这个是曹孟德……"

测字先生的年纪不十分大，约略二十岁左右，身穿黑色长衫，满面笑容，好像是很和气的样子。

因为口袋里还剩有几个角子，于是就花费一角大洋，请他替我相面，相面完后，我开始问他。

"你这种画，画得很好。"

"这叫手指画。"他说，"毫无用处，混混饭吃罢了。"

"你是什么地方人啊，是不是山西？"我听他的口音有些近于山西一带。

"不，湖北。"他说。

最后，我问他的姓名，但是他只肯告诉我他的诨名："我叫小铁口，至于真姓名，那么像我们江湖上人，何必留下呢？"

眼科大王及其蛇

一块布挂在墙上,画着各种眼病的形态,中间用大字写着王回春眼科大王,地上摆着一只皮箱,杂放着几瓶五色俱全的药水,以及刀子、钳子等等工具。另外在地上又铺着一块布,散放着包得像糖果一样小小的黑色药膏。布的旁边,两只大的铁钵中却盘着几条赤链蛇,满身粗粗的斑点,而且不时昂首向外,使观众们畏惧而叹服。

一到太阳落山,工厂散工,马路上的行人一多,这眼科大王王回春便和他的朋友老三开始营业了。他们先自吹自擂地大声说着自己的能耐,不一会儿,四周便聚满了看客,围了几重厚的半圆形,后面的人尽量伸长着脖子。

先是医眼病,由这短小的眼科大王向观众讲着眼病的种类、程度和严重眼病的可怕,好在旁边挂了图,容易讲解。讲解完毕,接着就说,无论何种眼病都能手到回春,而且:"兄弟的医眼病,不为财利,专为诸位患眼病者帮帮忙而已,所以价钱自便。"说到这儿,猛的在人群里,拉住了一个又高又大的沙眼末期的工人,这人眼皮已经内翻,满眼血丝。

"譬如这位朋友……"这眼科大王就一手拉着那人,以人做标本地,向大众讲着他的高明医术:"病已深极,但在我医来,只要三个月包你好! 价钱呢? 又随便,朋友,你怎样啊?"

一滴黄浊色的蛇胆眼药水滴到了那人眼中,于是收入二毛钱……于是又在人丛中扯了一个人。

看看再没有眼病的人了,原先坐在地上的老三就猛地跳起来,站在观众前了。

老三年轻力壮,卖相又好! 阔肩粗臂,他的生意就是推销黑小包的蛇胆膏药。

"这膏药哟!……,只需要一粒在身,蛇就不敢上身,如给蛇咬了,一搽，便不痛了。"

看看吹嘘不生效果，老三便放出了看家本领，把袖子卷到肩头，一手捞到铁盆中，摸出了一条利齿火舌的赤链蛇，向观众舞着。

"不拿着药，它会咬人的。"说后，把蛇首向臂上一搁，这蛇张了口，咬了他几口，鲜血洒着。"拿了这药！看它还敢咬吗?"先把黑药搽了伤口，再拿起蛇，向臂上送去，可是，奇怪的是蛇首向空翘起，并不咬人。

这老三，一不做二不休，又把蛇首浑身乱送，这蛇却始终不咬人。

于是就证明了膏药的效力如神，一会儿，地上的一大堆膏药便变成了他们口袋里的法币。

天色一暗，观众走散，王回春大王便和老三收拾起家伙，预备回家了。他们边整理边谈天。

"亏你天天扮这套戏，我可就没有这胆。"这眼科大王说着，"你老三毕竟手硬心辣。"

"其实也不难，"老三回答："只要懂得两次把握蛇时的姿态不同，这门槛就得了，皮肉上的小伤是不算什么的。"说时还扶着自己的手臂。

说了这话后，两人都沉默着，不知道是愉快呢，还是悲哀。

流浪的乐师

手风琴,啦啦啦地响起来了,随后他们唱几只歌儿,是用的江北的调儿。

在沪西,小沙渡路曹家渡、三板厂新桥这一带,近来就时常给发现这一种卖糖的江北人。大都是女的,往往三个人一组。她们有一只或两只手风琴,或者有几根笛子。她们先奏一些音乐,吸引了很多听众,随后,嘴里唱着歌儿,而这歌儿内含着宣传的成分——替她们的糖宣传。随后,她们就要观众买她们的糖了。

一天晚上,作者就碰到她们。她们是三个人,两个拉琴、唱歌,一个呆呆地守着担子。那正是在一片荒场上,人一圈一圈的围着她们。

"卖糖啊! 卖糖啊! 太阳烘烘上西天,我们就起身去卖糖……"唱了很多套,一个较高的女的靠着墙头,一个较矮的就取出糖来要大家买,买的人很多。

作者也买了些糖,而且也走近担子一看,原来她们非但有糖,而且也有橄榄、豆等食品。

"我们本是南通人,家居城外××乡,只为如今田地荒,只得卖糖走四方。"手风琴拉起来,她们便自我介绍地唱起来。

谁说中国的下层阶级缺乏音乐知识呢! 她们不正是悲苦的流浪音乐家么?

罗 宋 肥 皂

"看啊! 罗宋人来了! 卖肥皂来了!"几个孩子喊着,在马路上,一群人围住了一部载满肥皂的独轮车。

卖肥皂的人一共三个,一个推车的中国人,两个碧眼罗宋人,一个年纪较轻,穿着西装,鼻架眼镜,一个满脸胡须,身腰粗阔。

"阿要买! 阿要买!"那个年轻的罗宋人竟能说上海话,他立在车侧高喊着,"罗宋肥皂,角半两块! 三角四块! 罗宋肥皂,角半两块! 三角四块。"

喊了一阵,那满脸胡须的人便跳上了独轮车,伸出了双手,喊着:"Very Good! Very Good!"

那个推车的中国人则缓缓地说,"交关便宜,交关便宜。"

角半两块,价钱的确不算贵! 而且肥皂又是肥肥的一大块,现在固本肥皂不是要近两角一块了吗?

人丛里,很有一些人这样地想着的。而且卖肥皂的又是外国人,货色一定不含糊,也有人这样地想着。

于是不少人都买了这肥皂,笑嘻嘻地回去了,工人小陆,便是其中之一。他而且比别人买得多,一共买了六块。

回到了家,他就笑嘻嘻地把肥皂给了他的女人,并且告诉她,他买到了便宜货。

哪知,第二天,他放了工回去时,却听见了女人的怨言。

"好好的钱,买这种冲货! 你看,一落了水便缩得像鸡蛋了。"

他一看,果然,一块大肥皂已经缩得只有先前五分之一那么大小了。

"倒霉! 倒霉!"他气得说不出话。

但就在这时,一阵声音又在门外响着了,那是:

"罗宋肥皂! 角半两块! 三角四块……"

"交关便宜,交关便宜。"

"Very Good! Very Good!"

听声音分明还是昨天遇到的那三个人。

"两块!"

"四块。"

听声音分明今天还有许多人在买肥皂。

治 痣 专 家

　　路旁的墙壁上挂着一张巨幅的布,布上是许多红红绿绿的方格。方格里都是红红绿绿的人像画。

　　"治痣专家林早仙"这七个黑的大字就给写在许多方格的正中。

　　这专家有两道浓眉,一张阔嘴,五短身材,黑黑的脸正说明他是一个风尘中人。穿了白布短衫,手摇黑折扇。

　　看看:画一挂好,陆续地就来了一些看客,围成了半圆形。

　　在挂着的画上的人物中有历史上的英雄名人,有男的也有女的,有幸福的也有倒运的。每一格画上又都有注解。

　　这注解说明什么?说明人生的兴替都只是因为痣的关系,例如:

　　郭子仪足心有黑痣故拜将立功。

　　汉光武全身七十二痣成帝业。

　　痣生颊上,此人必得富贵。

　　王了因喉间有痣故死于非命。

　　杨七郎眉间一痣故死于乱箭。

　　二目之下生痣名泪痕,主克夫。

　　痣生于鼻左右,必伤财。

　　朱买臣痣生口角故贫穷,及后去痣,得状元之荣。等等……

　　让大家把画看熟了,这个专家就把袖子管一撩,手执一面镜子,说起话来了。

　　"凡人身上都有痣!朋友!你要知道这痣是干系你的一生的运的啊!痣妙则运昌,痣劣则运劣!生了劣痣,即令有满腹经纶也不免走厄运,大则死于非命,小则倾家荡产。"

　　说到这儿,"扑"的吐了口痰,然后又继续说:

　　"所以凡人生恶痣者不可不治。"

恰巧在他的对面站着一个工人，在鼻右生了一粒黑痣，于是这治痣专家便手执镜子把那人的痣照着，一方面他说："朋友！你这痣就不妙，将来必破财！还是点去了它吧！时光只要五分钟，洋钱只要三毛。"

说后，他在一只小木箱里取出了一小瓶黑药水，和一支蘸药笔，就想实施手术。

"不要！不要！"哪知这工人却摇一摇头，走了。

"哎！他要后悔的，诸位想想！三毛钱要紧呢？还是命运要紧。"专家只得又拿起镜子，一面照人，一面讲着命运的大道理。

"这朋友额生小痣！""这朋友眉左三痣！""这朋友……"

在人丛里只听见一个人高高的声音，差不多每一个在场的人都生着不好的痣的，他的所谓痣，其实无非指人脸上的斑点而已。

然而任凭他口齿伶俐，半小时过去了，却一件生意也没有，人们只是用好奇的眼光看着他。

他没有办法，只得叹一口气，收下了布，不发一言地提了吃饭家伙走了。

"难道这儿的人都不信命运了吗？难道命运这东西已经不能支配现在的人了吗？"他心里这样地想。

魔　术　家

“看变戏法啊！来来来，不要一分钱。”

“戏法人人会变，各有巧妙不同，老兄，你有什么噱头？”

“噱头多得很，口说无凭，待兄弟变了自然知道。”

一个瘦长条子的青年，头戴满是尘埃的学生帽，上身穿黑色中山装，下身是一条竹布裤。另一个是中等身材的中年人，身穿灰白布西装，满是油垢，鼻架黑眼镜，站在围成半圆形的人丛中，手舞足蹈一问一答，在地下摊了一块布，放了一只小皮箱，几件变戏法的器具，和一只空铁杯。

“鄙人的戏法，是从美利坚学来的，别人称我魔术家，我自称跑江湖，漂流各地，不过是混混苦饭吃，比不得公馆里的老爷太太，只吃不做。闲话休提，也算今天诸位眼福好！不花一文钱就有戏法看。”

那个架黑眼镜的边说，边手拿了一个红色的小台球，夹在手指里，口中念念有词，手掌几翻几覆，一只台球竟变成了两只，又几翻几覆，两只又变成了一只。

观众们都静静地，现出了惊讶的神色，这黑眼镜的魔术家却面露笑容，说道：“今天兴致好！无妨就把这小戏法教教诸位，诸位也好到朋友前献献小技。”于是一面做手势，一面解说着，原来变出来的一只台球不过是半只球，套在另一只台球上，一拨，拨出来了，一收又套上了。

停了一会，看看时光已经不早，这两个人便放下了魔术器具，由戴黑眼镜者用沙喉咙向周围的观众，道出他们的本意。他说，“那么有没有真的戏法啊？自然有啊，在什么地方？就在这小皮箱里。”

观众们以为又有什么魔术了，都伸长了颈子，只见戴学生帽者打开皮箱，其中躺着满满的黄色的药水瓶。

“诸位！这是真戏法了，没有一丝假的成分。”沙喉咙又响了。“这是开特林药水，有什么用处？凡是刀伤，火伤，跌伤，牙齿痛，瘌痢疮，一搽就灵,立刻见效,出品的是××公司,我们是出外做广告,特别价廉。到公司去买,大瓶六角,中瓶四角,小瓶三角,这儿买大瓶四角,中瓶三角,小瓶角半,忍痛贱卖,来医医诸位请不起医生看的穷朋友的毛病。来来来,灵不灵当场试验。"

那戴学生帽的人听到这儿,便打开了一瓶药水,倒入空铁杯中,手拿一支搽笔,向观众们连声喊着:"有毛病的来试验好啦,不要破费一分钱。"

观众们中间就有生疮的来试了。"痛吗?"在试前他们问。"不痛。"回答。于是有些人就摸了钱买药水了。

但生意并不十分兴隆,戴黑眼镜的计上心来,就"嘶"的一声,搽亮了一支火柴,向自己的手指上烧去,红的火印立刻就出现了。他把手指向四周一扬,再把药水一搽,红印立刻全消。但还不算数,忽然他又伸出一手,拉住了一个小孩的手指。"小弟弟,帮帮忙。"一个火柴上的火焰向孩子的手上烧去。

"痛啊! 痛啊!"这小孩嚷着。

"痛得好! 就要你痛啊!"说后,他把药水在小孩的手指上一搽。再问:"还痛吗?"

"不痛。"向四周的观众说,这小孩原是他们的小同伴。

"如何?"他胜利地向观众们说着。于是,钞票就纷纷送到他们的手中,不一会,箱中的药水竟然完全出空。他们说了声"下回见",便提了空箱,笑容满面地走了。

然而这笑容正满含了人世间漂泊者的凄凉味呀!

夜 的 喜 剧

N. N. 开始说:

有一天,在夜的街市上,都会的摩天楼的旁边,我演出了一次有趣的喜剧。

了解我的人都知道的吧！我有一个喜欢在晚间散步的习气。我穿过了热闹的街心，以悠闲的眼光看水果贩与买客的争执，随时走到冷静小道上，呼吸着树的氧气，而让我的幻想袅袅地安静地发展着。

那一晚——就是发生喜剧的一晚——当我披上新的绸长袍，握着手杖，走到一条小路转角的时候，一个穿黑短衫的人，突然拦住了我的进路，把一枝短手枪扬起了。

"喂！朋友，"那个人低低的用充满了威胁性的语调唤道："性命宝贵，还是金钱宝贵？"

当然是性命要紧咯！我举起了我的手，让黑衣汉贪心地把我的每只口袋都摸过了。

"哼！只有五十五元，猪猡，滚吧！"

我没有滚，而那个人自己把手枪在口袋里一插，回转身子，大摇大摆地走了。

夜是多么地凄凉呢！你们知道，我这一笔款子，是我的两三个月的生活费呢！

何况对于无理的被劫，我始终不能容忍的，我忽然间对那个黑衣汉的强壮发生怀疑了：他的身体不高大，他的肩是斜的，他的手枪为什么一定是真的呢？都市里不是挺多有喜欢用假手枪的暴徒吗？

不，就算他是强壮的，我的被掠夺的钱，在我也一样是要想方法去取回的。

于是，我偷偷地跟在那个暴徒的背后，我看见他穿过一株梧桐树了，再过去，是一条更黑暗的弄堂，夜是寂寞得如沙漠，除了我们两个人，周围没有第三个动物。

智慧无论如何是可爱的。我走到那个暴徒的背后，很近，很近，而我把我的手杖，在他背上一敲。

"朋友！"我也用了威胁而低的声音了。"你的手枪，老实说是真的还是假的?"

　　那个人的身子抖了,没有回答。

　　"大家客气一些,一笔小款子,何必拿去呢?"

　　这样,轻轻的,我的黑皮包落到地上,而那个暴徒不见了,他逃得很快呢!

　　第二天,我就买了我的新帽子。

　　"因之,"N. N. 扬起了眉尖,兴高采烈地说,"在世上,互相劫夺的事,随处都是,然而知道争斗的人永远是胜利的。而那个黑衣汉子,一定曾经自怨过吧!"

虎 胆 金 珠

一个满脸尘灰的中年人，在行人道上默默地用粉笔在地上画着，画着。

许多好奇的孩子便从四方聚来，围成了一个圆圈。

那个家伙在画什么呢？有些孩子这样想着。

"一条蛇！不错！蛇。"那个人听见了孩子的声音便站了起来，逼紧了哑咽喉喊着："各位朋友，蛇有各式各样，有的……，有的……。"

经他这样大声一喊，四周闲落着的人们也聚到了他的周围，有黑衣"侠客"，有白相"嫂嫂"，有工厂"朋友"，有……，总之，听客也是各式各样的。

"听我道来，有一种蛇叫做小青蛇，又名竹叶青，……，有一种蛇叫做赤链蛇……，有一种叫七尺蛇，咬了人，人走七步路就会'老调'，这种蛇最恶毒。还有一种眼镜蛇，又名响尾蛇，那可不得了，不是'玩儿'，当场见血，遇身即毙……。毒蛇可怕，真是推板不起一眼眼。"

讲话的人一面说话，一面手舞足蹈。说话的时候唾沫四溅，十足显出了他的劲道。可是，干吗？他这样地兴致好呢？有许多听众不免这样地猜测着。

别急，说明就来了，那个汉子一看见众人听得津津有味，便从袋里摸出了一个布包，一个长方形的小布包，握在手里。

"可是，假使诸位真的给毒蛇咬了便怎么办呐？等死吗？假使碰不到兄弟，当然只能等死了，……。"

原来他竟是一个法力广大的人呢！

"可见，诸位有缘居然碰到了兄弟，像今天一样，那可就不怕了。说到这儿，有几位朋友也许要问了，兄弟有些什么能耐？别的没有，手里这一个包，可便是救世济人的宝贝。"

于是，在许多人的注目中，他打开了那个包裹，他把那个包裹平放在地上，然后徐徐地打开了。

"这是什么？"那个汉子劲道十足地手指着地上的一包东西，问观众。"橄榄！有许多朋友一定会这样地回答，难道我们连橄榄都不知道了吗？哈哈！"

然而，到底是不是橄榄呢？说明又来了。

"哈哈！假使真的是橄榄，兄弟拿到这儿来，不是发疯了吗？诸位不是可以到硕果店去买吗？告诉你们，这，不是橄榄，是什么？"

是什么呢？又来了：

"说来话长，四年前兄弟到天目山去旅行，遇到了一个老和尚，大家谈谈经，感情十分接近，因而，老和尚就领我去看一棵树，一棵生着这许多劳什子的树。……，还有一个环。"

突然从口袋里摸出了一个木圆环。

"这是木匠做的吗？哪里会！哼，这木环是天生的，它就是长在天目山的树上的啊！环的两端，便生着那一颗像橄榄的劳什子。诸位看啊，环上还有节，如若不相信，说我'瞎热昏'，不妨到天目山去问一问老和尚。"

好在天目山远得很，那汉子眼也不需要眨一下地继续喊着："这劳什子名叫什么？叫做'虎胆金珠'，各位只要手握一粒，毒蛇老远遇见了便会回身而去。诸位给蛇咬了的，便只需把此物在伤处一抹，马上复原。至于说到价钱，老实说，兄弟目的在济世，不要钱财，诸位袋里钱多，慷慨一些，十元八元，多包给你几粒也行；穷朋友，经济朋友，没有钱，那么两毛三毛少给你几粒也行……诸位今天遇见我，完全是缘分好！"

周围的人听了一大套话，现在终于听出一个结果来了，有的开始走开，有的摸出了钱来买这"虎胆金珠"。一个女仆摸样的人，给了他两毛钱。

"嫂嫂！你假使袋里还有钱，不妨多买一些。"

"没有了，就先包几只好了。"

一个黑衣"侠客"给了他一块钱，他便把钞票在手中扬了扬，喊着："这位真是阔气朋友，一定是发洋财的！"

一个……，

一个……，

没有多久，一包"虎胆金珠"全部卖光了，人们也陆续散去，留在人行道上的，就只剩了那一个汉子，一些小孩子，和那条给画出来的蛇。

"妈的！曲死！上海人真是容易骗。"

那个汉子把分币和钞票细心地包好放到了口袋里，也动身走开了。他一路走，一路心里这样想着。

"在四海之内，哪一项滑头事业不靠骗？而在上海，那是尤其。那些大老板，阔少爷，俊少年，俏姑娘，哪一个不是一天到晚，使着心机，在'骗'这一个念头里打圈子呢？哈哈！"

这样地想着，他于是觉得十分地心安理得了，他的走路的姿态也显得摇摇摆摆，十分快乐的样子。

而在那一块行人道上，方才是拥挤得很的，现在却只剩那一条粉笔画的蛇，昂着首，摇着尾，仿佛向过路人打着招呼的样子。

第四部　梦·轻愁

写于 1937 年冬—1945 年秋

细雨飘摇的一晚

比拟自己的心像一片玻璃,雨点打在玻璃上,遂有如打在自己的心头。听着那断续而幽怨的雨声,你猜我有些什么情绪和什么想象呢?

我想象到的竟不是离宫悲秋,驿舍闻铃,那种凄清的怀古之感。在这寂寞的斗室里,独对着熊熊的炉火,我又回忆到都市街头的那一晚。

连下了好多天的雨,那一晚,细雨在冷风里飘摇。是初春二月,寒冷的季节,我把雨衣的领口拉高了,在大街小巷里穿行。

上海已经沦陷了三个月了,可是年轻人的地下组织却依然燃着热烈的焰火。××会的第一小组定在那晚七时,在沈的家里开会。我被指派为"交通",通知会员们开会。我一连通知了好多个人,最后我还得去通知雯。

雯的家在一条冷僻的街上,走进那条弄堂,就感到凄凉的情绪。自从上海沦陷后,那儿像其他地方一样地竟特别冷落了起来。

叩雯家的门,仆人回答我她出去了,大约是到大上海歌舞厅。雯不是个享乐主义者,为了过去的行动太显著,现在她不得不借跳舞来掩蔽一下自己的真面目。

我只能走出弄堂,而就在弄堂口,我遇见了你,一位摩登而自称为痛苦的小姐。

"找雯吗？"

你很聪明，问了就接着自己回答，"雯不在！"

"是的。"

"那么，你到哪儿去？"

"大上海歌舞厅。"

"好的，一同走，行吗？"眉毛跳一跳。

我就伴着你一同走，向同一个地方走去，却怀着两颗不同的心子。我想到整个时代与国家，而你只想到个人的哀怨。

在大上海歌舞厅，我没有找到雯，时间还只六点钟，你邀我在舞池旁小坐。

坐着，看一双双舞侣的翩翩，你问我下不下海？我回答"不会"，而你是"和会的人在一起就会，和不会的人在一起就不会"。所以，你也只是坐着。

坐着，你仿佛兴奋，又仿佛悲哀地老是说着话。你讲着讲着，总不外是一些个人的哀怨。你仿佛不知道上海已经沦陷了，上海的市民正遭逢着空前的厄运，从你的巴黎香水气味，密斯佛陀唇膏和美奇蔻丹的彩色中，只告诉了我，以一位超时代的贵族小姐，怎样地在罗曼蒂克里失了意，而这"失意"竟使你感到整个宇宙已临到了末日。

桌子上的可口可乐，绿宝橘汁，土司和三明治慢慢地多起来。在你开始叫香槟的时候，雯却意外地闪了出来，拍着我的肩膀。

"哈罗！"你高喊起来。"雯，我们的玛瑙希拉，璇等得并不心焦呢？"

想不到你会以那个好莱坞明星的头衔加在她的头上，雯脸红了起来，这，又给了你一次罗曼蒂克的笑。

把雯引开到另一只空桌上，说完了要说的话，我们站起来，向你告辞，你举起了一杯香槟，一饮而尽。

"到哪儿去？"笑靥露在你的脸上。

"随便跑跑。"雯回答。

"美琪呢？还是大华？"玩笑跳动在你的眸子里。

我们都笑起来。就这样，我和你拉了一次最后的手。

走出大上海，街头还是飘着细雨，冷风使得雯打着战，可是为了祖国，为了工作，我们的心是温暖的。而你呢？在热水汀的温室里，为了你没有信仰，我们猜你的心灵是寒冷的。

雯一路嘲笑着你，事实上你老早就成了朋友们的嘲笑的对象了。

这以后，在百丈高楼的都市里，我没有再遇见你。这以后，我跋涉了不少山山水水，终于到了自由的内地。

在内地，已经一年半了，我差不多已经忘记了你，因为我觉得记得你的该是另外一些人。但几天之前，伟来了一封信，告诉我，你已经因为失恋而自杀了，于是在我的记忆之海底，不禁又浮起了你的形貌，和那雨中的一晚情景了。

想起雨，我又注视到窗外的雨，炉子里爆烈着的煤火，越烧越旺，窗外的雨也越下越大，从座椅上站起来，凭着心中繁复的情绪，在一张纸上我写下了四句诗：

雨中的遐思像一座风车，

抛掉那过去的记忆吧，

炉子里跳动着火焰花，

能说天空是灰暗的吗？

我不愿再回忆过去了，我要想象那未来，想象那美丽的光亮的鲜明的未来。

梦·轻愁

人生如烟而记忆是梦。

纵然是一个五彩的胰泡吧！

轻愁，像一片稀稀的雾，它使我隐约地看清了过去的那一段事。然而它只是把模糊的形象安排在我的眼前，而带给我以惆怅。

说起轻愁，我不免要想起上海附近的江南。

是某村的晚秋吧！是在秋之尾的某村，我，一个游击部队里的政治指导员，正受了长官的谴责，怀着一颗落寞而懊丧的心，从河的北岸渡向南去。

渡河是乘着渡船的，江南轻巧的舢板船，乘船的人是寥落晨星，只有我，一个普通的士兵，和你，你是一个年轻而稚气的姑娘啊！

我站在船头上，而你正站在我的背后，我望着碧绿的河水，而你也正望着碧绿的河水。

从河水中，我看见了你的晶莹的眼睛，你的轻笑着的嘴唇，你的黑泽的秀发，你使我落寞的灵魂生出了一丝新生的气息了呢！

于是我回过头来，和你的视线碰了一个正着。

你不是突然感到羞怯了吗？你的脸上不是出现了微红的色彩了吗？可是，仿佛是鼓起了勇气地，还是你先开口了。

“多么调和的色彩啊！大自然。”

以那样的话开首，我们谈起话来了！年轻而稚气的姑娘啊！那样的开始谈话，在生命的纪念碑上，不是远胜于那些庸俗的应酬话吗？

我知道了，你是来自都市的一个女学生，是一家教会学校的高中生。可却不是圣玛利亚的忠实信徒，因为你的爱好艺术的心是必然地超越于尘世的一切规范的啊！

从歌德、从汤姆士、哈代，一直谈到了谷坷、戈庚，更一直谈到了修伯特。我提起了《花开时节》中的那一段故事,你默然,低下头又望着那碧静地流着的河水。

以为你生气了呢!我的刚刚自懊丧中升腾起来的心,又降落到懊丧中去了。

对于一个年轻的姑娘,我为什么要提到《花开时节》呢!那是修伯特的失恋的故事。

可是,当船傍了岸,当我们跳上岸的时候,你却又活泼地发言了,证明了我的虑愁是多余的。

“先生,是部队中的政治工作者吧?尊姓仿佛是薛。”

“薛璇,那是我的名字。”

知道你一定是在什么群众的宣传会上看见过我的,我的脸有些红了,恐惧于我的拙劣的工作技巧会留给了你什么印象。

我停顿了一下,而你去了,风吹动着你的西洋式的点花裙子,你像一阵烟似地去了,连让我问你一声“尊姓大名”的时间都没有。

第二年的秋天,在都市里,在百丈的高楼,千里的弦管中间,我已经不是一个游击部队的政工人员,而我却成了一个执笔作战的文艺工作者了。

音　乐　会

我是一个都市夜的病患者,每一个晚上,总要把时间消磨在现代化的娱乐上面呢!

某一晚,我去听音乐会,某某女子中学的“修伯特演奏会”。

钢琴、凡亚林、亚摆、佛罗特,纵然缺少了克拉耐特、号角、鼓、却罗等等管弦乐的主要乐器,可是这一个音乐会却是使我满意的,因为在一曲《未完成的交响乐》的某一节的独唱中,我突然地发现了乐坛上出现了一颗光亮的星子。

晶莹的眼睛，黑泽的发丝，垂长的白色的丝夜服，那一颗星正就是你呢！年轻而稚气的姑娘啊！

独唱完毕之后，我试着想走到后台来，可是在后台的门口，我看见了"舞台监督"正在问另外一些人去找谁，要让那些人说出了姓名后才放他们进去。我想起了我并没有知道你的芳名，怎能冒昧地进去呢！于是我退了出来。

没有再进乐厅，我走到了舞台左近的咖啡厅，要了一杯可口可乐。

落寞的心啊！像沙漠一样的心啊！

看时钟的针机械地移动着，忽然间你走了进来。

微微地向我招呼了一下，在我的眼睛里有了你的笑的姿态。

"啤酒！"向仆欧招呼了一声，在我的对面，一颗星子坐下了。

"我早知道你回到上海了。"寒暄之后，你敏捷地那样儿说。"在刊物上，我看见了你的小说《荷兰的星月》，我读了两遍。"

"有人说它太罗曼蒂克。"我回答。"但你为什么不告诉我一声，你在这里呢？譬如说，写一张条子。"

你稚气地笑起来了："不通知你，不是也一样能够相逢吗？譬如像今晚。"

从修伯特一直谈到了戈庚、谷坷，又一直谈到汤姆士、哈代和歌德。将要分手的时候，为了避免庸俗的"尊姓大名"的询问起见，我故意饶了一个圈子，向你问着：

"能不能再给我一个机会，和你谈谈话呢！好像约定一个时间。"

你想了一想：

"人生何处不相逢，偶然的相逢不是比呆板的约会，更其有意义得多么？"你那样地说了，笑着。

时间像闪电，过去了那一晚。

从此之后，我没有再遇见过你。年轻而稚气的姑娘啊！自从离开了那个繁华的都市之后，我一直是一个流浪的游子了呢！

不敢再有什么过高的奢望,企图再遇见你了,人生何处不相逢,这果然是一句名言,可是随处相逢的人生,毕竟能有多少呢! 在茫茫的尘海中间。

落寞的心呵,惆怅的心呵!

钢琴正放在我的前面,姑娘啊! 让我来填一只谱,又轻轻地唱一曲吧!

记忆是烟而人生如梦,

纵然是五彩的胰泡吧!

怎经得起一阵清风。

还不是消失的梦和烟雾轻愁呵!

"人生何处不相逢"。

灯 夜 对 镜

灯夜对镜,有无穷的遐思,从心之深谷里,镜子为我发掘出块块矿金来。

镜中,我是一个迷怅的少年,深锁的眉头是幽寒的,为要温暖一下自己的感情,我微微地一笑。

微微地一笑,我仿佛看见另一个人的微微一笑。一个仲春的晚上,拖着零乱的脚步,冒着轻寒的夜风,她来了,就在镜前,她坐着,谛听窗外电线的抖战。

她是一个纤弱的人,可是那一晚,她却有着倔强的个性,她的双手插在大衣袋里,吝啬于那惯常给我的一握。纵然我是一个健于言谈的人吧! 那一晚,我却沉默得有如鬓发斑白的老人,听腕表计算生命之行程,她的瞳子里的重雾绾蒙了我的心子。

我是一个年轻的孩子。我没有跑过多少路,我正想开辟自己的行程。而她呢? 她虽则比我更年轻,却已跋涉过太多的路程了。她说她的心版像一块箭靶，插上了众多的利箭。因此，她的眉是打着结的。

我不是猎者，在蒙漠的旷野里，我只是无处可归的迷路客。但是我竟也在那箭垛上又添上一支飞箭，纵然我原想做一个拔箭的骑士。

勇敢的骑士多会掩杀自己的感情吧！我恨自己的怯弱，让积聚的情感像一条洪流，冲破了理智的堤岸而泛滥。但那一晚，我竟能收敛自己的情感，在仿佛久长的沉默后，我乃站起身来，走到她面前，引导她的瞳子也转向那壁镜。

我微微一笑，没有笑走自己的悒伤，她亦微微一笑，却更其添上几分怅惘。

她的眉头打着结，我试想用双手去抚没那些皱起的线条，而我的手竟只遇到了“冰冷”。当双手颓然垂下时，她的皱纹却移到了心头。

让壁虎在墙头缓行，让蠓虫绕电灯旋飞；好一会儿，她才说话了，她说：她恨。她恨社会，她恨时代。她恨熙熙扰扰的尘寰；也一样，她恨冷冷清清的幽谷。她不知她得到了些什么？她也不知她失去了些什么？虽则她时时感到她得到的太少而失去的太多。对着镜子，她时而叹一口气，时而摇一摇头。而及待她发觉我的心头也似乎染上了那种感觉后，她又微微一笑，想扶引起我的温情来。

我是没有跑过多少路的少年，我正需要开辟自己的行程，我做绮丽之梦，我唱欢乐之歌，我追求高空绚丽的虹霓，我寻觅海底闪光的明珠。可是，到最后，我终于从手挥彩笔的画师变成了泥水匠，只是用白垩来涂刷自己的心版。

于是，灯夜对镜之时，亦似若看见她的愁眉已移上了我的额角，那微微的一笑，亦岂能温暖自己的感情呢！

我后悔起来了，对镜垂首，我沉思于往昔的绮梦，为什么那一晚，我不推倒彼此间的壁垒，剖心畅谈，交换那两颗不同的心子呢？为什么我要独行于高山峻岭之间，却不和她携手同行呢？以致不能从她的经历中找到一条她所未曾走过的大道，以致造成了今日自己在尘寰里的颠沛。

电灯忽然暗了，房间沉入于黑色素里，镜子还微微耀着古铜之青光吧！可是我却已消失了对面的自己。

锦　匣

那一年的元旦虽则是在悲郁的情调下过去的,可是却多少装饰得热闹,你该记得横陈在桌面上的那些琳琅满目的礼品,而且你更该记得,你随手拣了一只紫色的锦匣,放到我的手掌里。

而今年,元旦在我却成了日历上的名词,平平淡淡地把一天渡过去,看来已是简单了的事了。因为此时此刻已是除夕的深晚,我却还只是静坐斗室,听时钟的"滴答",想一些过去、现在和将来的事,桌面上是空空的。

已经多年了,失去了那一只紫色的锦匣。说不定再也得不到它了,我却还依稀记得那上面是织着丰满的葡萄园的,而且还嵌着蓝色的字——新年快乐。

新年快乐,可是新年几曾给我以快乐呢!童年时的那种狂欢的往事,而今早已成了陡然的忆念。每当新年,尤其是每当一年之首的元旦,对镜自照,总觉得年轮又在额角上多划了几条线纹,而事业上的愿望却少有一寸一分的进展,心中遂生出些许的悲哀。假使说,我有新年,那么,新年所赐予我的礼品大概就是这样的一种情绪吧。

只有那一年的元旦,就是你赠给我以锦匣的那一天,我的情绪才有些两样,那个都市已经给敌寇占领了,谁的心里都感觉到悲愤,可是我却例外地在悲愤里另外有着一丝的温暖。当我打开那一只锦匣的时候,在一张洁白的纸上,蓝色的笔迹排列成卞之琳的《鱼化石》!

我要有你的怀抱的形状,

我往往溶化于水的线条,

你真像镜子一样的爱我呢!

你我都远了乃有了鱼化石。

我不知道自己该是鱼,还是化石,不过我却怀着石似坚硬的意志,而渡过了像鱼一样地漂浮的生活。一连三年在潮湿的南方,在多雾的山城,三个元旦已经在没有庆祝,没有礼品的情状下滑过去了。有时候,我是多么地想看一看我想要看的人或想要看的物品,但那是多么的困难哪!

我不是一个喜欢呻吟的人物,为了当前的战斗,为了未来的光明,我宁愿忍受旷野里雷雨的鞭策,却不甘做温室里的奴仆。可是我虽则避开那一切的享受,却不能拒绝那一位神的使者——记忆——的来访,今夜已是除夕,隔室的喧哗更显出了陋室的冷落。日历上最后的一张纸正悲哀于即将被弃的命运,这时候望着那空洞的桌面,我怎能不想起那一只锦匣来呢!

锦匣,当金华沦陷的时候,它不是连一声告别都来不及让我说,就离开了我吗?

哦!何必再唠叨于往昔的纪念呢!事隔三年,让我来写下一章散文,报答你的珍贵的礼品吧!

"……

在迢遥的蔚蓝色的海滨,

曾经有一个鼓着金翅膀的安琪儿,

送给我一只紫色的锦匣。

当年我就打开这锦匣,我看到了一阵一阵五彩的霞光为我闪耀,我遂有了一颗五彩的心。"

"而今,我已看不见锦匣,望不见霞光,而且更失掉了五彩的心。在漠漠的山山水水之间,我只是一个梦的追觅者,我只是一叶飘零的浮萍。"

"可是,在寒冷的冰山里,我的掌心里或许还会有一丝的温暖,在寂寥的幽谷里,我的嘴角或许还会有一丝歌声,在漆黑的深夜里,我的瞳子里或许还会有一丝光亮。"

"这是因为……

我曾经有过那一只锦匣，而且曾经看见过那一阵一阵的霞光。
……”

珍重吧，迢遥的、迢遥的友人哪！

仲秋的想象

舞　台

坐在他旁边的那个人抽着烟,老是把烟喷着,烟飘过他的眼前,使得他的眼睛模糊。

舞台上,一出四部合唱方告终止,接着的是"色泼仑诺"的 SOLO,一个苗条的女子唱着《伐仑西亚》——西班牙的热情之曲。那是一个陌生的女子! 烟遮住了他的眼睛,使得他看不清她的真面目,在烟里,再加上几个想象,她的歌曲仿佛在渐渐变化,最后,终于使得他轻轻地喊了起来。

"那不像她吗,佩思。"

佩　思

情形立刻变化,时间倒流到一年前的一个晚上。

一个星期天的晚上,胜利后热烈的狂欢,某教会大学的游艺会里,他坐在这一个剧场中,等着听佩思的 SOLO。

佩思是那学校的学生,而他曾是她姐姐的同学,那时,他是一家出版社的青年编辑。

佩思出场的时候,穿着花点子的旗袍,当梵亚林与钢琴响起来的时候,她开始唱了。

她唱的是 CARMAN 中的一节! 西班牙的幻想,地中海的幻想,芬芳的花之幻想,伴着她的歌,她的微笑勾引起了观众的幻想。

幻想的产物啊! ——她一曲终了的时候,掌声四起,他匆匆地站起来,走到后台。

在后台门口,他遇见了佩思。

"哈罗! 俞田!"佩思先看见他。

"哦! 佩思,我在台下等了你许久。"

于是他看了下腕表,告诉佩思,时间还早,她肯不肯让他伴了,到街上去散散步,或者到什么店家去吃几只甜汤团。

佩思有点疲乏,她让他伴她回去。

明　星

夜之街是寂静的,电灯光只是静静地卧着。

走出热闹的剧场,秋风给了他们以凉爽的感觉,为了电灯的黯淡,他们清楚地望得见天上的繁星。

走着,在寂寞的街上,他们找着话。

佩思偶然抬起头来,俞田跟着她抬起了自己的头。

"那一颗星子,你看多么亮。"指着一颗星子,佩思用与她嘹亮的歌声适巧相反的纤细的声音说。

"可是,你却比她更亮呢!"

"为什么?"

"你不是一颗明星么?"

"嗯!　你真会修饰你的辩令。"

"但你却多么会修饰你的歌声。"

笑——在仲秋的晚上,——在幽静的街上!　笑。

这一晚,分了手,俞田回到家里,睡着了的时候,做了一个梦。他梦见一颗明亮的星子正照着他,那颗星距离他并不很远,仿佛只在头顶上,于是他想举起了手摘下它,但当他一举手的时候,那颗星忽然变成了一颗心,张着双翅,刹那间飞走了。

他就此醒了,他从床上起来,走到窗口,窗外的空际是一天星斗,他的心觉得很轻松。

海　滨

"到海滨去,就在明天吗?　佩思。"

"是的。"

"将要有一个不短的分别呢！佩思。"

"是的。"

"当你妈的病好一些的时候，你就回来，是吗？"

"是的。"

"再会，佩思！"

"再会，俞田！"

请　帖

邮差把一封信交给俞田。

从信角上纤细的笔迹，他知道那是佩思的。

他急急拆开信，什么都没有，只有一张红的请帖。

佩思订婚了，和她的一个年轻的亲戚。

音乐的幻境

歌　剧

夕阳已经下山,夜幕还未揭开,群山从青翠化成了褐色,几声鹧鸪的咕噜,从黄色的树枝间送出来,而泉流则仿佛是一串荡动在少女颈子上的银项链。璀璨地发光,铿铿地作声。她的澄清得像镜子的眼睛,闪一闪光,轻笑着告诉我——说是想起了高尔斯华绥的那幕歌剧《轻梦》。

山峰在笑,岩洞在唱。泉流在舞蹈,野菊在旋转,远处的城市在呼唤,一切景物都赋上了生命,——还不像那歌剧《轻梦》吗?

泉流,鹧鸪,峰岚,岩洞,如果说这些都是歌剧里的男女角儿,那么旋巡于大气里的风儿该是一支庞大的和声乐队了!

这样底想着,闭了下眼睛,再睁开来的时候,周遭仿佛都起了幻变。一个歌剧有如真的在演出,而我们则是坐在台下的观众。

侍卫·宫婢

看吧! 那个高兀的紫峰就是一个舞台。

在男低音的大合唱里,四周的峰岚飞上了舞台,他们都穿着褐紫色的制服,是一群皇家的侍卫。

用他们雄壮的手臂舞动剑戟,那一个绿树丛生的山戴着高盔,那一个坡度平坦的山是个矮胖子,有的是瘦长而英俊,有的则臃肿而狞险,这一群侍卫,用男低音唱出序曲,然而分站成两列。

几声簧笛的尖鸣,四只鹧鸪化身成了窈窕的宫婢,舞着光泽的羽衣,提了两篮子的野菊花冉冉地降临到侍卫的前面。

侍卫的男低音伴着宫婢的女低音,合唱着。

"敬候着至尊至贵的公主,我们底像星一样光亮的公主……"

公　主

响动着银项链,飘舞着垂长的云裳,泉流化身成娟娟的女子,踏着轻盈的步子降临到舞台上。

士兵们在一声号令下立正了,宫婢们则端正地向这个白衣仙子敬礼。

她是至尊至贵的公主吗? 她是像星一样的公主吗? 不,你且听她的女高音独唱:

"像星一样的公主哪! 来吧! 勇敢的侍卫,驯良的宫婢,和你纯挚的友伴都在候着你呢! 绿的草,五色的花,温煦的和风都在候着你呢!"

她只是公主的女伴啊!

男低音、女低音、女高音,……一个热闹的合唱,于是像星一样的公主降临了。

行　猎

星似的公主降临了,在我的身边,她一个箭步,像一片彩云一样地跃上了舞台。

星星嵌在她的舞裳上,明月闪烁在她的发丝间,天角的晚霞飞染了她的衣饰,而那深邃的眸子就是辽远的世界。

公主到来了,响亮的喝彩声依然没有淹没明晰的女高音。

几十条猎狗窜上来,华饰的马车与骑队涌上来,公主要以行猎来作为野外的宴邀。舞台的场面转换为葱郁的森林。

鹿

如蝗虫的飞箭在猎角声中号叫着。骑士的英姿使得群兽抖战而奔逃。

可是,在一条溪流,一条给夕阳映照成淡黄色的溪流旁,一只饮水的花鹿,却只是抬起了头来向公主怅望着。

它不是没有看见那许多飞箭,它不是没有听见那洪亮的叱咤声,耀目的剑戟,硕壮的战马也一样迷乱了它的视听,可是它的心却坚强地只存在着一缕情愫,它的眸子也只是望着公主,一种伟大的力量使得它无惮于重重的危险。它又想听一声公主的语声,看一眼公主的微笑,它又想让自己身上的血滴在公主的纤纤手上。

王　子

鹿歌唱了,用着悲壮的男高音,鹿虽然是一只懦弱的动物,而此刻它却有着无穷的勇气。

鹿向着猎队行前的时候,我忽然发现自己已不在观众的座位中,哦! 我不就是那一只鹿吗?

我就是那一只鹿,穿过了那如帘的飞箭,蹴倒了狰恶的猎狗,我竟然能避过骑士的剑戟,而俯身于公主的马前。

慈祥的公主阻止了骑士们的戟刺,用她的柔手抚着花鹿的茸毛,为这动物的勇敢与至诚所感动,微笑遂绽开在她的脸上。而她的心也不期然地跳动了起来。

跟随着她的心的跳动,鹿的身子颤动起来了,那些像树枝似的角儿落下地来,它蜕化成了一个英俊的王子。

英俊的王子披着盔甲,带着长剑,是公主底梦中的人物。

于是从男高音与女高音的二部合唱为始,继之以多部的大合唱,舞台旋转着,旋转着,在合唱达到最高的音符时,一切悠然地静止。……

幻彩随即消灭,在群岚环抱的草地上,依然又是我和她,静望着一个个的峰岚。

尾　声

"这不是一幕有趣的幻剧吗?"我问她。

“假使真能有那么的歌剧演出,南平不是要有意义得多吗？ 可是你得告诉我那一只鹿……”

“那一只鹿怎会变成王子呢?”

“我猜它原来是一个王子,给巫师用魔法变成了动物的。”

“不,那又是古老的传说,在我们的歌剧里,鹿原来不过是一只鹿,却只是给公主的爱所感动,才变为王子的! 因为爱常常能改变一件事或一个人。”

笑像氢气球,在薄暮的褐色云海里升腾起来了,月亮已经挂在树梢,该是回去的时候了。

五彩的森林

绿色的是樟树与青草，鸟不索蜷伏在树荫下面，它们是深蓝色的，而天空的蓝色却是那么的淡，只有一两片白云像是穿着白绸旗袍的舞女，在淡蓝色的舞台上跳着芭蕾舞。

树中间是一条公路，可却是一条很少有汽车驶行的公路，淡淡的灰色，像是一条半新旧的地毯。

是炎夏，在白天，一群剪短了长毛的绵羊正躲着炎阳，牧童倚着一棵最大的樟树，拭着额上的汗，静听着蝉儿与小鸟的交响曲。

两个赤膊的野孩子，擎着蜘网的竹杆，在找觅他们的目的物。一个孩子看见那鸟不索上有一只蝉儿，太低了，用竹杆反不方便，于是他匍匐面前，出其不意把那小昆虫握在手中，他高兴得喊起来了，可是手一松，那昆虫又振翼疾飞，再也捉不到了。

另一个孩子，集中心力，把蜘网向树上兜去，可是网破了，蝉却没有抓到。

蝉在这一个地方，有好几种，一种的叫声是"知喻"，一种的叫声是"药死——他"，还有一种是大声的喊"碴——"。

公路的近旁还有一条浅浅的小溪，溪水像是一条银项链，围在一个绿衣少女的胸前，另外有个衣冠楚楚的男孩子与一个全身穿白衣服的女孩子正在溪中跣足嬉水，男孩子把一只彩色的皮球抛到岸上来，于是他们都跳上了岸，争着这个皮球，男孩子把皮球踢一脚，两个孩子都奔到了公路上，这时才看见，那女孩子的身上还染着野杨梅的红色的浆液。

一辆小吉普缓缓地开进林子来，车身上漆着乳黄色，开车的是一位中年的男子，而车子的后面却坐着两个神采奕奕的英俊的少年，戴着淡黄色的阔边的草帽，穿着红绿相间的花衬衫。

小吉普穿过一颗榆树的隙间时,车中的一位少年,忽然举起了帽子,向路旁扬了一扬。

路旁草地上正坐着一个长头发乱胡须的中年人,那人也扬一扬手,目送吉普远去,就已沉入于冥想中。

"史特劳斯在维也纳的森林中,曾写下那不朽的名曲——《维也纳森林》,那么我不也该得写下这一幕来吗?"那人正是一个音乐家,这样一想,他就低下了头,摸出了拍子簿,飞快地创作着他的曲子——《五彩的森林》了。

马戏团里的悲剧

流泉接长河，
长河入东海，
浩浩天风吹，
中有深情在。
天地有至理，
万物自成双，
如何侬与君，
不得同翱翔。

一

马戏班散了场。

骑士司徒威走出了表演的场子，他牵着马走进了马棚。

骑士司徒威是一个英俊、身材不胖不瘦的年轻人，年龄大概在二十五岁左右。他有一张正直的脸，他有一颗和善的心。同时更重要的，是他还有着一身超人的绝技。

他能够在马上翻筋斗，他能够用各种各样的姿态跳到正在奔跑的马儿的背上，他能够直立在马背上，而且能够直立在马背上丢着五六顶帽子，或者执了一柄短剑，去接场外人所丢进来的每一个绒球。

因为司徒威是具有这许多的绝技，所以他成了马戏班里的最受人欢迎的一个角色了。

而马戏班里的老板，也把他视为很好的摇钱树，在报纸和街头的广告中，老板常常把他的姓名和演技姿态的照片登载着，以吸引一般的观众。

事实上，马戏班之所以能够久久不衰地立足于这都市里，所以能够经久而观众不减少,司徒威的超凡的表演,确实可以说是一个最主要的原因。

在司徒威表演的每一天和每一次,他都能得到不少的掌声和喝彩声。

那一天,也是这样,而且为了他表演了几件更新奇的演技,所以掌声和喝彩声是特别地高扬。因之,当散场的时候,司徒威的脸上是充满了愉快的笑容了。

他兴奋地牵了他的马儿,——他称呼它做伯驹,——向马棚走去,他想把马安置好了,再去休息一下。

不,说他要休息其实是错误的,因为事实上,司徒威一点也不想休息,他所想着的,只是想赶紧去看看张美芳,那个他心上一刻也不能忘却的美丽的崇高的女子。

每一次当他表演着的时候,张美芳总是老早就赶到了的,总是坐在第一排——那一只包厢里。——(有时候,还约着好几个朋友),她看着他的表演,当他表演到绝技的时候,她总是微笑着,用力地鼓着掌,有时候,甚至娇声地喊着"好"。

每一次张美芳的笑,张美芳的喝彩,张美芳的鼓掌,都仿佛是一种兴奋剂一样地兴奋着他的心,这一种兴奋剂使得他的表演格外有劲,因而使得他更加的受到观众们的欢迎。

可是,在三天前当他上场的时候,他却没有看见张美芳。

他想,也许她会迟些来的,可是到了散场的时候,他还没有看见她的影子。

"明天她会来的,到了那时候,我又可以看见她的美丽的倩影了。"散场之后,他这样地想着。

可是,在两天前,当他上场的时候,在第一排里他却又没有见到她的影子,他想,她也许是坐在别的地方了,于是当他表演的时候,他在马背上尽量地把眼光向四处扫射着,甚至连价廉的一元座都扫射到了。

他想发现一下张美芳,可是他却始终没有发现她的影子,一直到散场以后。

他有些纳闷了。

他期待着后一天能够遇见她。

然而,到了那一天,当他上场的时候,他却依然始终没看见她,他不觉有些懊丧。

所以虽然那一天,为了他表演了几件更新奇的演技,因而受到了大量的掌声和喝彩声,因而,使得他的心有些兴奋,可是在那兴奋之中,他却觉得有不少的空白和惆怅存在着。

"她为什么不来呢?"当他牵着他的伯驹走到马棚去的当儿,他的心中这样地想着:"已经有三天不看见了,不要是她正遭逢着什么意外的事情,——比如生病等等,——吧!"

他觉得很不安,他觉得他是应该马上去找到她的家里,去探问一下了,虽则,他也想到,这样做或者是太冒昧的,因为他是从来没有到过她的家里,虽则她是早已把自己的地址写给了他,可是他却为了自己不过是马戏班里的骑士,为她的父亲却正是一个社会上有名的富翁兼实业家的缘故,始终不敢到她的家去。

但,这一天,他却觉得他是不应该再顾虑到这种事情了,他必须要去看一次她,他的心奔腾着,要是不去探望她,他的心是会跳出他的胸膛的。

他走着,他走到了马棚了。

"伯驹!"他轻轻地打了一下马的头颈,"好好地待着吧! 好好地休息一回吧!"

他把马放进了马棚,他取出一本小簿子,他把张美芳的地址读了一下,他就想出去了。

"喂! 司徒威——,"但是一个人的喊声阻住了他,他回过了头去,他看见一个名叫进化的小丑,正在马棚外奔来。

进化的手中正拿着一封粉红色的信,一面跑一面喊着:

"威,你有信了,是一封粉红色的信。"不一会儿后,那个小丑已经奔到了司徒威的前面了,他就把那封信给了司徒威。

"威! 那里面一定有'好花样',你一定要请我去吃点心啊!"进化打趣着说,向司徒威做了一个滑稽的嘴脸。

司徒威急促地把那封信接到了手中。

是一笺粉红色的信封,从信面上的蓝色的纤细的字迹上来辨别,他立刻知道了写那封信的不是别人,而一定就是张美芳,那个使得他怀念了三日三晚的美丽的姑娘。

他的心顿时跳了一跳,他立刻把信拆开了,他立刻就展开了纸,看着信里的字,他看到那信中的字句是这样的。

亲爱的司徒威,伟大的骑士:

我已经三天没有来看你的表演了,你觉得有些惆怅吗? 我希望你不至于那样,因为如若那样了,那么我将永远地对你抱歉着了。

在这三天之中,我真是好像渡过了三十个月一样地在内心交战着,可是今天终于是决定了。

决定了什么呢? 你也许要问我了。

那么,我就告诉你吧! 在明天下午二时,我将要和实业家刘仁齐的儿子刘镇结婚了,我们的结婚的会场是在 N 路的那家礼拜堂里,就是那一天,我约你去参加烛光大会的那所礼拜堂。

这是一件突然的事情,非但你将觉得奇怪,就是我也觉得如此,原来我和刘镇并没有什么爱情,是我的父亲在一个月前答应了刘仁齐将我嫁给刘镇的。当时,我因为决定不下,所以没有告诉你。

我为了这件事彷徨了好久,可是最后我却终于决定了,我觉得你虽则是我所挚爱着的人,可是在这样的一种社会里,你的职业却使得我们的恋爱,无论如何不可能有完满的结果的,所以……

等不及把这封信读完,骑士司徒威的眼前即刻觉得是充满一片无边际的黑暗,他的头和心都沉重得使得自己不能支持了,他的脸苍白着，他的手抖着。

"司徒威，你怎样了，你遇到了什么事？"小丑进化看见了这情形，便惊惶地问着他。"哦！没有什么。"司徒威却只是把信向口袋里一塞，回答了进化，"有些头昏罢了。"

二

司徒威原先并不认识张美芳。

他的认识张美芳，是在半年之前，当他跟了马戏班到了上海以后。

到了上海，他的超凡的绝技是疯狂了所有的这一都市中的市民们。

他常常收到一些青年们的赞美他的信，甚至常常有很多人跑来看他。有一次，他突然收到了一封信，一封粉红色的有着纤细的笔迹的信，那无疑地是一个女子所写来的，在信中，她说明了她是多么的爱好着他的绝技和他的人，她希望能和他做成一个很好的朋友，她求他到某一日的下午能够去看她，地点就在某一个礼拜堂的草场上。

他并不知道那个女子是怎样的一个人，因为在那封信的最后没有写出真姓名，只写了"M. F"两个字。

他起初不想去赴那样一个带着一些神秘性的约会，可是后来他却还是去了的。

不料这一去，却使得他在当时获得了意外的欢乐，也使得他现在获得了意外的痛苦。

那一天，他到了那所礼拜堂的草场上，在草场上只站着一个美丽的女子，一个美丽而清白的华丽的女子，这个女子正就是要他去赴约的一个人，也就是有名的实业家兼富翁张隆的女儿张美芳。

她非但有美丽的外貌，而且也具有着和善的美丽的心，在一场悠久的谈话之后，他们彼此的心中都铸上了对方的影子，换一句话说，他们是互相爱着了。

此后，他们便经常地来往着。

此后，那个"贵族之女"张美芳便在每一次马戏开场的时候，都赶到了场中。

此后，在每一次当他出场的时候，张美芳便微笑着，鼓着掌，甚至喊着好，而他也从每一次的她的喊声和微笑里，得到着生之鼓舞。

一直到他收到她的信的前三天。

三

在张美芳寄信给司徒威的后一天下午一时左右。

在 N 路的一所礼拜堂里的大厅上。

是聚集了不少的宾客。

差不多所有的这都市里的社会上的名人们都到齐了，原因是这时候，正是两个最有名的实业家的一个儿子和一人女儿——刘镇和张美芳结婚的当儿。

宾客们都静悄悄地坐在座位上，等候着新郎和新娘的出现，一个年老的牧师则站在讲台上。

钢琴所弹出的婚礼进行曲响起来了。

于是，由傧相所引导的一对青年新娘新郎便出现于人们的眼前了。

新郎和新娘是挽着臂的。

新郎刘镇是一个阔臂膀的少年，在他的身上到处表现了一副运动员的姿态，他的前额扁而聚接着眉毛，他的眼睛狂野而粗暴。他的两鬓滋长着一些混乱的鬈发。黑而粗的皮肤显示出他是一个粗暴的人。

但是新娘张美芳却正巧和刘镇有着相反的形貌，她是那样的温良和美丽，她的眸子像是春天的流泉，她的面庞像是一块洁白的玉石，她的纤巧的身姿很容易使得人们联想到但丁笔下的比特丽丝。

当新郎和新娘一同站在老牧师的前面的时候，一种不调和的情景是很明显地给到场的每一个宾客所发觉着。

琴声停了，老牧师照例先读了一段祈祷文，接着，他便用着一种苍老的声音向新郎问着：

"在主的前面，你必须承认你是永远地爱你的夫人的，你愿否？"

"愿意。"新郎吐出了他的粗鲁的喉音。

老牧师点了点头，又回过身来问着新娘了。

"你必须永远地忠实于你的丈夫，而且爱你的丈夫，你愿否？"

"愿。"新娘的细小的声音似乎有些抖战着。

许多人的目光，这时候都盯在新娘和新郎的身上。许多人都屏息着静看婚礼的进行。可是，突然地，在最后一排座位上，却发出了一声凄厉的声音"哎哟！"

听见了这声音的人便都把目光向着声音发出的方向看去。他们清楚地看到了一个身材英俊，年约二十四五岁的年轻人，身体摇晃着，面色灰白着。

"威，走吧！"当很多人的目光都奇异地注视着那青年的时候，坐在那青年旁边的一个相貌有些滑稽的人，便站起来，把他扶住，走出了礼拜堂的大厅。

"那一个人一定是有毛病的，不要是中风。"当他们走出门之后，一个宾客轻轻地向他旁边的人说着。

"可是，那个青年我认识他，他正是马戏班的明星司徒威呢！想不到那样的人还有毛病，真奇怪。"另外一个宾客轻轻地回答了他。

那昏倒的人正是司徒威。

他是为了要看见张美芳的最后的一面，所以忍着心痛而来的。他的喊声并不响亮，所以虽则引起了不少的宾客的注意，可是站在礼拜堂最前面的张美芳却并没有听见那声音。

四

张美芳和刘镇的婚礼很快地就过去了，他们的照片和结婚消息已经不再在什么报纸和杂志上发现了。

然而,便从他俩结婚的那一日起,在这都会中的一些爱看马戏的人士们,却都有了一种失望的情绪,原来便是从那一天起,马戏班里的最受人欢迎的骑士司徒威是一连好几天都没有出来表演绝技了。

"他生了病。"老板在每一场演出的时候,都要在鼓噪着的,要求明星骑士出来表演的观众前说着这样的话。

一连好几天,一直到半个月之后,人们才重又在马戏场上看到了他。那个出名的骑士司徒威——出场表演。

在司徒威休息着的半个月中间,马戏班的生意是十分清淡。而在司徒威重又登场的那一天,马戏班里的观众却又挤满了整个的场子。

在一些奇兽的表演——有如像吹口琴,像踢球,狮虎熊叠罗汉和豹跳电圈等——终了后,骑士司徒威便在观众的掌声中出现了。

淡淡地向观众们弯了弯腰之后,司徒威跳上了马背。

"好!"许多人喊着。

在马背上,人们看清了他。

他还是像过去一样的英俊和一样的强壮着,所不同的是他的健康的脸上现在是充满了颓丧的灰白色,他的笑容显得十分的不自然,他的动作也仿佛没有像过去一样的敏捷了。

"好啊! 好啊!"然而,很多人依然那样地喊着好。而在很多人中间,坐在第一排的包厢中的一对青年的夫妇的喊好声,更响亮地受人注意着。

这一对青年夫妇,一个是形貌狂野的男子,一个是在半月前天天来看表演的温良美丽的女子。他们的喊好的声音是那样地热切,所以引起了不少旁人的注意。

而且这喊声也显然地引起了马背上的骑士司徒威的注意了。

司徒威一听见那个女子的喊声,他就觉得很熟悉。

他就习惯地,像往日一样的把目光向第一排的包席中扫射了一下,那时候,他正站在马背上,预备表演着以短剑术来接场外掷来的绒球的节目了。

他的目光扫射到了第一排的包厢中,他一眼就看见了一个面貌熟悉的女子——那正是他为了她而休息了半个月之久的张美芳。

"她又来了啊!"他突然地觉得兴奋了,她觉得他又得到了一种新的鼓励了。

于是,他就很自然地伸出了一只脚,在马背上做了一个金鸡独立的姿态。

"好啊! 好啊!"他的这一种姿态马上获得了比什么都响亮的一阵掌声。

"好! 妙,妙,再来。"

但是,正在他得意的当儿,他却又在张美芳的附近听到了另外一种粗野的呼喊。

他猛的震了一震,他的目光又立刻像闪电一般地射到了那个包厢里。

他一眼就看到了那一个粗壮的少年人正站在张美芳的身边,他认得出这人正是刘镇。

他的眼中遂露出了怅怅的神色,他的心绞痛着。

这一种神色,张美芳分明也觉察出来了,她感到万分的难受,她本来是不打算再来看司徒威的表演的。因为她料想到她去了也许会引起他的悲伤,可是她的新婚的丈夫却为了久闻骑士的大名而未曾看过他的表演,所以硬拉了她来,她没有法子就来了,她一点也想不到司徒威竟还会像过去一样地望着她。

她知道他伤心,她就微笑了一下,她希冀他也许能因之而像过去一样地在马背上笑起来。

然而,她的想法却是落了空的,等不到她微笑得很久,马背上的司徒威只觉得眼前一黑,闪着无数的金星,足一摇,便从马背上跌了下来。

让那只伯驹,他的马,空空地在场上奔跳着。

"哎哟!"一看到骑士从马背上跌了下来,许多人都那样地喊出来了。这真是一件谁也想不到的突然的事情啊!

"嘘! 嘘!"更有一部分的浮躁的观众在场角发出了不满意的声音。

这时候,坐在张美芳旁边的刘镇却正巧伸出了一只手握住了他的夫人的白皙的手掌,他觉得他的夫人的手是冰凉着。

"你冷吗?"他装着温存地问,"一定衣服穿得太少了。"

"是的,我很冷,"张美芳回答:"可是,并不是为了衣服稀薄的原因。"

"想不到名骑士竟然如此不济。"那狂野的人又漠不关心地笑了一笑,"我看他一定有心脏病。"

"当然,他的心中有病。"张美芳的回答是包藏了另外的一种意思的。

然而,她的丈夫却并没有猜度出,或者说,并没有觉察出来。

司机王阿隆

一

你记得去年春天×城,曾因为限价的关系,市上买不到猪肉吗?

就在这个时期,咱们社会上的新兴英雄之一——司机王阿隆在赌场里输完了他所有的钱,连汽车行的股份也都在三颗骰子的几次流动中给了别人。

×城位于闽省的中部,一条战时运输的动脉——公路,恰巧穿过了它,从公路上来了许多新的商品与人物,仿佛是一些新的血液似的,它把这个古朴之城市抹上了一副扰嚣的性格。

大街上,新建的木板而涂以洋灰的洋房,代替了过去的低矮的旧宅,大街是开阔的,可是小巷里依然都保持了一些怀古的情调。

王阿隆从一条小巷昏昏沉沉地走出来,那赌场里的花花绿绿的金券、钞票甚至金戒指之类,在他的眼前迷迷糊糊地旋转个不休!"完了,完了!"这个猩猩脸,猛虎背,经常地擎着发动机驰骋于公路上的英雄,此刻只是冒着一头的寒风,怀着一腔的冰冷,下意识地从小巷走到大街,从大街走出城,沿着公路蹒跚着。

天已傍晚,暮色在大地布下了灰色的网,这司机一路走一路怨,也不知跑了多少路,忽然沉下心来,"还不如去投河的好?"打定了这么一个主张。

河道在城之首的另一个方向,双腿感到了万分的疲乏,天已晚了,自杀只好等到明天,王阿隆就昏沉沉地钻进了一座乡下人堆积柴灰的茅棚里睡觉。

一整夜的酣睡。

第二天,醒来已是十点光景,艳丽的阳光遍照着大地,正是开汽车的好时光,但王阿隆却阴沉地爬出了茅棚,一心想要去跳河自杀。

就在茅棚外面,停着两辆一九三六年的道奇汽车,前面一辆车大约载重过分,抛了锚,一个司机正在把铁管伸进引擎里面,用力地旋转,想使得引擎里发出火来,让车子一跳,就能开步。

转啊转的车子总跳不起来,显然是那司机的力气不够! 阿隆看不过眼,就一虎步抢上来,喊道:"我来!"

那司机却一把抓住了他的肩膀,亲热地喊起来:"你不是阿隆吗?昨天我们找了你半夜,你到哪里投死去了。"

这一喊,把阿隆从昏迷里喊醒了,他认出那人是林双喜——XX 行里的司机。另外两三个司机也都是熟人,昨夜还一道在赌场里打过交道。

阿隆长叹一口气:"我真的想去寻死。"

知道了阿隆的这句话并不是开玩笑,林双喜拍起胸膛来,说"天无绝人之路",将来安知不有鸿运当头的一天? 所以最好的办法还是先做做小生意。

后面又有几辆卡车开到,司机和司机之间好像都是朋友,于是你也两千,我也三千,不多一会,就聚到了两万块钱,交给阿隆。

二

这时候,X 城正闹着猪肉荒,因为限价的关系,肉铺子里是空空的,虽则照例有黑市,可是买客却都得有些门路,而暗盘的飞涨是惊人的。

这时候,最好的小本生意就是贩肉。"越是犯法的生意越容易赚钱",王阿隆深知这一条生意门槛。他一上手就能和缉私与警务人员混得烂熟,半开门的买卖竟能一帆风顺。不上三个月,已经积上六、七万块钱。这时猪肉价格上涨已经确定,肉禁大开,阿隆也就歇手不干,另外盘下一家茶馆,修缮门面,开起小吃铺子。

时值春末夏初,甜汤点心上市,晚来歇凉的人多,尤其是过路的司机都免不了到那儿歇歇脚,阿隆的这家福利号小吃店正称得上一声座上客常满。

但是单做点心生意，收入毕竟有限，发财要冒险，于是乎，每到晚上，细心的人们便不难在门外听出里面的一片麻将、牌九、骰子和喝彩声。

从抽头到摆庄，赌鬼变成了阿隆的好朋友，当秋风逐走了炎夏的时候，阿隆的手上已经戴起了光彩耀目的半克拉的钻戒了。

三

秋风扫着树上的枯叶，贫苦的人们开始瑟缩于穷巷，但王阿隆却满脸都是光彩，满身都染上了鸿运。小吃店已不值得他去干了，他现在是××盐运公司的雇员——专门在闽赣之间开车子。

一只 Gooa Yoa 牌子，32×6 尺寸的车胎，在×城要卖到三十五六万，在江西却还不过二十七八万光景。可是运输车胎要长官司令部的护照，只有少数人才可以做这笔买卖。而阿隆却能够把它夹在盐包里，沿路花费若干"万国通行证"，也能安然通过，一转手之间，只一只车胎就净赚了八、九万左右。这还不算，将近冬令，大批笋干经场口而运到上海。汽车纷纷改换路线，向场口跑去。阿隆也就合股贩卖笋干，而且乘机到上海跑了一趟，只两个多月，带回来大批西药和衣料，以高价抛出，法币于是像流水一样地流进了他的腰包。他也就西装革履，出入剧场与酒馆，成了市上的新兴暴发户了。

四

新年，这城市的艺术空气特别地蓬勃，好几个画展都同时给举办着。艺术家都希望他们的作品能给知音者多多买去，以获得物质上的补偿与精神上的慰藉。

在某某国画展览会的会场里，许多人的眼光都注视在一张唐伯虎的仕女图上，有人说它是赝品，但标价却要两万元。

"贵得很哪！"

可是一个西装笔挺的大汉，在画前流连了三五分钟，立刻就看中了它。不一会，一张红条子写着"王先生定"就贴了出来。

王先生是谁呢？他就是拥资数百万，是××汽车行的大股东王阿隆。

从春天，地球旋转了一年，重又回到了春天。

哪个女子最可爱

生长在长江流域的人，也许会对福建的气候感到异样。中秋已经过去，总该是一个叶落而知天下秋的季候吧，可是在这儿，即使晚上，还是很闷热，使你感觉不到夏已经去，秋已经来。伴着一盏孤灯，手挥扇子不停地和蚊虫搏战，颇使我有一种孤独的感情。

寂寞爬上心头，随手向桌上取过一张旧报纸来，纸色虽已蜡黄，看日子却隔得不远，一看报名，是出版于××的《××日报》。

从新闻版翻到副刊，几个大字映入我的眼帘，《读红楼梦》，原来是长篇连载的书评，那天的小标题是《哪个女子最可爱？》

《红楼梦》与《水浒》一类掌故，在"暴露文学"被剿之后，大红而特红起来，生当乱世，尚能享受盛世的读物，幸乎，不幸乎？我立刻看了下去。

原文不必转抄，大意是说，林黛玉和薛宝钗，一个喜欢吃醋，假使你交了女朋友，她一定不容纳；一个则长于机谋，要限制丈夫的自由。于是乎，拉出了史湘云，以之为最可爱的女子，理由是史小姐活泼大方，饶有时代姑娘、摩登女郎的作风。洋洋大文，的确可观。

作为文学的遗产《红楼梦》自有它的价值，作为人物的典型，《红楼梦》里男女诸角也不失为成功的佳构。可是忘却了时代的意识，丢掉了作品的主题，以舞客批评舞女的态度，来替古典小姐们打分数，除了使人觉得可笑之外，我实在是找不出它的其他意义来。

我终于丢下了这报纸，拉开抽斗，抽出一张纸，迎着秋野的虫声，预备写一些东西。

这感想是关于杂文的。

杂文的产生是起源于战斗的需要，抗战初期，杂文曾经坚韧而多方面地丛生过，有一个时期多数报章刊物都经常地登载着抨击黑暗，剖析社会的杂文,这风气一直流传到如今,我们还能在多数报章刊物上发现它们。

可是,幸乎,不幸乎? 最近一些时期的杂文,容我不客气地说一声,却已渐渐的在变质了,它们虽然照样披上杂文的外套,然而内容已经不是战斗的匕首,大都只是些随随便便的闲谈。

上焉者,谈天说地,说来说去总不脱历史的掌故,地理上的珍闻;又或摘录古书,考证名物;更有赌物思情,抒发性灵,它们和外国杂志上的《信不信由你》,它们和晚明的公安小品,形式虽异,本质实同。至于下焉者,则或者讨论哪个女人最可爱,或者研究哪个男人最有钱,御夫有术,恋爱有方,潇洒自得,活活地画出一副恶少的嘴脸来!

文学难道真的是消遣品吗? 咱们的文学家!

我不禁想起了战斗的杂文的制造者豫才先生了。"重振杂文!"周先生以前在上海提出来的口号,现在确实有在这儿重提一下的必要吧! ——我们并非生在盛世啊!

车　中

从广州到汉口的火车,不断的被飞机轰炸,路轨两边的建筑,像受了地震一样倾倒着。

一晚上,月亮的明朗,有如一盏神奇的魔灯,夜比白天更其光亮,为避免轰炸,火车头以超越一切的速度,吐着气,冲着。

月亮夜,是最容易发生空袭的时候。

车厢是非常拥挤的,孩子们不断地号哭,而三等车中,得到座位的仅仅是少数人,许多人都苦痛地站立着,有的拥拥挤挤地坐在包裹或箱子上。

一个商人带了他的女儿默默地坐在一角。商人神经疲倦着,他的双眼闭着,常常想睡眠,然而,每一次,当他将要睡着的时候……,他始终给对面一个壮年人的喊声所警醒。

"飞机来了,弟兄们,不要怕……"

自广州开始,每隔不了多少时候,那个人就要大声地喊一次,甚而举起了他的手,在空中挥舞。他身边的一个朋友,每次都拉下他的手。

每一次,当他以呼声惊扰别人的安静的时候,四周便有无数憎恨的眼光投向他。

"飞机来了,弟兄们,不要怕……"

现在,那个人又喊了,那是一个光头黑脸,体格强壮的高身材的汉子,这一次,他喊得更其响了,"杀,杀,杀!"而且他不停地喊着杀。

先前皱着眉头的商人,后来忍受不住了,他摇摆那个人的肩膀,大声地说:"疯了,安静一些!"他的语气中带了最大的愤恨。

汉子可怜地沉默了,于是那个商人,兴高采烈地继续他的咒骂,他骂得一车人都笑了。

那时候,在汉子身旁的年轻人微微地把身子向商人弯着,用严肃的声音说:"大家不要笑,这是我的朋友李忠义,他是在陇海线上,受了伤,以及极大的刺激的。"

沉默立刻密布在车厢里,同情和尊重流露在每个人的脸上。

明朗的月光下,火车发着激越而响亮的吼声。

那个商人,却低下了头,惭愧得不敢抬起来。

神　灯

有一晚，两个天使从云缝里，穿过了月光，而飞到我的床前，把一只古旧的神灯，放在我的枕边。

我从梦中醒来，一看见这只灯，立刻就知道它的效用了。于是，我把这只灯放在桌子上，低低地喊了三声："奴仆，神奇之魔鬼，主人要你出现！"

一个体格伟壮，面目丑陋，眼睛里闪着青磷底光的魔鬼，立刻显现在我的前面。

"主人，我是神奇底万能之魔，我能给你以任何东西，甚至，世间所没有的都可以有。"

"带我去参观整个世界，要在一小时内，使我看到地球的每个角落。"

于是，穿过了高山与深海，我在柔软的天空底青毡上行走。我看见了冰山与巨大的蛇兽，看见了热带的椰林与寒带的白熊，看见了都市的丑陋与乡村的悲哀，看见了工人同资本家，农民同地主。同时，看到了将士们如何用血肉同炮火扑击的景象。

我不停地看见无数英雄的事迹，游击队的起伏与强盗的溃灭。以至，我的热血奔腾了。

但一小时后，我依然从云缝里，落下到自己的床上，夜是更其深一些了。霜花凝结在窗格上。

神灯，还是安静地躺在桌面上。

我照样轻轻地喊了三声。

"我是神奇之魔，我能给你一切。"出现的，又是那一个魔鬼。

"把丹东、汉尼拔、华盛顿、贞德，一切曾经以生命爱护过国家的人们都带到我的前面。"

几分钟之后，在朦胧之月光下，那许多英雄穿着不同时代的各种衣服，而飘然地在我的床前徘徊着，每一个人都轻轻地把他们的英勇的史迹讲给我听。每一个人都有颗热诚的爱国的心。每一个人都有无数"不为世人知道"的动人故事。

英雄们朦胧地隐去，而他们的故事，遗留在我的胸中，我的感情大大地沸腾着，甚至，不能为意志控制了。

在月光底下，神灯的古旧的纸面闪着光。

我高喊着："神奇之魔，主人要你出来。"

魔鬼带着和顺的姿态突现在窗前。

"去把真理取来，去把光明取来，"我大声着："立刻去取来！"

这一次，魔鬼却带着犹豫的态度，并不行动，而以青色的眼睛，古怪地望着我。

"主人，"现在魔鬼发言了："真理同光明，当然不会不存在于这个世界，但真理与光明是必得用人的真诚，勇敢，以及人的斗争才能取得的。而绝不是一切魔力所可以支配，可以掩杀，可以求取的。主人，愿你自己去求取吧！"

魔鬼摇一摇头而消失了，夜月慈和地抚摩着一切物体，在窗外边，月夜是广阔的。

我望着古旧而闪光的神灯，这神灯有什么用呢？它不能给我以"真理"及"光明"。我们所需要的是我们自己的真诚，勇敢与斗争的热情，因为，用了这些，我们才可以得到真理，光明，同真的生命。

第五部　心之箭

雾

——才觉芬芳侵袖袄,忽然一睹逝惊鸿,教人惆怅立香风。

上午的天气是晴的,陶莺和殷麟到野外去郊游,他们在原野上骑着马。

他们在草原上驰骋着,竞赛着谁的马快,有时候就停下来吃一些干点心和果子露。

休息一阵,跑一阵,一下子,他们就让马把他们带到了一片森林里。

蓝的天,绿得无可再悦人的森森的树木,红的金的五色缤纷的花,再加上白的像银链似的小溪,单单这几种调和的色彩配合,便迷住了他们的眼和心,他们跳下了马,把马系到树干上,坐到了软软的草地上。

"我想不到世上竟有这样美丽的境地。"陶莺愉快地说。

"是啊!"殷麟向着她笑了一笑,他把背囊铺在地上,取出了橘子、果子露,和一些包着各色彩纸的糖果。

"在这里用我们的午餐吧!"陶莺也把背囊卸到了底墒,她取出了一块大的花手帕,铺平了,然后取出了奶油面包,和果子酱。

他们吃着点心,谈着天,他们的心中充满了愉快。殷麟的眸子里是荡漾着陶莺的身影,她着了一套女子的猎装,洁白的脸上晕着轻度的微红,长垂着的发丝给风吹拂着,因而她不得不常常用手指去整掠它。她的笑是那样地甜蜜,像温泉,也像是轻风,而她是常常的笑着。同时,在她的眸子里,也充满了殷麟的身影。

他们时而促膝谈笑,时而又倒卧在草地上,他们预备一直谈到暮色降临的时候才回去。然而,没有多久,大约总是在下午四五点钟的光景……

天空突然阴沉起来,巨力的风卷着他们,树叶子迅速地飘下来,飘满了他们的周遭。雷声由轻的沉闷的而转变为沉重的响亮的,闪电像许多的魔手似地突现在天际。这是告诉了草原上的一对,骤雨即将来临了。

在这样的情况下,他们不免着急起来,匆忙地把铺在底墒的水果、果酱、面包等纳入了背囊,立刻跳上了马,预备在大雨下降之前赶回家里。

可是,骤雨并没有等待他们,当他们跨上马的当儿,就挟着风势下降了,大地上立刻笼罩上一片阴暗。他们驱策着马跑了一回后,发现自己是走错了路,走到了森林的深处了,真正的归路是迷失了。四处是同一面目的摇摆的树木花草,甚至方向都无法辨认了。他们只得让大雨淋着他们。

陶莺说:"我们真的好像是在地狱里了。"她有些发愁。

"方才还是天堂呢!"殷麟回答她:"我真希望救主能够马上出现,来拯救我们。"

"救主是不会降临的,让我们好好地觅路吧!"

"嗯!"

他们在大雨里找路,把注意力集中在路径上,殷麟的马本来是跑在前面的,现在受了骤雨的打击,跑得十分迅速,以致殷麟控制不住它。而陶莺的马则给雷雨打伤似地走得很慢。大雨像雾一样地隔离了他们的视线,一会儿之后,她发现她已经失去了和他的联系,他不知道走到什么地方去了。她大声地喊着,但一些都没有回响。

她恐慌,雷电风雨的攻击,几乎要使得她昏眩。但是,当她胡乱地赶了一会之后,她发现树林里有一片平地,平地上盖着一幢屋子,——是一幢陈旧而剥落的洋房。

她顿时兴奋起来,像获得了救一样地赶到了这幢洋房的门前。她下了马,重重地敲着门。

敲了好一会,没有回音。她又感觉到了失望,她恼恨地把门推了一下。

意外地,门竟是没有锁上,一推就推开了。

她牵了马走了进去。里面有一围走廊,一片天井,和若干间房间。一个人都没有,冷清清的,她喊了几声,也没有回音。

她把马系在走廊的柱子上,以后,慢慢地走到大厅,大厅的门是开着。

这屋子是那么的陈旧,蜘蛛网和灰尘密布在墙壁上,窗棂变成了灰暗色。有若干只桌子,沙发,矮几,零落地散放着。——单看这景象,就可以知道这是个许久没有人住过的屋子。

屋角装着壁炉,她的身子是淋湿着,看见了火炉,就想到了可以把衣服烘一烘干的念头。

于是,她就开始找寻引火之物。终于给她在另一间屋子里找到了一些柴片,她便把柴片投进火炉里,划了根火柴燃着了。熊熊的火焰渐渐照耀着全屋子,她立刻感到了温暖和舒适。她把外套脱了下来,在火炉前烤着。她想待天晴了再回去。

门外,雷雨继续下降着。

她烤了一回火,就站起身来,开始向四隅视察着,这样,她就在墙壁上看到了三张挂着的照片,三张照片分出三个不同型的人物,一个是英俊的少年,一个是华发飘逸的老者,另一个是美丽的少女,少女的面貌是那么的像她自己,几乎使她怀疑以前曾经照过那样的一张相片似的。

雷雨不断地下降着,水已经漫到走廊上来。天是晚了,渐渐地,屋子里已充满了黑暗,好在壁炉里的火焰还燃烧着,还不至于失去了光明。

不过,她很焦急。

一会儿之后,她突然听见了窗子外有辚辚的马车声。

不要是殷麟来了? 她快乐起来了! 她马上穿好了烘干的外衣,跑将出来。

门开了,一个穿雨衣戴雨帽的男子走了进来。

"麟……,"她那样地喊。然而一下她就呆住了,那是一个陌生的男子,当他把雨帽脱去之后,她看见了他的全貌。他是一个有着一张正直的脸,坚毅的眸子的三十岁左右的人,他的头发整齐而光亮。

她的脸有些红了! 她猜想他是这屋子的主人。

"对不起!"他也这么说:"你是住在这里的吗?"

"不! 我是在这里避雨而已,你也是……?"

"我是这屋子的主人。"他一面脱卸他的雨衣,一面说。

"不过离开这里已有十年了。"

他请她坐了下来,又很熟练地从炉子里抽出了一根燃着火的柴片,举起来向壁上照着,凝视了一下壁上的三张照片。随后,把柴片重又投进了壁炉,然后在她的对面坐了下来。

"很好!"他点了点头,一半像是向自己,一半像是向她说:"十年的距离,一朝回来,一切都没有什么移动,仿佛在这十年之中,并没有什么人到过这一个地方来似的。"

"可是,我今天却进来了! 我看见大门没有关,而雨又下得那么大,……,正好请你原谅。"

"这样大的雨,只要是走到屋子附近,当然是会走进来的。可是,这幢屋子是造在这么奇突的一个所在,仿佛是给筑在幽灵的境界中一样的,你竟会找寻到它。"

"我是喜欢森林,喜欢一切人迹不到的地方的。"

"这是一个好的习性，可是，在热闹的尘环中，有时候，却也和冷静的森林一样冷静的。"

雨继续下着，看来还不会立即就停，她决定和他多谈一会，来消磨这无聊的时间。她问他："为了什么呢？"

"这许是一种心理作用，一个欢乐的人即使在孤寂中也会觉得在闹市中似的快乐的。反之，在一个一颗心早已隔离了尘世的人，那么任他到什么地方去，他总会觉得自己和别人合不来的。别人虽然出现在他的眼前，却并不出现在他的心坎。……我便是这样的一个人。"

"您……，"她觉得他是一个奇怪而有趣的人，她继续问他："要请教你的尊姓大名，在什么地方消磨了十年岁月？"

"我曾经有过一个姓名，一个在已经逝去的那些日子中的姓名，可是现在，我只是一个这样的形体而已！我仿佛觉得我已经没有姓名了。十年之久，我老是在大地上漂泊着，从南到北，由东到西，炎热的南洋，寒冷的北欧，风光旖旎的地中海，遍地兽迹的中非洲，还有巴黎、柏林、伦敦、纽约、墨西哥、智利，以至一些不知名的小城镇……"

"你是去考察？留学？或者……？"

"都不是！哦！别人去，总是为了这些，可是我一切都不是。假使您一定要我说出一个我所以要那样的理由，那么我能告诉您的，便是我只觉得自己需要那样，需要从一个地方到另一个地方，不断地漂泊着。漂泊能使我忘记时间，又能使我忘记空间，更能使得我感觉到一切都不存在，而漂泊的结果是依然回到了这一所屋子来，于是我重新想起了时间，想起了空间和一切，所以我打算过了几天，再开始我的漂泊生涯。"

"使你喜欢漂泊的是什么原因呢？"

他暂时不回答她，他只是向大厅的内室走了进去，一会儿之后，他回出来了！他的手里拿着一瓶白兰地酒和两只刚洗净的玻璃杯。

"酒已经藏了十年以上，越陈的酒味道越好！"他把酒注满了两杯，自己拿着一杯，还有一杯授给了陶莺。

她并不是一个胆怯的女子,她接受了酒杯。

喝了一口酒,他指了指壁上的三张照片:

"你看!这三张照片……"

"嗯!"

"一张是我的老父,一张是我,而还有一张是一个朋友。"

一个朋友,一个多么和她相似的朋友啊!她那样地想着。

"十年之前,我二十岁,她十八岁。那时候,父亲已经去世了,我一个人住在这屋了中。我们是在一座礼拜堂里认识的,认识之后,我们之间建立了一种不可磨灭的友谊,我们都是具有一颗热爱人类的心的,所以没有多久,我们便开始恋爱起来。可是在同时,她却还爱着我的一个朋友,那个介绍我们认识的慕。慕是那样的一个刚强的少年,当他知道了她的爱我渐渐地超过对他的爱情的时候,他的情感立刻紧张起来,执拗的爱情终于使他变得有些疯狂了。"

"后来,我和她一同旅行了一些时候,我们到了 K 城,就在 K 城的一个礼拜堂里结了婚,我们本来想避开家乡的一些饶舌人以及慕的缠绕的。"

"然而,到了那天结婚的日子,那是一个有着浓雾的日子,在礼拜堂里坐满着不少观礼的人。我们站在牧师的前面,静静地听着牧师的祈祷,在牧师问我们是否愿意结为夫妻之后,又问有没有人反对我们的结合?就在这时,圣坛后面一扇门突然地推开了,一个青年的身影出现在我们眼前。"

"我反对!"一种颤栗而疯狂的声音。啊!那人正是慕,他已跟随了我们那么悠久的时候了啊!他竟是那么秘密地一个城池、一个城池地跟着我们。

"走!"我的周身颤战着,但是我还是鼓足了勇气向他走去:"立刻走开!"

"他的手里握着手枪,他用着狂怒的声音喊着:应该走的是你!你立刻走开。"

"我向他扑了过去，这时候，她惊慌地奔到了我的面前，想拦住我。"

"然而，便是这一刹那，慕开枪了。中枪的正是站在我面前的她，而婚礼也因此变成了丧礼。"

"我很颓废地回到了家里，没有住得几天，我的一颗暴跳的心便按捺不住了，我觉得无论如何不能在家里安居下去，而且也不能再在世上的任何什么地方平安地住下去和活下去。而且不久之后，我又意外地接到了慕的一封信，说是他将在寄出这封信后，在后悔的心情下，用手枪了结自己的生命。然而，自她惨死以后，我所最怨恨的实在不是慕，而是命运。所以慕的死也并没有在我的心头引起什么波动，我的心情依然如此。没有几天之后，我就选择了漂泊做我的职业，一直到现在……"

他以一种伤感的情调叙述了这么悠长的一大段故事，他的语调是动人的，他的姿态是那么的温文尔雅，他的眼睛里流露着一种圣洁的光辉。虽然陶莺还是第一次遇见他，可是也像她曾经引动过不少初见的男子一样，她自己竟也给他摇动了。爱情是盲目的，是神秘的，是必然性中的偶然性。她竟然发现自己在怜悯这一个男子了！甚至还有着一种超过怜悯的情绪，一种不能解释清楚的情绪。

雨，还是在不住的下着，积水漫在走廊中，在墙角，有几处屋顶也漏了水。

她知道夜深了！走出这一个森林的可能性更少了！所以当他向她说："雨更大了！森林的路是难走的，您还是在这儿待到天明吧！"的时候，她也答应了。

她把带来的干点心分给了他吃，他也把路上剩下的面包分给了她。他们喝着酒，围着炉火，他们用着心坎里的声音和感情一直、一直地谈着话。他们谈着自己，谈着别人，谈着人生，谈着世界，他们一直谈到天明的时候，而一夜的长谈，是使得他们从灵魂的深处全部地了解了对方,像了解自己一样了。

"你非但在形貌上像那个永存在心头的她,而且即使在内心上也像着她。"谈了许久的话之后,他带着笑这样说。

"您倒有一个这样的观察力。"她有些喜欢,又有些心跳。

"对于一个智慧的人,我只需要很短的时间便能够了解她的。"

他沉默了,她闭上双目,在冥想着。

而他却突然地走到了她的面前,轻轻地用膀子勾住了她的颈子,在她的唇上印上了他的吻痕。

这动作使得她从冥想中觉醒了,她站了起来,一种女性的自尊使得她责问着他:"你怎么……?"

"恕我冒昧,我是浸润在回忆之中了呀!"

她并没有继续她的责问,而且相反的微笑起来。

他的眼睛里放射着一种坚定的希望之光。

"坐下来吧!"她向他说:"我们再喝一些酒,谈一会天,等待黎明和晴天的到来吧!"

他们坐了下来,像方才一般地,他们又严肃而热情地谈着。

夜在他们的谈话中不被注意地静静地溜走了!黎明在他们的谈话里,不被留意地静静地降临了!一会儿之后,天际已放射出曙光。

同时,雨也停了!只是降着重雾。从门口望出去,大地是白茫茫地像一片多风浪的海。

她的马在走廊里呼啸了一声。

"是回去的时候了!"她有些不忍地说:"假使我们再碰头,我称呼你什么好呢?"

他想了一会,说:"我是没有姓名的人了!哦!你不看见门外的重雾吗?没有人能够清楚地彻底了解这一件东西的,我也一样,那么你也不妨称呼我雾吧!"

"那么!雾!再会吧!"她告诉了他以自己的姓名与地址,跨上了马。

"森林的路是难认的，尤其是在重雾的时候，还是让我伴送您回去吧！"

他在前面牵着她的马走，他们在重雾里缓缓地寻着路，他们常常撞到树枝。

走了好一会，他们看见前面有一群骑着马的人，打着火把在四处乱跑，他们只能看见火把的红光和人马的影子，却看不清人的形貌。

"陶莺！陶莺！"那群人中间杂着呼喊的声音。她听出那中间有殷麟和她的父亲的呼声。

"那么，再会了！"他怅茫地说："我觅得了失去十年的梦！然而只是数小时，它又失去了。"

她看见他两眼呈现着惆怅的神色，她有些怜悯他，现在是她迅速用两臂勾住了他的肩头，她吻了他。

"不要悲伤，雾！你的梦是不会失去的。"

她拉一拉马，向前走出了。他站在原地方，扬一扬手。

她立刻遇见了她的父亲和殷麟。但，当她回头时，已经失去了他——雾的身影。

他们都很喜欢，他们告诉她，他们找寻了她半夜。

她和她的父亲，还有殷麟，并着肩骑在马上回去。

"你这一夜在什么地方？"她的父亲问她。

沉入缅想中的她，并没有回答他。

"你遇见了什么？"殷麟关切地问她："这是一个大森林。"

"哦！我遇见了……，遇见了雾。"她那么地回答。

"雾？就只有遇见雾吗？"

"是的，只是雾。"

"只有雾？"她的父亲和殷麟都惊奇地睁大着眼睛，一面孔都堆满了问号。

　　她没有回答他们，她的心里所想到的，只是一句在不久前答应雾的话："不要悲伤，你的梦是不会失去的。"

　　她计划着怎样地实行她的话，使得他不失去他的梦。

　　想到这里，她的脸红起来了。

拳　击　手

举起了万花筒我向中间望，
五色的彩片和奇幻的图形
向着我展示了它们底善变
于是我喊着"我看到了世界
世界的真实面目和本质"

——旧作——

汽车在弄堂门口停住的时候，四个强壮的大汉窜了出来。

"停！"他们喊着，手枪张大着口，威胁着汽车。

汽车夫的手抖了，汽车停了。

顾思贲在车子里，觉察到形势有些不好了，他打算跳下来，再设法逃走。但是他的一只脚刚跨出车门，一个家伙就按住了他，把枪指到他的腰部。

"喂！朋友，"那个人低低地威胁地说，"识相一些。"

顾思贲把他们望了一下，四个人不算多，虽则都很强壮，但是他深信，他的臂足够去对付这四个人的。可是，一想到他们的手中有手枪，而且自己的口袋里却只有一只钱袋，几本 Note book（记事本）和一副 Boxing Glove（拳击手套）之外，并没有别的什么，他的勇敢的心也有些战抖了。他就站定了，装着镇静地用一种不在意的话语问，"朋友，你们要干什么？"

一个家伙开口了：

"我们只是想请您小开一道去喝一杯茶。"

"坐好！"另外一个人命令着。

有什么办法呢？在竞技场上用得到的现在一些也用不到了。顾思贲只得听天由命地坐到了位置上。

　　两个人一跳跳到了车子中,坐到了他的两旁,两支手枪抵着他的腰。另外一个人坐到了汽车夫的旁边,也是把手枪抵住了他。另外一个人只是向他们讽刺地扬了扬手,还是站在老地方。

　　在手枪的威胁下,汽车开行了,汽车夫完全服从了那几个"朋友"的话。向他事先所不知道的地方开了去。

　　在静僻的小街,在热闹的大街,在巡捕的前面,汽车穿行着擦过去了。好几次,巡捕的指挥棒几乎是伸到了车子中,又好几次,他让红绿灯光照得自己亮亮的,他觉得多少是有些滑稽,——自己和社会上的治安的维持者只隔离了一层薄薄的玻璃,然而这一层薄玻璃却正仿佛是一重高山一样,把他和他们之间,隔离得仿佛在两个世界一样了。

　　汽车当然并不是真的向什么茶室开去的,它停下来的时候,是在一座铁桥的附近。

　　他以为人们一定会再用车子把他们载到别的地方的——譬如说冷静的荒野之流,——因为这地方实在是很热闹的。可是,不容他多想,事实打碎了他的想象。

　　"我们的家便在这儿!"坐在他旁边的一个家伙说。

　　车门开了,一个人先跳了下去。另一个人便勾着他的臂跟着他跳了下来。那个人的技巧是那样的熟练,所以路人并不知道他是用手枪在抵着另外一个人的腰。

　　而另外一个人也照样地勾着车夫的臂。

　　先跳下来的人重又跳进了车子,发动了马达,车子向大街飞一般地驶去了。

　　顾思赉给人们这样地执持着,他看见铁桥旁边有一所破旧的屋子,他们就走了进去。

　　屋子外面是一所旧货店,不大。走进去,在里面的一间龌龊的木地板的房子里,另外坐着两个青年汉子。

　　"来了,欢迎得很,顾小开。"那两个人向他喊。

一个人去翻开了一块地板，地板上铺 3 方砖，把方砖拉开了，下面是一列阶石，他们就押着顾思贲走下去。

真奇怪，下面有很华贵的屋子！顾思贲便给安置在一间屋子里，车夫是给押到了另外一间。

第二天，报纸的本埠新闻上，有这么一段记载：

"地产大王顾益芳之小公子顾思贲被绑。

……，匪盗三人各拔出手枪，将顾思贲及车夫架去，一匪则守候弄口，约十分钟始去，故适目击者极少，车去沓，……。顾公子年二十六岁，新近毕业于××大学，身长体伟，孔武有力，平日喜作拳击游戏，颇有成绩。此次被绑，甚属不幸，甚盼能早日得脱险境……"

在一般的阅报者都在惋叹这一件事的时候，顾思贲正在匪首前面。

匪首是一个面目清秀，体格雄壮的人，从他的外貌和服装上观察，人们是一定误以为他是某大学的体育教练。

匪首很客气，他请顾思贲吃了一杯不兑水的上好牛乳，接着就坐在他的对面开始谈话了，当然他是不会忘记用手枪来辅助他的语势的。

"对不起得很。"第一句话。

"弟兄们少不了零用钱，所以要请顾公子帮帮忙。"

顾思贲回答："随便说。"

"那么要对不起你先生了，我们要……"

"直爽地开出你的价钱来吧！"

"好的，我想三十万。"

"三十万，太多了，把我父亲绑了来，都敲不出这许多。"

"那么，你说。"

顾思贲觉得他仿佛是在跟人们讨论着什么物品的价值似的，有好几次，他仿佛觉得是在买卖什么东西。接着他又必然从这状态中回了出来，时时惊觉自己是在跟自己的生命找寻道路。

他们谈价谈了很久，最后，总算是谈定了五万。

"地产大王的儿子只值五万!"那个匪首幽默地叹了口气。

"可是,我是他的小儿子啊,我有四个哥哥。"顾思贲提醒他。他了解父亲像了解自己一样,他的父亲是一个吝啬汉,一个吝啬得连一分钱的出入都要打一下算盘的人。

"别去管他。"匪首说,"现在请你写信给你的父亲。"

在墙壁上,有一个电钮,匪首去掀了一下,于是一个"匪徒"走了进来,恭敬地垂下了手。

"去把纸笔墨砚拿来。"匪首命令说。

一会儿,纸笔墨砚都来了。

"现在,你听好,我们打算留你一个月,这里不是安全之所,假使一个月之后,钱还不来,便别怪我们要你到地府去。好了,请写信吧!"匪首声色俱厉地说。

看上去是逃不掉这一关了,这地产大王的小儿子,一面写着信,一面这样想着,父亲是吝啬的人,他的观念是钱比生命重要,那么儿子当然不算什么一回事了,何况要他五万块,——多么大的一个数目。

可是管它呢!且在这儿待些日子吧!他那么地一想,于是觉得安心了不少。

信送出去了。

当然不会立刻得到结果。

顾思贲,给关在屋子里,闷闷的。

可是绑匪们倒也很优待他,他住的房间既很讲究,饮食服侍得也很周到,他是个乐天的人,便把囚室当作了旅馆。

每天,房间里始终有一两个人来看守他。

他是个豪爽的人,虽则出身华门,但却也一向就和下属阶级混得来,所以不多几天,他便和那些人混得很熟了,仿佛是朋友一般的。

他发现每天看守他的人虽则是轮流的,可是那被轮流的人物也不多,大约只有六七个人的样子。

那些人待他都很客气,叫他"小开"。

一天,一天,一天地过去了。二十多天,……。

匪首很生气,原来他的父亲始终拒绝付款。那顽固的老头子对捕房和报馆的记者,屡次声称,他是一钱不付的。

匪首常常对顾思贲咆哮着。

而且从此之后,那些人对他的态度也变了,饭菜恶劣到不堪,而且常常骂他,待他像奴隶。

顾思贲是一个拳击手,又是贵公子,如何受得了气,他生平从来未受过气,要是在平日,他想,假使有人那么地对待他,那么他一定要跳起来,用他的铁拳把那人活活地揍死。

然而,此刻,想到了眼前的情形,于是他的手松下来了,他只得忍受着。

不过,世上的任何忍受都是有限度的。

有一天,他终于动了火。

什么原因不去说他,总之,当一个看守者不恭敬了他几句话后,他也回报了那个人几声。

彼此便争了起来,一句硬过一句。那时正在他吃中午饭的当儿。

"妈的,你到了这儿还要发威,正应该活活地抽一顿。"

那个看守者恨恨地说。

"什么? 你说什么?"顾思贲放下了饭碗,凶凶地看着他。

"说要抽你一顿。"

"顿"字尚未说完,这地产大王的小儿子,著名的业余拳击手便从座位上一跃而起,举起了他的像熊掌似的拳头,只一下,便打在那个家伙的颔下。

那家伙扑的跌了下去。

"反了,反了。"另外一个看守举起了一只椅子向他打来。

他一闪,又是一拳,那家伙也跌了下去。

"好！好！"那个先跌下去的爬起了身，一蹿就蹿了出去。

这一回，来了五个人，有两个是拿着皮鞭的。

不言而喻，一顿大打是免不了的。顾思贲并不肯服从"肉票的处刑法"，他用他的铁拳和他们大打了一阵。

他拉断了皮鞭，把每个人都打得叫苦，他踢碎了桌子，掷碎椅子，想，索性一不做二不休，乘机逃走，他就拿起椅子想去撞门。

"喂！当心勃朗宁。"可是门却自己开了，一个冷酷的声音传了出来，他看见匪首手执手枪，正站在门口。

手枪是铁造的，一看见手枪，他的心冷了下来，他再回头一看，看见好几个匪徒都拿着手枪。

他只得站定了，举起了手。

匪首泰然地走了进来，关了门。

"什么事！"匪首问。

一个给打肿了鼻子的看守者首先恨恨地说：

"领袖，这家伙先打了看守者，我们照章处罚他，而他又打了我们。"

"他将皮鞭都拉断了。"另外一个头被打破的说。

匪首的脸沉了下来！顾思贲有些懊悔自己太会动火了，说不定，他们真会"开"了我呢！

"什么？他用什么家伙打？"匪首问。

"拳头。"有人回答。

"单单拳头？"

"是的！"顾思贲自己回答了他："你们有武器，我只有拳头。"

一个不可思议的事马上发生了，匪首严厉地向他的部下骂了一声："饭桶，这许多人打不过一个人。"接着，他的脸上露出了笑容，他紧紧地握住了顾思贲的手，"啊！你真是一个英雄，一个了不得的英雄。"

顾思贲从此变成了"英雄"，他又重新恢复了初到匪窟时的气派，给人们侍候得客客气气的，吃好小菜，住好房间。

他而且从大衣里取出了 Boxing Glove，教那些匪徒们如何去打 Boxing（拳击）了，他和他们亲密得像兄弟。

二十五日过去了，车夫给处了死，耳朵寄给他父亲，但是那老头儿还是声明不拔一毛。

三十日一霎眼便逝去了，匪首又找他谈话了。

他要来处死我了吧！顾思贲那样地想，他装着神色自若地问那个匪首要如何处置他。

"你说吧，三十天已经过去了。"匪首反诘他。

"大丈夫哪会怕死，哈哈！你有威士忌酒来干一杯吗？"

匪首把电钮一掀，两个匪徒走了进来。

"把顾公子……"

顾思贲的心一冷，他以为下面一定是"开了"两个字。

"把顾公子带到那 GG 村的茅屋去。"匪首却这样说。

"我们今晚便搬，不是有个老头儿明天要来顶这屋子吗？好极了，生意别处去做。到了后天晚上把顾公子……"

现在该说"开了"吧？顾思贲默想着。

世界上出乎意料的事是很多的。

那匪首下面的两个字竟是——"放了"。

"什么！"顾思贲反而惊奇的跳了起来："你们要，……我爸的钱来了吗？"

"那老头儿给了我们一团空气。"匪首咬了牙否认了。

"那么，放我？"

"当然放你，因为你是一个英雄，顾公子你总懂得英雄惜英雄，惺惺惜惺惺的两句古话吧！"

一刹那之间，顾思贲竟觉得这家伙是世上最可爱的人了。

他谢了他。

他便给人们罩了眼，用汽车送到了 GG 村，明天，他又照样给罩了眼,送到了 VV 地。

他辨不明方向与时刻,一杯柠檬水下肚之后,就昏昏沉沉地进入了梦乡。

地球自转又绕太阳系轨道公转了三个月之后,在一张小报上出现了不很引人注意的本埠新闻:

"顾思贲谈论人世间

昨记者于市中学篮球联赛的操场上,偶遇顾思贲先生。

想读者尚忆三个月前,彼曾被绑架之新闻,其后音讯杳然。不图昨日劈面遇见,固安然健在。唯对被绑脱险诸事讳莫如深。仅言,已辞去公司职事,改任中学体育教员,以技艺自食其力。并云经此磨难,使其真正理解世上人间何者最为可贵?何者实属可鄙云云。唯记者欲探询深意时,则彼仅莞尔一笑,不愿再作解释焉。"

新闻是平淡乏味的,以后也没有续闻了。

望着忧郁的海

我站在高峰上，俯视下面的深谷。

——司笃姆《茵梦湖》

一

"多么雄壮的海啊！"

在窗前，她不能约束自己的感情地喊了一声。

她是一个年轻的女郎，她有一种属于轻俏的美丽（有些女子的美丽是使人联想到浓郁的）。她的脸像安静的月，她的眉像淡的山，她的眸子像亮的星，而她的体态像春天的燕子。

她站在精巧的窗格子前，望着海，已经是许久了。许久之后，她不禁喊出了这么一句话。

"不错，海是雄伟的，我们应该出去看看海。"一个男子的声音从她的背后飘来。那是一个修饰入时，脸目秀丽的少年人，他刚刚跨进室来。

听见了他的话，她回转了身，她知道是他来了。于是她向他笑了一笑。

"好的，现在就去吧！"

她于是站起了身。她穿着一件白而轻的春装，露肘的衫子，宽舒的裙子。

他勾住了她的臂，他们走出了她的家。

"到海滨公园去好吗？"他向她提议，"看人们划着小舫，在海水里游戏。"

"好的，安！你知道我还刚来，这儿的地点多少有些生疏，随便你的意思吧！"

"裘！走吧！"

在沙沙的煤屑路上，他们走着。

二

裘（那个少女）一向住在干燥的北方，整日里所遇到的是黄沙和尘土。她的父亲老早去世了，她只是和她的母亲住着，到她的母亲也去世了以后，她遂成了孤单的一个人，于是在南方的姨夫姨母遂把她迎到了南方——一所靠海的屋子中。

姨家的人也不多，单只有姨夫姨母以及表兄安三个人而已。

表兄安是一个品行优良，行事矩方的人。他一看见裘的时候，眼睛突然亮了一亮。裘的活泼正和安的矩方成了反比例，可是有许多人固然喜欢个性相同的朋友，而另有许多人却是希望能和个性相反的人为伴，安就是后一种人群中的一个。

所以虽然只是相处了靠十天左右，安已经在觉得自己是在爱着裘了。

三

一会儿后，裘和安在海滨公园了。

是早晨。

他们走进了 BAR，在靠海的窗子前坐了下来。侍者把点心的单子送了上来，安要了两客咖啡，几客三明治、土司和西点。

咖啡先来。

他们喝着咖啡，一方面望着海。

海，现在是更近屋子了，为了海滨的 BUR 是筑得特别高的；所以海浪虽则时常扬揭着，却总是打在屋子下面的基石上。

海浪是绿色的，当它打在暗白的基石上时，成了灰青。而当它给撞成了水沫飞散开的时候，则它是化成了白色了——近乎雪一样的白色。

"你看海非但是雄壮的,而且还是善于变幻的呢!"安指着波浪向她说。

"世上的什么不在变?"她回答得使人觉得有些伤感。

"可是,世上也有不变的东西。"安深思了一会说,他是一个说话很慎重的人。

"那是什么呢?"裘露出了不信的神情,"你能说什么是不变呢? 譬如说地球吧! 地质学告诉我们在变,譬如说星球——恒星、行星、卫星——吧! 天文学告诉我们在变。时间在空间里变,空间呢? 在时间里变。"

"你真像一个哲学家。"安更其沉思地说,"可是世上却的确有不变的东西,海能枯,石能烂,星球能毁灭,可是有一样,它是永远的。"

"告诉我,那是什么?"

"猜?"

她不猜,她是一个活泼得近乎极点的人,她不大喜欢像他一样地沉思,虽则他的心中的感情的纤细,是胜于一切的科学家及哲学家的。

"还是你告诉我吧!"

"那是……,"他有些脸红,嗫嗫地,"那是爱情的心。"

他以为她一定会受到刺激,"喜欢"或者"不喜欢",他以为能从她的表情里观察到她的感情,但是他是落了空。因为她只是笑着,任性的。

"你真说得巧妙。"

她再度地把注意力全部地集中看着海。在十多天之前,她是从来没有看见过海,所以对于海有着特别的新鲜的好感。

他是有些无聊了,他向 BUR 的四周看了一下,他发现屋子是空洞的,所有的客人只有他们两个人,于是要想从别的食客的身上走出话题来的可能性也没有了,他微微地有些落寞。

短时间的沉默。

沉默的打破是在侍者进来,三明治、土司和西点到了桌上的时候。

"吃一些东西吧!"他向她说。

她一面吃三明治,一面絮絮地向他说着她对于海的见解。

"假使把照相机从北方带了回来,那多好,"她说,"你看,这蓝的天,绿的海,白的帆,浅红的船棚和花绿衣裳的人……"

"可是,照相机却照不出颜色来。这要怪科学落后。"

"假使我是一个画家,那不是更好吗? 即便世上没有照相机这一个名称也不妨,自然界的一切美都能够移到画上。"

说话的时候,BAR 的门给人推开了。

一个男子走了进来,——那人是第三个客人。

因为那人只是第三个客人,所以他引起了他们集中的注意。

那是一个中年人,一个相貌有些苍老,然而却露着精明的豪迈气概的人,他穿着灰长衫,提着一只提箱。就在对着他们的桌子的另一只桌子旁坐了下来。他向侍者要了一客 Breakfalt。

一坐定,他就望了一回海。之后,他的全神移到了先到的两位客人的身上。

他向他们看着,而裘是一下子便发觉他的双目是闪闪有光的,他的双目正表示了他是一个有深邃的情感或者坚定的魄力的人。

几分钟的对视。

他忽然从座位上站了起来,从提箱中取出了一个木架子。把木架子对着海摆正了,他再取出了画纸、颜色、调色板和画笔。

"一个画家。"她低低地向他说,为了她方才说到画家,而此刻便逢到了方才说起的那类人物,所以她的声音中有欢乐的成分。

他点点头,他的态度很冷淡。

她没有注意到他的冷淡,她只是望着那画家,她看见那画家只是不停地作着画。Breakfalt 纵然已经放到了他的桌子上,可是他并不顾到,他只是出神地画着,把全神贯注在自己的 Inspiration(灵感)上。

"他的点心冷了。"她轻轻地说。

"傻子。"安回答，安是一个研究物理学的人，他并不知 Inspiration 对于艺术家的控制力。但是裴是了解这一点的，所以她并不以他的话为然。看见了那个美术家的全神贯注，她的心中的艺术感不觉奔腾了起来，于是她便站起了身，悄悄地走到了那艺术家的背后，想看他画些什么。

她以为他一定是不过在画些海水房屋船舫之类的东西。她的猜想有一半是对的，可是还有一半却是她所猜不着的，因为那画家在画这些之外，是同时又在画一个使她脸红的事物。

在画面上，画家在墙角画着一个女子的像，那女子正在看着海，炽热的晶莹的神态以及圆的脸，淡的眉，亮的眼，这几点上观察，很清楚的这个人正是她自己。

"啊！"

她几乎要惊呼了，但是那画家还是不在意的样子，只是在勾绘着。

一条红的线条，一条蓝的线条，一条紫的线条，……，随着笔锋而挥了上去。

画家在勾她的眉毛，一笔勾得有些斜，于是那画家发出了一声婉叹。

"坏了，拙劣的画。"仿佛向着她，又仿佛向着自己地说。

"不，您的画已经把海的神秘完全勾绘了出来。"她说，客气地微笑。

到这时候，他好像方才注意到她。

"谢谢，可是能有什么画能够完美地表现出实有的美，实有的真和实有的善呢？"一经注意到她，他的注意力便集中于她的身上来了，他回过身子向着她说："我正想折断自己的画笔。"

他随手从怀里取出了一把小洋刀，在画纸上划了两条线，接着，他垂头丧气地把画纸从窗口丢到了海里。

"你不可惜吗？"

"世上有可惜的事吗？"

他让画架空站着，向她作了一个恭敬的邀请姿态，"请到我的桌上来谈谈吧!"

她接受了他的邀请。

点心冷了,他不吃了。他们就只是相对着兴奋地谈着话。他们谈到了人生,谈到了哲理,也谈到了艺术。达·芬奇,米开朗琪罗、塞尚、戈庚、谷珂、马蒂斯,以及古典派、新印象派、感觉派和立体派等等的名词术语是不停地给他们谈着。

虽则是初见,但是已经那么地适合于她了,她是喜欢像他那样的人啊!——以至于她是忘记了伴她一起来的安了。

安一个人坐着,很寂寞,但他是一个好耐心的人,所以他就耐心地等着她,一直等到十点钟,他才走到了他们的前面。

"裘!"他保持了礼貌地说:"我们可以回去了。"

她正和画家谈得起劲,她不肯走。

"我再想在这儿耽搁一会,你能等我吗?"

"哦!"他看了看挂钟,"十点钟开始,我要到海滨中学去教英文。怎样?"

"你先走吧!"

安露着失望的面容,走了。

她继续和画家谈论。

"我还没有请教你的姓名。"她忽然有所悟地问了。

画家用咖啡在桌子上写出了两个字:M. Q。

"M. Q!"她几乎是喊起来了。M. Q 是一个名画家。她虽则从未和他见过面,但是在她和他的中间曾发生过一回事。

四

在北方。

她自己不学画,但她喜欢写诗。所以她也连带喜欢了画。

她是疯狂地爱好着去欣赏画,因之爱屋及乌,她也爱好了作画的画家。当时最著名的 M. Q 这新印象派的画家,尤其是成了她的崇拜的偶像。她的诗写得并不很好,只是在中学里很出名而已,虽则有时也偶尔能发表到社会上去,可是并没有引起势利的文坛的注意。可是 M. Q 却已经成了独特无二的画家了。M. Q 的画曾不知多少次的打动了她的心。

后来,她竟然成了一个单恋者了,她的青色的心化成了桃色的心。她并没有看见过 M. Q 一次,但她竟就写了一封求爱的信给了他。

他没有复她,她再写了一封也没有复,而第三封情书寄出后,她收到了复信了。

复信充满了热,充满了爱,使得她高兴极了。

从此,他们之间一直通着情书,彼此的称呼也由先生及女士化为直呼姓名以至于 MYdarling 了。

再成熟一些,他们本可以见面的。可惜的是,那时候她的母亲病了,一病便告不起,匆促之间她又给姨家迎回了南方,于是她和他之间便断了音讯,这便使得她在什么时候都觉得怅然若失。

想不到一到南方,仅只有十多天,M. Q 竟也会旅行到这儿,而且无意之间和她单独地会面了。

五

她快乐到了极点,她把自己的姓名告诉了 M. Q。

"啊! 你就是使我得到了生之意志,又险些使我失去生之意志的维纳斯啊!"M. Q 喊起来了,"自从你走后,我的心开始自海洋化成了沙漠,我再也不能在那城市中待下来,而且世上的任何一个城市也容不了我安定地待下来,我是打算了要永生浪迹天涯,来消磨我的一生了。"

"却不料……。"

"却不料爱情的机缘并没有放过我们。"

他霍然地伸出了双臂,把她拉近了他,紧紧地抱住了她。

他的臂中的热传到了她的腰部,她觉得自己有些昏迷。她让他吻着她,吻着她的额、眼、嘴唇和一切地方。

很久,他才放了她,他们重又热情地谈着,谈着爱情,和谈着一个只有他们两个人能知道的计划。

他们随即携着手离开了 BAR。

六

BUR 空虚了。

一直到傍晚的时候,侍者才看见有一个脸目清秀,修饰入时的西装少年焦急地走了进来。

那少年并不选桌子坐下来,只是转着身子望了一会。接着走了出去,而走到门口的时候,他又忽然缩了回来,向侍者焦急地问。

“上午来过的……”

侍者把那人细细一看,知道他正是早上来过的那一个少年。

“上午来过的那一位,”那少年问,“一位小姐到哪儿去了?”

“是和您先生一起吃东西的那位吗?”

“对啊,快告诉我,她哪儿去了?”

“我们怎能知道呢!”

“哦!那么,她什么时候离开的?”

“大概是十一点钟不到。”

“是和……?”

“和另外一位先生一起走的。”

“走到哪儿去?”

“先生!我们是不管这些的。”

“哦!那么他们说了些什么呢?当我去后。”

侍者不肯说,那少年塞了一张花钞票,于是侍者把他所看见的告诉了那少年。

那少年脸色苍白起来了,他摇着身体走了。

到了午夜,那少年又来过一次。

第二天,少年之外,又多了一对五十岁左右的老夫妇问那两个人的行踪。

而侍者所回答的,总是那么一套:"不知道。"

后天,没有人到 BAR 那儿去问了,但是报纸上却出现了一条寻人的消息。

七

空间在时间里变,而时间是在空间里变。

是冬天了,春、夏、秋都像梦似地闪了过去。

那所在海滨公园的 BAR 是更显出了它的苍凉,在别的季节,一天中多少总有些顾客的(它的生意主要的是在夏季,夏季有很多避暑的人去),现在是整日夜地寂寞着。

可是,要说是一个人也没有,那也不尽然,因为从秋天顾客稀少的时节起,不论是晴阴、寒雨,总有一个脸目秀丽的少年到这地方来,默默地靠着临海的窗子,有时候是远眺着海,有时候是垂下着头,有时候还会狂饮着酒,发出怕人或凄戚的哭泣。

假使那儿的侍者记忆力强一些的话,他是总会认得出这少年人正是安——曾来问过一个姑娘的消息的。

冬天——寒冷的。寒冷的——冬天。

若干日子之后,是在一个飘雪的下午,安还是一个人在这屋子里徘徊,忽然,门推开了,一个蓬着发丝的满头都是雪花的女子走了进来。她的脸过去是非常快乐和青春的,此刻却换上了憔悴的颜色。她的轻盈的态度也变得沉重了,可是她的美丽却还剩留着,并没有消失。

"裘!"一看见她,安跳了起来,奔到了她的身边。"回来了?"

他想热情地抱住她,但是她的冷漠的神色使他失去了勇气。

"他!"裘悲伤地说,"他死了。"

裘所谓的他是谁？安知道得很清楚。于是他的灰色的眼中闪着金色的希望之光。

"他在途中生心脏病死的，我现在是……，"她一面说，一面就走到窗前，望着飞高又落下的浪花。"我要回来看看我和他第一次见面的地点——这是一个最悲惨，然而回避不掉的纪念方法。"

"你回来，仅只是为了这一个目的吗？"他问，他希望她能回答他"不"。

然而她却肯定地点了点头："世上还有什么别的呢？我将每天到这儿来看海，看海的忧郁的脸，听海的忧郁的声音。"

他沉默了一回，随后眼中的金色的闪光又化成了灰色，他嗫嚅地说："可是，逝去的怎能再来，裘？"

她只是报给他凄然的一笑。

"感谢你，安。然而，你可知那悠久的艺术，永恒的忠诚？"

她的双手扶着窗坎。只是望着那雪飘下的海，忧郁的海，蒙蒙的海，永不忘怀的海。

他也默默地走到窗前，轻轻地站在她的身旁。看着那忧郁的海，永恒的海。

海，悠久的，永不忘怀的，海。

心 之 箭

灰色的小城市。

墙壁是空白的——心也是空白的。

悲哀也没有，欢乐也没有，情绪的真空。

从长途汽车跳下来，长途旅行使得他的精神很委顿，他是一个戴着白边眼镜的高高的瘦瘦的，二十五岁左右的少年。

穿着白的衬衫，白的裤子，白的领带，白的外衣，他的一颗心也是苍白的。

白——空白——灰白——灰白的天啊！

在旅行社弄到了一间房间，小小的窄窄的，把简单的行李搬了进去，他走进了一家食堂。——是当地最漂亮，可是从都市人的眼光看来，还多少是很简单的一所。

晚上八点钟，热闹的大食堂里，电力的不充足使得无线电收音机上积满了灰尘。留声机唱片正以嘶哑的咽喉唱着一只古老的电影歌曲——雷梦娜。

雷梦娜，我爱你……，刺耳的声音，他听得有些烦恼。

他想起了香港呢！TAP dance 的香港，霓虹灯的香港，异国情调的香港。那儿是水果之家，水手之家，也是流浪人思念的家啊！

叫一客饭，点了几道菜，这城市正在禁酒，他只得用红色的橘子汁来代替。

橘子汁，红红的，甜甜的，可是他的心是灰白的啊！正像灰白的墙一样。

灰白的心是什么滋味呢！也许带几份的惆怅，几份的凄凉，几份的酸与苦。

悲哀也没有，欢乐也没有，情绪的真空。

雷梦娜，我爱你，烦恼的歌声。

雷梦娜，我爱你，可是隔座却响起了一个细小而媚人的合唱。

借了电灯的光，——轻磅电灯泡是明耀的——望过去，他的灰色的眸子和两颗明亮的眸子碰了一个正着。

一个魅惑的笑从弧形的嘴角飞上了明亮的眸角，从明亮的眸角，飞进了他的灰色的眸子里。

他站了起来，走到那两颗明亮的眸子的前面，摸出一只烟盒，打开一半，把香烟递过去。

抽支烟吧！

"谢谢!"一只纤细的手伸过来,一支香烟给取了去。

"饮一杯吧!"那只纤细的手举起了她自己桌上的果子汁,用另外一只杯子倒了一半授给他。

她先举了自己的半杯。

他跟了她举起了杯子,杯子和杯子撞了一撞,"当"的一声,他一口吞下去。

"是酒啊!"他叫起来,惊异地。

"是酒,真正的玫瑰烧。"女的笑,她人约二十岁光景。红的旗袍,红的唇膏,红的指甲,红的胭脂,红的脸,红的胸膛,红的臂膀,还有红的诱惑的笑。

红的,红的……。他有一些昏眩,在她的面前,他坐了下来。

"敢问,尊姓?"女的问。

"飘泊,我的姓名。"

女的一呆,凄然的神情,随后她却机械的笑了一笑。

"你的姓名呢?"轮到了他问。

"流浪。"

"哦! 飘泊流浪,我们不正巧是一对吗?"

正巧是一对,他们就饮起酒来了。他点了好几道菜。

自己是一个漂泊者啊! 从香港来的。一九四一年,十八天的香港之战,敌人杀光了他的一家,于是流浪到了东南自由区的小城市,等候着战事的胜利。已经是三年了,他的心是多么地苍白哪!

她呢,她是丽水人,浙东事变把她从朴实的小城市驱逐了出来。现在,她也是个没有家乡的人呢!

她有魅惑的眸子和苗条的身躯,就仗了这,她生活了下来,可是她的心却是苦痛的,掩藏在媚笑的背面,谁知道忧愁是像海一样的深。

像海一样深的忧愁,两个人都一样。

当她听见了他的故事,又告诉了他以她自己的遭遇后,她又举起了酒杯。

"喝一杯吧！同是天涯沦落人。"

"同是天涯沦落人，不错，同是天涯沦落人。"

酒落下了肠子，头有些昏起来，她轻轻地向他说："飘泊，出去散一回步，好吗？"

把肘子递给了她，让她扣着，他们走了出去。

晚上，天是漆黑的，街市上的灯光很黯淡，在这样黯淡的灯光下，整个天地都变成了灰色，他们两个肩并着肩地走着。

"到我的家去，好吗？"她谄媚地说。

猜想到她的职业是什么，他的心有一些跳动，决不定自己该不该去。

因为他从来没有到过那种地方，他想不去。

可是，

同是天涯沦落人。

他还是跟到了她的家。

在大街上，一所破旧的楼房里，他俩坐了下来。

木板搭成的房间，刷上了白垩，不比这城市中一般的住屋漂亮。一只破旧的桌子，几只破旧的倾斜的椅子，靠着墙，放着一只简陋的床，被单上有着补丁。

这是她的房，——也是她全部，——老鼠之家，蚊虫之家，流浪人之家。

"睡吧！"她说，"时候不早了。"

她先睡下了。

他的心跳着，解着衣，一支钢笔从口袋里落了下来。

拾起了笔，在墙上，画了一颗心，一颗灰白的心。

她看见了，那一颗灰白的心。

她跳起来，奔上前，抢了他的笔，画了另外一颗心。

在一颗灰白的心的旁边,又添了另一颗灰白的心子。

他快乐起来了,神经质的。又抢了她的笔,在两颗心的中间,画了一枝箭。

一枝箭把两颗灰白的心串连了起来。

一枝爱神的箭啊! 丘比特之箭,维纳斯之箭啊!

雷梦娜! 我忘不了你。

他笑起来。

可是,是两颗灰白的心啊!

"你看,那一枝箭把那两颗心穿了起来。"

她笑着说,这笑,不是诱惑的笑,不是谄媚的笑,却是天真的笑,发自心底的笑。

"哦。"他回答,在想着什么。

"那两颗心不就是我们的心吗? 一颗心原来在香港,一颗心原来在丽水,现在却给箭穿在一起了呢!"

"可是,是两颗灰白的心啊!"

"哦,不错。"她也有些惆怅,可是,想了一想,又笑了。

含着笑,在抽斗中捡出了一盒胭脂。

一盒劣质的胭脂吧,但是,是红色的。

用胭脂涂在心上,灰白的心红润了。

"灰白的心红润了。"她叫喊起来。

"哈哈。"他跟着笑了,豪爽的笑。

"要不要,你的脸上也涂一些呢!"

"可是红润的是墙上的心,而胸间的心呢!"

胸间的心?

不仍然是苍白的吗?

她睡着了,就睡在他的旁边,可是他却睡不着。轻轻地吻了下她的红色的嘴唇,轻轻地抚了下她的光滑的脸庞,他只是在想。

在想那迢远的海，迢远的都市，迢远的 TAP dance，迢远的 Neon lamp，迢远的光亮和声音的故乡，也想那迢远的永远失去了的亲属。

孤单单地一个人，而此刻，他的身旁卧着她。

她，不也是孤单单的吗？对的，飘泊与流浪，天生成的一对，可是天不是也生成了他们必须要飘泊，必须要流浪吗？

对的，一个到东，一个到西，永远地是飘泊，是流浪。

诱惑的女性并没有引起他的某一种欲望，他只是念着那样的句子，断断续续地：

同是天涯沦落人，

飘泊与流浪。

一枝箭贯穿了两颗心，

两颗心穿在一枝箭上。

霜

一

有人在房外打门。

"谁?"俞春娟慌忙地在着衣镜前照了照自己的相貌,看见自己的打扮正是十分整齐着,于是她就这样地向门外温柔地问着。一方面,她的心里正在想:"怎么会来得这么早,不是约好十点钟么?"她看了看挂钟,才只有九点钟。

"我!"门外的人回答着。

俞春娟去把门拉开了。

她看见一个态度严肃的朴实的中年人,正站在她的前面,带着一种微笑,一种在她看来有些显得呆笨的微笑。

"哦! 李裕昌,是你!"她说着,语调里带着意外的,和不满意的神情。

"我,啊! 你以为是谁来拜访您呢?"李裕昌回答她。他竭力地装出一种潇洒的态度,可是在她看来,这种态度总有些弄巧成拙,而且她总觉得他的话有些刺耳。

"正想不到你这时候会来。"她不客气地,任性地说,她是任性惯了的,她一面说,一面自顾地向室内退去。

"那么! 你想到这时候有谁来?"他并不鉴颜辨色地自己退回去,却反而紧跟着她,走进她的室中。

她骄慢地在沙发上坐了下来,仿佛跟他负气地说:"你管得我?"

他也怯怯地在她的对面坐下了,他有些逼人地问:"你是等张繁星或者史秉韬,是吗?"

"是的,我两个人都等,而且还有古经才。"

"啊! 连古经才都给你信任了,你和他们干什么?"

她为了要气气他,故意地把事实夸张了,她说:"当然,有事的,我们先到金刚石饭店去喝酒、吃饭,再去看一场埃洛尔弗林和奥丽薇哈佛兰,再去看一场程砚秋,再出来吃晚饭,再单和古经才一同到绅士舞场跳舞,……,然后,我告诉你,我今晚不回来了。"

他的脸灰白起来了,爱情的观念使得他的声音抖战了,他十分严肃地,而且带着教训地向她说道:"春娟,我真想不到你堕落到这地步。"

她不等他说下去,就跳了起来,瞪着双眸向他说:"你敢说,……,你不想想,你并不是我的什么人。"

"你虽则被这万变的社会加上一个交际花的头衔,可是……"

"我不要再听下去了,你有什么权利来放肆。"

"我是有一种权利的。"

"什么?"现在,她把脸气得灰白了。

"爱情的权利。"他也没有礼貌地提高了声音。

她不和他争辩,她按下了墙上的电铃。

一个女仆走了进来。

"吴妈,"她大声地严酷地喊着:"你怎么不通知我,便让人走进了我的房间。"

吴妈喃喃地回答:"这位,……,因为这位李先生常常来的,……。"

"常常来的,"鼻孔里的声音:"常来的人我便一定愿意接见他的了?你倒想得出。"

吴妈低下了头,不敢说什么,可是他却有些忍不住了,他说:"那么,你是不愿意看见我了。"

"是的!"坚定而冷酷的声音。

"像古经才这样的人,倒反而合你的理想。"

"至少他要比你了解我,知道顺我的意。"

他还想说什么,可是门铃响了,她不理他了,她走到了楼窗口,向下望着。

"哈罗！你们来了!"她扬起了手,顿时把怒容变成了笑容。

吴妈下去开门,他自知再待下去就要更没有趣了,他就向她告辞了。

她没有理睬他,他便走出去了。在楼梯口他遇见了古经才、张繁星和史秉韬。

他们是打着诨地走上来的,他们谈笑着,冲上来,以致和他撞了一下。

"抱……,"撞他的古经才本来想说"抱歉",但看见是他,古经才便把"歉"字吞在肚子中了,"是你!"他们淡淡地点了点头便分开了。

李裕昌忧伤地回家去。他们三个人则走进了她的房间。

她欢迎着他们。

"李裕昌又来过了?"古经才说,他是一个华服的中年人,一个有钱的买办的儿子,所以在两个同伴的前面,他的气派要胜过很多,而那两个同伴——张繁星和史秉韬,是什么都顺从他的。

"他倒来得勤!"史秉韬跟着讽刺了一声。

"越是讨厌他,越是缠不清。"俞春娟皱了皱眉,她以尖刻的语调,把李裕昌的种种为她讨厌的事情,向他们诉说着。

他们一同骂李裕昌,他们也一同取笑他。

取笑了一回之后,古经才便温柔地向她说:"春娟,我的汽车已经等在下面了,我们去玩吧!"

她披上了大衣,她跟着他们纵笑着,他们走进了他的汽车。

二

俞春娟和古经才一同玩耍的日子要比任何人多得多,在约近二十多名的追求者中,她最喜欢古经才。

她的所以喜欢古经才,是因为他是一个能够体贴妇女心理的人,他总好像是她的"心"一样地,有很多事情,只要她稍稍有些隐隐的表示,他便能猜到她的内心所欲,而且一经他想到,他便会替她把事情办得很完满的。

也相同的,在那许多的追求者中,她最讨厌李裕昌,为了他是一个那么刻板而且诚实的人,她也明知他的爱她是出于真心,可是他的志趣、思想,甚至说出来的话,无一不和她相反。她所需要的是繁华、享受、虚荣和广大的人间场面,而他则次次劝她抛去那交际花的头衔,跟从他做一些有利于大众的事,像教育难童之类,要她生活于淡泊、朴素、贫苦和狭小的圈子。所以她毕竟讨厌了他,而且连承认她知道"他是爱他的"的意思也不肯表示给他。

他约了她好几次了,他要约她去参加一些慈善和救济工作,可是她总是拒绝,而若是来约的是古经才呢? 那么她便会满面含笑地跟了去的。

古经才约她去的地方总不外乎是电影院、京剧院、舞场、大的宴会场所——一些可以使得她出风头的场所。

这一天也是如此,古经才他们伴了她到了金刚石饭店用餐,喝够了酒,再去看了埃洛尔弗林主演的一个影片,然后,又去参加了时新公司的经理夫人的生日宴,她遇见了不少相熟或陌生的社会名流和漂亮青年,她唱着歌,跳着舞,饮着酒,一直到深夜方才乘了古经才的车子回到家去。

在回家的途中,古经才和她并肩坐着,他恭维地,说她的相貌像奥丽薇哈佛兰,她在车窗的玻璃中照见了自己,觉得的确有些像奥丽薇哈佛兰,于是她说他像埃洛尔弗林。他摇了摇头,说自己不是长个子,她把他望了一个饱,也觉得他不像了。他的身子是中等身材的,很俊美的脸,漂亮的西装。她看了一回后,含着笑地把身子靠近了他,向他甜蜜地说:"那么,你是像泰罗鲍华,我的泰罗鲍华……"

他快乐极了,说:"你真一点没有错,我真的有些像泰罗鲍华。"

他握住了她的一只手,向她凝视了一回,之后他忽有所感地说了:

"我现在看你有些像安娜蓓拉了,你的什么都像她……"

安娜蓓拉是新婚的泰罗鲍华的妻子,她的脸红了。

她不说话,他抱住了她,轻轻地把她抱在自己的胸中,她不抵抗,他们亲密地吻着了。

他向她求了婚。

她答应了他,豪爽地。

他们又吻着了。

待他们从吻的动作中解散的时候,车子已到了她的家了。

她叩开了自己的门,一直走上了楼,向寝室走去,口中啸着轻松的"爵士歌"。

她走进了自己的寝室,她觉得满身是轻快,她啸着歌,她尖起了脚尖,转了几个圈子。

她开亮了电灯,在壁橱里,取出了一瓶啤酒加一只杯子,她想喝一些酒,来压平自己心中的兴奋。

可是忽然间,在桌子上,她看见有一封信安静地躺着。

她走过去一看,看见了信封上的字,便把双眉皱起来了。——这封信是李裕昌寄来的。

她把信拆开来了,她读着信,

"——像霜一样的小姐:

我和你告辞之后,就一直等在街路旁,我看见你和那三个浮滑的人一同趁汽车出去了,我的心很痛苦,像有什么在绞着一样。

可是,不知道为了什么,我总走不开你的宅子的四周。我是曾经在你的窗子前徘徊了那么长的时间啊!虽则我已知道了我将永远不会在你的心的领域里占有一个小小的位置。虽则我已知道了,你是和那三个纨绔子弟在一起浪费着自己的生命。可是我却总走不开这几条马路,正如我走不开你一样。

你方才对我说的话使我太觉得悲哀了。你竟说你今晚不回家了,我就一直等在你的寓前。可是一直等到午夜一点钟,却还是不看见你,我真失望到了极点了,便冒昧地向吴妈讨了信封和纸。在你的厨房间写了这一封信。

你真是霜吗?你为什么会像霜一样地冷酷呢?纵然你是有着像仙子一样的慈爱的外貌。

你不知道吧!这些时候,我是多么痛苦,为了爱,我已经失去了自己了,可是这失去了自己又得不到一个收容他的场所,我深深地觉到人世的烦闷,人世的无意味。可是我总仿佛觉得前面还是有着一线希望,那便是你能够接受我的爱。

所以,此刻我的一只手里是握着一个振着双翼的吉必太的小石膏像,一只手里是握着一瓶来沙尔,我希望你能在今晚回来,回来之后便打一个电话给我。

到那时候,希望你能做成一个我的命运的主宰者,希望你替我任意选择一件东西,要是你选取了吉必太像,我便会吻他的可爱的脸,好像吻你一样。要是你选择了另一样,那么我便会把那东西送进我的肠子去,到另外一个世上去,因为唯有那样,才能使我忘记你。

祝你
晚安。
一个专一而愚昧的人上"

她读完了这一封信,心动了一动,她很想马上打一个电话给他,安慰他一些。

可是,当她把信再看了一次之后,她不觉愤怒起来了。她是一个意志倔强的女子,她最喜欢的是男子的恭维,最反对的是别人的干涉。她想,他要来干涉我了,他有什么权利呢?

于是她把信撕碎了,她喝了酒,睡了。

到了天明的时候,她才打了一个电话给他。她先问了他,他的哪一只手是握吉必太的,他带着笑告诉她是左手,于是她遂冷酷地向他说,她所代他选择的是右手中的物件，她说完便挂断了电话。

并不是她一定要他死，而是因为一则她有些不喜欢他的无礼，再则她想到了世间不乏以自杀来要挟爱情的人，她猜他一定也是那样的一个人，她不相信，他真的会把来沙尔吞下去。

三

可是，李裕昌真的把来沙尔吞进了肚子里。

这消息在两天之后传进了她的耳中。

跟着就很有一些追求过她而没有达到目的的男子们，在说她的坏话了。

她起先有些可怜李裕昌，但她是一个倔强的女子，当她听到了那些男子们的闲话之后，她取消了对于李裕昌的怜悯。当人们问起这件事的时候，她总是满不在乎地尖刻地说：

"假使他的确是为了我而自杀的话，那么这就证明了十足是一个傻瓜，因为一个有自信心的人是不会为了一个不爱他的女子而自杀的，尤其是在这么的一个大时代里，而他又是常常地把前进两个字挂在嘴角边上的。"

没有多少天之后，她便把这一个人忘记了，因为一种新的幸福降临到她的身上，她和古经才结婚了。

婚后的生活是愉快的，他常常把王后的头衔加到她的身上，他服侍她，恭敬得像一个仆人。

他为了她而在他自己的老家的附近租了一幢新房子，他买了新汽车和新的家具。

他买高贵的衣服、食品给她，他又常常带她到大的场面和快乐的娱乐场所去。

闲着的时候，她也常到他的老家去，他的老家只有一个爸爸，一个妈妈和一个妹妹。他们都是很和气的人。

她几乎怀疑自己是在梦中了。

可是，梦的生活却过得不长久。半年之后，古经才要到新加坡去了，说是那面有一个洋行的经理的职位要他去担任。

他对她说，他不知道那职位能担任得多久，所以他不打算马上就带她去，他要确定了自己的前途，才来信请她去。

她用眼泪送了他远去，她让寂寞做成了她的伴侣。

他到了新加坡后不久，就有信寄给她了。

她回了一封信，在信上，她告诉他说："为了忠于爱情，在你远去的日子中，我将屏绝一切不需要的交际，独守冷闺，使任何的诱惑不能近我的身。"她希望她能早些到他的那儿去。

她真的能够遵守自己的诺言，自他远去之后，她的情影便不在交际场中出入了，实在说，他已经在她的心中铸上了一个不能磨灭的影子了。她开始忘记了现实，把自己沉浸在记忆和想象之中。

可是，他的信虽则还有得来，却始终未曾提到要她到新加坡去。有时候，她去信提起了，他却表示了不同意，并且找出种种的借口来。

这还是起初半年之间的事情，半年之后，他连信都不寄回来了，她寄去的信则常常给退回来，邮局的理由是"此人已他迁"。

她去问了他的家庭，他们给她看他们寄给他而退回来的信，也写着"此人已他迁"的字样。

他迁到了什么地方去呢？她并不知道。久久之后，从几个朋友的口中辗转地传来的消息是——他已经和新加坡的一个在美女比赛中给选为皇后的女士结了婚。

她起先不相信，后来有人把他和那女士结婚的照片给了她看，在铁的事实面前，她只得垂下了眼泪承认了。

"他已经变了心了。"她是从希望的峰顶跌到了失望的深谷。

然而，她的心却还是爱着他。她是不轻易爱上人的，可是一经她有了所爱，她便不再会抛弃她的所爱，纵然她所爱着的是一些连爱的价值都没有的人。

她拒绝了一切因为知道他舍弃了她而来追求她的人们,纵然他的母亲曾经屡次地来告诉她以他的缺点,而且劝她改嫁,她总是在幻想,他有一天会重新出现在她的前面……

因此,不久之后……

住在她家的附近的人们,便经常看见一个美丽的然而苍白的女子,依着门,呆呆地望着辽远的地方,她是有着那么忧郁的神情,她而且是常常会得无缘无故地笑,或者无缘无故地哭泣。而不论是她的笑声或者是泣声,都显得十分地凄厉和可怕,有时候,即使在深夜,也还能听得见她的可怕的凄厉的声音。

在重大的刺激之下,她的精神失常了。

她是每天,每天都生活在失常的生活里……

有一天,是深秋的清晨。

她猛然间从梦里震醒了。

她侧着耳倾听了许久,她仿佛觉得有一辆车子在他的家门口停了,有人在叩门。门开了,有人走进去了。

她马上疯狂地披上了外衣,奔出了门,走到了他家的门口。她以为他回来了。

门开着,一个仆人正站在门口。

"是他回来了吗?"她急急地问。

仆人看见是她,于是便弯了弯腰,礼貌地回答她:"不!没有!"这在他是一句说了不少次的话了,"方才是送牛奶的进来。"

她抬头一看,一个送牛奶的人正从里面走出来,而在门口,停的是一辆牛奶车。

"要进去看看太太吗?"仆人问。

"不!"她退了出来。

她退到了街心,时间是那么早,天色是带着灰白的,街上静悄悄找不出人的影子,而两旁的屋子的屋顶上,是铺满了厚厚的霜。

"是霜降的季节了。"她叹着,在一家店铺的玻璃橱窗中,她照见了自己的像霜一样的面庞。

她不觉为自己的憔悴而吃惊起来了。她惊呼着:"我已经像霜一样了。"

说完了这一句话,突然地她想起一年之前的李裕昌来信,她想起了他曾怎样地以称呼她为"像霜一样的小姐"为开首,而写给她的一封绝命信,以及他是怎样死亡的事。

她的心抖了一抖,她闭住了双目,于是在她的眼前便出现李裕昌的诚实的身影来了。

但是,一会儿后,她又张开了双目,李裕昌的影子便消失了,留在她的眼前的,仅只有寂寞的街和无边的屋顶上的霜——那些积得厚厚的,一遇阳光便会溶化的霜。

一辆卡车——在东南区

卡车叹一口长长的气,再也不顾司机的咕噜,它停了。

司机是一个粗壮的中年人,紫黑色的脸闪着两只漆黑裹夹着红丝的眼睛,这正是整宵的酒和牌九的遗迹,机油在那件烟黄色的夹克衫上染着一个个的污点。一见发动机转不动了,他就跳下了车子。

车头另一旁的门也立刻给打开,一个机匠跟着窜了出来,车头的上面也蹲着一个机匠,那人却装得悠闲地缓缓地爬下来。

"黑老爷,这车子今天可真作怪。"一面爬下来,一面还装着鬼脸说:"三步一回头。"

"我老早就说过,今天是装得太重了。"那个被称为黑老爷的司机却兀自绷着脸,生着气,向旁边的那个机匠恶声恶气地说:"阿祥,拆开机头来看看。"

　　阿祥,瘦瘦的油头滑脑的小伙子,早已把钳子和凿子拿在手里,一听到这话,便赶忙把车头板翻了上来,把头伸到机器中间,一面还说:"好比一匹马,你能不能让它背一千斤东西。"

　　冷不防这一句话却引起了舒舒泰泰地坐在车头座位里的一个胖男子和他的年轻太太的反感,那胖子还忍得住气,只是把眉毛向上皱起了,那位漂亮太太可就抓到了一个发挥她的才干的机会了。

　　"哼!"先在鼻孔里出了一口气,她的声音就慢慢地提高了,"车子是我们自己包的,难道要我们把东西抛掉不成。"

　　黑老爷笑了起来:"敢说,敢说,都是我们的车子不好,知道你们大人物要乘,就该弄得牢一点。"

　　"你们少带几条黄鱼不就得了吗? 干吗把错处怪到别人头上。"漂亮太太冒起了火。

　　"你们少带一些货不也行了吗? 还说是公家的车子。"机匠阿祥找出了机器的毛病,把头颈伸直了,用一种"声音是软的,骨子却很尖刻"的语调,这样地说着。

　　事情是这样的,那位胖子原是一家铁工厂的"走红运"的科长,前些时候,他从 A 城被派到六百里路外的 B 城去收购一批废铁,大约有两吨半的样子,为了接洽和手续样样费事,一住就住了三个月,这期间,非但着实捞了一些钱,而且又弄到了一个漂亮的小太太。大太太远在北方,在 B 城弄了这个小太太当然没有什么问题,今番人财两得,公事也到了必须报销的时候了,于是就携带了眷属,雇了这辆卡车开回 B 城去,这车子的载重量原只有两吨半,不能再负重了,恰因胖子科长一想铁器原不占地位,而 B 城的米要比 A 城便宜得多,便又斥资进了三千斤左右,硬要装上汽车,说汽车虽然载得太重,可是只要开得慢些也没有什么关系。司机是聪明人,当然明白个中内幕,就提出交换条件,要求带五条黄鱼,每条随带行李三四十斤,好捞些外快。在这种双方互惠的情形下,还有什么不好说的呢,至于互相保守秘密更是必然的事了。

却不料，小太太受不起路上的辛苦，一心想早些到达丈夫的家里，一路上尽是赶着要叫车子快开，而车子呢！正巧相反，三步一回头，走一阵停一阵，自然，那条公路也真太坏了，路面上尽是凹凹凸凸的，桥梁更已经到了老年期，常常要向车胎告饶，小太太既趁不了心意，就把发脾气来作为旅途的娱乐，而司机们早以"时代的骄子"自命，那肯让步，这样少不得一路上，要吵吵闹闹了。

东南区是老年期山岳的典型地域，秃秃的，平平的，缺少优美的曲线的山峰。绵延着环抱着整个的地区，从 B 城到 A 城，公路只是在群山万壑间盘旋，上山下山都是一件费力而危险的事，但是黑老爷他们却自信自己技术高明，总不会出什么毛病，每到一站宿店时，就要呼盛唱雉，饮酒打牌，司机的生活本来只求痛快而已。

是第三天，车子走到两城的中途，却要爬过一座高岭，前几天下了雨，路还没有干，开上去特别吃力，于是司机开足了发动力，满想一冲冲上山去，却不料车子叹一口长长的气，再也不顾到司机的咕噜，它在山脚下停了。

山脚下，四望荒凉，樟树和野藤也许算是唯一的居民了。而远处山坎中，炊烟淡淡地上升，仿佛告诉人们"天将晚了"。

然而据机匠报告：车子的机器已经损坏，有两只汽缸，已经不能用了，而最近的村庄离此也有三十多里之遥。

从山脚朝上面望，灰黄色的路是弯弯曲曲的，像一根螺旋里的曲线，像一根狭小的羊肠，或者像绿色的海里的一根水沫，同山相较，路是显得太狭、太小和太远了。

消息传到了车厢里，那五条挤得像沙丁鱼一样的黄鱼也跳下了车来，走到了车头前。

五条黄鱼，是一对三十岁左右的公务员夫妇，两个以前并不相识的学生和一个跑单帮的商人，他带了两大捆的布匹。

而这时，车头里的小太太却依然在发着脾气，她总是紧紧地捉牢了司机的搭黄鱼而谩骂,那个胖科长则在劝她息怒之外,更不时帮她说着话。

"黄鱼,不顾死活的带黄鱼。"她总是反复地说着这句话。"该死的黄鱼。"

"只要自己的米赚钱,对啊! 真是好算盘。"司机反唇相讥。

"不要多讲了,修汽车要紧。"那男人向司机说。

"什么,车是我包的,米也是我的,自然我要运。可是黄鱼呢,也是我的东西吗?"

这漂亮太太实在会说,她又找出了一个理由。

但一条黄鱼却跳起来了:"不要老是黄鱼,黄鱼。"那是一个青年学生。

"嘿!"漂亮女人很生气地向那学生扫了一眼"你……!"

还来不及等她再说,那个公务员的太太也跟着提出了抗议:"这位嫂嫂原谅一些,大家都是出门人,干吗要嫌东嫌西的。"

那个公务员大概是一个小职员,穿的是一套陈旧的斜纹蓝制服,他的太太穿了一件蓝布的旗袍,也已经有些褪色了,因之,他们自然都不在那位科长太太的眼里,她虽则不再说话,可是眼角里都十足显出了鄙夷的神色。

先生还是在催促司机:"修汽车要紧,喂,快修啊!"

可是司机和机匠们的回答都是颓废而懒懒的:"今天修不好了,要到前面村庄去过夜了。"

"怎样去呢,好像在说笑话。"那个太太一听这话,就满脸的不以为然,"有三十多里路呢,修啊! 不要懒啊!"

"懒?"机匠冷笑了一下,"汽缸坏了,有什么法子呢!"

"走吧!"司机也这样地催着大家了:"现在就走,到晚上还来得及赶到村庄上去宿夜,否则……"

"对的,我们一定要走,"那个一向沉默的单帮商人,此刻却发出了一句惊人的话："这儿是常常有歹人出没的，一到晚上，谁也保不了什么。"

这句话使得所有的人都发着抖，因为那个单帮商人接着又告诉大家，上两个月也是在这儿，的确出过几次抢劫案。

现在，那个一向很神气的科长太太却歇斯底里地抖了起来，她拼命地抓住了丈夫的手臂。

"哎哟！吓煞我了。"她这样地说："那么大家走吧，可是路是这样地远呢！"

"走?"那丈夫回答："我们的东西怎么办呢?"

这时候，那几条黄鱼，因为行李简单，却都已经手里提着，背上背着，开始发脚了。

可是科长却除了米以外，还有三只大皮箱，其中的一只是小太太的，自然都是些值钱的东西，他们没有带小箱子，三只大箱子都不是科长所提得动的，至于两人扛着，那么要走三十多里路，事实上也是力不能胜的。

小太太急起来了，骄傲的眼睛变得可怜，冷笑也变成了眼泪。她现在只得向那些黄鱼们求援了，因为司机已经表示："土匪抢货不抢车。"车子就是他们的生命，他们宁愿守夜，却无论如何也不愿离开车子一步的。

她和她的丈夫先向那个单帮商人求援，但是那个商人却婉言地拒绝了他们，说是自己的东西已经够累的了。

他们就再向公务员夫妇求援，但人家再也不理睬他们。

最后，他们只得向那两个学生求援，这一次，他们却得到了一句很有趣味的回答："我们都是黄鱼啊，都是该死的黄鱼啊，你怎会要同黄鱼一起走呢?"说完，他们也就走了。

五个人一起向村庄走去，只是把那两个"大人物"抛在后面，他们想走，又舍不得货物和皮箱，保全东西，又怕土匪，天空撒下了一张灰色的网,这一对包车子的人,现在是现出了一付尴尬相。

　　前面,那五个人是急速地投向村庄,打算明天另搭他车的计划,反正他们是黄鱼,依照惯例,只交给司机一半路费,还有一半钱本来要留到目的地再交的,现在正好用以搭别的车子呢。

　　他们一路走,一路谈着,向着山岭翻越,那声音随风飘到车旁,在那位科长太太听来,却声声仿佛都是正在讽刺她似的。

新 神 曲

一

从歌剧院里出来,流浪而贫苦的作曲家冯冰旗跨进了华丽的朱维娇小姐的汽车。

正有如是一个幻梦一样地,在半年之前,还生活在饥饿中的冯冰旗,现在是在头脑里充满了舒伯特(Shubert)的乐曲,而幸福地坐在这艳丽的银行家的女儿的身旁了。

而且常常用他的眼偷看着这充满了幻念的少女的脸庞。

像一首诗,不,像一个梦,那个少女是有着太美丽的超乎尘世的姿态!

"冯,你觉得这次的演出怎样?"

当汽车在喧哗的街市上行驶的时候,这个美丽的女子就边开着车子,边这样地问他。这是在每一次看了歌剧之后,她总必这样问着他的。

冯知道这女儿也是对音乐有着相当的修养的,所以他就不敢随便地乱谈,而审慎地把他所知道的告诉了她。

"那个男高音的低音似乎太低了些。"最后他这样说。

"那个女高音的声音似乎也不够动听,你说是吗?"她加上了一句。

"是的,你的见解不错。"

汽车寂寞地向前穿行着,望着如水的都市的夜,望着那些一路临风飘摇的店帜和闪眼的霓虹灯光,冯冰旗的心中是充满了浪漫的音乐的气氛,他把现实和幻想融合了,他把那些街市看作幻梦里的古代的城市的街,把那些一行人看作稗史中的人物。正在这时候,他听得一个柔美的女子的声音:"我觉得整个乐队都没有充分地把这歌剧中的精华表演出来。"

听到这话的冯冰旗，顿时从幻想走回到了现实，街上的那些卑劣的声音，一阵阵地飘进了他的耳中，他十分清楚地感到了现实的丑恶，于是他不觉恨恨地说："是的，这乐队当然不能把这乐曲表演得完美，因为在这尘世上，有的只是肤浅，只是嚣张，只是肉体的享受，有谁能了解这伟大的舒伯特呢？有谁能表演这伟大的舒伯特？"说完了这话，他的脸上是布满了愤世的表情。

车子从一条马路驶进了一条僻巷，远离了一切声音，单只有寂寞的秋的落叶扫着车顶，寂寞地。

"然而，在这世上，就不会再产生一个舒伯特吗？"说话的是朱维娇小姐，带着她的整个的温柔。

冯没有回答，他只是苦笑着，但那温柔的女子却不能镇压自己的情感了，她忽然间伸出了一只纤细的手，握住了冯的手，她十分感情地说着："冯，我觉得你的音乐修养，的确十分高超，而且你又有着一种拔俗的情感，在我的心目中你就是个舒伯特。"

说这些的时候，朱维娇的如灯的眸子是闪着深情的光，冯冰旗看到了这一些光，他不觉沉入了自己的幻梦中，兴奋充满了他的心，他竟说出了那一句他久想说出的话来："是的，我需要努力，因为在我的身旁，现在有了鼓励我写伟大的乐曲的凡伦丝雅了。"

"真的？"抖颤的问话。

"当然是真的，你就是我的凡伦丝雅。"

直接的回答，借了街灯的光，冯立刻觉察到朱维娇的脸，因受了刺激而显得苍白，他便深悔自己的孟浪，因而不安着。但这时，发生在那深情的女子的心中的，却并不是愤怒而只是一种无可形容的欢乐，因为她终于听到了一句她等待已久的话了。

汽车突然地啸一声在一株大树下停了。

一句出乎意料的大胆的话，从那女子的口中飘了出来，"舒伯特也知道凡伦丝雅对他的爱情吗？"

在树下，冷静的光照见了一对相恋着热吻着的青年男女。

接着，一个男子的声音这样地响着。

"感谢你的鼓励，我将用音乐来改良这一个阴险的世上的人心，我将用音乐来救世。"

二

冯冰旗被聘为朱维娇的法文教师，是在他失业了三年之后的一个春天。

为了不愿担任与音乐无关的职业，因而失业了一两年之久的他，现在为了生活的逼迫，无可奈何地担任了这教书匠的职位。当他第一次由那个满腮胡须的胖胖的银行经理引进朱维娇的书房的时候，他那健康与显得过分诚实的脸上流露着苦笑，虽则第一次会见的朱维娇的美丽的丰姿和天真直爽的性格，立刻就给了他的灵性以一种良好的印象，但也减不了他的失意的苦痛。

在他教了她半个月的法文后，有一天，他遗失一张自己写的歌谱在书房里，第二天，他去得早了些，就在外面，听见在书房里传出一种美妙的钢琴声，技巧的熟练使他稍稍吃惊，更吃惊的是，弹奏着的不是别人的曲调，正是他自己所遗失的作品。

他轻轻推开了门，他即刻认识他的学生，竟在美丽的形体之外，还有美丽的灵性。

这在朱维娇呢，也发现了她的先生的音乐的修养更胜过于别的一切。

这一天，他们一个法文字都没有念，整整的两小时就在情感丰富的谈话里过去了，他们互相地打破了存在于人与人之间的隔膜。过了一天，朱维娇请他去看了正在演出的凡笛的歌剧，此后，她便每一次都请他一同去看的，他们不放过每一次的歌剧的演出。

他们疯狂地爱好着音乐，这敏慧的女儿的鼓励和诱惑力如同是一条泉水，流进了久旱的冯冰旗的心中，使他重新得到了生之活力，于是，作曲很少的他，现在是疯狂一般地写着歌谱，又每每拣了较好的给她看，她就放在琴上弹，或者就唱，或者是批评。她的赞美和不满就造成了他的悲欢。

他知道得清楚，那些歌都是为这一个纯洁的灵魂——她——而创作的，半年之后，他们的感情竟是那么超乎一切地融洽了，于是开始在他的心中浮出了一句只能向她说的话，而在她的心中这一句话更其等待着说出来。由于彼此的胆怯，一直到一个秋天的晚上，终于在看了舒伯特的歌剧回来的时候，在静僻的汽车里，彼此都说出了那一句话了，而彼此的灵魂间也没有了最后的间隔。

那一天，直到深夜，朱维娇才用汽车送这个纯朴而忠实的音乐家回到他自己的寓所。

回到了他的小房间，他的心异常兴奋，夜是静得什么声音也没有，他的兴奋使他不能入睡，他只是开亮了灯，在许多谱上写着弯弯曲曲的音符，过后，又把一个他所喜爱的诗人赵景深的那首题作《但丁》的小诗的前四句配到了谱中，他用他自己的声音唱着。

当年诗人但丁

遇见年轻美丽的比特丽丝，

向他微微的一笑

他写下了不朽的神曲。

是的，他确定是在想要像但丁一样地写下一部像神曲一样的歌剧了，他的心中非但充满了音乐，而且也充满了诗。

他便这样地写到天明。

<h2 style="text-align:center">三</h2>

同时，朱维娇在她的华丽的寝室里徘徊着，她的心中起伏着不可数计的思念。

没有人能了解这女儿,因为她是有着复杂的性格,也没有人能完全知道这女儿的生活,即使是她的父母,有人歌颂她是一朵温室里的花(对于她的生活的一面那是合适的),但她却喜欢做暴风雨中的闪电。

三年前,她是一个在中学里读书的幻想着一些冒险的事情的少女,由于她的不喜欢安静,在学校她结识了一些喜欢闹事的朋友,受了他们的教诲,她渐渐地了解了这世界是怎样的一个世界了,她同情于被压迫者,当她以一个华丽的经理的女儿出现于上流社会的时候,也同时以一个化名,出现于一些进步的朋友们的集会里。她爱好着诗和音乐,同时也爱好着革命和前进的工作,因为这二者,都是带着浓厚的罗曼蒂克的梦幻气氛的(这是在这一个复杂的时代中所特有的一种性格)。但她的父母却并不知道她的女儿的这一种性格,连那个作曲家冯冰旗也丝毫不知,他们都以太单纯的眼光来观察她了。

为了事务忙,她的父亲不常在家,她的母亲又是那样地不管事,所以她的行动就成为非常地自由了。但当战争在这一个都市爆发了,又悄然地离开了以后,这一个都市尽量显得十分的低沉和寂寞,朱维娇的一些朋友大都远行到内地去了,初时,他们常鼓励朱维娇也一同前去,但她终因为舍不得这温柔的家,就孤独地留着了,让寂寞来陪伴着她。

就在这时,冯冰旗担任了她的法文教师,久久地厌恶于上流社会的她,一旦遇见了那么一个纯朴的艺人,立刻就有了良好的印象,及至她发现了他的音乐天才之后,她对他更有了不平常的感情,她明知在这时候走入感情的深渊不是一件应该的事,但她竟不能不使自己走向前去。

半年的光阴过去了,虽则有着冯冰旗的安慰,但孤岛的空气终于使朱维娇感到了沉闷,而且她又在那样地想逃避到爱情的怀抱中。恰巧有一天,在街头遇见了一个久已不见的过去的同伴,几次的晤谈后,她便决定了在某一天的上午离开这城市。

她决定了的日子就是在那一个可纪念的晚上的后一天。但为了深恐家庭的阻挡,即使在冯冰旗的面前,她也没有把那消息宣布给他听。

　　原先不过是为了纪念半年的友情,所以她故作镇静地请他去看了舒伯特的歌剧。但情感的奔腾,终于使他不能抑制,而表演了那一幕宁可说是悲剧的喜剧。

　　到明天十时,那朋友将要来看她,而她就要离开这城市了。她仿佛觉得有一些新发生的恋恋不舍的情绪。她不知道应该不应该取消她对那朋友的允诺,所以她在整理了一些行装之后,就在室内不停地徘徊,两种矛盾在她的心中有如两条光线一般闪闪地交战着。

　　天不久就露出了鱼肚白色了,她猛然从沉思里觉醒,几只小鸟正在树上高唱,一线晨光穿过了窗帷而射到她的身上,给了她以新的活力,于是她顿时在心中默默地决定了她的取舍。

　　她想看见更多一些的晨光,于是她推开了窗,当她向楼下俯望的时候,她突然看见了一个使她十分惊奇的景象了。

四

　　在楼下,草地上,站着一个青年人,那正是音乐家冯冰旗,经过了一夜的不眠,他的精神还继续兴奋着,他一等到天明,就立刻带着他新写的乐谱(那篇歌剧的第一段),奔出了大门,不知到何处去地在街路上乱走。最后,他感觉自己是在朱维娇的花园的后门,他推一推门,竟然没有关,于是他走了进去,仆人们并不阻止他,而让他走到了朱维娇的楼下。

　　他在草地上站立了许久,露水滴在颈项里也没有感觉着,一直等到楼上的窗开了,他才看见了朱维娇的面容。于是他奔到了朱维娇的房中。

　　他兴奋地喊道:“你看,我昨晚写了一支歌呢!”也顾不到对方的惊骇,他就这样地呼喊起来。

　　看见了他的这一种神情,朱维娇不觉十分的痛苦,她忽然发觉在他们之间是有着一个很大的间隔了。那就是,她是面向着整个的社会,而冯冰旗只是面向着音乐的领域。

她勉强地把谱看完了,默默地还给了那作曲家。

冯冰旗觉得她的态度没有像他预想那么地兴奋,不禁有些吃惊了。他想,也许她是不满于他的过度的热情吧!

"你预备把这一只歌剧写完吗?"她问。

"是的,只要我能够多一些刺激就好了!"他回答。

"你是会得到它的。"

"我想把它定名为新神曲。因为我的写这乐谱,的确是受了比特丽丝的鼓励。"

她沉默了一些时候,让阳光照在她脸上,过后,她就庄重地对他说:"我要告诉你一件要事。"

他觉察了她的语调的严重,他就沉默地听她讲完了她的计划。

"那么,你能允许我也跟你到那一个地方去吗?"听完了她的叙述,他是从高山坠到了深渊。但还有着最后的一丝希望存在于他的心中,他就这样说了。

"不!你知道那地方只需要一个人吧!"她沉思了一下,又向他这样说:"而且在我们之间,有着很大的不同,我是面向着社会的全面,而你是面向着音乐的一端,我们终必有分手的时候。愿你努力于你的歌剧的创作,待到我们征服这社会的时候,也盼你能征服音乐的领域。"

她的明亮的眸子照着他忧郁的心的深处。她的声音分外的温暖,使他心中的冰山都溶化成了温流,温流又凝成了冰山……

他沉默着,她也沉默着。

他们就这样地默默地对立到十点钟。

五

中午的时候,冯冰旗怀着一颗空虚的心奔到了自己的寝室,他现在是一个孤独者了,只演了一个晚上的喜剧,无论如何是太短了啊!

　　他目送着朱维娇和她的女伴走离了这都市，他不知道几时再能看见她回来了。

　　阳光美丽地照到了他的身上，但他的心却感觉着寒冷，他仿佛觉得有两条大路展现在他的眼前，一条是征服整个的社会，一条是征服音乐的领域，这两条路有着不同的方向，但却有着一个总目标的——这就是改造人类社会。他仿佛看见一条路是热烈的，而另一条路是冷静的。

　　"朱维娇是走了那热烈的路了。"久久的沉思后，他说出了这一句话。

　　随后，他就取起了一枝笔，埋头在纸上写着一些音符。

　　他是已经决定从别一条路去追她了。

　　他相信他能追到她，因为这两条路是有着同一的终点。

六

　　现在每一个人都知道朱维娇这一个女战士的姓名，但却很少有人知道这就是为什么作曲家冯冰旗能写出那篇不朽的新神曲，而且在新神曲的中间有着那么一段雄伟的战歌的原因。有时候，事业往往要等待恋爱偏离了一个人的时候，才肯接近他的。

　　这故事不过是千千万万只故事中的一只罢了。

第三辑

那大片的绿——那年、那人、那事、那景

第一部　水乡的大学梦

水乡的大学梦——最后的翰林钱崇威

"绿水肥土，鱼虾蚕桑，家乡像一幅明丽的水彩画，可就是少一所大学。"

每每，站在一线长亘于碧波粼粼上的垂虹桥亭中，祖父手指稍远处绿柳垂垂的几座小红楼，朗爽、沉毅而又带有鼓舞地对我这样说着。

垂虹桥稍远处，嫩绿中的赭红楼是吴江乡村师范的所在地。祖父的理想是在毗邻处办一所民办大学。

回忆的扉页上，是 20 世纪 20 年代后期，我仅是一个小学生，祖父钱崇威的年龄已近六十岁。

祖父钱崇威生于清代，曾授翰林；以后又到日本，毕业于东京法政大学，是我国最早的留学生之一。民国初期，他是江苏省高等检察厅检察长，上海律师公会主席。此时已返家乡，捐献古宅与花园，与友人同筹资金，共策建议，创办了一批新学——小学、中学和职校。但他总有一个梦想，在家乡吴江办一所大学。也曾为此，走出了初筹的步伐。

1937 年抗日战争爆发，吴江沦陷，我把祖父接到了上海市区——那个号称"孤岛"的特殊地区。

当时，我已是暨南大学的学生，以课外写作来支付学费和生活费。祖父，以卖字为生，同我一起过着布衣蔬食的清贫生涯。

从祖父在上海的住所走出来,没几步就是法国公园(即今复兴公园)。小池旁、假山畔,绿茵含露,微风清噓,散置着几条绿色的双人长椅。同祖父漫步小憩时,谈谈抗战的形势,也谈到战后的理想。

青年时多不切实际的浪漫想法,如想把所学的空间布局和结构专业与对文学艺术的爱好结合,设计一些花园式的绿色工商城市;如想以民俗、文化、区域心态等作市场贸易的导向等。我说得很多很多,祖父也很赞许。

可祖父所谈,还是抗战胜利后,怎样在家乡办大学、小图书馆等一类事。他也认可我的幻想,含笑着说,把你所想的,作为大学的一些课程,如何?

虽已是7旬老人,祖父长于我国古典的经史诗赋。可他也熟悉18—19世纪的国外文艺。往往在指点我析汉魏文,写骈体文后,再轻轻松松地和我一起欣赏贝多芬、莫扎特、施特劳斯的音乐,雷诺阿、梵·高的绘画,雨果、莫泊桑的文学,沟通了白发和青衫的情感交流。

但祖父最投入的还是书法。

晨起,到公园练几路太极拳、形意拳,赶紧回家。半整天,一整天,或伏案写,或立着写,或蹲着写。写条幅、写中堂、写楹联、写横轴……有时,还用很大的笔,甚至用一块折叠的布,着墨于很大的砚台,写出整扇窗那么大的字,作为公司、银行或商店的题名。

从七十岁到八十岁,祖父都是以辛劳卖字来度过他清贫、懦雅、淡泊却又带几分洒脱的老年生涯。

在孤岛上海,祖父有许多老友。文人墨客、实业家和文教界的名士,像柳亚子、王绍鏊、金松岑、包天笑、范烟桥、徐子为、严宝礼、毛啸岑、周心悔、程小青和周瘦鹃等,很多是苏(州)吴(江)文物之乡的风流人物。

我有我自己的一些学术界和文艺界的前辈和友人。但我常伴老人,所以祖父的挚友们也往往是我倾心讨教的前辈楷模。

1941 年尾，太平洋战争的风波结束了可堪留恋的孤岛时期，我离开了上海以避敌人对我的追捕，和祖父隔绝了音讯。

1945 年冬，我从福建返沪，祖父已是七十五岁的高龄，仍握着毛笔继续过着卖字的清贫生涯。直到 1949 年全国解放，他担任江苏省文史馆长，才有了固定的职业和收入，不过卖字仍作为贴补生活的来源。

八十岁的他，精神仍很劲道，慈祥的双目中闪烁着傲骨嶙峋的气质和涵养。他是江苏省人民代表中最年高的一位。因为年高，仍住在上海的家中，省文史馆经常来人商议工作。省人大开会时，常有干部陪他往返南京。每次，他都以最高年龄的代表身份，在会上发言和提建议。

建议之一是在鱼米之乡、丝绸之城的吴江办一所大学。

办一所建立在市场心理、民俗美术、自然适应基础上的丝绸、轻工、农商综合型的小型高等学院；一所把鉴赏、设计、制造、营业横向联结的小型、精练、新颖、独创的学院。

曾听祖父说，当议案提出时，就博得许多与会代表们的赞许。

祖父的这一建议，出自老人终生的心愿。作为常伴他的孙子，我曾从自己的专业协助于蓝图的构思。

"文革"时期的祖父是国家保护人物，1968 年去世，终年九十九岁。祖父是当时最后活着的清翰林，祖父去世后，中国的大地上就没有翰林了。而祖父在家乡吴江市办一所新颖的、对经济和文化开拓具有积极意义的小型大学的愿望，期之于 21 世纪有实现的一天。

纪念周予同老师

予同老师生于 1898 年 1 月 25 日，他是浙江瑞安人。原名周毓懋，也曾用周豫桐、周蘧、周怡安等笔名写作，予同原是他的"字"。

微胖的中等身材，鼻架眼镜，语言练达而颇带浙南土音，态度和蔼可亲，乐于同进步学生们往来，这是周予同老师的风貌特征。他的文章不多,但斟字酌句、言必有中,一篇出世,学界争读,在中国史、经史、史学界享有很高的地位。

予同先生威望很高,那时是暨南大学的教务长又是著名史学家,口才十分生动,为青年们所热爱。我曾多次到他家——新民村 10 号——去邀请,他都毫不犹疑地答应了。记得有一次在西藏路八仙桥青年会的楼厅上作报告时,不巧隔室有一电器爆裂,发出响音,听众不免惊慌。可周老师却临危不惧,双手高举,大声说:"请镇静,我们是爱国集会,即使是暴徒袭来,大家也不要怕。爱国是无罪的。"他的这种大无畏精神安定了大众情绪,使演讲会顺利完成.

建国后 1958 年毛主席指示在上海筹编《辞海》,周老师众望所归,先后担任了 1963 年版和 1979 年版的副主编。暨大师生同时担任副主编的还有马飞海、刘佛年、周谷城、吴文祺等,我也参与了最初的筹编工作,直到今天还是《辞海》的编委。在多次《辞海》的编委会上,或者在《辞海》集中编写的地方,如锦江饭店和浦江饭店中,我曾多次同周老师晤谈,一如在校时一样,倾听他对编务的精彩意见,也请教有关史学的一些问题。1981 年 7 月 15 日,周予同老师久病后离开了人间,终年83 岁。

地理学大师胡焕庸

一年七次的九十寿庆

他不是拥资千万的豪商巨富,不是手握大权的达官贵人,他仅是毕生从事学术研究的一介老翁。可是 1989 年,他的九十寿庆,却一年连庆七次。虽没有大酒大肉,仅置清茶水果,却是国内外学者群贤毕至,五代门生热烈祝词。每次寿诞会上都笼罩着浓厚的学术气氛,情感深挚。他是谁? 他就是我国近代地理学的一位奠基人、大师胡焕庸教授。

事实上,胡焕庸虚怀若谷,曾推辞每一次的祝寿会。可为了中国近代地理学的发展,为了中国学者在世界的地位争光,中国人文地理教学研究会、中国地理学会、华东师大校部、人口研究所、地理系等六个单位还是坚持分别为老人举行了祝寿会。

七次的祝寿会,可以说是科学界的佳话。

中国地图的"胡焕庸线"

从 20 世纪 30 年代起,地理学界就有"南胡北黄"之说。江南以南京大学(当时为中央大学)胡焕庸教授为首,北方以黄国璋教授为首。他们两位本是大学时的同学,又曾同事,尔后才分掌南北学坛,同样蜚声海内外,为一代宗师。如今胡焕庸年至九十多岁的高龄仍关心中国地理学的发展。

胡焕庸一生纵横驰骋于地理学的多个领域,都有很大建树。首先,他是作为我国现代人口地理学的开创者确立了自己地位的。

1934—1936 年,他先后发表了一系列人口地理学的论文,一反前人仅仅偏重人口数字而不及其他的情况,另辟蹊径,深入注意自然、经济、社会诸因素对人口的综合影响。其中"中国人口之分布"一文特别注意地形、气候、水文和农业要素对中国人口分布及区域人口容纳量的相互关系。他首创了以等值线密度表现的"中国人口分布图",并提出了北起黑龙江省瑷珲(即今黑河市),南到云南省腾冲的人口分布线。此线把全国分成东南半壁和西北半壁。前者面积仅占全国的 36%,而人口高达全国的 96%;后者的面积广达全国的 64%,而人口仅占 4%,其原因是西北半壁的地势高耸、气候寒冷、降水稀少、荒漠广布、农耕地窄等。此线曾受到美国政府的重视,于第二次世界大战期间译成英文,供当时军民利用与参考,并把它称为"胡焕庸线"。以后历经半个世纪,根据 1982 年我国人口普查数据,瑷珲——腾冲线以东和以西的人口所占的百分比为 94.4% 和 5.6%,比之当初仅有 1.6 个百分点的增减,仍可供我国经济布局、民政建设、交通开拓等有关部门参考。

获得联合国人口基金奖励

1957 年,教育部批准在全国高等学校成立 18 个研究室,其中包括以胡焕庸教授为首的华东师范大学人口地理研究室,这是全国大学中第一个有关人口的研究机构。可惜的是只过一年,开展了对马寅初"新人口论"的大规模批判,殃及池鱼,人口地理研究室也被撤销。但是仅在这一年中,在胡氏的主持下也完成了江苏省南通地区、常熟县、宜兴县等的人口研究。

1978 年以后,人口地理研究室不但恢复了工作,而且在华东师大校长刘佛年和副校长周原冰的支持下,扩建为人口研究所。那时联合国十分重视我国高校对人口问题的研究,拨有专款资助,但对上海地区的资助最初只给予复旦大学,认为不必再在上海资助第二所大学。以后,联合国人口活动基金驻华代表默斯顿闻知华东师大人口研究所,是由世界著名学者、"胡焕庸线"的创始人胡焕庸教授主持,又是全国唯一的人口地理研究中心,很快就改变初衷,三次来研究所访问胡教授,立即把此研究所纳入基金会的赞助栏中,并一次拨给三十八万美元,以后又续有资助。1984 年胡焕庸被国家教委批准为第一位人口地理学博士生导师,翌年又被批准为第二位人文地理学博士后导师。在繁忙的行政、科研、教学期间,年已八旬的胡焕庸,在多位助手的协助下,调查研究遍及全国各大区,完成了国务院计划生育委员会等单位委托的许多工作,发表了数百万字的有关世界和中国人口问题的专著。

胡焕庸对地理学的研究是多方面的。七十年来,在气象气候学、地质地貌学、区域自然地理、区域经济地理、人文地理等方面都写下了许多著作,洋洋洒洒不下三十余册专著,可谓著作等身。

治淮著作深中肯綮

水利研究领域是胡焕庸生平的又一重要贡献。1931 年长江淮河流域大水,苏皖各省受灾严重,胡焕庸曾率领原中央大学(今南京大学)的一些青年教师到苏北调查淮河水灾,发表了《两淮水利实录》一书,在书中批评了原导淮委员会于淤黄故道开挖新淮河,反治严重溢洪的错误,以致引起导淮委员会主任陈果夫的大怒,竟下令把该书全部收购焚毁,以堵人民之口。1948年胡焕庸又把该书易名,冒险重新印刷发行,才为世人所知。

建国之初,胡焕庸曾到北京,在华北大学政治学院学习。在那期间,1950年淮河又发大水,毛主席提出了"根治淮河"的方针,中央领导和华东水利部专家看到了《两淮水利》一书,就派三位干部到校邀请胡焕庸到安徽参加治淮,担任技术委员兼资料室主任。经过皖北、苏北的大面积勘探后,胡焕庸提出了"用疏不用堵"的办法,建议在苏北开灌溉总渠,分引一部分淮河水直流入海,疏通中下流水道,并在豫皖多建山区水库和平原水库,这些建议深中肯綮。同时他又写作出版了《淮河》、《淮河的改造》、《淮河水道志》、《祖国的水利》等专著。以个人之力与业余时间,写下那么多著作,在世界学术史上,不能不说是一大奇迹。

慈母十指哺育成材

胡焕庸1901年出生在江苏宜兴的一户贫穷的农民家庭,出生才二十个月,父亲就一病而亡,全家全仗他母亲黄毓文代人缝衣过活。从私塾、小学,直到常州中学毕业,都赖慈母十指供应。

1919年,"五四"运动之后,中学毕业的胡焕庸正为经济无力、难于进入大学而苦闷之际,忽闻南京高等师范学校招生。这个学校供应膳宿,学杂费全免,但是入学考试竞争激烈,十几个考生才能录取一个。胡焕庸毅然赴考,一举中榜,选读了文史地部。1920年南高扩建为东南大学,聘请了许多著名学者来任教,例如陶行知、陈鹤琴、杨杏佛、茅以升、吴梅等。1921年,刚从美国哈佛大学获得博士学位不久,应聘来校的竺可桢创办地理系。竺可桢是中国现代气象气候学的创始人,也精于地理学。任教几年,他最欣赏的学生便是胡焕庸和张其昀两人,张其昀后来转入政界,胡焕庸则始终从事教学和学术研究,成为我国地理学的奠基人之一。

近代地理学开山大师传人

1926 年,胡焕庸取得大学本科文凭和学士学位,同凌纯声等几个穷学生采用互助互济的办法,集资出国留学。那时刚巧是第一次世界大战之后,法国的生活费用比较便宜,他就在法国巴黎大学和法兰西学院学习人文地理与自然地理。

近代地理学的开山大师维达尔·白兰士(1845—1918 年)和 J·白吕纳都曾执教于巴黎大学。他们的"人文关系或然论"至今仍影响着全世界的地理学理论。胡焕庸有幸得到 J·白吕纳教授的亲授,深为"或然论"所折服。胡焕庸除了上课听讲,下课向老师提问外,常到图书馆去细细阅读白吕纳的全部论文与专著,加以分析、摘要,并用中、法两种文字写成了"白吕纳教授的人文地理学"一篇长文,发表于中、法两国的地学刊物,深得白吕纳教授的欣赏,认为胡焕庸是他的主要传人之一。1928 年,胡焕庸先后到英国、德国考察之后返国。两年后,J·白吕纳因病逝世,可他的学说却经胡焕庸和胡焕庸的历代学生广泛地传播于中国。

烽火·运动·学术

1927 年南京的东南大学改称第四中山大学。翌年,刚回国的胡焕庸便受竺可桢之邀,返母校任教。1929 年该校名再改为中央大学。从此二十余年,胡焕庸先后以教授身份担任了地学系主任、地理系主任、教务长等职。

1937 年抗日战争爆发,胡焕庸随中央大学迁到重庆沙坪坝。虽然烽火弥漫,胡焕庸却坚持教学与著作。本文前述的著作大都完成于这八年烽火期间。

1943年胡焕庸当选为中国地理学会理事长。1945年抗日战争胜利，胡焕庸曾受国民政府教育部委派，到美国进行教育考察。1946年应马里兰大学之聘，担任地理系的研究教授，1947年，胡焕庸从美国回到中大。1948年底，他毅然拒绝了国民党给予他的"国大代表"赴台湾飞机票，决心留在大陆。

建国后，政治运动频繁，胡焕庸往往成为运动的对象。但他仍不忘读书和学术研究。1955年青年教师去抄家时，看到他竟依然坐在木椅上阅读德国气候学家J·汉恩（Hann）的巨著《气候学教程》和W·柯本（Koppen）的《世界气候》，并写阅读笔记，抄家者竟也内心感动。"文革"期间，他始终看书看报，念念不忘学术研究。一旦平反，绝口不提个人的恩怨，却一再说：别人的时间可以用年来计算，我的时间只能用天来计算了。只要我的呼吸不停，我的工作也就一天不能停止。

事实上，他的好大一部分著作都是他在受冲击期内日积月累地完成的。

悼念张文奎教授

是1950年，建国之初，那一个热情昂扬的时代。

我，只是一个三十余岁的青年，曾在建国前出版了一本理论书——《新哲学的地理观》。虽然仅是草创，但或许是第一本吧！因此，曾收到不少鼓励者的来信，其中包括孙敬之、李旭旦和张文奎等的热烈支持的信。这是文奎和我通信往来的开始，当时，他只是22岁的青年，是东北师大地理系的助教。

1955年，北师大经济地理进修班，在苏联专家业务指导下，在全国穿线实习，到达了上海，文奎是班长，曾到华东师大访我。那时他已出版了《世界政治经济地理概论》，这是建国后第一部国人的此类著作，引起了广泛的赞许,被不少大学的地理系采用为教科书。他是那样的年轻有为,壮健微胖的身子,朗爽的语言,侃侃而谈,交流着对外国地理研究的体会与意见,真有些相见恨晚之感。总的说来,我们都有一个共同的设想:苏联的教材虽然有特点,可是不够全面,在吸取的前提下,还要发挥我们自己的设想,多充实与提高。

以上,不过是一些顺理成章的合理设想。可在 1957 年"反右"声中,我听说文奎被错划了,罪名是以班长身份代表进修班全体学员,对苏联专家提了一些意见。我未参加该班,也不知具体的意见是什么?但我想,学术上的诚意探索,不人云亦云,或者便是文奎致厄的根源吧!

1978 年我与文奎相见,促膝深谈,感慨万千,莫不以奋其余生,为新时代地理科学的发展,献出一颗丹心来自勉互励。

1981 年 5 月,中国地理学会经济地理专业委员会在杭州开会,会上李旭旦先生提出了复兴中国人文地理学的倡议,人文地理学已有二十余年受苏联某一学派之攻击,而在中国无容身之地了。虽说此时它已经是世界潮流之一股、学术研究之必需,可是在那时倡议复兴,还是或多或少担一些风险的。可是张文奎、吴传钧、郭来喜、邹翊光、陈尔寿和我等还是积极地响应了。并经大会推选,以李旭旦为首,组成了上述七人的人文地理学工作筹委会。在 1984 年暑期于北京,由教育部和中国地理学会共同举办了"人文地理研究班",聘请了约二十位专家、教授做老师,吸引了全国各高校地理系的中、青年教师做学员,进行了系统性的培训。然后,由学员返校,分别开设人文地理学概论和分支学科的课程。

那时,李旭旦先生心脏病沉重,日常工作就由文奎担任,他在开班前早已到京,筹划、联系、接待、安排教学与师生的生活,上上下下,几无片刻之暇。我目睹他两鬓已苍,心脏有病很累的样子,曾多次劝他放下一些工作吧!可他总是回答:"累一些没关系,工作总要人做的。何况,行为地理学和老钱你研究的文化地理学,原来都是禁区,要冲破,总是要有敢闯的人吧!"直到如今,此情此景,还恍然如在眼前。

1985 年,字数约五十二余万字的《人文地理学论丛》,也就是暑期人文地理研究班的文稿汇编,很快就由人民出版社出版了,也就为建国后全国人文地理学的研究,提供了首批国人自创的精神食粮。

1985—1986 年,《人文地理学概论》在许多大学的地理系和经贸系被列为选修课。1987 年由国家教委下达,在高校地理系定为必修课。这时,面临了缺乏教材和大纲的问题。是文奎,他倡议成立了全国高校人文地理教学研究会,于是年在长春举行了第一次会议,由会议推举了他为理事长,金其铭和我为副理事长。编订了数十所院校代表共同拟定的"高校人文地理学概论教学大纲",又提出了以文奎新编、刚出版的《人文地理学概论》,那本四十余万字的呕心沥血写成的著作为教材,解决了学科前进途中的两大难题。

1990 年,中国地理学会"经济地理·人文地理学术研讨会"在上海举行,会议的议题很多、交流的学科繁众。我在会前会后同文奎交谈,都感到不能满足渴思之情,乃在他离沪之前,到他客舍作了一次长谈。

那时,中国科协希望学会领导年轻化,我已年超七十岁,深感必须辞退中国地理学会人文地理专业委员会副主任之职,而文奎小我十年,仅六十余岁,还是可以干一阵子的。只是他心脏病发,要防不测,工作还宜劳逸结合的。想不到那一夕之谈,竟是四十余年老友的最后一面。

改革开放十年来,学术界的友人可说有三种类型,一是整年忙于会务或发言,很少著作。另一类是较重实践和写作,较少开会,尚能调节。还有一些是既热心公益,会多事多,还大量实践和写作,这第三类人物可以说是把生命扑在学术上,为工作和学术而献身,像文奎就属于这一类。文奎以后担任了中国地理学会的人文地理专业委员会主任,仍是人文地理教学研究会理事长。他还带研究生,开辟新课,同时又陆续写作与主编了许多走在时代前端的专著,往往是国内第一本,并不亚于国外的著作。

可人身毕竟是血肉之躯，文奎就这样地为工作、为学术而离我们而去了。每念及此，我真感到一个老知识分子，不念人生道路上的坎坷，无时无刻总是把学术工作视为生命的第一要义，那种一片丹心为学术、春蚕到死丝方尽的精神将何以能传流而不息啊！

第二部　无愧于时代的期望

无愧于时代的期望
——孤岛文学战斗片云

一　孤岛文学战斗片云

回忆 1937 年 11 月 12 日到 1941 年 12 月 8 日——整整四年一个月的"孤岛时期"，正是我在暨南大学读书，并参与孤岛文学战斗的时期。四十多个年头过去了，昔日青春年华，今已两鬓斑白，而且久已离开了文学的岗位。可是往事如织，那一幕幕战斗的历程，总时时幌现于眼前，把它笔录下来，总不免以亲身经历的为主，兼及其他。虽不能把当年的波涛作全面的概括，但我想，阵风片云，也许还能反映一些那惊心动魄时代的掠影吧！

从文学活动来说，"孤岛"有它的特殊性：斗争更加复杂，更加艰苦。日本通过汪伪特务进行暗杀、恐怖、国民党反共。租界当局则有种种限制，对当时报刊的发行控制很严。因此许多进步书刊的发行不得不用外国浪人作为发行人。而印刷条件则比解放区、国民党区为好。在中国共产党地下组织——主要是江苏省委文委和学委的领导下，许多党内外的进步教授、作家和文学青年都在抗日救亡的旗帜下团结战斗,使四年余的孤岛文学做出了丰富的业绩,无愧于时代的期望。

二　现代文学史上的大事

我在暨大史地系读书时,曾在同学——地下党王经伟(即陈伟达)和周鸿慈(即周一萍)等同志的推动下,一度担任党的外围学生组织——上海市学生协会(学协)的"西区交通"工作,经常发送党的出版物和印刷品。并同进步教授郑振铎、周谷城、王统照、周予同等人有较多的往来。特别是在郑振铎老师的嘱咐下,我们曾协助"复社"推销《西行漫记》(斯诺著)、《续西行漫记》(韦尔斯著)、《乱弹及其他》、《海上述林》(瞿秋白著、翻译)、《列宁选集》等。把这些精神食粮送到我所联系的大、中学校中,都得到热烈的反应。

复社是许广平、胡愈之、郑振铎、王任叔、周建人、冯宾符等人所组织的进步文学社团,为"孤岛"文学的开展做了不少出色的工作。1938年6、7、8三个月内,二十卷本的《鲁迅全集》陆续出齐了。当时曾作为鲁迅先生逝世二周年祭的献礼。从今天来说,也是我国现代文学史上的一件大事呢!

在鲁迅先生逝世二周年的1938年10月19日,由李平心发起,在襄阳北路70弄1号的罗稷南(陈小航)家召开了一次很有意义的"鲁迅思想座谈会",出席的还有许广平、卢豫冬(施岗)、孙冶方、吴大琨、郭箴一等。会后,发表了长达五万字的《思想家的鲁迅》专题,系由李平心执笔,刊于王任叔所主编的《公论丛书》上。以后,直到1940年李平心又先后发表了长达十余万字的三篇专论:《鲁迅的思想遗产——战斗的现实主义者的鲁迅》、《启蒙主义者与民主主义的鲁迅》、《民族主义者与国际主义者的鲁迅》(此文后改名为《爱国主义者与国际主义者的鲁迅》),刊于"求知文丛",1941年编成《论鲁迅的思想》而出版。此书1947年易名《人民文豪鲁迅》再版,解放后于1965年重版。"文革"后,又经卢豫冬整理后于 1984 年由上海人民出版社再版。

在孤岛时期,由哲学社会科学家跟文学家结合的这些鲁迅研究工作,非但在当时鼓舞了群众的斗争精神,也为以后直到今天的鲁迅研究,开辟了启蒙的道路。

针对当时的孤岛环境,发扬鲁迅先生杂文的巧妙而坚韧的战术是非常必要的。1939 年 1 月《鲁迅风》杂志问世,由孔另境为经理,金性尧为编辑。许广平、王任叔(巴人)、阿英(鹰隼)、唐弢、柯灵、石灵(孙大珂)等都是主要的作者。

该刊先以周刊形式出版十四期,后改为半月刊又出六期。从集中发扬鲁迅先生的战斗精神和风格来说,该刊同该年出版的杂文集《边鼓集》(系王任叔、唐弢、柯灵、周木斋、金性尧、周黎庵六人合著)都起了同样重要的作用。

"孤岛"还出版了许多纪念鲁迅、高尔基、托尔斯泰的著作,如《新中国文艺丛刊》于 1938—1939 年共出版三辑,其第二辑为《高尔基与中国》、第三辑为《鲁迅纪念特辑》。《新文艺》月刊于 1940 年出版四期,第一期有《鲁迅先生纪念特辑》,第二期有《托尔斯泰纪念特辑》等。

和战斗的杂文,同为孤岛文学特色的,是报告文学的发展。1939 年华美出版公司出版了《上海一日》,是从 1937 年 8 月 13 日到 1938 年 8 月 13 日这一年中,上海(包括郊区)现实生活的反映,有一百万字,包括四百三十二篇报告文学。该书系由梅益、朱作同主编,林淡秋、戴平凡、杨帆等参加编辑工作,作者除骆宾基、陈伯吹、包蕾、周钢鸣等作家外,主要的是工、农、商、医卫、文教等战线的群众。它从各个角度刻画了抗战中上海的真实面貌,留下了珍贵的历史记录。这也可以说是我国现代文学史上的又一本重要出版物吧!

以杂文和报告文学为主的文学丛刊,一直战斗到"孤岛"的最后一天。那是《奔流文艺丛刊》(出版于 1941 年 1 月到 7 月)的续刊《奔流新集》,系许广平支持,由楼适夷、蒋锡金、张满涛三人主持编务,共出两辑,其第二辑《横眉》的出版日期正巧是 1941 年 12 月 8 日,这表明了地下党领导下的进步文学战斗,是贯彻于孤岛时期的始终的。

孤岛时期的话剧工作者也从未片刻停止过呼吸。从早期的青鸟剧社,其后的上海剧艺社、晓风剧团直到星期小剧场的演出,都是在地下党的指引下开展着斗争的。"孤岛"也出版了不少优秀的剧本,如于伶的《花溅泪》、《女子公寓》、《夜上海》;夏衍的《一年间》、《杏花春雨江南》;钱杏村的《洪宣娇》、《碧血花》、《不夜城》等。它们的演出并不限于孤岛一地,而是遍及于抗战时期的祖国各地,这也反映了孤岛文学影响的广远。

1939 年,少年出版社在"孤岛"成立,直到 1941 年 12 月,先后出版了小说、童话、故事、剧本、儿歌、儿童习作和翻译作品等二十五种以上。苏苏(钟望阳)的《小癞痢》、《新中国的少年》;贺宜的《真实的故事》、《凯旋门》等童话;包蕾的《祖国的儿女》、《雪夜梦》等儿童剧,都能把党的声音传播到儿童们的心灵中,为少年读者所喜爱。在全国儿童文学的发展过程中,无疑是有着不可忽视的意义的。

三　碧血丹心话副刊

在暨大郑振铎、王统照和复旦大学赵景深等老师的培养下,我业余练习了文学写作的技能。在党的文学工作者王任叔、艾寒松和王元化等的指引下,我开始执起了文学的战斗武器。从 1938 年到 1941 年我先后在柯灵所编的《文汇报》副刊"世纪风"、《大美报》副刊"浅草"和《正言报》副刊"草原"上发表了许多散文、杂文和报告文学。

当时,由于日军的威胁,"孤岛"的华文报纸接受新闻检查。许多抗日的报刊就挂起了洋商的招牌以避免受检,如英商《文汇报》、美商《大美报》等。《申报》、《新闻报》也都顶起了美商的招牌。当然,"孤岛"的中文报纸有许多是国民党人所办,但它们的文学副刊有时是为共产党员或进步作家所编,这也是抗日统一战线时期的特点之一吧! 进步作家柯灵所编的以上三刊，就具有上述特点。当然，内外的斗争道路也还是曲折复杂的。

《文汇报》由原广告商人严宝礼等人创办，创刊日为 1938 年 1 月 29 日。之前，他曾在福州路会宾楼酒店设宴，请上海文化界人士支持，我曾陪同我祖父钱崇威赴宴。2 月 11 日文学副刊"世纪风"问世。由于柯灵依靠王任叔、钱杏村等的支持，能团结广大的党内外进步作者，又很重视文学艺术的质量，所以能成为"孤岛"最有影响的文学刊物。

留在"孤岛"的作家，如郑振铎（西谛、郭源新）、王统照（韦佩）、赵景深（邹啸）、李健吾（刘西渭）、楼适夷（楼建南）、林淡秋（应服群）、朱雯、孔另境、钟望阳、罗洪（姚自珍）、卢焚（师陀）、陈伯吹、许广平、王元化（洛舒文）、宗珏（卢豫冬）、于伶等都是"世纪风"经常的作者。远处在内地和香港的一些作家如茅盾、巴金（一度曾返上海）、田汉等都有作品发表。"世纪风"还培养了大批年轻的新作家，如何为、陆象贤（列车）、钱今昔（薛璇）、刘以鬯、杨幼生（洪荒）、徐开垒（徐立羽）、束纫秋（越薪）和沈寂等，为以后的文学战线培养了一批生气勃勃的后备军。"世纪风"又刊登了大量的散文、新诗和长短篇小说，在文学艺术上的贡献也是可堪称道的。记得卢焚的长篇《马兰花》就是刊登于该刊的。我曾写了《山林·月·田野——以此献给战地的王》，被以整个一版版面刊登于 1938 年的该刊，那是遥赠给已赴苏北参加抗日武装斗争的王经纬——即陈伟达同志的。

1939 年 5 月 18 日《文汇报》被迫停刊。以后柯灵先后在《大美报》编"浅草"（1939 年 12 月—1940 年 7 月）、《正言报》编"草原"（1940 年 9 月—1941 年 1 月）都能保持"世纪风"的特点，使党在"孤岛"的文学活动能继续保持一片战斗园地。在"浅草"中还发表了延安文学活动和延安作家如郭小川等人的诗和散文。当时龚普生和俞沛文等同志都工作于基督教女青年会和青年会，宣传党的政策和形势。我在"浅草"上发表的散文《默祷》，就是报道参加女青年会的抗日与进步活动的。

当时，《译报》的副刊"大家谈"，先后由阿英、王任叔主编，曾连载谷斯范的长篇小说《新水浒传》和阿英的《建国儿女英雄传》。《大美晚报》的副刊"夜光"、《申报》的"自由谈"、《中美日报》的副刊"堡垒"、《大晚报》的"剪影"等，也都发表了不少抗日救国的文学作品。特别是"夜光"，由朱惺公编，它是介于新旧文学之间的综合刊。朱惺公坚决地抨击日军、揭露汉奸的罪行，笔伐敌人对他的威胁，1939 年 8 月 31 日被敌伪特务暗杀而壮烈牺牲了，碧血丹心，为孤岛文学史写上了光辉的一页。

四　青年文学的光芒

学生运动和文学运动相结合是"孤岛"文学活动的又一特点。例如在地下党学委周一萍同志的组织下，先后出版了《一般》、《译丛》、《文艺》等期刊，适应于"孤岛"各个方面和各个时期的需要，这些期刊具有各自的风格。

《一般》于 1937 年出版，是综合性刊物，由陈伟达和周一萍主编，共出版 4 期。内有张万芳（张可）、孙家晋（蓝烟）、黄子祥（移模）等发表的文学作品。《译丛周刊》出版于 1938—1939 年，由周维平（鸿熹）主编，它以帮助学习英语为名，以英汉对照的形式宣传进步思想，它的资料来源取自《莫斯科新闻》和塔斯社的英文电讯，还有一些取自外国的进步刊物，它一共出版七十多期。文学作品有移模的《铁的堡垒》（即美国左翼作家辛克莱的报道西班牙内战的小说《不准通过》）的长篇连载译作，还有斯诺所译的中国当代小说选载等。1938 年 6 月，《文艺》半月刊出版，这在当时，是冲破孤岛沉寂的文学期刊。担任编委的有暨南大学外文系、中文系、史地系的一批学生，如孙家晋（蓝烟、吴岩）、徐微（舒岱）、张万芳、钱今昔、冯锦钊（华铃）、林祝敔、黄子祥和戴敦复（戴刚）等。周一萍和陈裕年直接负责总务、印刷、发行等工作。校外的文学工作者如许广平、巴人、王元化、林淡秋、蒋天佐、满涛、钟望阳等都踊跃地为它写稿支持。

《文艺》半月刊还刊登过"关于抗战文艺的形式"的座谈会记录。王元化以洛舒文的笔名，写了《关于文学大众化问题》、《利用旧形式并非狭路》等论文，至今读来，仍富有现实意义。《文艺》一直出版到1939年6月，才因经费困难而停刊。它是"孤岛"时期，出版周期较长的刊物之一。

《学生生活》是上海市学生协会的机关刊物，在学协内部半公开发行，创刊于1938年。写稿者大都是暨大、复旦、交大、大同、东吴大学和各男中、女中的进步学生。它反映"孤岛"时期的学生学习和战斗情况，宣传了党的学运方针，抨击了敌伪顽固的反动罪行。暨大学生周桂芳（周方）因在《学生生活》上发表了批评暨南大学当局的文章，被开除学籍，以后，她郁郁致死，至今思之，犹哀念不已。

1939年，《学生生活》被查禁。学委决定公开出版《海沫》月刊。这刊物在形式和笔调上都仿照通俗幽默刊物《论语》，但内容却同《论语》大相径庭，是宣传党的政策和鼓舞"孤岛"青年的斗志的。它具有较大的销路与影响力。为避免引起敌伪注意，这个刊物以灰色的面貌出现，对广大青年宣传党的抗日民族统一战线的方针，所以知者较少。直到1983年，笔者到北京伯拜访周一萍同志，畅谈昔年战斗情况，才了解到这一几乎被遗忘的刊物。

学生所办的文学刊物，主要的还有《杂文丛刊》，是1941年1月皖南事变后，"孤岛"环境恶劣，《鲁迅风》、《东南风》等期刊停刊，在王任叔、艾寒松（阿平）等的指导下，由暨大、东吴大学等学生王兴华（卓武）、钱今昔、吴绍彦、李澎恩、陈次园等主持的半月刊。唐弢、柯灵、巴人、列车、满涛、麦秆、吴岩等都有作品在这刊物发表。它以针对性强的短文、鲜明泼辣的笔锋，揭露敌伪的残暴，抨击顽固派的反动行为。共出版九期，直到1941年11月才停刊。

《生活与实践》丛刊，名为丛刊，实际上也是月刊，系1941年3月由复旦大学的学生徐炜（范泉）和暨大的林祝敬、钱今昔所主持的刊物。
这种刊物都是在党的指导下，由我们自己凑出几期印刷费、自己跑印刷
所、自己校对，连同写稿都不取分文的艰苦奋斗情况下支持下去的。该
刊是综合刊，也刊登文学作品，如远在延安鲁艺的张庚的《蒲列哈诺夫
论易卜生》原稿，系经我们之手在创刊号上发表的。第三期有一篇《窑
洞大学教育》，系由学协提供材料，由徐炜执笔写成，是一篇歌颂革命圣
地延安的作品。此刊共出版四期。

《知识与生活》是 1941 年 3 月姚溱所创办和主编的月刊，刊登的
青年作家作品很多。如王兴华（烁武）所写的《歌谣中所见的妇女》，
歌颂了胶东解放区青年妇女踊跃参军的热情。沈适生的诗《我们的
军队》，针对皖南事变，作者表达了进步青年对新四军的歌颂。我也
用轶槛笔名写了题为《曙光》的散文诗，歌颂了转战于晋西山区的八
路军部队。

《学习》半月刊，创刊于 1939 年 9 月，战斗到 1941 年 12 月才结束。
它系在文委王任叔的指引下，由原社会科学讲习所的部分同学集资出
版的。由韩述之（张钢）主编。韩述之、方行、姚溱、徐达、李铮、范秉彝
等为编委。所刊登的文学作品包括杂文、短篇小说、诗歌、剧本等。
1940 年秋，新四军取得黄桥之战的胜利后，《学习》上刊登了《苏北来
函》、《苏北通讯》等报告文学，在读者间留下了深刻的印象。

1938 年，澄衷中学的几个高中学生陈君良、王鹏飞等，组织了
"野马文艺研究会"，同作家钱君匋（宇文节）、李楚材（林之材）一起创
办了《文艺新潮》月刊。成为上海文学界中的重要期刊之一，共出版
二卷九期。钱君匋等还出版《文艺新潮小丛书》，内有许多优质作品，
如巴金的《旅途随笔》、丰子恺的《亭真集》、靳以的《希望》、何为的《青
弋江》等。也出版一些译文集，如茅盾译的《团的儿子》（卡泰耶夫
著）、楼适夷译的《老板》（高尔基著）、瞿秋白译的《茨岗》（普希金
著）等。

五　通俗文学并肩战斗

"连原来属于鸳鸯蝴蝶派的作家,也出现了不同程度的转变。难能可贵的是,在上海'孤岛'这样特殊的环境下,竟也冲破种种难以想象的困难,汇成了爱国主义的洪流"(注:杨幼生:《上海"孤岛"文学特点初探》。见上海社会科学院《社会科学》编委会所编的:《社会科学》月刊1984年11期,71页和75页。)文学界广泛统一战线的形成与发展,各种流派都在对敌斗争的最前线并肩携手作战,也是党所领导的"孤岛"文学运动的特征。在党的文学政策和团结工作的影响下,"孤岛"时期的多数通俗文学刊物都不同程度地走上了支持抗日,要求进步的道路。

《小说月报》系联华出版公司出版,顾冷观编辑。《万象》系中央书店出版,陈蝶衣编辑。都在1938年创刊,是两本影响最大的通俗文学月刊。它们都在刊物内刊登大量商业广告,篇幅较厚、销路很广,是党的文学工作者所不能放弃的阵地。为适应时代的需要,这两本刊物除刊登张恨水、包天笑、程小青、顾明道等的言情、武侠、侦探长篇连载外,还以大量篇幅刊登短篇小说、散文和剧本,这些却都由周贻白、陈伯吹、阿英(魏如晦)、赵景深、顾仲彝、杨荫深和我等人执笔。记得阿英的剧本《牛郎织女传》就是首先在《万象》上连载的。我为这种通俗读物写的第一篇短篇小说《荷兰的星月》,运用我的专业——世界地理知识,以荷兰的阿姆斯特丹为背景,塑造一个反希特勒法西斯的故事。送稿之前,曾与周一萍同志谈起,恐怕《小说月报》未必敢用。可后来却很快在一卷六期刊出,并由顾冷观转来包天笑先生给我的一封长信,对此文倍加称赞,说是有血有肉,是"说部"中的新芽。事后得知,编者原不敢贸然刊登此文,请包老决定。出于对反法西斯的同仇敌忾,包老不顾当时"日德意轴心联盟"的毒氛,而负起责任。这也表明抗日反法西斯,在当时确是人同此心的。

《小说月刊》是艺文印刷局出版、俞亢泳所编。从1939年到1941

年,出版多年。1940 年 5 月曾出过一期"创作专号",有赵景深、罗洪、黎锦明和我的作品。罗洪所写的《雪夜》,表述了人民游击队锄奸的故事,生动细腻。艺文出版社还出版《名著选译》月刊,曾刊登了屠格涅夫、汤姆士哈代、辛克莱、莫泊桑等人的译作,内容严肃。总之,这种通俗刊物,由于发行量大、广告收入多,能维持较长的出版时期。抓住了它,可使其成为宣传抗日爱国思想和反法西斯的又一阵地。

今天,社会上的通俗文学作品和刊物,为数也是很多的,销路亦很广泛。不可否认,它们对青少年的思想都是有影响的。当今的这类刊物健康的虽也不少,可是,确实也存在良莠不分的现象。我们的文学工作者,对此,应该以什么方法来加以筛选、区分和引导呢? 应如何使它们中的多数都能逐渐适应于时代前进的需要,为社会主义建设起有意义的作用呢? 回顾"孤岛"的工作,联系当今,我想,也许还有一些借鉴和参考的意义吧!

南 平 烟 云
——忆陈向平等友人们

一　昼锦坊的小木屋

抗日战争后期—1942 年至 1945 年,闽中南平西郊约三公里处,坐落在一个小山麓上的几排木造的房屋,便是当年的《东南日报》社。图书资料室占有一间半平房,室内的人员最多时也不过六个人,可是影响力确实不弱,以著名作家陈向平为核心,在复杂艰困的环境下,团结文艺界的著名作家和青年作者,进行了一系列的工作。

陈向平,瘦瘦长长的身躯,浓重的上海大场镇乡音,穿一件旧长衫,不修边幅。他的年龄虽只三十岁,可是在我们这些年仅二十三四岁的青年前面,已有蔼然长者的风度。的确,从他在生活上、工作上对我们的关怀来说,他确实像一位坚毅而慈祥的长者。

到南平后,我和陈向平白天同桌工作,晚上同宿斗室。谈话的内容总不外是文艺写作。当时他正在编该报的文艺副刊《笔垒》和《周末版》,前者每周出 6 刊,后者不消说是逢周六一刊。这两个副刊团结了当时东南区的文风各异的各派作家。我记得靳以、王西彦、许杰、杨潮(羊枣)、徐君藩、蒋文杰、陈伯吹、王造时、陈友琴、钱景长、野夫、西厓、金尧如、王季思、蔡振扬、赵家欣、施蛰存、周丁、周问苍、文起衰、沈轶刘等作家,都替《笔垒》写稿。还不时有青年作家的作品展现青春的光芒,印象特别深刻的是玲和蔓,这两个女孩子。玲,我有较多的往来,蔓,曾见到她美丽的倩影,至今还留下十分俏丽的文风印象。陈向平自己曾用"双溪一士"的笔名写了很多篇浙赣线撤退情况的报告文学,深刻地揭露了战争的残酷和它给人民的苦难。至今思之,仍是鲜明有力的历史见证哪!

我来自上海,在陈向平的鼓舞下,于 1943—1944 年间,在《笔垒》上以断续连载的方式写了十四篇报告文学,总标题是《上海风景线》。内容是报道 1941 年 12 月到 1942 年 4 月,我在上海目睹日军和汉奸的残酷剥削、血腥屠杀人民的恶行和人民英勇机智的反抗。后来由"战时文化供应社"集编成单行本出版。为了争取广大读者的共鸣,经我同陈向平反复研究,表现的方法上,纯粹用了新感觉的文艺技巧。要用新感觉的光、彩、声响、立体感来反映战斗的内容,本是一件大胆尝试的事。为此,我常和陈向平讨论到夜深人静,在内容和形式上取得把握后,我才在那电力不足、淡如红丝的灯光下,振笔疾书,写下一章半段,每到积成一篇,才交给陈向平斧正发刊。此情此景.常系心头,宛如目前。

陈向平那时是孑然一身,患有肋膜炎重症,在缺医少药的东南区,痼疾缠身,编副刊又只一人,真可说是心力交瘁。可是他却把《笔垒》当作生命一样对待。在他的案头、抽斗和房间中,唯一的财富就是一叠叠作家的原稿。他对来稿,不分作者成名与否,无不一一细看,然后用一叠文件夹,分为"急用"、"待用"、"可用"、"退稿"等许多类别,一一归类。每逢空袭警报,大家逃往山凹暂避时,他所携带的就只有这些稿件。因为他长年累月花了大量精力在上面,所以 1943 年夏,他到福州养病数月,委托我兼代编辑《笔垒》时,我还能勉力完成他托付的几个月编务。此时起,《周末版》就改由蒋文杰接编。

1945 年,可能是 5 月间吧,陈向平病重,两次到福州养病。《笔垒》和《周末版》改由袁微子主编,吴微明助编。病中的陈向平仍不忘《笔垒》,常来信提及,并多次称赞袁微子的编辑工作。的确,袁微子无愧是陈向平的继承者,而《笔垒》也确是陈向平梦魂之所萦呢!

二　东南区作家的聚合处

那小小的木屋,还经常是东南区作家的聚合处。举几个例,如宦乡、杨潮、吴大琨、靳以、王西彦、徐君藩和宋秉恒等便是常来者。

杨、宦、吴三人多次联袂来访,有时就在那小木屋中,同陈向平、蒋文杰、我、胡今一起聚谈。从太平洋战争、苏德战争一直谈到为政者的无能、社会的黑暗面,日军和汉奸的虚弱等,使消息阻塞的东南区作者也能明确笔耕的方向。

靳以和王西彦当时都执教于水南的福建师专,和昼锦坊一水之隔,时常乘一叶扁舟来到我们的小木屋。南国的冬季微寒,围着一只火钵,烤柑橙,静静地谈着写作计划和文艺运动。王西彦的长篇小说《神的失落》就首先连载于《笔垒》上。另外,通过陈向平和我的关系,还由"国民出版社"(同《东南日报》一样,都是胡健中先生所主持的)聘请靳以主编《文艺丛书》。出版了《鸟树小集》(靳以著)、《人世百图》(苏麟著)、《奴城传奇》(令孤令德著)和《红灯》(李满红著)等。王西彦的《神的失落》,后来亦结集为单行本,同他的另一长篇小说《村乡恋人》一并由永安赵体真主持的立达书店出版。

徐君藩和宋秉恒亦执教于福建师专,他们曾多次光临小木屋中。

那时蔡振扬、赵肃芳也都工作于资料室,周丁则在距那儿不远的《南方日报》编文艺副刊。那时,大家时常谈到的是替徐君藩主编的《现代青年》月刊写稿的事。《现代青年》刊登了我、靳以、孙用、沈炼之、蒋文杰、蔡振扬、许天虹……等作家的作品。陈向平也是有力的支持者之一,当我们为该刊写稿时,常同陈向平讨论,他总是一面看稿,一面在那瘦弱的脸上,边说边笑地表述他的一些精辟见解。

三 团结东南区漫画木刻作家

1943 年至 1945 年,我接编了《东南图画半月刊》。主要是用塑料版、铜版、锌版、木刻版联合付印的。那时中国内地铜锌版奇缺,《东南日报》在胡健中、朱苴英的经营下,是少数几家拥有铜锌版材料和制版技术的大报之一。塑料版开始由美国试验制成,首次在中国应用。所以《画刊》很引人注意,同《东南日报》一样,流行于全国各地。

《东南画刊》除刊登时事照片外,还专辟一版刊登漫画、木刻、文艺小品、影星、音乐家的影像等,称为"文艺版"。此版的筹备,全靠陈向平的支持。是他先把一大叠东南区著名漫画木刻作家和画家的通信地址交给了我,叮嘱我在画刊开辟文艺版。几经曲折,终于完成任务。从此我经常和漫画木刻家通信或往来。那时常为"文艺版"动笔或动刀的,有杨可扬(阿扬)、邵克萍、章西崖、萨一佛、钱景长. 张贻谷、秉恒、裘堂、吴平尼、朱鸣冈、柳村、肃芳、枫野、梁青蓝等人。可以说是团结了东南区绘画、漫画、木刻作家的大多数。其中如阿扬的"筑路工人"、"作家之家",钱景长、裘堂的"闽中工人"、"农民生活印象"等作品,笔调鲜明,主题深刻,都为东南区青年们所爱好。

我清晰地记得,有一次原在江西的杨可扬、邵克萍到南平来举办漫画木刻作品展览会。陈向平便陪我一起去访问他们,归途去看了任教于剑津中学的章西崖,畅谈了漫画、木刻在美术领域中的特殊作用,是无可代替的,是有灿烂的艺术前途的。

这,大大地鼓舞了我编画刊的意志。使我终身,至今还喜欢收集和欣赏各种画集、影册,引以为人生的最大乐趣之一,也使我永恒地纪念着陈向平对我这方面的引导。

四　黄金山顶话演出

1943 年 2 月到 1944 年 9 月,我曾兼职于南平的剑津中学。学校坐落在市区的黄金山顶上,沿整齐宽敞的石磴而上,在一片翠峰绿林中,芳草如茵,鸟鸣蝶舞,开辟出几片平台,分散而义系连着剑津中学的男部、女部和华南女子文理学院,在鼙鼓动地、烽火连天的战时,黄金山上的生活不啻是人间仙境,是我一生回忆中最美的一段生命。

我是高中部的语文和地理教师,还参与了进步师生所组织的话剧演出。因此之故,我常同东南区的剧团接触。半个世纪后的今天,翻阅手头犹存的资料,还可查阅到当时演出于南平的一些话剧,如《家》(巴金原著,曹禺编剧)、《重庆 24 小时》,以上均江苏学院演出;《女子公寓》(于伶编剧),剑津中学剧团演出;《结婚进行曲》(陈白尘编),前锋剧艺社演出;"独幕剧交响曲"(包括《烙痕》、《龙王庙》、《万年青》、《义薄云天》和《醉生梦死》五个短剧),由南平话剧团体联合演出(剑津中学剧团亦曾参与);《秋声赋》(田汉编剧)、《杏花春雨江南》(夏衍编剧),已失演出单位记录,等等。当时剑津中学高中部的一些学生如钟芝明、蔡启凤、郭守蔚、崔惠卿、吴淑晖等,都是亭亭玉立,花容月貌的少女,王之豫、蔡启鸿等也是英俊有为的少年,常是这些话剧的主角或配角。如今有的已为著名的教授、高工、主任医师、企业家了,而且也大都年老离、退休了。

除话剧之外,音乐工作者也常在南平演出。如永安音乐专科学校的《黄河大合唱》,剑津音乐团的美声音乐演出等。后来成为上海歌剧院著名女中音演员的王之湘,便是当年活跃于南平乐坛的一员。1944 年 11 月,福州市格致中学音乐团,由英人福路、薛爱平、薛挺美、陈志豪、史继德等率领，来到南平黄金山，在剑津礼堂举行了两天精湛的演出，除了以钢琴、小提琴、声乐等表现李士特、肖邦、莫柴、孟德尔逊、施特劳斯等人的名曲外，还演出了福路自编的《民族的奋斗》歌剧中的乐章"沦陷的悲哀"，以一·二八时期上海工人救亡运动为主题，情调热烈悲壮，受到了观众热烈的欢迎。

为扩大这些话剧和音乐演出的影响，必须动员舆论广泛宣传，引导观众了解剧本的意义。由于我兼任剑津剧团的宣传主任，所以陈向平就把写剧评和乐评的任务交给了我。我就以今昔、薛璇、斯丁、思佩等笔名写了以上许多话剧和音乐会的评论，由陈向平发刊于《笔垒》上。

陈向平、蒋文杰、胡今都是我写这些评论的支持者。记得在剑津中学的所在地黄金山顶上，我的一间精致的小卧室内，多次约集来南平演出的剧人和音乐家交谈，征询对评论的意见，主要还是研究如何用文字突出剧中或曲中的主题，以传播真善美的战斗思想意识。陈向平就曾多次参与聚谈，发表他精辟入微的意见，往往是我最乐于听取的。

每次聚谈后，我总匆匆离屋，回到昼锦坊的小木屋中，写下那一篇篇剧评或乐评。陈向平也总是等候在旁，在副刊上预留地位，一等我写好，便立即发稿排印，以争取第二天立即见报。这是因为他觉得话剧、音乐演出的日期都很短，必须在演出期间见报，越早越好，可以及时把艺术的暖气吹拂观众渴望的心田。因此，至今披阅这些文件时，我总感到，虽由我一人所写，实际上都渗进了艺苑同伴，特别是陈向平的许多宝贵心血呢！

五　短短的尾声

抗日战争胜利后，1945 年 11 月我就离开南平，返回上海，时间像火箭，一霎间已三十八年了。我虽无缘再到南平，重睹那双溪的清流，环山的青翠，可是回忆那些呼吸与共的友人们，总会生出浓郁的感情，无限的遐思。

闽江月明挚友情

1991 年的 11 月,我又一次到达福州,下榻于仓前山的福建师大专家楼内。几天的会议,还有几个地方的游览参观,白天是够忙的,可深夜梦回,万籁无声,眼前总会晃现出四十年代前期生活、呼吸于南平、福州一带的美丽的回忆断片,给我以甜蜜,给我以怅惘,给我以无法排解的深沉的眷恋。

那是第二次世界大战期中的太平洋战争爆发后,我来到福建南平,在《东南日报》做编辑。生活是艰苦的,可编辑部的一群年轻人,相濡以沫,为时代、为人生的笔耕工作,却为那青山绿水留下了永恒的记忆。

后来成为国际名记者的陈石安先生,1991 年 10 月 11 日由台北寄给我的信上所说的:"每与前《东南日报》旧友通信,都会回想到,40 多年前夕在南平昼锦坊那一段的往事。在战争期间,我们住在山坡上,生活环境优美,工作愉快,尤其是同事间相处如一家人,真是过着世外桃源一般的生活。抗战胜利后,我们各奔东西,很少有那样的环境,那样的同事,那样和谐的精神,所以成了一生中难以忘怀的往事,谅你也有同感。"

陈石安,生于 1920 年的福州,小我二岁,那时年仅二十三四岁,可已历任《大成日报》、《中央日报》(永安版)、《东南日报》的编辑了。他的小说、诗歌和散文已在福建多种报刊上发表。他戴着细白色克罗米边的眼镜,比中等稍矮的身材,白白的皮肤,温文尔雅的书生风度。所写的文学作品、特别是以苓凭、江南秀为笔名的散文,更明丽夺目、隽永含蓄、韵味无穷。他常跟我坐在那家小饭铺的临江小阁中,饮着茉莉花茶,吃着山间特产的红米饭、简单的菜肴,几乎每餐都有着竹笋,久而舌端发麻,可是纵谈古今中外,常有茶逢知己千句少之感慨。当然,那时围桌而谈者,还有一群情趣相投的青年文艺作家。

林葆菁,福州人,由陈石安陪伴来相聚,她是绮年玉貌的青年女作家,朴素的衣饰掩不住她青春的娟美,白皙的鹅蛋脸,水灵的眸子,矫健的身影透发出南国女作家特有的聪慧、优美的风度。她虽只二十出头,却已是福州的《福建民报》副刊《纸弹》和《南方匠墨》副刊《前哨》的主编;笔名笛尔、李秀秋,所写的散文和杂文,以其清秀脱俗的笔调风行于八闽。每当回忆她在资料室或临江的小饭铺同我们娓娓而谈一些诗与散文的创作或欣赏见解时,她那轻柔的、和蔼的仪容和声音,爽朗干练的能力和风格,伴随着那清澈见底、闪亮着彩色石卵子的闽江都历历如在目前。

啊!闽江,闽江上阳光灿烂,闽江上友情深挚。我不禁又想起了林葆菁的三句小诗:

天与水、水永远与天连,

天净水平寒月漾,

水光月光两相耀。

闽江月明水清,闽江的上游沙溪和建溪,分别从不同的方向,穿越了层峰叠翠,森林峡谷汇流于南平,形成了闽江干流向福州流去,经马尾而注入于浩瀚的东海。

在南平的江滨,特别是双溪汇流处漫步或静坐,眺望着一轮明月,从峰峦间升起,普照着静穆的峡谷,把清光洒向开阔的江面,潮流潺潺,逐朝逐夜,恍在神仙世界。此情此景,我同振扬曾共有之,也曾同肃芳同享。

蔡振扬是广东澄海人,可是祖籍却是泰国。他是一个诚笃的青年君子,虽只比我大一岁,可是老成持重,有如长者,他不苟言笑,却对友人肝胆相照,而笔下生风,文思敏捷。曾以国际经济文章见长,也写作小品和从事翻译。他的夫人林兰,年轻活泼,开朗能干,同是可亲的友人,性格却截然相反。相反则相成,在夫妇关系上往往是如此的。

赵肃芳,比我小三岁,福州人,但他个子较长,体格强健,所以相处于一室,漫步于江滨时,我并不把他作小弟弟看待,仿佛是同年龄的昵友。他是一个漫画木刻家,那时已经成名。因为他在中学时代就曾发表作品,抗战前夕便与萨一佛等编过《十日漫画》,所以在我主编《东南画刊》时,他是我得力的合作者,除常有佳作在画报上发表外,还有文艺作品中的插图、报头、刊头等也大都是他所画或所刻。他可以说是风雨同舟中的知友,常一起讨论画刊的编务。

昼锦坊在闽江北岸,隔江之南岸,人称水南,有当时颇负盛名的福建省立师范专科学校。执教于此的徐君藩,是年长于我4岁的福州人。一水之隔,不能阻止文友们心的相通,在对文艺女神的追求上,在对真理和正义的执着上,在对真善美的爱好上,我们都有着共同点。

徐君藩是活泼与沉着兼具的青年作家,他的谈吐洒脱而又踏实,知识的渊博和待人的诚挚是他的特色。他曾以均凡、徐扫等笔名,在《东南日报》和福州《小民报》等副刊发表了幽默讽刺的小品文、散文和杂文。那时他正在主编《现代青年》月刊,那是一本十六开的水平较高的综合读物,从选稿到编排上都煞费心血,是显而易见的。

徐君藩常同宋秉恒乘一叶扁舟,渡江来到《东南日报》,或是在资料室内,或是在我同陈向平两人共有的小寝室内,交谈替他所主编的刊物写稿的事,或是谈谈陈向平所编文艺副刊《笔垒》的组稿事。我们围着一只火钵烤着柑橙,边谈边呹的情景,从心之扉页上,通过记忆之手的翻阅,跃然于眼帘之前。如此深刻的友谊,人生真是难得呵。

1942年至1945年,四年的时间,虽说是短促的,可是那人生道路上的绚丽画面,一幅幅地映现在脑际,虽说环境是艰苦的,可是纯正的友情却充实了生活,克服了艰辛。

友情!是的,是友情,是"当时不经意,过后无限深"的友情。

友情还有说不尽,写不尽处,很多,很多。

回忆那时,年轻的我曾以薛璇、思佩、镜前、斯丁、文时等许多笔名发表了不少小说、散文、杂文、诗等等,倾吐着自己年轻的心声。那些抒情的散文,从未署过真名,可是却从福建省的许多城市里,福州、永安、漳州、泉州、闽清、莆田、建阳，寄来了许多青年读者的来信，相识或不相识的，更多是不相识的，都给了我意志的甘泉，情绪的安抚，生命的毅力。我的一些文艺创作的主张："文学、图画和音乐的结合"、"通过各种形式都可表现进步的内容"、"真善美是文艺创作的永恒主题"等，在福建的报刊上发表后，也得到了文艺界和青年友人们的鼓励。

已隔了那么绵长的岁月，那些信，那些语音，还深印在心坎中，容我借这一页篇幅，向他们致以深沉的感激心意。

时至今日，半个世纪过去了，虽则在自己的本专业上出版一些专著是常有的事。可已离开了文艺界那么多年，隔行如隔山，再想出版一本薛璇的散文集是十分渺茫的，可我每想到那么多友人们的温暖的鼓励，他们所给我的永恒的生命的毅力，将是我在人生道路上迈出那最后的几步时，足够、足够的力量了啊！

1945 年 11 月我离开了福建，回到了上海。曾在 1946 年春的《茶话》月刊（顾冷观编）第一期上发表了散文《一别四年》，向上海的友人们，报道我四年内在福建的文艺工作以及同福建友人们的韵事。此年，又在《月刊》（沈子复编）第二期上发表了回忆录《沙漠中的灵芝——福建文化界印象》，全面系统地报道了四年间福建的主要报刊、出版社和出版物的动态。

1984 年，由中国作家协会福建分会、福建社会科学院文学所、福建师大中文系合编的《福建新文学史料集刊》第四辑上发表了我的《南平艺林烟云》回忆录，比较全面地叙述了 1942—1945 年期间福建的重要文艺活动和主要文艺工作者的风貌。现又写成此篇，主要是纪念我那时和几位福州籍的文艺作家的往事和真挚的友情。人生短暂，友谊长存，在这大风大浪的世纪里，一叶扁舟，同舟共济；回首前尘，往事历历，沧海月明，蓝田日暖；庄生晓梦，望帝春心，这一切岂不都是闽江畔的友情、诚挚的友情、深厚的友情，所赐予的永不磨灭的诗情、画意、乐音、爱心吗？

怀念孔另境
——怀念与另境三十四年间的深挚友情

一　孤岛茶叙识另境

距今已是六┃四年了,1938 年抗日战争初期的上海孤岛,四周是黑暗的沦陷区,只有市区是英美法等国的租界,宣称中立。日伪军不能进入,抗日救国和反法西斯的民主运动还能广泛展开。年方二十的我,那时是暨南大学的学生,正在读双学位。正系是史地系,副系为中国文学系。在周谷城、郑振铎、王统照等教授的殷切鼓励和指导下,常在一些报纸杂志上发表散文、小说、新诗和论文。

大约是初夏,我收到一份请柬,是柯灵和胡惠生(《文汇报》编辑部主任)联名,邀请到环龙路(今南昌路)锦江茶室参加作者座谈会。我很兴奋,立即赶往,只见锦江门口有穿西装的瘦瘦的柯灵和穿长衫的微胖的胡惠生。热烈握手迎入,进入餐厅,已有二三十位作家就座。座谈会开始,先由与会者一一作自我介绍,然后自由发言。

那天到会的有王任叔、唐弢、周木斋、孔另境、金性尧、周黎庵和陆象贤等。使我从本来只认识各个大学的文学教授之外,又认识了许多学校外的作家。他们大都无拘无束,畅所欲言,拓宽了我的视野,内心是很愉快的。其中,印象特别深的,是孔另境。

孔另境生于 1904 年的浙江桐乡乌镇,和他的姐夫茅盾先生是同乡。中等稍高的身材,挺直而饱含精力,虽然已跨入了三十四岁的中年,可那浓重的浙东口音国语铿锵有力,表现了性格的开朗、豪爽和执著。那天他正巧坐在我的旁边,由于柯灵在我的自我介绍后,曾穿插了几句话:"钱今昔,今昔的意思是今天与昨天,也就是 today and yesterday，present and past。"另境就拍拍我的肩膀说："今昔啊，你是学史地的，正适合今、昔两字。文史地有密切的内在联系性，盼我们今后多多联络。"他的语言诚恳，使我不禁伸出双手握住了他的双手说："你以东方曦的笔名写的杂文，我读了许多。今天识荆，真是三生有幸，请多指教哪！"

这就是我第一次见到另境的情况。那时，另境正和郑振铎、王任叔一起，为世界书局主编《大时代文艺丛书》十一册，文名甚炽。我和吴绍彦、王兴华等创办《杂文丛刊》，和范泉合编《生活与实践丛刊》，请他撰稿，他都在百忙中为我们几个文坛小友执笔。他的生活贫苦，可送给他稿费时，他往往婉拒，说："你们的刊物，都是几个小青年省下零用钱而创办的，经费很少，我为革命尽一份力，便是最大的酬报。"这种毫无作家架子、热诚支持文学青年的纯朴行为，虽经六十余年流光的冲洗，脑海中的印象仍清晰存在，永不消逝。

1941年12月8日太平洋战争爆发，日伪军队占领市区，结束了上海孤岛时期。因日伪方面要逮捕我，所以我即离开上海，到闽北抗日山区工作。就此和另境一别四年，直到1945年冬返沪，才又聚首。

二　同气相濡忆另境

1945年冬我回到上海，一些报刊刊登了我的行踪。孔另境、林祝敔、戴敦复和范泉等知友都到《正言报》编辑部来访我，欢叙别情，感叹当前，遥望未来。

我在《正言报》曾担任采访主任、副总编辑等职。另境等友人来访，所谈的大都是古今中外的文学家和文学作品。鲁迅、茅盾、巴金、郭沫若、雨果、托尔斯泰、屠格涅夫、海明威、沙洛扬都是我们谈得最多、最钦佩的一些作家。

另境于1943年曾为世界书局主编过五辑《剧本丛刊》，计五十册之多。有李健吾、吴仞之、袁牧之、顾仲彝、鲁思等执笔。他自己也写了

《李太白》、《凤还巢》、《沉香记》、《蛊惑》、《春秋怨》等五部。1949 年,他又出版了《红楼二尤》(正言出版社出版)。这些剧本常在上海舞台上演出,对观众有广泛影响。

排练话剧要有场地,进步话剧团经费一般拮据,其中一部分如《李太白》、《杨贵妃》等曾通过我的关系,借中国新专的大礼堂排练,免收费用,并协助推销戏票,在报刊组织剧评。

1947 年开始,由于《正言报》受中共地下党策动,刊登学生运动、工人运动的活动较多,频频受到国民党顽固派的警告,岌岌可危。为预留生活后路,我到江湾中学兼职。

坐落在江湾镇边的江湾中学,时当草创。四周是碧绿的农田,小桥清流。校舍数幢,规模初具。由于校长陈汝惠,受其兄陈伯吹的影响,立志办成有质量的新型中学,遍聘名师来校任教,例如孔另境(语文)、朱滋礼(数理)、李伯黍、严婉宜(外语)、汪刃锋(美术)、丰村(语文)等。民主进步,刻苦钻研是该校的学风。因为僻处农村,名声不大所以在白色恐怖下,尚能保留着一些清新的气氛。1948 年 10 月《正言报》被国民党封门,我的大部分时间就放在了江湾。

从 1947 年到 1949 年,我和另境同事了。当时他家在北四川路虬江路口的一家粮店楼上,我家在虬江路吴淞路口的普益里二楼。两家相距只七八分钟的步行路程。几乎是每天上午同到附近的虬江路车站。乘小火车到江湾中学,下午同乘小火车返家。两人无话不谈,从文学谈到地学,从国内谈到国际形势,从家庭妻儿子女谈到未来的理想,期盼着解放的早日到来。他的理想为实现无产阶级的文学观与办学而效劳。我的理想是进入著名大学研究马列主义地学。他通过茅盾先生的经常通信不断地把革命文学的信息告诉我,我也常把革命战争的胜利进程传达给他,我们就这样地互相鼓励着。

我在学校中教的是语文和地理,并兼任图书馆长。购书经费很少,我向校内外的师友发起了一人一书募捐图书活动。另境把他所主编的、由春明书店出版的《文学丛刊》全套捐了出来,其中有鲁迅、巴金、茅盾、郭沫若、郁达夫等作家的选集。还捐赠了他所著的《横眉集》(和柯灵、唐弢等合著)、《庸园集》,所主编的《新文学》等书刊。我也把自己珍爱的《鲁迅全集》和《海明威小说选集》(英文本)、《房龙地理》等捐出。伯黍、滋礼等捐了许多理科读物,一下子树立起了一个小小图书馆,另境和我的心情都是十分欢快的。

三 文地结合念另境

1949 年 5 月上海解放,另境和我都实现了自己的理想。另境经民主人士胡厥文、王造时的敦请,出任大公职业学校的校长,继续开展他办学的鸿志。

大公职业学校,是五年制职校,校址在吴淞路南段,内分机械、土木和商业三个专业,学生四百余人。这在当时,已是很大的学校了。因为校址距我们两家都很近,我妻朱育平毕业于国立商学院,曾是银行和工厂的会计,在该校担任银行会计学、货币学和簿记学等教学,所以我们两家往来更多,夫人之间也有交往。

担任校长期间,另境有许多文学界的活动。他希望我能如过去一样,抽出部分业余时间参加文艺活动,他曾领我参加一些文学界集会,如肖三、艾青的报告会、欢迎会、座谈会等。

但新中国成立后,对地理学工作的要求增多。主要是研究自然环境对人文经济发展的互相影响,为生产部门和地区制订经济结构发展或生产力布局的可行性研究、规划和计划等。我受命筹组上海市地理研究会,担任科普地理组干事,人民电台科学与卫生栏目特约编委,一些地理刊物的编委等,并调入华东师大地理系执教。教学与科研的交织占用了我的全部时间,从此脱离了文学生涯,有负于另境对我的期望。可私人的交往仍如往昔。

另境担任几年校长后,即辞职,前往山东济南担任齐鲁大学中文系教授。但当地工资较低，不能维持一家老少的生活。约一年余，另境辞职返沪，经由我友胡济涛的敦请，出任春明出版社总经理。

另境本来也是一个卓有魄力的出版家，春明的摊子虽然不大，但以他的胆识和能力还是可以一展抱负的。他邀请施蛰存出任总编辑，何求、金性尧等担任编辑。使该社成了上海出版界的一朵新葩。

春明出版社出版的《新名词词典》，是胡济涛于解放前1946年就着手编写的百万字的大型综合性辞典。1949年上海刚解放，就立即出书，那时读者们学习文化知识的热情如火如荼，而同类书籍都未及问世，所以销路鹊起。可是它毕竟只是初创阶段的作品，内容和文字还不够成熟，舆论界也多意见。另境就来找我商量，于1952年约请二十位各科专家对全书进行审稿、修改和补充。文学艺术教育等方面，由他约聘专家，理工史地等由我负责约聘。我便约请了顾颉刚、蔡振扬、张孟闻等专家一起完成了任务。到1956年，七年间重版三十余次，销路广达100万册，是当时上海最最畅销的书籍之一。

为了实现我们"文史地是密切相连的"的共识，另境还委托我主编了一套《新地理学丛书》。1951年至1952年先后出版了《我们的地球》等系列读物。其中《我们的地球》曾用作上海市中学地理的代用课本之一，这些书的编者都是当时的大学教师。

《新地理丛书》原本还想多出几册，但那时全国大学院系大调整，许多大学合合分分，教授们任职的地区频繁调动，心不在焉，有几册就告吹了。不过，春明出版社还是为中国地理学的发展留下了史迹。

以后，我的家搬到了沪西的中山北路华东师大一村内，距北四川路很远。又因各人的专业不同，同另境的往来就日益稀少了。

四　狂风暴雨哀另境

从1955年的反胡风集团运动开始，文学界人事往来很稀疏。只有另境，还能在政协文化俱乐部饮咖啡或吃点心时偶然遇见。那时春明出版社已经合并到文化出版社，他被分派到上海出版文献资料编辑所做编审。两人相见，偶尔谈谈地理、电影娱乐等等。这真可以说是我钻"禹贡"，另境置身于"文心雕龙"。然而，浓厚的感情却是无法冲刷掉的。

时光的列车驶进了1966年，我虽未被大风大浪毁灭，但作为知识分子的一员，却也多小风小浪、中风中浪的冲击。直到1971年才告一段落。由此我想到了文学界的许多朋友，1971年初夏，到静安寺的老大房购点心，忽遇见江湾中学的老同事凌仁（林辰），他告诉我另境的情况。我立即赶到北四川路粮店的楼上，见到了另境。昔时豪放、坚昂的另境已变得那样衰老，瘦骨嶙峋，躺在室内的一只藤榻上。见我到来，他挣扎着挺起了约二十五度的身子，仍很热情地招呼："老钱，能见到你真不容易哪！"

不久后，我被派往浙江平湖去开门办学。到1972年又由凌仁传来噩耗，另境已撒手尘寰，结束了他为文学，为出版事业，为教育事业而艰苦奋斗的生命。

时间又过了卅余年，2001年4月14日晚，另境的爱女海珠来我家闲聊，海阔天空，交谈甚欢。她归去后，我忽忆起和另境从1938年到1972年长达三十四年间的深厚友谊，振笔疾书，写下了一首七律：

危哉孤岛百丈涛，

铁狱奈何壮士志。

采文立雪常建树，

岂料乌云笼八极。

相识世纪笔风豪，

荆丛竞出鱼肠刀。

禹贡雕龙竟分曹，

瑞光普照何处桃。

　　诗中,"世纪"是指 1938 年的那次《文汇报·世纪风》茶叙会。"铁狱"是指 1944 至 1945 年上海孤岛沦陷后,另境为日军拘捕,陷身黑狱,饱受拷打而矢志不屈的英勇事迹。"鱼肠刀"当然指的是"鲁迅风"杂文,在日伪统治的荆丛中不顾生死,挺身搏斗,为中华文人写下了可歌可泣的一页。

　　如今,数十年岁月过去,另境的平生所学所树,都经他的爱女得以更大地发扬。毕生拼搏于文学、出版事业和教育界,卓有成果的老友另境该会含笑于缪斯的园圃中吧!

忆胡山源先生

一　今昔忆山源

　　从 1937 年 11 月到 1941 年 12 月,上海的四周已被侵华日军占领,只留市区一方坎,还能容爱国志士为民族存亡作殊死斗争,这便是"上海孤岛"时期。1941 年 12 月 8 日,太平洋战争后日军进占市区,沦为沦陷区,孤岛便结束了。近年来,有些出版物、电视剧、电影把上海市区沦陷时期也称为"孤岛",那显然是错误的。

　　上海孤岛四年正是我就读于暨南大学的四年,也是我从事于进步的学生运动的四年,许多大学的教授,例如本校的郑振铎、王统照,外校的赵景深、胡山源、范烟桥等都跟我有着超越一般师生之谊的交往。

　　和胡山源的相遇,是在他主编《申报·自由谈》时,他通过赵景深教授向我约稿。因为他是前辈,我就先到愚园路的公寓去拜访他。在客厅中看到了昆剧传字辈的演员们,如张传芳、朱传铭等正和胡教授一起共唱昆曲,切磋艺术,他的夫人方培茵也在一起。好在当时的传字班,还是初露头角的青年演员(后来他们都成为负有盛名演员),和我原本认识,所以就停止演唱,展开了自由自在的聊天。

　　那天我带去了用笔名撰写的两篇散文《燕和雁》、《消息》,很快就在

《自由谈》上发表了。那大约是1938年年尾或1939年春初的事。

初次同山源见面，给我印象最深刻的是，他研究中国文学，包括对中国戏曲文学的研究，能够以理论结合于实践，像赵景深先生一样，是高于一般，能言而不能行的。

以后，同山源的往来较多。他曾问我，为什么要用陌生的笔名而不直署今昔，在《自由谈》发表散文或诗。

我的回答是，今昔写的大都是激昂慷慨的抗日与反法西斯作品，而《申报》虽是抗日阵营中的一员，可却是比较谨慎胆小的，怕因刊登署名今昔的作品而不利于山源。山源听后，不禁哈哈大笑，紧握着我的手说："希望今昔多多出现于《自由谈》，《自由谈》是真正的《自由谈》，我是不怕的。"

我很感动，就以今昔署名，于1939年在《自由谈》上发表了不下20篇散文和新诗，发表的时间相当集中，约两三个月时间。到1940年春夏之际，山源辞去《自由谈》编务。继编者虽仍来信约稿，但我以风格不同，失去了兴趣，再未为该刊写稿。

在为《自由谈》写稿时，我还曾以秀碧的笔名在该报的另一副刊《春秋》上发表以"街头杂写"为副标题的一系列"报告文学"。我觉得虽然人们认为《自由谈》是新文学阵地，《春秋》是鸳鸯蝴蝶派旧文人园圃，可是从团结抗日，同仇敌忾的角度出发，不应太存蒂芥。这一浅见，我曾分别同山源和《春秋》的编者周瘦鹃谈起，两个前辈都明确同意我这个后辈的意见，鼓舞了我工作、写作与学习的毅力。

1939年苏德战争以后，苏中美英等国结成同盟国和日德意轴心国展开世界规模的大战，那是民主与法西斯的殊死决战。曾有荷兰友人访问我，提出ABCDS联合作战就是V的设想，那是用五国英文名的第一个字母，America（美国），British（英国），China（中国），Dutch（荷兰），Soviet（苏联）组成的$A+B+C+D+S=V$（Victory）的新颖思路，通俗易懂，可以鼓舞士气。我就以此为题，寄托于一个有趣的故事中，写成一篇约两万字的中篇小说《海》。那时,孤岛的环境很险恶,日军武装部队虽不能进入市区,但他们派遣特务汉奸、流氓用炸弹、暗杀、绑架等恐怖手段残害孤岛的抗日志士。《海》的火力极猛,原来约稿的刊物编辑有些害怕,我曾同山源谈起,他就说,"快些拿来,在《正言文艺》上刊登。"

《海》很快就一字未删地在《正言文艺》上,以最显著的地位,分两期刊完了。对此,我一直很钦佩山源先生临危不惧的勇气。记得,那已是1941年春天的事了。

大约从1940年春到1941年11月,孤岛的出版事业很发达。出版了许多文学期刊,拥有较多的读者。当时有许多读者,也包括一些作家曾来问我,是不是有一个或几个文艺社团来组织那些稿件,我的回答是很干脆的,就是"没有"。那一群作家有的虽相识,却没有共同组成任何一个文学团体,有的却并不相识。仅仅是因为时代的需要,读者的爱阅,在爱国的、进步的氛围中,美的文学,思想性、艺术性与可读性的结合,使许多刊物的编者不约而同地、频频向他们约稿,自然形成了这种局面。

当然,好景不长,1941年12月8日,太平洋战争爆发,日军进入上海市区,结束了弥可珍贵的孤岛时期,也结束了那为时甚短,仅约两年的上海小说创作的旺盛时期。这一短旺时期,如今似已为文学史研究者忘怀,如能发掘,可能是件有意义的事。山源先生在那段时期贡献是巨大的,希望胡山源的研究者能从中再探索一下吧!

1942年春我离开了上海,抗日战争胜利后的1945年冬,返回上海。虽然我的工作很忙碌,可仍到新闻报社看望了山源,畅谈了一些文艺创作方面的见解,以后又在中国新闻专科学校教授宴请会上见面。

四年匆匆过去,建国以后,我归口于地学专业的教学与科研工作。同文学界的友人们很少往来,也包括同胡山源先生未能再见过面。只是在五十年代初,听郝楚谈起,山源已到福州,担任福建师院中文系主任,心中也就安定了。到 1991 年,我应邀参加一次"上海孤岛文学回顾"的座谈会,遇到了沈寂,听到山源的坎坷遭遇,并知已经逝世,几乎为之泪下。

二　在近代文学上的两大贡献

杨郁主编的《胡山源研究》已于 1994 年由江苏文艺出版社出版,对山源的生平、行迹、著作有详细的研究;对山源的文学贡献也有充分的评述;对恢复胡山源在中国文学史上的应有地位有足够的论据。在此,我不再重复,我只是想补充两点,那是山源在中国近代文学上最突出的,无可代替的两大贡献。

第一点,胡山源和徐志摩、施蛰存一样,是我国近代首批创造美文学者之一,并悉心培养了一支卓越的美文学者队伍。

1922 年秋,胡山源便同钱江春、赵祖康等组织弥洒社,出版文学刊物《弥洒》,弥洒是拉丁语 Musai(英语 Muses)的音译(现通译为"缪斯"),即希腊神话的文艺女神。弥洒社的一切活动都是为了创造美的文艺。正如在该刊创刊号的《临凡曲》中所说:"我们唱;我们舞;我们吟;我们写;我们吹;我们弹;我们一切所为,只顺着我们的 Inspiration(灵感)。"随着灵感而创作,以真诚来表现善、美,毫无矫伪造作之痕,是"弥洒"也是山源一生写作的宗旨。无论从他的长篇小说《散花寺》、《龙女》,或短篇集《虹》、《睡》来看,都能通过调字遣句的美,达到整章全篇的美,使读者能洗涤尘心,在真善美与假恶丑的斗争中,坚决地站到真理与正义的一面。联系到当前的我国教育方针,必须培养德智体美全面发展的人才,缺一不可。就可看到山源苦心孤诣积极提倡美文学,对当时,对今日,对未来都是有不可磨灭的积极意义的。

弥洒社的活动与出版,从 1922 年一直延续到 1927 年。在长达 5 年余的时期,社员扩大到 30 人左右,影响广泛,早已是众所周知了。

以后,胡山源同青壮年时代组织过"绿波社",主编《绿波旬刊》、《绿波周报》、《诗坛》、《朝霞》等报刊的赵景深等一起开拓美文学的创作。山源又长期致力于培养年轻的美文学作家。其中最为人乐道的是,在上世纪四十年代后期,培养了著名的"东吴女作家群",那是当时大都就读于东吴大学或东吴附中的才女们,其中佼佼者如施济美、程育真、俞昭明、汤雪华、杨绣珍、郑家瑷、施济英等。她们都师承山源而又各具特色。特别是施济美的作品,既孕育着青春的热情,又流露出心灵深处的淡淡哀愁,使读者们在痛苦中得到慰藉,于绝望中看到希冀,拥有广大的读者群,也对后来的作者有深刻的影响。

我曾在 1995 年第 6 期的《东方经济》中发表过一篇:《香魂渺渺梦沉沉——张爱玲、施济美印象》。我认为她们两人于 20 世纪 40 年代中期,应是旗鼓相当的两株文坛奇花异卉。虽则施济美夭亡于 49 岁,作品的数量比不上张,但以风格、才华、鼓励人生向上等主题,作品结构章法,以及美文学的标准等来衡量,施济美高于张爱玲,大约没人能否认的吧!

总的说来,在 20 世纪的三十年代后期到四十年代末,这一时期,发表于上海的小说中,如我的《心之箭》、《雾一样的感情》、《梵钟山水间》,周楞伽的《盗火者》、《女儿心》、《风风雨雨》,吴崇文的《郁金香的忧郁》,徐开垒的《两城间》;沈寂、林祝敔的一些诗意小说、散文,施济美的《暖室里的蔷薇》、《春花秋月何时了》、《凤仪园》,程育真的《隐情》,杨绣珍的《庐山之雾》,郑家瑷的《她和她的学生们》,汤雪华的《转变》等,都可称得上美文学的典雅之作,万紫千红,绚丽多彩。可以说是中国近代小说史上的又一个灿烂时期。我们饮水思源,怎能不怀念那辛勤的园丁山源老人哪!

我再想议议胡山源先生在我国近代文学史上的第二个重大贡献,那便是他写作了许多"多方位的抗战文学"。

我曾在《一股疯劲,几片美和爱》一文中,写道:"那时是抗日战争时期,这些感觉都必然融合于对敌人的憎恨,对正义和真理的追求中。"我又曾在《那大片大片的绿》一文中写道："在那狂涛连天，烽火遍地的大时代，美文学是和民族斗争、光明和真理的追求融为一体的，并多注意于人民素质的熏陶，潜识的孕育。"以上我提到的许多美文学作品大都具有这一些特质，是不言而喻的。

特别是胡山源在那一个时期，发表了大批系列的《义民别传》——《嘉定义民别传》、《江阴义民别传》、《扬州义民别传》，借古喻今，把日伪军队的残酷屠杀，拟之为扬州十日，嘉定三屠，有过之而无不及。在环境险恶的孤岛，甚至沦陷时期仍不停笔，如非有大智大勇，是做不到的。

清兵南下，沿途虽多明代降臣，犹如抗日战争时的汪精卫、陈公博等，无耻事敌。但爱国之士，纷起抗争，从兵部尚书史可法，总兵黄得功、刘肇基，义民推举的侯峒曾、黄淳耀，典史阎应元，直到一般渔樵耕读，穷苦人民无不奋起斗争，留下了许多可歌可泣的壮烈故事。在抗日战争时期，将其用通俗的笔法写下，广布于读者，乃是极有意义的事。特别要一提的是山源的三部义民别传取材之广是很值得注意的，因为他不单描述枪对枪、刀对刀的战场景象，政治上的针锋斗争，而且也描绘了绝食而死、投水自尽等的不屈现象，或遁迹山林、拂袖而去等不合作义举，可以说是从全民的多方位来提倡轰轰烈烈的民族斗争的。

当时的抗战文学，以直接报道武装斗争为主，不乏传世佳作，在其他方面的描述却不多。而全民抗战本应是多方位的。这应是胡山源先生在我国近代文学史上的又一个很突出的贡献。

忆　范　泉

血雨腥风忆范泉

1937年11月至1941年12月，上海四周已被敌军占领，只留下市区一角，还能容爱国志士拼热血，舍头颅，为民族存亡作殊死斗争。

这是个血雨腥风、生死相搏的时代。敌军虽然不能堂而皇之进入孤岛,却用特务汉奸、虎狼鹰犬,用暗杀、绑架、爆炸、恐吓等手段残杀与破坏抗日志士的生命与事业。就在那样一种恐怖的环境中,我认识了范泉。

孤岛期间,我是中共江苏省学委领导的上海市学协的西区交通员,传送党的文件(包括文艺政策的文件)、组织基层战斗是我的职责。文艺是开展学运的有力武器,我担任了多家文艺杂志的编委,在许多抗日的报刊上发表我的散文、新诗、小说、论文作品。那时有许多相识或不相识的编辑来信或来访要我的作品,其中之一是《中美日报·堡垒》。

初次来的约稿信,是由"堡垒编辑部"署名的,辞意诚恳,抗日与进步的意志坚决,我寄去的论文立即刊登于显著地位。几次信稿往来后,我收到了一封用蓝黑墨水、工整笔迹手写的长信,除继续约稿外,还畅论了对社会、人生和文学的见解,希望与我订交,写信者的署名是编者R. T.。

孤岛的环境紧张,抗日的报馆常受到暴徒的炸弹袭击,编辑和记者们被杀被绑的事也时有所闻。所以对编者来信不用真名,只署化名缩写,我是理解的。信中的一些观点和思想,大致是全民抗战、统一战线得有正确的领导,那该是西北的进步力量。进步的文学,应是思想性和艺术性的统一。

我知道,所指的西北,实是延安。可以测知R. T.是一位思想积极、文学造诣很深的文化人,特别是他提出的思想性和艺术性的统一,在当时的进步文艺阵营内还是有争论的,却是我竭力主张和实践、探索的。

志同道合,我立即振笔疾书复了一封,从此除写稿外,我同R. T.又通了好多次信。

是一个仲秋的薄暮,有一个身穿藏青色西装,系着浅色领带的青年来我家找我,在问明我是钱今昔后,他的接着一句便是:"我是R. T.。"

啊!R. T.,多么心心相印、渴求一见的R. T.啊!我立即和他携手走进了楼上的书室。接着是一长串的谈话,从抗战的形势,从"持久战"谈到统一战线,从哲学谈到文学,从鲁迅、巴金谈到屠格涅夫、海明威、戴望舒。在政治上,在文学上都是难能相遇的志同道合者哪!

R. T. 告诉我,他的名字是徐炜,笔名范泉。我也告诉了他,我的学名是钱景雪,笔名今昔。

范泉的形貌很清秀,谈吐很温雅,可以说是一位美男子,而他的工作热情、诚恳、奋不顾身、无所畏惧,又表明了是一位大义凛然的进步文学工作者。

以后,我成了《堡垒》的经常作者,《堡垒》被迫易编后,我又同范泉、郑忠铬等人自办了《生活与实践丛刊》,除约请孔另境、周楞伽、林枫敬、司徒宗等作家一起写稿外,并大量刊登了我从"学协"处得到的延安来的文章,广为传布,加强进步的、民主的、反法西斯的战斗力量。范泉勇于根据这些材料写稿,或以原稿直接刊出。如不是他有一颗火热的心,在血雨腥风、气氛恐怖的孤岛,要这样做,是绝对不可能的。

万里云罗忆范泉

1941 年 12 月 8 日太平洋战争爆发后,日军进入上海市区,结束了可堪纪念的"孤岛时期"。为避日军和汪伪政权的追捕,我率领一家老少来到当时的东南大后方福建南平。为了保密,只同少数友人告别,其中就有范泉。

我在南平时,考虑到上海孤岛已经沦陷,料想在敌人的刺刀下,文友们的生命都受到威胁。我这个被敌人追捕的小青年,又在后方的抗日单位工作,和沪友通信,可能危及他们的安全,所以只跟范泉等少数文友通过信,用字用句都是很小心谨慎的。

可范泉还是多次冒险写信给我。他告诉我,他已在一家书店(后来我知道是永祥印书馆)做编辑,出版了《文艺春秋丛刊》。第一辑命为《两年》,刊登了我给他的一封信,这是我离沪两年后给他的信,所以他给信加了个标题《两年》,也以此定了丛刊第一辑的刊名。

我真替他着急,怕因我而祸延给他。还好,没事。后来他又来信给我,大意是敌伪的报纸上多次攻击我,还造谣说我在大后方已身患重病,不久人世;或说我坠山覆海,生命垂危等。他虽不信,但又怕是真,很替我着急。

其实,我因中共地下党同志的策动,曾在《民主报》、《东南日报》、《人报》等上写过一些揭露和抨击敌伪罪行的文章,为东南区许多报刊转载,便引来狂犬乱噬。对它们的造谣,我深恶痛疾。但从这,也可见范泉对知友的关怀,不避自身危险,及时告知的热情。

1945年9月抗战胜利,我回到上海,到《正言报》做编辑。范泉在永祥印书馆编《文艺春秋》,工作地点接近,虽然彼此都很忙,但还是时相往来。

他邀我以表现东南区大后方的特殊情况为《文艺春秋》写一些小说。我写成了《悲哀的微笑》给他,很快就在《文艺春秋》上发表了。他很欣赏,他说表现抗日时期西北地区和西南大后方的作品很多,而表现东南区的却很少,所以盼我多写。不料,风云变幻,《正言报》被国民党封门,我不得不匿避江湾,并主动停止写稿。所以那些由范泉建议写作的稿,竟未能践约,使我对他深深负疚。

蓝田日暖忆范泉

解放后,我归口地理科学,到华东师大任教,无暇文学,与文学界友人亦少往来。1957年反右后,在政协俱乐部,得知范泉被错划为右派,已到青海。好像晴天霹雳,我简直不敢相信,这样一个在血雨腥风中舍命与敌斗争、解放前十年文采扫除文坛狐鼠的文艺斗士,会是反党反社会主义的右派分子。

归家后,整晚未能安眠,我披衣起床,写了一封慰问他的信,我知错划右派的日子是很不好过的,最需要心灵的安慰。信成,要写信封时,才想起根本不知道他的地址,也无法知道他的情况。因此,就将那信撕成了片片。

二十世纪七十年代后期,在辞书出版社和编辑谈工作的时候,忽然传来信息:范泉已从青海回沪,就在会客厅等我。

两步并一步,我奔到会客厅,见到了范泉。出乎意料的是他并不如想象中的憔悴,依然容光焕发,精神饱满。兴奋之余,有谈不尽的话,诉不完的情。听到他将落实到青海师范大学任教,有些高兴。听到他仍有雄心办文学刊物,为文学事业奋斗,真是有一股黄忠刀锐,廉颇不老的激情。

以后,他回到西宁,创办了《中小学语文教学》月刊,办得有声有色。过了几年,范泉的户口迁回上海,到上海书店工作,我们又恢复了往来。绿蚁新醅酒,红泥小火炉,畅谈欢聚。

春蚕丝尽忆范泉

1993 年,范泉耗时十年时间主编的厚厚一册《中国现代文学社团流派词典》如愿出版,开创了以社团研究文学发展的新端。1998 年,我已八十高龄,范泉大我两岁,已八十二岁了。春节交流贺年片,他的附言是将到海南岛小游数月。1998 年秋季收到范泉亲笔签名给我的赠书《文海硝烟》,是他的新作,一本很有文献价值的文艺回忆录。

翻阅一下,才知道他已患有舌下癌症,病情严重。那书是他带病写作的。一怔之下,我打电话到他家,准备三天之后去看他,却不料第二天我自己冠心病发作,住进了医院。出院后,忽然在《文汇报》副刊《笔会》上看到范泉所写的纪念台湾作家欧坦生的散文。欧是我南平时代的旧友,久绝音信。范文说到他已遭特务杀害,文笔哀绝,我为之泪下。再拿起副刊细细读一遍,才知道范泉癌症已到最后,还坐起,十分吃力地一笔一画,艰辛地写出那篇文章。

不久,收到孔海珠女士的电话,范泉已去世。近年来,我不断受到地理文学两界知友的讣告。于今,历经六十三年的知音范泉又告别人间,悲何可言。我亦不久了,但愿再相会地下,剪烛西窗,共话夜雨时吧。

最后的会面,最后的信
——忆陈伟达、周一萍

秘密的读书会

1937 年的 8 月底,"八·一三"抗战后不久。

暨南大学,原来的校址在上海市西北郊的真如镇。战事甫起,那绿树婆娑、红墙碧瓦的校舍便被炮火夷为瓦砾场,学校不得不迁入市区租界,借房上课。

最先借用的是小沙渡路(今西康路)滨海中学校舍,该处离我家——海防路海防村,只五分钟的步行路程。

我当年才十八岁,是全国各界救国联合会中的学生界救国会(简称"学救")的骨干,刚考取暨南大学史地系。到校报到后不多天,就有一个中等身材、壮健的化学系三年级学生——王经纬来我家访问,在楼下客厅坐定后,他就说:"景雪同学,虽是初识,但你在'学救'的工作,我早已了解。现在'学救'已经撤走,你的关系转入'学协'。当前抗日救国,人民大众的斗志是坚定的。但抗战阵营内部还很复杂,我们的工作是艰巨的。"

王经纬的语言诚挚、亲切,有动人的情感,有鼓舞的力量。他,就是后来改名陈伟达的上海市"学生救亡协会"(简称"学协")领导人。

接着,在暨大"学协"内成立了读书会,因为路近,地址就在我家。我家是一幢二层住宅,清静而少干扰。同时,我的祖父钱自严(崇威)是清代的翰林、民国初期的上海市律师公会主席、著名的书法家,堪称社会名流。秘密组织的读书会设立在我家,比较隐蔽和安全。

读书会每星期在我家楼上的小书房中聚会一次。

参加的人员力求精简，起初仅有王经纬、郭仁寿、陈裕年和我四人。主要工作是组织暨大学生团结抗日。

同年，我担任了上海市"学协"的西区交通员。"学协"交通站是一个十分机密的地下组织，由陈伟达直接领导。下有东西南北四个区的四个交通员，交通员只与陈伟达直接联系，不发生横向联系。仅每个月有一次汇报会交流工作。开会地点也都临时通知，每次不同。总是在市区的大学或中学的一间空教室、会议室或体育室内。时间通常很短，只一小时左右，就分途散走。

从 1937 年 11 月到 1941 年 12 月，整整四年零一个月，上海市区成了"孤岛"。四周是黑暗的日伪军统治区，小小的一方"租界"宣布"中立"，日军未曾进入。但是，进步组织和进步学运工作者的活动，仍然有着巨大的风险。恐怖笼罩着孤岛，电杆上时而挂着血淋淋的头颅，抗日的报馆屡屡挨炸弹，爱国人士被暗杀被绑票的事更是屡见不鲜。不过，当年我们这些毛头小伙子，却并不十分恐惧。

"学协"的工作，当时受中共江苏省学委直接领导。活动主要是组织各学校的学生会、系会、剧社、歌咏队，传送中共中央的秘密文件到各大中学基层，发起向新四军等抗日队伍献金、义买，还有向新四军输送青年等。

献金活动的风波

"献金活动"，是工作中最值得纪念的一件事。

那是 1938 年的秋天，暨大迁入法租界陶尔斐斯路（今南昌路东段）的四合里，在一幢三层楼的楼房中上课。我们建议在暨大校内为抗日战士（主要是向新四军）献金。当时国共合作，所以我们也争取了国民党一位张姓同学的参加，并由我争取到暨大校长何炳松先生的支持。

我清晰地记得，献金的那天，群情踊跃，有些华侨女同学亲自把金项链和钻戒脱下来,奉献给抗日将士们。这件事触怒了日本侵略军及其爪牙,三天后他们就逼迫法租界捕房到学校指名逮捕陈伟达、我和姓张的同学。

幸得献金款项已由地下交通站转送新四军去了,也幸得那时是统一战线时期,学校的一个训育员(国民党)一看逮捕名单有张某其人,立即向捕房来人说:"陈、张二人已经离沪,无处可找。至于钱景雪,是胆小怕事的女同学,决不会参与其事。"

法捕房不愿深究此事,当时也就混过去了。我本是男子汉,想不到祖父为我取的女姓化名字"景雪",会发生意料不到的妙用。事后,由组织通知,我在友人家暂避了一个多月。陈、张二人也外出暂避。

虽然,庆幸无事,但日伪方面总不甘心,不断向法捕房施加压力,没几天后,法捕房又以暨大涉及政治活动为由,通令学校迁出当时的法租界。后来经过向有关方面疏解,另在小沙渡路(今康定路)的一所教堂楼上,租了二层楼面再继续办学。

因为学校已由法租界迁到公共租界,时过境迁,我们就不声不响地返校读书,并继续开展"学协"的工作。

地下交通线的热流

时间一晃已经过去半个多世纪了。往事的具体年月,有些已是依稀难忆了。只是我还清楚地记得那个时期,先是太湖游击队,后是江抗部队,再后是新四军,学协都向他们输送过青年学生。

孤岛只是一小块,四周都是敌占区,同革命根据地有一段距离。但借助于中共地下党的交通线,我们还是可以经常把要求投身革命的青年、购置或募捐得来的药品、在孤岛印刷的进步刊物,源源不断地运往解放区。

这条秘密交通线,是整个中共地下党历经艰难险阻,苦心孤诣建立的。"学协"利用这条地下热流输送了大量的青年学生。

这条秘密路线是常有变化的,一般总是通过嘉定、江阴、吴县等地到太湖游击区,或抵达江南、苏中、皖南等根据地。身为交通员的我,工作也很有限,无非是把人员名单告诉伟达,然后由他另派专人联系完成任务。

有时到新四军去的是一两个人,也有时几十个人成批出发(分散再集中),他们原都是"学协"读书会的成员。

巧格力团契

1938年夏,暨南大学还在陶尔斐斯路上课时,我们的"学协"改在戈登路(今江宁路)南京路口的安登别墅内的陈裕年家聚会。裕年的大哥是浙江兴业银行的协理,在他家学习与工作,也有着一层保护色。

有一次会上,陈伟达跟我说,现在有一些旧"学救"青年,聚集在中西大药房小开周文庠处,要我通过"学救"的老关系去联系一下。

通过原"学救"小组的吴绍彦,我很快就进入了同孚路(今石门一路)大中里120号的周家,在宽畅、幽雅的书房间和客厅里,多次与周文庠(同德医学院学生)接触,并参加了他们的"巧格力团契"。巧格力团契人数约二十余人,都是大中学生,相当部分出身民族资产阶级家庭,大都参加过"学救",还未曾和"学协"取得联系。因为"学救"成立于抗战之前,组织相对公开。学协成立于孤岛,环境险恶,成员要求严格。要求以本身为中心,再发展外围。

"团契"是一种宗教组合,有掩护作用。当时,巧格力(编者注:现在通常称巧克力)还不像今天这样普及,它带些洋味,价格昂贵,是公子哥儿才有可能享用的食品。

这样,巧格力团契表面上以玩玩吃吃为掩护,实际是进步青年组织,人数不多,可是能量很大。周文庠曾多次带人在街头宣传和唱救亡歌曲,曾为租界捕房所捕,但一旦知其父亲是中西大药房老板,总能很快释放,当然有时免不了要他爸爸花钱去赎。

　　我把这情况向伟达报告后,他很兴奋地指示我参加"巧格力"的活动,随时向他汇报。半年之后,他认为这是一个可靠的团契后,就叫我同周文庠谈了学协要同"巧格力"联系的事。再后,有两次,他又亲自到大中里参加了"巧格力"的活动。在团契会上,他以他特有的逻辑性强、表达生动的语言,取得了与会青年的钦佩,奠定了学协在巧格力团契中的导引力。

　　陈伟达常激励富裕家庭的子弟:"抛弃温暖的花房,投身革命的熔炉"。"巧格力"及其周围的一部分青年受他影响也陆续通过地下交通线进入新四军驻地。其中包括周文庠的女友朱世琼(同德医学院学生)的弟弟朱荣实(即朱践耳)和小妹妹朱世钰。荣实和世钰不是"巧格力"成员,但也受其姐的影响而离沪。

建立文艺轻骑兵

　　1938 年夏,郭仁寿到达新四军部队,是年冬,他在抗日前线阵亡。1939 年春,陈伟达因身份有所暴露,宿舍遭到搜查,他连夜通过地下交通线进入新四军地区。上海市的学运工作由暨大商学院的高年级学生周鸿慈接替。

　　周鸿慈是无锡人,温和儒雅,身长玉立,有美男子之称。他品学兼优,在同学中享有很高的号召力。唯一的遗憾是说话时,特别是急的时候,结结巴巴,有口吃的特征。他,便是日后新四军某师政治部主任周一萍。

　　那时周一萍是暨南大学的地下党支部书记,并担任中共江苏省委学运书记。他深感要有效地开展学运,必须把学生运动和文艺运动密切结合。他自己的文学修养就比较深。所以在他的领导下,以暨南大学的学生为主力,先后在孤岛上海,创办了《一般》(1937 年至 1938年)、《文艺》(1938 年至 1939 年)、《学生生活》(1938 年)、《海沫》(1939年)等。通过这些刊物,培养了不少当年的学生作者、往后的文学作家,如吴岩(孙家晋)、移模(黄子祥)、张可(张万芳)、林枳敬、舒岱(徐微)、戴刚(戴敦复)和华铃(冯锦钊)等人。我自己在孤岛的一段文艺生涯,也是与此有关的。

这许多刊物都是在当时险恶的环境中,由青年学生们自己写稿、组稿、跑印刷厂、校对,不拿一分钱报酬而按期出版的。其间,在总体思想上,在贯彻党的抗战方针上,在总务、印刷和发行等最繁忙的具体工作上,出力最多的是周一萍和陈裕年两位地下党员,特别是一萍,更是这一条孤岛文艺战线上的主心骨之一。

由于周一萍爱好诗词,又平易近人,和暨大"学协"小组及文艺青年们都能融成一片,大家都称他老周。每一次研讨工作时,只要有老周到,气氛就会变得既严肃又轻松。工作的劲头,不知怎的,就会倍增起来。

文艺既要有高超的艺术水平,又必须为学运服务。因此写作的形式要多样性,要出奇制胜。又鉴于当时孤岛环境的险恶、复杂和多变,所以要求以更多的轻骑兵形式出击。这是周一萍对当时跟"学协"有关的文艺刊物的见解。

所以无论在《文艺》、《一般》、《学生生活》和《海沫》等刊物上,都有很多散文、杂文、短诗出现。同时,除现实主义的表现手法外,在《海沫》这本刊物上,还从形式和笔调上仿照通俗幽默刊物《论语》,以使它能从另一个侧面来吸引和教育一部分青年读者。

1939年,周一萍离开了暨大。1941年皖南事变后,他奔赴苏北解放区,从此一别数十年,直到八十年代初,再没有见面的机会。但是孤岛后期时,还常有新四军的同志们来往于苏南、苏中与孤岛之间,那条地下交通线始终没有中断过。陈伟达、周一萍的信息也时有所闻。

最后的会面

解放后,我专心致志于能源与地理的研究工作,对过去的一些学运和文运工作，觉得自己的贡献很小，也不再跟人谈起了。可是，"文革"一开始，参加抗日斗争却被一些造反派作为攻击的材料，心中总觉得不是滋味。

1981年，我写了一封信给当时任国防科工委副主任的周一萍，稍舒胸怀。我想地位已有差别，工作又必繁忙的他，未必会复信给我。岂料不到一星期，就收到了他的来信，还像数十年前一样，热情而亲切，并约我赴北京时到他家去晤谈。

虽然整个八十年代的十年中，我每年都有几次到北京出差的机会，但总未曾到他家去。1984年，在从上海到北京的快车中，我正巧与国防科工委的一位同志同乘一趟车，两人谈到了一萍。一萍派车把我接到他的寓所。从午后一直谈到晚间，所谈都是当年孤岛学运和文运的旧话，往事历历，时间一下子退回到半个世纪前。但又有谁知这竟是我们最后的一面。

1985年，我应《上海党史资料通讯》之邀，撰写《孤岛文学战斗片云》。文章写好后，由马飞海带到北京给周一萍过目，他详细阅读过后，对好几处进行修改补充。后来，此文刊登于该刊在1985年7月号的《上海党史资料通讯》上。1989年5月，一萍又寄我一函，内附《关于钱今昔同志情况的证明》。那时我年逾七旬，已届教授离退休之期，单位希望我有一些革命经历的证明，争取离休。一萍在证明中，很详尽地把"学协"、《文艺》的性质作了说明，并证明了我担任"学协"西区交通员工作的事实。

1990年3月21日，听说一萍在他老伴肖扬的陪同下去拜访到北京的江苏省副省长时，一面听讲话，一面吸烟，忽然有人发现香烟从他手指间下落，头往旁边一歪，就不省人事了，他再也没有醒来。在此之前三天，即3月18日，前天津市委第一书记、中央政法委员会副书记陈伟达，也在久病之后，逝世于杭州。二人的噩耗传来，使我陷入了深沉的悲哀中。

他们二人，参加革命，无论是在新四军部队里的光辉历史，还是建国后的业绩,报刊都有记载。可是,他们在 1937—1941 年的上海孤岛时期,开展学运和文运的那一段史实,却鲜为人知。

我已人到暮年,对一生荣辱已看得很淡。对名利地位,更是视若浮烟。可是昔年并肩作战的朋友,不忘故人,他们那亲切的关怀,却如一股暖流温暖着我的心胸。对一萍、伟达的悴然相继逝世,我感阵阵悲痛。

追思郑振铎、王统照、方光焘三教授

1937 年,也就是抗日战争开始的那一年,年方十八岁的我考取了暨南大学。同时认识又同时受业于郑振铎、王统照、方光焘三先驱门下,接受了文学界这三位先驱的教诲。

暨南大学原来的校址在上海市西北郊的真如镇。可是战事骤起,原先那绿树婆娑、红墙碧瓦的校舍便被炮火夷为瓦砾了,学校不得不迁入市区。亏得那时学生不多,约只一百多人,还能租屋上课,起先的校址是在陶尔斐斯路(即今南昌路东段)四合院里,房屋仅是一幢三层楼的大厦,没有操场,学生也以走读为主。物质条件虽很简陋,然而地狭屋窄,师生们的接触反而多起来了。

那时,郑振铎(西谛)是文学院长,并担任中国文学史的教授。正当四十岁上下的壮年,他骨骼虽相当高大,但脸容瘦长,戴一副白边眼镜,穿一套西装,那翩翩温文的风度掩不没内心的热情。他博览群书,办公就在图书馆里。他深入生活,参加了文协的社会工作。他教学时,语言流畅顿挫,侃侃而谈古今中外的文学精粹。除文学院外,理、商学院的同学们也都慕名前来旁听。教室是挤得满满的,却静得连一支铅笔、一页纸张落地都听得见声音似的。

很多本中国现代文学史上都列举了郑振铎的许多作品,如《取火者的逮捕》、《插图本中国文学史》、《中国俗文学史》、《中国版画史图录》

等。但还很少记述他在孤岛时期的文艺活动,那时他和方光焘合编的《文学》已经停刊。可是他仍以犀利的笔锋出版了诗集——《战号》,还以郭源新的笔名写了《桂公塘》和《风涛》等短篇小说。借宋末和明末的故事来抨击黑暗,并激励民心。此外,他还在1940年同王统照等创办了《文学集林》刊物,有巴金等作家撰稿,可以说是"孤岛"上最负盛誉的文艺刊物。可惜不容于环境,只出版了四期就夭折了。

抗日战争时期,江南书香世家遭敌骑洗劫,许多古籍珍册,被人盗卖,甚之沦为破旧书籍流落于上海的四马路上,被人用作臭豆腐干的包纸。因此,郑振铎痛心疾首,虽则他一贫如洗,总要节用薪金,抢救几许。偶有所得,难免在教室中讲上几句。那时,他喜上眉梢,真有一洗心中块垒之慨呢!

记得1938年的春天,我写了两篇散文——《神灯》和《车中》,请郑老师指点。原想我仅是一年级的学生,盛名如他对此未必理会。却不料只隔三天,他就热情地找我,说两文已转给柯灵所编的文汇报副刊《世纪风》了,其中《神灯》一文他尤其喜爱。以后,我在他的鼓舞和指导下,走上了一段写作生涯的道路。其实他对青年作者的引领,又岂止我一人。当年暨大学生组织的文艺社,出版《文艺》月刊,他就是业务上的指导者。至今活跃于上海文坛的作家吴岩,生活于杭州的舒岱,澳门的华铃等人,莫不受过他的熏陶。

1942年我离开上海到福建工作,行前与郑师告别。1945年抗日战争胜利后,我返回上海的第二天,就到静安寺附近的觉园去看望他。他正同吴岩和舒岱一起,在一间积满灰尘和线装书的大房间中,埋头于古籍的整理。那时他生活艰困,在他所主编的《民主》周刊上,曾写到物价飞涨,饱餐不易之苦,可是倾注生命于文籍的保存仍不稍懈。这可以说是中国知识分子所固有的美德之一吧!解放后他出任中央文物局长时,头一件事情就是向周恩来总理建议,由政务院(即后来的国务院)通令全国各地,对古迹文物庙宇等一律加以保护。周总理采纳了他的意见。一直到现在,在中国各名胜旅游之地,都立着保护文物的通知。饮水思源,我想,总不应忘记郑振铎先生的心血吧!

我曾多次在静安寺庙弄四十四号郑师之家,遇到王统照老师,他俩的友谊是很深挚的。大学期间,我选读了王教授的中国小说史课程。当时暨大文学院的学生,总数不到七十人。"小说史"又是选修课,教室里只有少数几个学生。因此我跟王师的接触机会很多。在西装裤外面罩一件旧长衫,深度近视的眼镜,带一些山东音的普通话。淳朴、谦虚、诚恳,不多交际,埋头笔耕。章法谨严,结构缜密,凝练浓郁。在1937年以前,他已先后出版了长篇小说《山雨》、《春花》(初名秋实),短篇小说集《春雨之夜》、《霜痕》、《号声》、《银龙》,散文集《片云》,诗集《童心》、《这时代》、《横吹》等。能得这样一位名师的亲授是很不容易的。所以我每次听课都很用功,课后又常到教师休息室向他讨教一些创作理论和外国作品的理解问题。后者虽已远远越出课程范围,但他从不厌烦,总是用温雅和蔼的语音详细地讲解给我听。记得我曾写过一篇《苔丝》的作者《汤姆士·哈代论》请他修改。他花了两个晚上,用浅绿色的墨水笔,以工整的字体在原稿纸上详细地修改了。后来,此文发表于作家范泉所编的《中美日报》的《堡垒》副刊上。至今,还保存在我的贴报簿上。每一展视,眼前便会浮现出王统照老师循循善诱的音容来。

孤岛时期,他曾用卢生的笔名在巴金主持的文化出版社出版了短篇小说集《华亭鹤》。以后,又用鸿蒙和提西这两个笔名写了个长篇小说《嫂情》,连载于柯灵主编的《万象》上,曾引起广泛的注意,也有人认为可同小仲马的力作《茶花女》相媲美。解放后,他担任山东省文教厅副厅长。曾托在齐鲁大学任教的友人孔另境来问我,是否愿到鲁省的大学中文系任课。可是我却因老母惯居沪滨,没有前往,不料因此就未能再见他了。

"孤岛"后期的暨大,校址迁到康脑脱路(今康定路)的一所教堂的二三层楼上,那时我同吴绍彦、陈次园等人自办了一本《杂文丛刊》的小小刊物。约集了王任叔、唐弢、金性尧等人写稿,也常将刊物送给一些教授们指教,其中也包括送给方光焘教授。为此,我常到他的寓所小谈。他的房间内书籍堆放,不甚规则。方师是中等身材,体型瘦弱,浙西口音浓重。他对那刊物谆谆指导,在内容构思和文字技巧上提供了不少可贵的意见。他虽是著名的语言学和书法理论家,曾发表过像《漫谈语言和言语问题》、《要素交替与文化体系》等著名的学术论文,然而也曾写过不少文艺作品,像《疟疾》、《曼蓝之死》等短篇小说,都被收入于1935年郑伯奇所编的《中国新文学大系》第五册中。这两篇佳作,前者写一个贫苦妇女的生活挣扎,后者写小孩们对小猫之死的悲哀。他以虔诚的态度,朴实的文风,平凡的事实唤起了读者的共鸣。无论是他的为人还是治学也都给我们以诚朴、坦率和善良的感觉。他的小说,却因他盛名于学术,反易为人忘。

解放后,方光焘除担任南京大学中文系主任外,并兼任江苏省文化局长、省文联主席。他原是一个正义感很强的人,敢说敢做,为江苏省的文学发展做出了贡献。可是向来无拘无束的作家忽而任职政海,难免有不习惯的地方。记得1952年我偕同华东师范大学的一些师生,从上海到南京进行地质地貌实习,借宿南京大学时,曾往访方师。倾谈间,他曾慨乎言之道:"工作是很有意义的,可就是会议太多,还要经常接触一些无聊的人,讲一些无聊的话,白白浪费时间,真太可惜了。"

1957年,王师病逝于济南。郑师已于1958年出访阿富汗、阿拉伯联合共和国时,中途坠机身亡。1964年,方师去世。三位文学界的先驱,同年而生,逝世之时又那么接近。哲人其萎,令人无限地惆怅呢。

从《青年大众》到《杂文丛刊》

从1937年11月到1941年12月,整整四年零一个月,上海市区沦为"孤岛"。孤岛时期,正是我在母校暨南大学入学、工作和毕业的时期。

弦歌不绝声中，血与汗的战斗，在暨大从未停止过。在一些地下党同学王经纬（陈伟达）、周鸿慈（周一萍）、郭仁寿（牺牲在抗日疆场）、马恭铎（马飞海）等的领导下，学生文艺运动自始至终，艰苦地、活泼地开展着。

《青年大众》月刊，是戴敦复（后为暨南大学同学）等人在孤岛初期创办的刊物，曾在市区的宁波同乡会召开过一次征稿会。我当时已进暨大，留下清晰的印象。这是一个向日本侵略者和封建买办开火的刊物。

在《青年大众》上，我发表了短篇小说《小贞去了》和散文诗《永远的安息》。《小贞去了》，后来被收集在一本小说单行本《撷英集》中。

战斗，能鼓舞起孤岛青年的意志。但，战斗也往往要付出沉重的代价。

《青年大众》的支持者之一——《大美晚报》副刊《夜光》的编辑朱惺公，面对日军和汉奸的恐吓，勇敢地战斗，终于被汉奸暗杀了。碧血丹心，永留在我国的近代文学史册上。

在手枪、炸弹、恐吓信、暴徒、囚车滥施淫威的黑夜，孤岛文坛一度沉寂。

1938年6月，由暨南大学的学生周鸿慈、孙家晋（吴岩）、徐微（舒岱）、张可（张万芳）等人创办的刊物——《文艺》月刊终于破土而出，打破了沉寂，发出了抗日的怒吼。我曾一度担任编委，把生命与之联系在一起。

郑振铎、工统照、傅东华、方光焘、李健吾等著名作家（也是暨大著名的教授）都支持我们。这份学生办的刊物，喊出了当时青年一代的呼声。直到1939年6月《文艺》停刊，共出版了16期，这在险恶的环境中已属难能可贵了。

1938年，上海市学生协会的机关刊物《学生生活》创刊，是半公开的刊物，暨大、交大、大同、东吴等校的进步学生是主要的办刊与写稿人。周桂芳同学曾多次向我约稿，我总如期交出杂文和短评。1939年，此刊被查封。但它广泛流传于孤岛时代的大学生、中学生群中，思想的影响，热情的鼓动，是永不磨灭的。

刊物可以被查封，但抗日的要求、进步的追求，是谁也阻止不了的。

1941年3月，我和林枫敬以及校外作家范泉联合创办的《生活与实践》丛刊出版了。由我和同学王兴华（卓武）等参与，姚溱所主办的《知识与生活》月刊也问世了。

除了论文、散文、诗歌之外，还报道了延安和新四军的动态，歌颂了毛主席和八路军的领导。我在散文诗《曙光》中，明确提出陕北的明灯必将照亮全中国。

这一时期，郑振铎先生主编的《文学集林》于1940年创办。陈高佣先生主办的《中国文化》，还有一本《学生月刊》也都站在抗日的爱国立场，我曾为之写稿。

由暨南大学的学生朱公任（后为联合国高级翻译）的介绍，我还替朱素萼所主编的《中国妇女》月刊写稿，以激发女青年的爱国热忱。《中国妇女》出版期长，我写稿也不少。

最难忘的是1941年1月皖南事变后，黑云压城，孤岛更为险恶。《鲁迅风》、《东南风》等月刊相继停办，孤岛文苑再度沉寂。

这时，我和暨大同学王兴华、李澎恩、吴绍彦等又创办《杂文丛刊》，王任叔、艾寒松等共产党的领导人亲切地指导和支持了我们。我曾以鹿非马、铁镒、克鲁等笔名，写了许多杂文、散文和诗歌。特别是散文诗《巨人》表达了年轻的我，对毛主席、周恩来总理的憧憬，对八路军的热爱。歌颂社会主义的光芒，从东方大地上升起来了，它将永恒地照耀不熄。

《杂文丛刊》每半月一期，一直出版到1941年11月，同许多刊物一样，暨大同学们都是自己节省零用钱集资，自己写稿（也吸取外稿）、编刊、跑印刷厂、校对、装订，从不支取一分钱的稿费和生活费。这也许是一群傻子吧！现在的青年也许很难理解，可是我们却喜欢这样的"傻"。

　　1941年12月太平洋战争爆发，日军进入市区，结束了"孤岛"，也结束了我在母校的学生生活。每当回忆在母校这段文艺战斗活动，心头就感到跳动，热血就感到沸腾。哦！亲爱的母校，你的乳汁哺育了我，给了我力量，给了我智慧。也给了我永远甜蜜的回忆！

第三部 民国报人

盛衰一梦胡健中

江山惨案 生死攸关

抗日战争后期，1942年冬，号称"东南第一大报"的《东南日报》迁到福建山城南平不久，忽然笼罩着紧张气氛。派往浙西江山购纸的卡车，第一辆由报社的工务科长张西林押车，一去杳无消息。第二辆由会计科长竺升星押车接应，也石沉大海。莫不是出了事？无纸如何出报？人心已是惶惶。接着，军统特务降临南平，《东南日报》的几个负责人进出都有人跟踪。而且，风闻有"红（共产党）"、"黑（汉奸）"两顶帽子悬在半空。

《东南日报》社长胡健中虽为报纸打开销路，唱开明、进步的调子，在报社内容纳了一些进步人士，但他职居"国民党浙江省党部常委"。《东南日报》股份有限公司董事长是陈果夫，监事长乃陈立夫，均是人尽皆知的CC头目。这样的报社怎会受军统威胁呢？问题就出在"江山"上。

江山，是僻处浙西山区的小城，战时却是沪苏浙商贾和抗日青年们穿过日伪封锁线抵达后方的要冲。因此店肆林立，顿时热闹了起来。恰在那时，有两位上海女学生，志存抗日，路过江山，想去投奔在南平大纸厂当经理的亲戚，为查夜的军统特务垂涎，妄加非礼，遭至反抗。特务就诬指她们所携带的料器饰物为汉奸信号，捕入魔窟轮奸。南平的经理出面营救，向地方官吏诉告特务，特务们就一不做，二不休，诬陷商人为汉奸，商行为汉奸联络机关，捕捉了经理夫妇。经理戚友为他们奔走，特务亦变本加厉，以破获"东南区特大汉奸网"请功，大肆逮捕江山、南平等地的商人和平民，一时江山笼罩着黑暗与恐怖。这时，《东南日报》先后派出的张、竺二人，不知江山的纸商已披冤捕，其店中伏有特务守捕，贸然进入，便被扣上"前来接头汉奸"的罪名而被捕了。

张、竺两人被捕后，即挨江山军统站的歹徒之酷刑。张、竺受不住折磨，只得委屈招认是混入报社的汉奸。特务还要他们供出同伙和上级。为了活命，出于无奈，只能把《东南日报》的经理、总编辑、秘书长等都供为同党，而上级则为社长胡健中。初意抬出胡氏，名气大、后台硬，可压压特务。不料特务竟然喜形于色，连呼"钓到大鱼了"。从此，拉开了国民党东南区内部的一次大斗争。

胡健中受到威胁，感到已临生死关头，乃联合浙江省主席黄绍竑多方收集这几个特务的敲诈勒索、滥捕奸淫等罪行。他又向两陈（陈果夫、陈立夫）申诉。江山军统站也上达戴笠，捏造胡健中非但是汉奸头目，而且在《东南日报》社内重用金端本、陈向平等"共党分子"，所以是又红又黑的、混入党内的双料异己分子。请立即封闭《东南日报》，逮捕胡健中等，清洗红黑二类分子。

陈果夫、陈立夫和戴笠双方都在蒋介石前互相攻讦。蒋介石感到处理为难，就派在赣南的太子蒋经国会同黄绍竑就近实地调查。最后终因大量实证和被害人家属的多次联名血书上诉，到1943年春，案情大白，两特务枪决，江山军统站改组，受害人则并未得到任何赔偿，仅仅释放了事。

此时，为处理此事而到南平的陈立夫开始公开露面，《东南日报》为之举行盛大宴会。而胡健中也声誉鹊起，更受到蒋介石和两陈的重视，以后即出任了国民参议会参政员和国民党中央委员了。同时，他又在

《东南日报》亲撰社论,大意是抗战必须团结,帽子不可乱扣,特务诬陷良人,本报为民喉舌,并不怕惧等等。一场恶斗,使他赢得功名双收的效果。

中行被劫　因祸得福

胡健中,中等稍高的身材,鼻架眼镜、微胖、方脸。生于1902年安徽和县贫家,苦读毕业于复旦大学新闻系。1928年,经同学、浙江国民党要员许绍棣的介绍,到杭州《民国日报》任总编辑。

1929年4月,浙江省政府决议取消"二五减租",接着嘉兴中国银行遭到洗劫。胡健中时方26岁,年少气盛,就写了社论:《嘉兴中行被洗劫》,大意是取消"二五减租",农民赤贫,将为当前和今后散布下许多不幸种子,嘉行被劫,仅为小小一例。此文一出,浙江省政府就以"抨击政府,鼓动风潮"的罪名将胡健中逮捕,押送南京处理,报社也封门停刊。

不料事出意外,一到南京,叶楚伧、陈果夫竟对胡健中抚慰有加,两天后就恢复自由,报纸停刊一月,也即复刊。被捕的胡健中竟因祸得福,反而获得"敢言"的称号,不久就出任浙江省党部候补监察委员。

原来,当时的浙江省政府主席张静江,是国民党的元老派,平时倚老卖老,绝不把后辈陈果夫、陈立夫看在眼。陈果夫当时已是国民党组织部代理部长,可势力却伸不到浙江去,正找不到机会来打击张静江。胡案发生,恰好借题发挥,捧胡压张,扩张势力。那时国共分裂,文人大都左转,而胡氏口才便捷,文笔流利,正可收为己用。因此出现了这一幕闹剧。翌年,胡健中就出任杭州《民国日报》社社长。1933年春,胡健中又会同郁达夫、孙福熙、雷圭元、程晓沧、黄萍荪等人成立了"杭州作者协会",胡任常务理事,郁达夫等任理事。1935年,由郁达夫著文,提出杭州作协应当提倡科学、主持正义、保障言论自由、救济贫苦作家。这一主张影响很大,胡氏曾写文响应,他的声名又骤然提高了不少。

1934年,胡健中把杭州《民国日报》更名为《东南日报》,与浙江省党部脱钩。另立《东南日报》股份有限公司,号称民办报纸,自任常务董事兼社长,事实上是化公为私,摇身一变为报业资本家。他抬出两陈做董事长和监事长,把他们作为政治上的靠山和护身符。

当时浙江报纸都用平板机印报,他却率先向德商购进轮转机。又于1935年赴日本考察《朝日新闻》社和《每日新闻》社的办报经验。回杭州后,提出报纸应该具有信息性和知识性并重的观点,成立了规模同编辑部相等的资料室;编辑副刊;建立铜锌版制作房等,并建造现代化的《东南日报》大楼。从此销路猛增,日销4万份以上,远远超出于一般地方性报纸,渐有与上海的《申报》(日销10万份以上)抗衡的趋势。1937年抗战爆发,杭州沦陷,《东南日报》迁金华出版。1942年,金华为日军所占,《东南日报》金华版就迁到福建南平出版。

东南称雄　盛极一时

那时重庆、桂林等的报章杂志都是粗糙的土纸印刷,色黯纸脆。只有盛产木材的闽北能生产白色质坚的"闽报纸张"。《东南日报》从杭州到南平,由于员工的艰辛保护,机器、字模、资料、铜锌版都基本保存,所出的报纸远非渝、桂等地的报纸所能比拟。在编辑方针上,胡氏多次在全社职工会议和编辑部会议上提出"文人办报,中间偏左,学大公报、超大公报"的口号。

这是因为,胡健中已经是《东南日报》社的独资老板,视报纸如生命。如果报纸销路好,收益大,不单可以致富,政治地位也蒸蒸日上。反之如报纸不受读者欢迎,便将破产失宠。所以明知在两陈的羽翼下,要走中间路线,像走钢丝一样,有相当危险性,也要拼命走一走。

1938年,他在金华礼聘陈向平(中共地下党员)和钱谷风入社,分别担任文艺副刊负责人和评论记者的职务。金华特务曾指名两人有共党嫌疑,要求进入报社逮捕。但被胡健中挡住,说他们是报社的人,他们的问题由报社自己处理。我胡某人是国民党浙江省党部三个常委之一,有事可以负责。这样,陈向平、钱谷风等终于未遭毒手。

到南平后,胡的政治地位上升,胆子又大了些。当时陈向平所编副刊《笔垒》,经常有民主人士和著名作家的作品发表。社论和短评中又常对宋子文、孔祥熙以至地方政客等,特别是孔二小姐讥讽抨击,那么许多条件的结合,使《东南日报》的销路大增,发行网广及闽、浙、赣、湘、粤、桂六省地区,成为东南区第一大报。胡健中踌躇满志,甚至倡言要学习美国霍华特报系,有成为中国报业托拉斯巨头的野心。

《东南日报》对后台陈果夫、陈立夫、许绍棣等人是从不谩骂的。对宋氏三姊妹也有“大姐(霭龄)好骂、二姐三妹不惹”的笑语。重要政策、新闻报道上都明显站在国民党的立场。

胡健中每天醒来,坐在床上,先要把第一张印好的报纸从头到底看一遍,用红绿铅笔批注某条新闻精彩,某条遗漏,可以深议,不可涉及等短语。报纸也据他所批,一一校正,再开机印刷。就这样,他在钢丝上摇摇晃晃地走着,但有时也还不免受到看台老板的呵责。他亦立即下达,请编辑们注意。

其实,那时南平偏处闽中,远离国民党的政治中心重庆,言论控制较松,给《东南日报》以一露头角的机会。以后,局面变化,这种机遇便一去而不复返了。

摆脱火坑　沪刊曲折

1943年夏,刚刚取得江山惨案搏斗胜利的胡健中到重庆出席国民参政会。会后,被任命为重庆《中央日报》总社社长。这事来得突然,颇出意料,内幕是,原总社长陶百川在报上披露了尚在商谈中的中美商约消息,蒋介石勃然大怒,陶即刻引咎辞职。三陈(果夫、立夫、布雷)推荐胡健中继任,蒋氏照准加委。

胡健中接到委令,颇感棘手,就借口《东南日报》正流徙千里,立足未稳,竭力推辞。其内心是害怕伴君如伴虎,做第二个陶百川。而且官报的社长不过是高级职员,哪里及得上私人企业老板,可作终身事业。后来经陈布雷在蒋介石面前说情,许胡健中仍兼《东南日报》社长,在重庆遥领。胡氏只得勉强就任。出任后,深感《中央日报》内多皇亲国戚,派系丛生,有些人后台更硬,不把社长放在眼里。所以,在私下,同好友谈天时,胡曾自比为"跳火坑",但愿任期短些,仍回《东南日报》老板原位。

1945 年 8 月 15 日,日军投降,抗战胜利,许多大小报纸纷纷在上海复刊或出版。胡健中立即从重庆发令,通知《东南日报》南平版迁沪出版,云和版则返回杭州。

结果,杭州原是胡健中的老巢,迁报顺利。上海版却因人地生疏,困难重重。胡氏虽心急如焚,可是被《中央日报》羁身,急切无法脱身,真可说是眼睁睁一筹莫展。

直到 1946 年 5 月,胡健中才摆脱了《中央日报》,他迅急抵达上海,筹备出版上海《东南日报》。

这时《大公报》、《正言报》、《文汇报》等都已先后在上海复刊,日报晚报、大报小报已有数十种之多,各占有发行地盘。《东南日报》在上海出版,时间上已迟了近十个月,怎能同他们匹敌呢?

由于有两陈的相助,胡健中掌握了二十万美元的外汇,此数在当时是相当巨大的。机器、设备、人员由南平复员基本完整,稍加补充,问题不大。但房屋、电台都是难题。后来,房屋由杜月笙、宣铁吾协助解决,于上海虹口区溧阳路设立编辑部和工房、在南京路的慈淑大楼内设立经理部,总算就绪。但电台呢?却不得不仰助于军统毛人凤。

自从江山惨案,胡氏和军统戴笠闹翻以后,一方面以此为资本打开了报纸销路,一方面又害怕事端再次扩大,因而采取了息事宁人的态度。胡氏曾一再告诫左右,江山一事我们已有了面子,今后宜"三缄其口",绝不再谈,以缓和同军统之间的矛盾。胡氏祖籍虽为安徽,可一向以浙江派自命,一待戴笠毙命,毛人凤揽权,就以乡谊相交,解决了《东南日报》设立电台,取国内外新闻电讯的问题。于是上海《东南日报》才得以在1946年7月出版,距离抗日战争胜利已迟了一年。

体育兴家　副刊闯祸

可是,怎样来争取读者呢?这是一张报纸的生命所系。开始,胡健中想故伎重演,仍推行南平时的方法。在大致保留原有编辑人员外,还请出他在复旦大学的老同学杜绍文担任总编辑,一起出面礼聘一些民主人士、学者和作家来充实编辑部,可是上海不比南平,人才济济,竞争激烈。上海又是国民党的经济心脏,对舆论控制甚严。胡氏在两陈的麾下,要有所作为,更难上加难。整个报纸生气很少,以致销路一落千丈,曾跌至日销1万份左右,为胡氏创办《东南日报》以来所未有。

但胡健中仍想再作挣扎,那就是钻了上海各报普遍忽略的空子——即体育新闻版,来大做文章。他聘请了陈桑榆和冯小秀来主编体育版,两人都是体育行家,中英文水平都了得,文笔生动,摄影技高。特别是桑榆,交游广阔,信息灵通。体育报道、评论、花絮、逸闻、女运动员玉貌、国外体育镜头等都写得活泼生动。当时《东南日报》日出两大张,体育版常占有一版(至少半版)地位,如遇重大足球比赛、运动会等还可扩版。这样,《东南日报》虽不能在整体上位居首列,可是,其体育版却在上海各大报中独占鳌头,为报社稍稍挽回颓局。

1947—1948年,作家谷斯范的长篇小说《桃花扇底送南朝》连载于副刊《笔垒》,这是用章回小说形式,写南明亡国故事,明显地影射蒋家王朝的末日来临,因而屡受国民党市党部主任委员方治和军统新闻检查处的警告。连载小说终于在1948年夏被勒令腰斩,原先方治的胃口更大,他要使《东南日报》停刊,并攫为己有。因两陈的调停,更因《东南日报》于南平时曾大捧那时还不很得意的蒋经国,屡屡以显著地位刊登小蒋所写的经营"新赣南"的文章(《中央日报》、《扫荡报》均不刊登),建立了交情。经小蒋缓解，乃仅以副刊停刊为警告。这对胡健中的仕途和经济收益是一个不小的打击。

解放战争迅速推进，蒋家王朝大势已去。友人曾劝胡健中，学王芸生留在大陆，但他却以办报是自己的生命为借口，于1949年初派经理刘子润把机器设备装上了太平轮，运往台湾。不料太平轮因超载而沉没。《东南日报》的老本葬于海底。4月，胡健中偕妻匆匆赴台。编辑部除夜班一人外，并无人跟他前去。回想起抗战时期，国共两党合作，胡氏曾以国民党内的开明派自居，《东南日报》社由杭州迁金华、再迁南平，全体人员不辞颠沛艰辛，始终团结在一起，机器设备几经迁徙，亦无损失。明显的对比，他们夫妻相对能不潸然泪下？

步步青云 似盛实衰

器材尽失，人员星散，老本无归。报业巨头、独资老板终身事业的迷梦幻灭了，中央委员、立法委员的空衔又值几何？胡健中无路可走，只得再跳"火坑"，复任台湾《中央日报》社的社长。

大约是五十年代初，台北发生轰动一时的"蒋海镕案"。蒋海镕，福州人，曾任福建永安《中央日报》总编辑，解放后由闽赴台，不知何故，竟被指为中共特工人员。那时大陆去台的人都须由在台人士作担保。蒋海镕被捕，牵连许多。许多台湾新闻界人士接连被捕，包括原先在《东南日报》工作过的某公。胡氏向台湾当局力言陈说"蒋案"过于扩大了，总算保全了一些无辜者。

六十年代中，海峡两岸都敦请获得诺贝尔奖的美籍华裔学者杨振宁、李政道前往。胡健中因和胡适同姓，又兼同省籍，便打着胡博士的旗号，赴美会晤杨振宁，得以邀请杨振宁到台湾讲学。以后，杨振宁曾多次访问海峡两岸，为两岸往来架起了桥梁。胡健中也是力主两岸沟通的人，这一点上，他也做出了贡献。

胡氏以他的生花妙笔和练达的口才为蒋介石所看中，常为蒋介石代笔,有"文胆"之称,此时他出任了国民党中央常委。虽然官场上被人称为平步青云,可是内心却日感孤独。不单是《东南日报》消失,还因为自己不善饮酒打牌跳舞,且上无父母,下无子女,老夫老妻相对,家庭生活乏味。

远在杭州《民国日报》时,胡氏就已结婚,妻子王昧秋,又名思村,毕业于浙江省立女子师范学校,同瞿秋白夫人杨之华、郁达夫夫人王映霞等是同窗好友。她聪明贤淑,楚楚动人。但却不能生育。夫妻两人相濡以沫。家中豢养白毛哈巴狗,聊解寂寞。

胡健中二十岁在上海时,曾和郁达夫同居一室,一同睡在地板上,以大饼油条充饥。三十年代重逢于杭州,两个夫人又是同班同学,重逢后频频诗酒往还。以后虽经战乱,人事变幻,但两人间的书信不绝,也有多次短期相聚。1935 年达夫、映霞不幸离婚,时人扼腕叹息。王昧秋吸取教训,对丈夫防范备至,即凡胡健中所经营的事业,如《东南日报》、国民出版社、国民通讯社等处,都不准聘用女职员。

胡氏律己很严,绝不二色。但到台湾后,年纪愈来愈老,膝下无人,终非结局。乃将从南平一直跟他到台湾的青年报务员茹浩增收为义子,稍解寂寥,并作送终的打算。不料,六十年代中期四十余岁的小茹便英年早逝,使胡健中、王昧秋更增加了孤寂的滋味。

身后寂寞 不堪回首

台湾经济虽然发展迅速,可政坛却风波迭起。六十年代后,胡氏辞去《中央日报》职务,写作渐多,不少回忆录在《传记文学》等报刊发表。此时台湾国民党内新老矛盾激化。每年"国大"、"立法院"开会时,青年党员往往以老委员堵塞他们的前途为由,屡屡发难猛攻,甚至公开谩骂。对此,胡氏同浙沪友人通信时,颇多叹息,有"人老珠黄不值钱","不堪回首话当年"的感慨。

1986 年,与胡健中厮守了一世的王昧秋病逝。1988 年,胡健中在台北《传记文学》四月号发表《郁达夫与王映霞的悲剧》一文,一再回忆两对伉俪在杭州诗酒往还的往事,文末云:"但一切非复当年,提起杭州往事,不堪回首,只有付之一叹了。"内心希望,能于生前回到杭州看看。

1990年10月胡健中的好友蔡某由台到杭,曾同胡的旧友王遂今说,甚渴望回杭州和上海看看,和老朋友们谈谈。但不久蔡回台后又来信给王遂今说,胡健中忽然患瘫痪症,两腿不能走路,因此不能成行。胡氏做的是文化官,位虽高名虽大,可私囊不丰,微有积蓄又为保姆席卷而去,唯赖退休金生活。

1991年王映霞由沪去台,住在胡家,给他细心照料。胡表示得到从夫人病逝后未有过的快慰。王回大陆后,每月与胡通一次电话询问健康。到1992年秋季,电话不通,则胡病又告沉重矣!

在经济上,胡的财产被保姆卷逃后,曾得到"立法院"支付的退休金六百万元新台币,按章办理,款数较大,本以为足可安度暮年。不料祸不单行,胡在盛时曾任一家公司董事长的挂名差使。该公司破产,所欠债务算到他头上,六百万元悉数充公。此时蒋介石、蒋经国两代人亡政息,九十岁高龄的胡健中靠山已倒。几经交涉,"立法院"才算格外开恩,每年付给七万元新台币作生活费,平均每月五千八百余元,只抵一个普通公务员月薪的半数。在贫病交迫中,在台没有一个亲戚的胡健中,连栖身之地也没有了。他只好住在原来的司机家中,得蒙照顾。因为患的是绝症,口齿不清,渐至不能讲话。到1993年9月26日,寂然病逝于台北。为他举行的追悼会也比较简单,倒是灵堂中有杭州、上海老友们请人代送的几只花圈,或者还能让这位九十岁老人于九泉之下,回忆起过去的那个时期。

吴绍澍主持《正言报》反蒋经过

中共方面打来电话

1948年9月30日,上海《正言报》编辑部内的电话铃响了:"请编辑听电话。"《正言报》的总编辑已多时不来,此时由担任副总编辑的我暂时主持报务。

电话里的声音从容、平静和坚定,我一听就知道那是中共上海地下组织联络人员打来的重要电话:"王孝和牺牲了,请报道时主持正义。"

上海杨树浦发电厂的王孝和被国民党反动派逮捕处死以后,上海民众无不义愤填膺。我调来记者手稿和通讯社的报道看了一下,立即修改成本报特讯,并加了一个大标题"王孝和口目不闭,一路上喊冤枉,特刑庭乱杀人。"作为标题以后,马上携稿来到社长室,和社长吴绍澍商谈。

"好,好!"吴绍澍拍案叫好。并说,再写一篇社论揭露一下吧! 当下立刻从编辑部找来三四个人,由采访主任范锡品执笔,写下了那篇《不要再制造王孝和了》的社论。社论指出国民党栽赃制造假案的阴谋,并警告今后如果再搞,将更不容于人民。

国民党发出恫吓

第二天,报纸出版,在国民党对舆论高压的氛围中,激起了一阵风浪,引起了强烈的反响,国民党反动派惊恐万状。当天晚上,在福州路一带的电线杆上、墙壁上,都贴满了红红绿绿的标语:"打倒为共匪张目的吴绍澍","《正言报》为共匪宣传,罪该万死","要求上海市政府立即查封《正言报》"等等。显然,这是国民党反动派在发出恫吓。

断水断电下令逮捕

吴绍澍看到这一形势,曾经找过蒋经国,想请小蒋关照一下。谁知过了几天,即10月8日,蒋介石到了上海,住在东平路公寓。辽沈战役开始,东北的解放在即,蒋氏心情沮丧,11日即召见吴绍澍加以训斥,并下令"在报社内隐藏共产党,立即停刊清洗!"。次日,国民党上海市当局即派出特务包围《正言报》,执行查封停刊的命令。断电断水,殴打进出报社的人员。过了几天,蒋介石又进一步怀疑《正言报》和共产党的关系,竟下令:"立即逮捕吴绍澍,严行审讯"。可是,这时吴绍澍早已逃之夭夭,《正言报》的主要人员也大都四散隐蔽,特务进驻《正言报》社,只得了一座空空的大楼。

身兼六职年轻气盛

吴绍澍是上海松江县人,身材壮硕,曾是东吴大学的足球健将。抗战时期,上海沦为"孤岛"。他受命在"孤岛"为国民党开展地下工作,其实力主要在三青团内。1945 年抗日胜利,国民党政府远在重庆,对接管上海措手不及。而吴绍澍驻在屯溪,在上海各界又有一批党羽,就为蒋介石所利用,委以上海市副市长、社会局长、国民党市党部主任委员、三青团主任干事、政治特派员、军事特派员六大要职。其时,吴氏不过三十九岁。年轻气盛,锋芒毕露,大权独揽。他在国民党上海市的党政军文教工会等处,任命了许多处长、科长、校长等职,以形成他的独立王国。这些人都是二十五岁到三十五岁左右的青年人。这就触犯了国民党实力派的权益,于是群起而攻,特别是蒋介石的亲信钱大钧被任命为上海市长后,一度逗留重庆,扬言"上海已有吴绍澍了,我们都不必去了"。

为此,宋子文到沪后即召见吴绍澍,破口大骂:"你目中无人,你究竟是国民党,还是另有一党?"并猛掴其脸。吴即回答:"论官位,你比我高,论人格,还是我比你高。"

堂堂市长险遭暗杀

吴绍澍桀骜不驯的态度,也使蒋介石头痛。加以吴绍澍以虔诚的基督徒自命,深恨吸毒、贩毒、贩卖妇女等行为,曾指使当时的警察局长宣铁吾,去拘捕黄金荣的得力门徒。虽则捕后仍为青帮保释,徒劳无功,可是却树敌于青帮。而此时蒋介石正需要重用青帮,以巩固其在接管区的地位,乃决定清除吴绍澍。1945 年 10 月一天上午,吴乘汽车返寓，暴徒连开七枪。幸得吴所乘汽车系原中西大药房老板周邦俊的防弹汽车，司机又急急地把车开进巨籁达路的寓所（原亦为周邦俊寓），所以幸免于难。

事后，吴绍澍急电告知宣铁吾，要求破案。开始，宣铁吾不明真相，驱车赴吴宅，说"副市长被刺，这还了得，一定三天内破案"。可是三天过后，却轻车简从夜访吴绍澍说："你的事不好办，大丈夫明哲保身，算了。"再不肯多说一句。在吴氏一再要求下，宣铁吾又吞吞吐吐地说："看来只有求之于蒋总裁，或能缓和吧！"就起身告辞，以后再不与吴氏见面。

蒋氏命令重庆软禁

蒋介石也有命令，叫吴绍澍赴重庆述职。一到重庆，立被召见，蒋介石将吴臭骂一顿，最后的几句是："我不怀疑你是共产党，但你也丝毫不像国民党的同志。你究竟是什么东西？自己去反省反省。"即挥手令出，不容一句辩白。从此，吴绍澍就被软禁，等待惩处。

消息传出，一方面于右任、朱家骅为其说项；另一方面，上海有"国民党蒙难同志会"（即是抗日战争时期，国民党和三青团在上海的一批"地下工作者"，有的被日汪政权逮捕遭受刑伤，有的是被日军杀害者遗下的家属，也有的是奉命"曲线救国"重新冒头者。这些人都被国民党称为义士、烈士、英雄），其中不乏吴氏旧部，纷纷上书、写文呼吁释放吴绍澍。在此情况下，蒋介石就顺水推舟，说："吴绍澍虽然横行不法，毕竟不是共产党，是可以原谅的。"下令解除软禁，留候待命。

下定决心拜会周公

此时吴绍澍满腹牢骚，郁郁不得志。史良的妹夫鲁莽向其进言，可通过史良，去看看周恩来先生。

史良向周恩来谈起吴绍澍的情况后，周恩来说了一句："吴绍澍走的那段路太可惜了。"吴绍澍不知周恩来这句话的深刻含意,就要求去拜访周恩来。

这是一个多雾的冬夜,在重庆周恩来的小书房内,吴氏先说了他深恨黑社会以及他被刺、被软禁的经过。

周恩来含蓄地莞尔一笑,很诚恳地说:"黑社会根深蒂固,蒋介石正要利用,岂是你轻易动摇得了的。"接着就分析了国民党已尽失人心,而共产党已得人民的拥护,未来的形势是很明显的。吴氏当即表示愿弃暗投明。周恩来又指出,吴氏的基本力量是一批青年。这批青年,对吴氏来说虽有对他忠心的,但也可能有不可靠的,甚至会有出卖他的人在,要谨慎从事。最后,周恩来根据吴氏所述,判断蒋介石还是会让他回上海的。但职位可能尽失,不过《正言报》的职位,大约还会保存。可是目前《正言报》的质量还有待提高,建议可补充一些知名之士参加,目的是办好一张受广大读者欢迎的报纸。

回到上海仅有空衔

吴绍澍问起今后的联系。周恩来说你返沪后,如有决心进步,自然有人会来找你的。这样,吴绍澍就秘密地走上弃暗投明的路。但他对周恩来说他旧部会有人背叛他的话,却不信服。

吴氏失势,上海滩的国民党官僚们额手相庆,纷纷起来争夺吴氏失去的肥缺。经过一番钩心斗角的争夺后,留给吴绍澍的仅为不重要的三青团主任干事一职,以后国民党党团合并,规定市党部主任委员方治不动,三青团主任干事可出任市党部副主任委员。此时,吴绍澍即以不甘雌伏于方治之下为借口,毅然宣布不接受此职,从而失去了仅存的一职。留下来的便只有《正言报》社长和"立法委员"的空衔了。

市党部副主任委员,后由方治拉拢原三青团副主任委员曹俊担任。曹俊原为吴绍澍的得力青年干部。自担任三青团职务后,就积极投靠C.C.分子方治,并拉去吴绍澍旧部中的相当一部分人。开始时曹俊对吴绍澍还虚与委蛇,以后便在方治指挥下,明目张胆地与吴对立。至此,吴绍澍才真正信服周恩来对他旧部的分析。

结交中共全力办报

吴绍澍仅有一张《正言报》,即以社长身份全力投入。他请总经理王晋琦和总编辑鲍维翰出面,礼邀著名民主人士、教授、作家如徐铸成、张一凡等参加编辑部,加上吴的密友鲁莽、吴的旧部陈汝惠、范锡品、毛子佩和编辑胡秉诚等形成了《正言报》的基本力量。

那时,中共地下党员吴克坚、李士英等通过商界渠道,同吴绍澍接上了关系。其间联系工作主要由陈汝惠担任。从 1940 年 9 月 20 日至 1941 年 12 月 8 日,《正言报》曾创办于上海"孤岛"。太平洋战争爆发后停刊。1945 年 8 月 23 日,正是吴绍澍极盛时期,《正言报》利用他的势力,率先在上海复刊。其时,不但《新闻报》、《申报》尚未复刊,连国民党党报上海《中央日报》也尚未创办。所以,《正言报》曾一度为上海第一大报,日销十六万份以上,不仅如此,吴绍澍还支持其部下毛子佩办了一张小型报《铁报》,作《正言报》的补充力量。

不久,《申报》、《新闻报》、《大公报》先后在上海复刊了。上海报界竞争激烈,《正言报》日销一度降到二万份左右,岌岌可危。恰在此时,吴绍澍和中共地下组织吴克坚接上了关系,接受了党的领导。吴绍澍认识到,要办好一张报纸,依靠共产党,转向人民,才有生命。

此后,吴绍澍即在《正言报》内进行了改组。先是建立社论委员会,由徐铸成担任总主笔,耿淡如、我、倪文宙、鲁莽等轮流撰写社论,内中不少社论宣传了中共的主张。同时革新版面,大量采用中共地下党员转来的揭露国民党在农村强行征兵、征粮和战争溃败、经济崩溃等消息。这样一来,《正言报》的日销量又扶摇日上,达到五万份左右,保住了仅次于《新闻报》、《申报》、《大公报》后的上海第四大报的地位。

积极反蒋被封停刊

除了跟吴绍澍直接往来外，中共上海地下组织还常在南昌路瑞金路附近的陈汝惠寓所，跟《正言报》主笔的我和陈汝惠等人联系。地下党员汤德明、韦悫和汪刃锋等屡次与我和陈汝惠等人商洽《正言报》的舆论动向问题。约定以"我有一条要闻，请你们考虑……"为暗号，必要时由专人直接打电话给陈汝惠或我。

通过这些热线，《正言报》发布了不少战斗性的言论，同国民党的所谓"戡乱建国方针"展开了斗争。在斗争中，《正言报》曾遭到一系列恶浪狂涛的袭击。

首先是"产权问题"，1947年夏，国民党实行党团合并，上海市党部主任委员方治便以《正言报》是三青团报纸为理由，下令接管《正言报》，企图一举扼杀这一进步萌芽。但因为《正言报》创刊的时候就经济独立，自负盈亏，在组织上、经济上便和三青团划分得很清楚。注册时注明为正言出版公司经营，总经理王晋琦、社长吴绍澍负责，并不是三青团机关报。所以经过法庭辩论，确定为民营报纸，粉碎了方治接管的阴谋。

接着在1947年下半年，陈汝惠在市参议会提出一个动议："特务必须退出学校"，并写成"小言论"在《正言报》教育版发表。文章慷慨陈词，得到教育界的共鸣，却受到国民党教育部和市政府的训斥，《正言报》受警告，陈汝惠被迫离社，改任不惹眼的江湾中学校长。

1947年下半年到1948年上半年，上海连续发生舞女群起捣毁社会局，申新九厂女工罢工，国民党武装镇压酿成血案，学生反迫害、争民主运动等重大事件。在吴绍澍和徐铸成等人的主持下，《正言报》屡次发布火力较猛的言论与新闻，射向国民党，多次受到警告。

1948年8月，《正言报》在"大众版"和"本市版"同时揭露与蒋、宋、孔、陈四大家族关系密切的扬子公司的内幕，并在鲁莽所写的社论中对宋美龄有所影射,言论泼辣,引起宋氏家族的恼怒。但报纸攻击豪门与民争利,并不能作为迫令停刊的理由。及至王孝和事件发生,方治等便极力收集《正言报》为"共产党张目"的材料,向蒋介石告状,终于使《正言报》被封停刊。

特务追捕绝处逢生

吴绍澍弃暗投明以后,为中共工作,其范围并不限于《正言报》。吴绍澍素以少壮派自命,在上海一带经营多年,广树羽翼。他虽已下台,但潜势力还有不少渗入了上海国民党内部。所以,在他的影响下,上海的国民党新生活电台曾被中共地下组织用作秘密通信渠道。在国民党、工会、参议会内都有吴绍澍的人,在江阴等保安部队内亦有他的旧部,他们受他的策动,为共产党做了一些好事。以后,新生活电台被特务破坏,吴氏亦告暴露,蒋介石就下令逮捕。

吴绍澍逃到一个友人司机处隐蔽,陈汝惠和我等人也分赴戚友处暂避。军统特务四出捕人,先后捉到毛子佩和鲁莽,想从他们口中得到吴绍澍的地址以及共产党和《正言报》的关系。毛子佩的生死惊险,另有报道。鲁莽被捕后,遭到军统特务的吊打,并用烧红的铁烙他的胸背。直到上海市区解放的那一晚,特务将鲁莽等一批人装入一只只麻袋中,用卡车载往黄浦江畔,企图丢江灭尸。幸得途遇解放军截住,救出他们,才得重见天日。还亏得鲁莽是高高大大的身胚,运动员一样的体格,治疗一段时间后恢复了健康。他始终没有供出《正言报》,也没牵连任何一个《正言报》的同人,很是难能可贵的。

资金被盗无力复刊

1949年5月27日上海解放,吴绍澍等曾想复刊《正言报》。当时军管会曾做出决定,在《正言报》部分编辑人员开会时宣布:《正言报》不作为国民党反动报纸接管,《正言报》人员各安其业,或重行安排工作。

至于复刊问题可先自行讨论,再由组织研究决定。

正在这个当口,晴天霹雳,忽然发生一件事:《正言报》的留剩资金竟被总务施某席卷一空,逃往华南的蒋军控制区去了。于是,经济基础动摇,复刊成为泡影。施某原是吴绍澍在三青团内的小伙计,当时已三十余岁,表面上能干忠实,实际上包藏祸心。吴绍澍痛感失人,但亦无可奈何。

以后,经军管会同意,《正言报》不再复刊。此时,正巧《文汇报》酝酿复刊,徐铸成出任总主笔。通过他曾任《正言报》总主笔的关系,经过协商,《正言报》的机器和白报纸都移交给《文汇报》,仍为人民的新闻事业服务。

不久以后,吴绍澍被任命为中央交通部参事室主任,全国政协常委,前往北京。陈汝惠被聘为厦门大学高等教育研究所所长,我被聘为华东师范大学教授,鲁莽被任命为上海市政府参事室参事。人员分赴新的岗位,上海《正言报》就此完成了它的历史使命。

第四部　那大片的绿

那大片的绿——绿漪、景深、山源、烟桥印象

我爱绿。

层峦叠翠、浪花清碧、春天的嫩、夏天的浓、湛蓝的秋空、雪青的冬野、一大片一大片的绿。

在心之水彩画册上，青少年时代是绿的底色，掀开那一页一页，有时鲜涩，有时朗爽。

离开太湖与运河十字汊口的家乡吴江，是父亲屡屡经营失败的后果。父亲钱旭田从小学到大学都就读于日本，毕业于东京药学院后，取得了药剂师执照。

回国后，在上海、松陵、同里开设了工厂和商号。然而只知科学实验，忽视经营管理，父亲的厂商倒闭，成了负债者。无奈，和母亲远走到东北。

留下我、寄养于仅是生活起步的姨父母家，在距吴江不远的太仓，读中学。

在娄江之滨、文庙之旁，绿影影的笔架山下，翠澄澄的半月池畔，我开始了少年的写作。

首先，给我以启迪的是语文老师徐绿漪，在他主编的《星语》月刊上，我每期都发表了散文、短篇小说或日记。徐绿漪，青年作家，风度翩

翩，俊祥稳敏。在他的鼓励下，我也开始了替上海的报刊写稿。

巴金的"雾·雨·雷·电"、斯笃姆的"茵梦湖"、高尔斯华绥的"鸽与轻梦"、郭沫若的小品四章(山茶花等)、徐志摩、施蛰存……，课外从老师处得到的这些受益，还有对音乐与图画的神往，交织成朦胧的绿色网络，在心灵的空间。

以后，给我以鼓励的老师是郑振铎，那已是 1937—1941 年的"孤岛"上海，我就读于暨南大学史地系。因着郑师的关系，我认识了复旦大学的赵景深教授。

很多人都知道赵景深是中国戏曲学研究的权威，他能唱能演，所以，其研究成果是理论和实践的结晶。

可，在他青壮年时代，曾组织过"绿波社"，主编《绿波旬刊》、《绿波周报》、《诗坛》、《朝霞》等报刊。在他淮海路四明里的住宅中，他曾向我娓娓而谈真善美的创作灵感，像一股股绿泉灌溉了我爱美的心田。

在《小说月报》、《万象》、《世纪风》、《自由谈》、《文艺》等许多报刊上，赵景深、胡山源、阿英和我的作品给经常发表着。在那狂涛连天、烽火遍地的大时代，美文学是和民族斗争、光明和真理的追求融为一体的，并多注意于人民素质的熏陶、潜识的孕育。

胡山源是美文学《弥洒社》的创始人。在他愚园路渔光村的客厅中，经常有张传芳、朱传铭等昆曲名演员来切磋曲艺，使我频频看到"文"和"艺"交融产生的新花和硕果。

那时，山源执教于侨寓孤岛的东吴大学。同在该校的，还有范烟桥，烟桥还任《文汇报》的秘书。

在我海防村的书架上，散插在严谨的专业书籍中，有很多像"红玫瑰"、"紫罗兰"、"珊瑚"、"橄榄"一类俏丽的文艺期刊，16 开或 32 开本的，封面大都是用铜版纸精印的。樱红、浅紫、银灰、淡蓝、柠黄、碧绿是它们的色彩，而靓女、名花、珍禽、良景是它们的图像。那许多我爱读的期刊，大都是烟桥的赠予。对此，烟桥或参与编辑，或经常撰稿。

但他却从不为它们向我约稿,他只是反复地叮咛,在我搞文艺创作时,切不可放下专业的研究,在他的支持下,我写了不少地质地貌、区域自然、部门经济的论文发表于《文汇报》、《大公报》、地学、哲学、科学的书刊上。在地学和文学的交叉路口,我并未考虑要有所选择。

只是在五十年代,当任务分配,要我放下文艺,专挑专业的时候,也就很自然地、顺理成章地,以地学来伴随我的大半辈子了。

于今,我,青丝已化为银发。在将近半世纪地学领域的驰骋中,多着良师益友俊徒们的携手同步。可,每当猛一回首,想到最初引我开垦的,竟是慈祥的文学界前辈烟桥先生。我真感慨造物的奇妙;在心之水彩画册上,又猛猛地添上了几笔浓浓的鲜丽的绿色了呢!

辞海,四十一年同呼吸

四十一年前,我参加了第一次的《辞海》筹编会。那次与会者只有十八人,会议也只半天,可是却给了我难忘的记忆。因为,从此,我和《辞海》结下了同呼吸的长期情缘。

四十一年来,我先后担任了《辞海》地理部门的主要编写人、编委和分科主编。我执教于华东师大,《辞海》编写始终是我的重要科研项目。

四十一年来,《辞海》已拥有一支众多而精锐的编审和作者队伍,上海辞书出版社已经打开了国内和国际书业市场,出版了销数以百万册计的多类辞书。四十一年来,我也从青年跨入了老年。抚今追昔,感慨无穷。

首先想到的,是地理,它一向是古今中外百科辞典的大头。浩浩数千词目,何以能反映世界各国地区的自然、经济、人文的概况,既要全面而又精要,稳定而又新颖。这必然是经过许多编写和编审的专家们辛勤思考,沙里淘金,百里取一,历尽了曲折的写作实践才能取得的一点成果。至要的是取材的源泉,也就是第一手的资料。

即以外国地理的词条来说,那么多的国家、地区、城市,还有大洲大洋、岛山湖海都要得到可贵的资料确是不易的。《辞海》初起步时,就曾想尽办法,调集了上海市各处的诸如《不列颠大百科全书》、《美国大百科》、《苏联大百科》,以及日本、法国、澳大利亚、西班牙、菲律宾等国的大小百科;还有《欧罗巴年鉴》、《中东北非年鉴》、《撒哈拉以南非洲年鉴》、《英国政治家年鉴》等的新版,许多国家出版的地图册、地名辞典和人口统计手册等,以及航空寄来的一些国家的日报和地理或经济的期刊等,汇集于一室。从大学聘请来的我们几个编写者和辞海编辑所的责编们,每日汇集于那图书室中,相互切磋又各自埋头,根据《辞海》独创的体例,吸取可用的资料,提炼融通,写成那仅仅数十或数百字的一条条词条,虽然百炼不一定能成钢,但其中的甘苦艰辛却绝不是当今有些专事剽窃或仅依一本参考书来改装者所能想象的。

时间在空间中发展,空间在时间中变化。从 1979 年开始,《辞海》每十年新版一次。十年之间,世界的自然、人文、经济、社会都有巨大变化。特别是 1999 年问世的新版,正当世纪之交,工业社会加速转入信息社会之际,世界地理的几千条词条的内容往往有很大的,甚至本质的变化。幸得《辞海》拥有一批长期联系的作者。他们熟知《辞海》的风格、读者的渴求,除了不断从上述各国来的资料最新版中吸取养料外,还要钻研有关的国内外著名专著,应用电脑网络光盘等,从而做到该保留、该增删、该补充、该提高,以达到时代的新特征。

《辞海》有一个很显著的特点,便是编辑和作者长期来建立了一种亲密的友谊和交往。即使不编书时节,双方都通过参加有关的学术活动和频繁的切磋交流,而起到相互交流与提高的作用。这样,一旦《辞海》对作者们有编写要求,编写人再忙,也会从情感深处出发,觉得妥善安排时间,为《辞海》执笔有义不容辞之感。这是我六十余年的文字生涯中,感受最深之处!

《辞海》编写四十一年,我从中获得不少有益的学行。在漫长的四十一年,参加《辞海》地理学科一起编写的一些友人们,如苏永煊、金兆华、王洁民、李春芬、胡焕庸等都已先后故世。每当我捧起他们和我共同耕耘的这一片文化沃土——《辞海》时,我总有深切的怀念,使我在眷忆逝者时,深刻地勉励我自己。

第五部 旅游散文

宁 夏 奇 观

祖国西北的宁夏，漫漫黄沙中，黄河曲曲灌流着。从飞机望下去，正像黄绸布上横着一根翠绿的裙带。

为了工作，今夏我飞抵宁夏踏勘，饱赏了世界少有的雄伟、绮丽、壮阔、奇异等"多样风光一堂备"的美景。

羊皮筏泛渡黄河

宁夏的中卫县，地处黄河前套的首部。黄河在那儿是很宽阔的，横渡时要用羊皮筏子。一般是用 12 只打足气的羊皮筒子，分三排编成一只筏子。上用柳木条纵横相加，搭成了船台，每只可乘坐 4 个旅客，由当地壮年的筏夫操纵。

坐在筏子上，濯足清流，波浪不大，只是弄湿了我们的裤子。盛夏的宁夏，气候不像上海那样炎热，倒似江南的仲春或初秋那样凉爽，舒畅，乘筏渡河，更感到在骨髓深处有一种清新之气。

到对岸后，旅客在堤岸漫游。筏夫们则背起筏子，走到顺溜之处，把每只羊皮筒子，一一轻抚，如发觉有漏气的，就解开索子，用嘴巴吹气。他们的肺活量都很大，能一下子把羊皮筒子吹得胖鼓鼓的，又载客划回了对岸。

沙坡鸣钟

　　腾格里大沙漠东南边缘的沙坡头,位于中卫城西十五公里处。那儿是一片片新月形的沙丘,高达一百至二百米,栉比鳞次,一望无垠。建国以后,在它的南坡,育林封沙三十余年,已出现了连绵百余里的一片绿林。在视野所及的短短距离内,大漠、丛林、草原、农田形成了几个平行的带状排列着,是一幅斑斓分明的大地毯。

　　到达二百米高的沙丘顶部后,只见许多男女老幼的游客,都坐在干净的细沙上,从缓坡上滑行下来。各种彩色的衣服,在阳光中闪烁辉映,正像黄丝线上飞溅点点彩球,煞是好看。

　　最奇的是多数人滑行到中、下坡时,沙中还会发出"滋冬、滋冬"的音乐声,像是轻雷滚滚,又像是清脆钟声,这便是闻名于国际的"沙坡鸣钟"。原来,在阳光照射下,溜沙滑动使沙粒互相击撞,产生静电效应,同时沙丘之下又有潜流的水层,静电击荡水流才发出这样奇妙的音乐。"沙坡鸣钟"也是世间少有的。

鸟岛和 108 塔

　　青铜峡市西南的青铜峡水库,是一个大湖泊。乘汽艇绕湖畅畅快快游一游,总要六七个小时。峡江的西岸,一个陡峭的山坡上,依山势从上到下,阳光下发出耀眼光芒的,是名闻遐迩的 108 塔,它们按 1,3,3,5,5,7,9,11,13,15,17,19"个数"排列成 12 行,形成了三角形的巨大塔群。塔内都砌砖块,外敷白灰,形似钵体,顶部是宝珠式,底部是八角须弥座。这一群元代的建筑,是我国最大的古塔建筑群。

　　伴同我们游览的美丽的导游姑娘说,传说人世间有 108 道魔劫和烦恼,佛祖才在此建这塔群予以镇压,以使人世间显得更美善和欢畅。也有传说,那处穆桂英的点将台,108 将中有不少冰肌玉骨、雪肤花貌的女将,所以至今在附近的松柳林中,还常常随风飘逸出阵阵的脂香呢!

从 108 塔岸南航,出峡谷驶入开阔的水面,便见那长长的鸟岛,绿茸茸的一片,杂树和浅草丛生,同两岸光秃秃的褐色高山相映成趣。每逢春秋两季,候鸟南北迁移,过此留驻,成千上万只的白天鹅、灰鹤、鹈鹕、大雁、野鸭或嬉游湖面,或翔飞低空,使游客到此,也仿佛已溶化于那彩色缤纷的鸟乐图中了。

激光映照西夏王

中国史上著名的西夏王古都就在银川市西郊。王陵范围宽阔,南北长十公里,东西宽四公里。错落安置着八座帝王陵园和七十余座陪葬墓。

每座陵墓都高达几十米,原先都外敷砖瓦,可现在所见只是黄土洞基。翠色的琉璃瓦散落于平坦的泥地上,这说明了该地曾遭受过严重的破坏。据说是宋末,蒙古兵攻打西夏,在此屡攻不下,伤亡惨重。后来攻占了,就肆意破坏,并把陵墓毁掉。满地残瓦可说是历史的见证。

每到旅游旺季,旅游公司在此用激光装置,在半空打映出西夏王的形象,栩栩如生,向旅客致辞,惟妙惟肖。这,对国内外的游客,都具有很大的诱惑力。

宁夏的美还有许多,如银川市的承天塔、双塔和海宝塔的结构都很奇特,别具一格。中宁县的石空寺石窟佛像,固原县的须弥山大佛像(高二十余米)都构成了一幅幅神奇的图画。如能在交通和设施上给予旅游者方便的话,宁夏何尝不可成为我国又一个吸引世界游客的旅游新区呢!

祁红屯绿吐清芬

考察队的小面包车在皖西南的丘陵地中穿行,从石台县经过祁门、黟县、休宁直到屯溪市的一线上,那山麓的低坡上,尽是一簇簇的茶树。春末夏初,嫩嫩的茶叶,披上了绿色的新装,真一下子就洗尽了我们旅途的劳顿。

皖南的茶叶以祁红、屯绿最为著名。屯绿的历史悠久,早在明代便已名闻遐迩。它可分炒青和烘青两大类。它们的制作都是先将鲜叶揉捻。然后,炒青是在茶锅里炒制而成,它的特点是芳香馨郁、汤色碧绿、茶味清新。烘青是在烘笼里用炭火烘制而成,它颜色浅黄、汤色明净、茶味醇和。

祁红的制作,始于清初。它是在绿茶的基础上加工制成的。特点是条索坚细、色泽鲜亮、汤色明净、饮味醇厚。

一红一绿,虽然以祁门和屯溪为标志,但事实上产地遍布于我们所经过的那一大片丘陵中。那儿山高林密,土壤微酸,背阴山麓,又多云雾。有"晴时早晚遍地雾,阴雨成成满山云"的气概。大自然为优质茶树的生长发育创造了客观环境,加上聪明的茶农们,在山坡筑就了一列列梯畦,不断地钻研改良品种,才能长时期地生成了祁红屯绿的国际声誉与海内外的市场呢!

是一个月色溶溶的晚上。我们夜宿于休宁县境内的道教圣地——齐云山顶上。在和风轻拂的古寺观楼轩上,夜静如梦,眺望着银光笼罩下的五老峰,手执一杯屯绿或祁红,鼻中阵阵的清香,舌端微微的鲜嫩。名山名茶,真令人永世都不能忘怀呢!

乌鲁木齐奇事——大雪纷飞吃西瓜

三叉戟飞机掠过白雪皑皑的天山山脉,从上海来的旅游客都还穿着单薄的衣衫。空中小姐已发出了声音:"飞机将降落乌鲁木齐,请旅客们添加衣服。"只经四个小时,我们已住进了坐落在光明路的新建高级宾馆——博格达宾馆了。

高耸的宾馆,具有西方现代化和东方维吾尔相结合的风格。从长玻璃窗远眺,巍巍的博格塔峰,终年雪装冰琼,显得分外端庄秀丽,正像亭亭玉立的白雪公主,含情脉脉,甜甜地向你凝视。

宾馆内有空调设备,不亚于上海的锦江饭店。但如室外溜达,非要披上呢大衣、棉大衣或皮大衣不可。可到了中午,却是阳光普照,只要一件夹衣就可以了。

乌鲁木齐的气候以善变著称。例如九月底的那晚,忽然飘下了鹅毛大雪。翌日凭窗一望,满街的行道树和屋顶上都盖满了白雪。原来还青翠的街市,一下子变成了银色世界。

中午,大雪依然,可是我们许多人都围着桌子,剖开了大西瓜和哈密瓜,乐津津地边谈边品尝那新疆的特产。真可以说是:"晨穿皮袄午穿纱,大雪纷飞吃西瓜"了。

乌鲁木齐市上,到处可以看到手推车叫卖鲜葡萄、西瓜和哈密瓜的人们。新疆瓜个儿大,瓜瓢鲜红欲滴。哈密瓜瓜瓢黄嫩诱人,有大有小,还有夏密瓜和冬密瓜之分。

所谓冬密瓜其实也在夏季收摘,不过品种特异,可以一直保存到冬天。非但历久不腐,而且愈贮愈甜。它的价格又仅为上海市价的三分之一到四分之一而已,真不愧是祖国西北部的珍宝和佳品了。

看渔民捕海蜇

乘小面包车到锦州市西、塔山之南的海滨,才早晨七时。阴天,天地间笼罩着一片白茫茫的烟雾。远远望去,只见形似笔架的岛山飘浮于苍茫的海上,宛如仙境蓬莱,可望而不可及。

走下海崖,到达浅滩,只见一长列人群,在海水上凌波而飘,向着那笔架神山,徐徐移行。

心中有底,我们几个人也都加入了这行列。原来在海湾曲折之处,两股海水潜流,把大片沙石搬运而沉积于笔架山北,年深日久,就堆积成了一条阔约五米,长约三华里的长堤,连山接岸。涨潮时,海水上涌,长堤就被淹没于水中。可是水淹不深,旅客仍可涉足浅堤,步行到岛上,仿佛在烟水迷蒙的海上,踏浪而行。此时心情,真是"几疑此身在仙乡!"及待正午到来,海潮退尽,长堤袒露于海面之上,雾气亦已消失,那眼前就是一片单调的褐色滩涂了。所以,聪明雅兴的旅客,莫不争先在那清晨的时候,到此领略洛神凌波的滋味!

在飘向笔架幻境的同时,还能看到另一奇景。那便是海水中不时地有一片片海蜇在随波飘浮,大如圆桌面,面底是透明的浅黄色的肢足。当地渔民中的一些健壮汉子,赤裸着上身,肩挂一串绳子,绳端有一支短木棒,棒的一端削得很尖锐。他们在岸边或堤侧眺望,一见海面浮有海蜇,就跃身入海,迅捷地游向海蜇,飞快地把木棒刺穿蜇面,棒的两端系好绳子,重新挂在肩上,游回岸上收起绳索,把海蜇捕捞上来。一堆堆的海蜇,直接在岸边加工腌制,成为海蜇皮、海蜇头,供应市场。

那也是确须如此,海蜇必须捕到后立即加工,否则等到你拿回锦州,已经缩小,甚至化为清水了。

在海边附近的集市上,一排排的小店或小摊,尽是陈列着新鲜的海蜇、海虾和海蟹等。那一天我也购买了一些初加工的海蜇,返回锦州宾馆后,又再用盐加一道工序腌一遍。三日后返沪,蒲包内倒去卤汁盐液,美食了几次鲜海蜇。

同 里 畅 想

诸湖环抱于外,一镇包涵其中。

同里是碧波柔绿的结晶品,在同里湖、庞山湖、九里湖、南星湖、叶泽湖五湖怀抱中的同里镇内,又有河道十五条,翠水软剪,把镇区分割成十五个圩,由四十九座古雅浑璞的石桥系联了起来。在晴天,波光敛滟如水晶映虹；在雨天，烟水迷离似轻绡笼纱。当你漫步于那逶迤曲折、古意雅趣的明清街上，当你流留于那以平价出售珍珠、古玩、丝绸和土特产的店肆时，你定会感觉到你已获得了大都市中少有的清新和舒坦，你已充电于现代文明所缺乏的古代宁静神韵，使你的生命从三维空间一下子跃进了四维空间中。

于是大都市中的人士，国外的游客总想一到同里，沐浴在那碧绿明净的河水、浩淼清凌的湖波，溶化于那东吴文明、古建筑、晶亮的珍珠和淳朴的民俗风情之中，化为一片云、一粒露，尽情地陶醉一下。一次，二次，三次……去了又想来。

同里多名胜，名胜群中的核心是退思园。

本来，中国的园林，北南迥异。典型的北方园林，宏广壮丽，主要建筑往往沿着中轴线对称排列，整齐瑞美，金碧辉煌，体现了皇家或贵族范围的富贵气度，以及封建秩序的物化。而典型的江南园林，则雅淡宁静，花树厅榭依托地貌，取形自然。面积虽小，却匠心独运，巧妙地运用"隔"和"连"的造园手法，曲折回环，步换景移，以小见大，体现了落魄文人或失意官宦的洗涤功利、追求闲适舒畅的心情。

退思园建于清光绪 1885—1887 年，园主人兰生，经历宦海风波，退而建园。这种取法自然，溶诗情画意于园景中的情调，就分外明显。

退思园的最大特色，是它的布局不同于中国一般园林的纵向排列，而是依托水文走向。宅、庭、园三部分都沿水而建，形成了横向布局。每当水波漪动，处处丽影翩翩，如居瑶池，几疑龙宫。称之为贴水园林，真是最恰当不过了。

园中的主景是退思草堂，如果站在堂前的贴水平台上，环视八面对景，于浓密的绿荫假山掩映下，形态各异的画栋雕梁，或飞檐挑波，或横空出架，或回环静伏，或缥缈轻娜，犹如吴门闺秀妙笔绘成的水彩画，令人心旷神怡，顿时忘尘世烦恼。其他如水芗榭、闹红一舸、菰雨生凉轩、三曲桥、辛台、天桥、桂花厅等景点也都各极其趣，诗骨梦衣，妙趣横生。

无论是缀山理水、框景夹景、花窗漏窗、隔嶂幽径、远近借景、翠堤拱桥等都离不开"水"的衬托或映照。可以说整个退思园都是"水"的巧妙构景,"水"的精心编织。同时,它又每一方寸都渲染了东吴文化的特色。所以,自然而然,退思园就成了 20 世纪晚期,海内外影视外景选点的宠儿了。

然而,退思园之美还当和它的周邻联成一体。那便是同里镇上的清河、古桥、名楼和它溶化成了一片。出园非遥,便见那"二堂三桥"的景点。在清澄的三岔河道上,横跨着太平、吉利、长庆三座拱形石桥,桥畔坐落着古色古香的崇本、嘉阴二堂,虽是 20 世纪初期、民国时代所建,却继承了明清老宅的风格,也渗入了当时东渐的西风格调,诉说着浓郁的吴侬民俗风情。而且它们在布局上都很靠近。红桃绽波、绿柳垂桥,庭院深沉、雍容苍华,对游人视网的捕捉和编织提供了最大的方便和满足。这是江南诸美景中更上一层楼的优点,也可弥补吴中某些名园芳苑,列身闹市,园内苑外情调迥异的缺隙哪!

陈从周教授曾把同里比之于意大利的威尼斯,称之为"小威尼斯"。

水都威尼斯由一百一十八个小岛构成,为一百一十七条水道分割,四百多座桥梁系联。夏季干热、冬季温润的地中海式气候。晴空碧蓝,海波粼粼。它以水道为街巷,用舟楫为车辆。还有一百二十多座风格多样的教堂和建筑物。其中有以锋利尖顶直苍巷穹的歌德式;以和谐对称显示华雅的人体美的文艺复兴式;还有圆形屋顶,系列廊柱以表达豪华、隆重的巴罗克式。广场上的咖啡座、钟声鸽翔;还有璀璨夺目的珠宝、玉石以及花边、刺绣等工艺品都吸引着来自世界各地的旅客,使它成为国际旅游业中最负盛名的热点之一。

我愿以荷兰的阿姆斯特丹来比拟同里,是在须德海畔,十二世纪时的渔村,二十世纪的西欧海港,荷兰的首都。以水为骨骼的都市,是一百多个小岛由一百多条运河分割,一百多座石桥联系。交汇着西欧的古典与现代建筑,金刚石琢磨业熠熠生辉,花卉业喷吐着芬芳。每年有数百万计的国内外旅客。

二十世纪八十年代初，我曾率队进行皖南旅游区的规划工作。于黄山市属的黟县研究西递和宏村两片清古民居群。那街巷连片的沉幽深院、画栋扰存；门楼壁饰，砖石精雕；明泉暗渠，古系完整，不禁叹为观止。以后又到歙县，考察那牌坊、祠堂和古民居"三绝"。全县有七十余处的文物保护单位。它们和黄山、齐云山等俱属于黄山地级市，而黄山已列入于联合国"世界文化遗产名录"中。

家家临水、户户通舟的同里，在水、桥、园的组合上，对照上述名胜，几乎颇为神似。在文化素质方面，从宋代到当代，人才辈出，过去的状元、翰林、进士、举人，有史可考的近百人，近期的诗人学者如陈去病、柳亚子、王绍鏊、金松岑、范烟桥、费孝通等都生于同里。从十三世纪以来，同里先后建有寺观祠宇四十七座，宅园三十八处。同时，它又处于苏吴蚕桑与丝绸刺绣、太湖珍珠养殖业的宝域中。自然美与人文美的结合，把同里称之为东方小威尼斯确是当之无愧的。

可是，同里毕竟很小，仅是县级市的一个镇。八十年代退思园修复，古镇沐洗了时代的光彩。省市镇的有识和有为之士们的确尽了很大的努力，赢得了前所未有的成就。然而，较之于上述国际旅游热点，还有规模较小之感。

假如我们认为"小威尼斯"的"小"字是发展过程中的一个台阶。那末立足于此，更上一层或二层——，似乎也还是"事在人为"的吧！

于此，我有一些灵感，一些设想。

说实的，整个吴江都可说是水的构体，吴江面积约一千一百七十六平方公里，加上境内的东太湖，总计可达一千二百三十一平方公里。其中水面积约占 27.5%。太湖二千四百二十平方公里，波澜壮阔于其西。大运河纵流南北，太浦河横穿东西。吴江湖泊之美，可称羡宇内。即以俞前所著散文集《莲子雨》中的一辑（吴江十湖寻踪），所含十篇散文的标题是：极目绸都话盛湖、闻名遐迩莺脰湖、分湖便是子陵滩、一苇难航九里湖、述今怀古东太湖、同里湖与罗星洲、历史上的庞山湖、寺庙寻踪念禊湖、不屈不挠唐家湖、藏龙卧虎蠡泽湖。散文所述这十个湖泊,自然之美如"水光回绕、遥接平林、凫渚花汀,更多殊境"。"平波夜月,上下天光,一碧千顷、冰轮忽现,皓魄星空、浮光耀釜"。人文方面,从汉唐元明清民国至今,历多政坛风云,民族气节,诗人吟咏,画家彩绘的演化场合。阅读了这些记述之后,我顷时忘怀年老,恨不得身有彩鸾双飞翼、渔游十湖乐无穷。单只十湖的旅游业开辟,便可使吴江湖光比美瑞士,何况吴江远不止十湖。

吴江也是"桥之乡"。始建于宋代的松陵镇的垂虹桥,原长五百余米,全用白石垒砌,有七十二个拱券形桥孔,三起三伏、蜿蜒瑞丽、如玉河垂虹,是江南拔萃名桥。虽毁,但遗踪尚存,复原非难。

我虽然不知道吴江有多少古桥,但在肖镛彬、翁震农所写的《黎里的桥》中便已见单黎里一镇,便有太平、青龙、梯云、进登、登瀛、长春、通秀、里仁、迎祥、揽胜、道南、梅兰、鼎新、接桂、大陵、子来、东啸、西啸、东霸、西霜、望恩、新半、明月、秋禊二十四座著名石桥。这些都是原有的桥名,反映了浓郁的历史民俗、神话传奇。后来改用了塘桥、新桥等平淡的新名。为了发挥旅游景观的魅力,似以复用旧名为宜。像这样的古式古香石桥,吴江的各镇乡村比比皆有,估计当不下百数吧!

桥必跨河,吴江的青流翠溪总有百余条之多吧!玉池、曲河、虹桥,临水的楼台亭榭,粉墙灰瓦人家,垂柳拂水,红桃映翠,河湖之中如再点缀以轻舫舢板,配以吴侬软点佳肴,伴舞评弹,指点古祠古庙古塔,话说历朝历代风趣掌故,敬仰社会主义革命英雄的创业。那末吴江邀游,定可使人心宽神怡、舒畅轻快,深深地浸沉于忘我的自由空间。这对国内游客,特别是对偏重于物质享受,较少精神灵感的西方旅游者来说,将富有强劲的吸引力呢!

吴江有八十万亩水稻田,四十万亩水面滋生着鱼、虾、蟹、菱、藕等水生动植物,十一万亩桑园与果园。现代高科技农业将与现代旅游业同时在"水"字上下功夫,并肩发展、相互促进。再结合以现代化的电子、丝绸、信息、建筑和美术工艺等业为旅游业尽其表象与心理的独特美丽包装。

因为同里已负盛名,所以设想中的理想乐园,可名为"吴江同里旅游区",逐步争取超越省级文化名镇,而跻身于世界性的旅游景观行列。

这一吴江同里旅游区,还可以东接昆山常熟太仓,依托于我国最大的金融经济中心上海;西连苏州、无锡、宜兴;南接嘉兴、湖州、杭州形成一片以水为内核,亦多丘陵孤峰、溶洞名苑、佛教古刹、文物荟萃的中国东南大旅游区。那末对区内的任何一景点,如吴江同里旅游区的发展必将有更多的引力。

问题是交通便捷问题,那是任何旅游区发展的先行。当前,沪苏浙的高速公路、新颖铁路和内河运输以及航空线的开拓都正呈现一日千里之势。如能紧抓这一难得的机遇,在吴江的各镇、各景点间构筑现代化水陆交通网络,那末"吴江同里旅游区"的突飞猛进也不是不可期待的。

另一是旅游资源和旅游商品的包装,目前还不够现代化,不适合于当代广大旅客的审美要求。所以还未能深入地吸引旅客心灵上的留恋,诱发其经济上乐于支付的欲望。关于这一些,是必需经过一系列预可行性研究和可行性研究,进行仔细的定位、设计和营销策划来一步步地改进呢!

当然,这一切都仅是我肤浅的畅想罢了!但愿能引起中外旅游学研究者的重视,国内外旅游经营者的兴趣,假以时日,化梦境为实景才好哪!

钱今昔的文学创作简历

自二十世纪三十年代起,发表了大量文学创作,曾用过的笔名有钱雪,薛妤婕,薛璇,思佩,斯丁,轶镒,鹿非马,金羽,李庄,化龙,秀碧,安冬尼,文时等。

(1) 1931—1934 年就读于太仓县立初中,在上海的《中学生文艺创作丛书》发表小说《吉垣英雄》。在徐绿漪主编的《星语》月刊上,发表"美的散文"、"美的日记",约近 20 篇,是该刊的主要作者之一。

(2) 1935—1937 年 7 月就读于上海光华实验中学,与陈道弘、何家堆等创办"明日"文学社,出版《明日》、《雅歌》季刊,开始以新感觉和唯美手法写作散文、新诗、小说。

(3) 1937 年 8 月—1937 年 10 月,"八·一三"上海抗战军兴,在上海各报联合出版的《战时日报》的副刊上发表约 25 篇新诗、散文、论文、独幕剧等。此年 8 月考进上海暨南大学读双学位——史地系与中文系。

(4) 1937 年 11 月上海市区进入"孤岛时期",在周谷城、郑振铎等教授与校外的赵景深、胡山源等教授的鼓励下,开始旺盛的孤岛文学创作时期。

1938 年,与周一萍、吴岩(即孙家晋,曾任上海译文出版社社长)、舒岱,林枞敔、华铃、等组织《文艺》社,出版《文艺》月刊。任编委,张天翼、聂钳弩、王元化、赵景深、刘白羽、许广平、王任叔等在该刊发表作品。

1938—1939 年，先后在《文汇报·世纪风》(柯灵主编)《大美报·浅草》(柯灵编)、《正言报·草原》(柯灵编)、《译报·大家谈》(钱杏邨编)、《大美晚报·夜光》(朱惺公编)、《申报·自由谈》(胡山源编)、《申报·春秋》(周瘦鹃编)、还有《大公报》、《大晚报》、《华美报》等发表了许多散文、小说、新诗等。在文艺界有广泛交往。

(5) 1941 年 8 月大学毕业，1941 年 1 月与吴绍彦、王兴华等组成《杂文丛刊社》、出版《杂文丛刊》九册，是"孤岛"后期最主要的杂文与散文丛刊。除钱、吴、王等外，赵景深、唐弢、孔另境、柯灵、吴岩、王任叔等亦执笔。

1941 年 2 月，与范泉、孔另境等组成《生活与实践社》，出版《生活与实践丛书》，共出版《论思想方向》、《自由及其他》、《文化与战斗》、《人民万岁》等五书。

1940—1941 年，在《中国妇女》月刊(朱素萼主编)上，每期以薛好婕笔名发表《美与爱》的系列小说，溶纯洁的爱与美于烽火战斗中，为广大女青年爱阅，每月收到大量的来信。

1941 年 10 月主编《时代妇女》，并发表长篇小说《玫瑰与蔷薇的梦》，表现异国情调的爱。太平洋战事起，孤岛沦陷，以上刊物均停出。

1941 年 8 月至 12 月，在《小说日报》(周小川主编)发表长篇连载小说《风雨》。以父亲经营化工厂、食品厂从小至大，规模不断扩大，而环境险恶，终至全盘崩溃以及艰苦、曲折、复杂收拾残局的亲身经历为题材。连载五个月后，因日军进入市区而终止。

1940—1941 年，在《小说月报》(顾冷观主编)、《万象》(陈蝶衣、柯灵主编)、《正言文艺》(胡山源主编)、《小说月刊》(俞亢泳主编)、《新文艺》(周楞伽主编)、《文艺连丛》、《文艺春秋》(吴崇文主编)、《文综》、《文林》(赵景深、胡山源主编)等期刊发表了大量的小说、散文。在《中美日报·堡垒》、《中美日报·集纳》(范泉主编)、《大晚报·火炬》、《宇宙风·甲刊》(林撼卢主编)、《宇宙风·乙刊》(周黎庵主编)……等报刊上发表了许多散文、杂文、报告文学、英美小说与英语诗翻译等。

(6) 1942 年穿过日伪军队的军事封锁线,经浙江金华、龙泉,福建松溪而到达闽北抗日山区南平,由浙江大学龙泉分校王季思教授和中共地下党陈向平的介绍进入《东南日报》工作,并主编《东南画刊》,继续文学创作。

1942—1944 年在《民主报》,发表长篇连载小说——《风霜》,取材于亲身参与的进步学生运动。

1943 年由南平文化出版社,出版小说集《上海风景线》,用新感觉手法反映孤岛沦陷初期,上海人民的苦难与斗争。

1945 年由南平文化出版社出版小说散文集《流浪汉》。

1942—1943 年,在《南方日报》断续连载亲身经历的穿越封锁线与战场的《沪浙闽行》散文。

1944 年在江西赣州《青年日报·青鸟》发表连续中篇小说《阴冷的温带南部》。

1942—1945 年 10 月,在福建的《东南日报·笔垒·周末版》(陈向平主编)、《南方日报·新世纪》(周丁编)、《民主报·副刊》(朱侃编)、《民治日报·副刊》(雷石榆编)、浙江的《浙江日报》、江西的《青年报》、《正气日报》、《大同报》、湖南的《民国日报》等,还有《现代青年》、《十日谈》、《公余生活》等期刊上发表了许多散文和小说。在作品中进一步贯彻了色彩、节奏与文字的融会,形成了独创的美文学风格。

(7) 1945 年在《茶话》月刊发表长篇小说《水上的希望》,写一富家姑娘,舍弃家庭,投身抗战,但内地的种种腐败,使她蒙受痛苦,终于投身民族民主革命。

1949 年春,在《袖珍》(徐慧棠编)月刊发表中篇连载小说《海流的方向》。

1946—1949 年,在《茶话》(顾冷观主编)、《家庭》(徐百益·沈毓刚编)、《幸福》(沈寂、刘以鬯编)、《文艺春秋》(范泉编)、《生活》(陈蝶衣、吴崇文编),《月刊》(沈子复编)上发表了大量的小说和散文。在《申报·春秋》(王进珊编)、《东南日报·长春》(陈向平编)等上发表散文和新诗。亲身经历的第一手感觉和曲折复杂的故事,使作品富有可读性和亲切感。

(8) 1950—1955 年兼任上海人民电台《科学与卫生栏》特约编委,撰写一系列世界风光和国内名胜的散文。

1957—1964 年,在《解放日报·朝花》、《文汇报·笔会》发表有关中东石油和东南亚风光的科学小品和随笔。

1979—1985 年,在《社会科学》月刊上,发表多篇"上海孤岛文学"回忆文,并被收入于《上海孤岛文艺回忆录》(上下册,上海社科院文学研究所,陈梦熊主编)。有部分小说、杂文、散文被收入《上海孤岛文学作品选》,1985 年所作《上海孤岛文学战斗片云》,系孤岛文学工作的总结性记叙与论述,刊载于上海党史委出版的《上海党史资料通讯》(1985年 7 期)。

1980—1982 年在《中小学语文教学》月刊上,发表《忆郑振铎》、《忆王统照》、《物候学》等散文。

1983 年在《香港文汇报》发表《文坛三先驱追思》等散文。

自 1983 年至 2003 年,先后在《新文学史料》、《上海滩》(上海市地方志办公室主办)、《福建新文学史料》、《剑津》、《东方经济》等期刊上发表回忆散文。

后　记

　　父亲年轻的时候为抗日救亡写作，解放后为科研写作，曾发表过无数的文字，出版过许多著作。到了暮年，他曾多次和我商量，希望用自己喜欢的写作手法，不带框框地出版一本最后的书。为了这本书，父亲用十多年的时间完成了回忆录《雪花飘飘》的写作。同时着手从过去发表过的千百篇文章中选择、整理出小部分的精华，重新抄录与修改。但是由于种种原因，这本书在父亲生前没有最后定稿。

　　2012 年父亲去世后，我根据他留下的文稿、目录等线索，花了将近两年的时间阅读，理解，整理，打字，最后成就了现在的这三辑。父亲去世后，我征求了青年一代的意见，从父亲生前酝酿的几个题名中挑选出《花与微笑》这个书名。"花"，表达了父亲对美好事物的追求；"微笑"，表达了父亲乐观向上的精神。

　　这本书的第一辑，是父亲晚年所写的回忆。文章记录了跨越两个世纪，将近百年的漫长岁月里，与我们这个家族的命运紧密相连的国事与家事。

　　书的第二辑，精选了部分父亲于 1937—1946 年间发表的文学作品。这些文章，通过对人物、故事、场景栩栩如生的描写，为我们展示了一个立体的、多面的民国时代。虽然文章中的故事离我们已经很远，但读来，不但有厚重的时代感，也很有现实感。

　　第三辑的文章，是父亲于上世纪八十年代、九十年代陆续写成。以纪念师长、回忆友人以及旅游散文等五部分组成。一些文章中所叙述的史实,属于首次披露。

在整理这些文字的时候,我一次次地被那个时代进步知识分子的精神所震撼。将近百年的岁月,漫长而又短暂。生活在这个大时代中的每一个人的命运,每一个家庭的命运,都必然随着时代的变幻而跌宕起伏。

三十年代的前期,日本军国主义对中国虎视眈眈。七七事变后,日军开始全面侵华。国土沦丧,富裕阶层的生命财产失去了保障,底层人民在几重大山的压制下,生活更加艰巨。这一切,促使千千万万有良知的知识分子走上了追求民族独立、人民民主的革命道路。许多名人,如郑振铎、王统照、方光焘等,都舍弃了原本优越的生活,冒着生命的危险,勇敢地为抗日做了大量的工作。

当我对书中所有提到的真实人物,在网络上进行一一搜索的时候,发现有些人的名字并没有出现在网络记录中。他们为革命默默地奉献出美丽的青春,甚至宝贵的生命,确实做到了"无愧于时代的期望"。

解放以后,父亲和许多当年参加抗日的战友一样,有过辉煌,也经历过坎坷。但他们无论经受了多大的委屈,一旦恢复工作,绝不提个人恩怨。因为他们的心,永远是向着光明的。

时代的大潮一波一波地奔腾而来,潮水中,有人助纣为虐,有人随波逐流,有人为民族解放与人民民主事业流血牺牲。公者千古,私者一时。所以,父亲以及那一代的许多知识分子,才能在革命最低潮的时候,依然能透过层层雾霾,看到光明的所在。他们不惜抛弃荣华富贵,不惜放弃安逸的小康生活,不惜牺牲宝贵的生命,充满信心地向前奔跑。

人是要有点精神的,那一代的许多知识分子,在物质上并没有许多追求。他们的奉献,也许会被现代人看成"傻"。但他们的精神世界却是丰富的,所以,他们从不感到苍白,从不感到空虚。这些,也许是生活在物质时代的人很难理解的。

这本书的出版,得到了父亲生前许多朋友的帮助和支持。特别感谢沈寂老先生对书名的题写,特别感谢王伟强先生、奚增云先生对本书的指导。杨杨(父亲的外孙)也积极参与了本书整理、校对等工作。

我编辑、出版这本书,开始的时候仅仅是为了完成父亲的遗愿。整理期间,听从父亲一些朋友的意见,将其中部分文章陆续发表在我以实名注册于博联社的博客上。原以为在物欲横流的年代,这样的文章不会引起读者的兴趣,但效果却比我的预想好得多。

在上千条的留言中,大多数网友给予了我鼓励与肯定。例如,在《封锁线千里穿越》的后面,有网友留言道:"很珍贵的回忆录,应该让今天的青年人了解过去艰苦的岁月!""很珍贵的历史! 那一页,对我们来说,那么遥远,看到文字,突然拉近了!""只有亲身经历过才能写出这样的文章!""对民国怀有小布尔乔亚情感的人应该看看这篇文章,这才是真正的民国,一个充满了战乱、入侵、死亡的时代。""电视剧的好题材……"等等。还有的留言说:"呵呵,很有意思! 我父亲文革时也被'隔离审查'。造反派们非要逼迫他承认当年因为搞地下工作而打入国民党为加入国民党,还专程到安徽省委找到他的入党介绍人让写信证明我父亲是国民党,结果遭到后者的严词拒绝。而滑稽的是那个造反派头头的父亲后来却被查出来是真国民党。"

在《煤油大王与日耳曼武官》的文章后,有网友留言道:"您父亲记录了上海一个层面的鲜为人知的难民情况,对我们有认识价值,了解的必要。""您父亲写得很有现场感。读起来心里沉甸甸的。"

这里,再次感谢网友们的支持和鼓励。

本书收集的文章,写作与发表的年代跨度非常大,因此我在编写的时候做了一些修改与调整,以便阅读的连贯与统一。

第一辑与第三辑中发表的图片,除了极少数,绝大多数来自第一手资料。第二辑的插图,部分由我与尤奇(父亲的外孙女)绘制,部分则来自上世纪三四十年代父亲发表的作品中的插图,作者为艾士(章西厓)、狄嘉、柳村、黄歌川、宋秉恒等人,由我重新整理与编排。

钱初颖

2014 年 6 月完成于太仓市科技创业园

图书在版编目(CIP)数据

花与微笑:钱今昔文存/钱今昔著;钱初颖编.
—上海:上海三联书店,2014.
ISBN 978-7-5426-4961-4

Ⅰ.① 花… Ⅱ.①钱…②钱… Ⅲ.①中国文学—当代
文学—作品综合集 Ⅳ.①I217.2

中国版本图书馆 CIP 数据核字(2014)第 234409 号

花与微笑——钱今昔文存

著　　者　钱今昔
编　　者　钱初颖

责任编辑　钱震华
特约编辑　蓝　漪
装帧设计　陈惠兴
责任校对　童蒙志

出版发行　上海三联书店
　　　　　(201199)中国上海市都市路 4855 号
　　　　　http://www.sjpc1932.com
　　　　　E-mail:shsanlian@yahoo.com.cn
印　　刷　江苏常熟东张印刷有限公司

版　　次　2015 年 1 月第 1 版
印　　次　2015 年 1 月第 1 次印刷
开　　本　640×960　1/16
字　　数　328 千字
印　　张　25.25
书　　号　ISBN 978-7-5426-4961-4/I·958
定　　价　48.00 元